TANIA KRÄTSCHMAR

Nora und die Novemberrosen

Buch

Berlin im April. Nora und ihre drei Freunde Udo, Ellie und Margarete entdecken bei einem Ausflug durch Zufall eine verfallene Gärtnerei in der Mark Brandenburg: Zwei Gewächshäuser, bei denen die meisten Scheiben fehlen, ein Backsteingebäude, ein Brunnen, eine Heizungsanlage, auf deren Schornstein Störche nisten. Sie können sich dem Charme der Lage, des romantischen Verfalls und vergangenen gärtnerischen Flairs nicht entziehen, besonders Fanny, Noras siebenjährige Tochter, ist restlos begeistert. Was sehr seltsam ist: Es gibt in den Ämtern keine Unterlagen, wem das Gelände gehört. An einem maibowleseligen Abend wird plötzlich ein tollkühner Gedanke geboren: Wenn die Gärtnerei niemandem gehört, dann gehört sie doch auch allen, oder? Sie machen sich zusammen ans Werk, der Gärtnerei zu neuem Glanz zu verhelfen – doch natürlich stoßen sie auf Widerstände, und auch das verwunschene Grundstück birgt noch das eine oder andere Geheimnis aus seiner Vergangenheit …

Autorin

Tania Krätschmar wurde 1960 in Berlin geboren. Nach ihrem Germanistikstudium in Berlin, Florida und New York arbeitete sie als Bookscout in Manhattan. Heute ist sie als Texterin, Übersetzerin, Rezensentin und Autorin tätig. Sie hat einen Sohn und lebt in Berlin.

Von Tania Krätschmar bei Blanvalet bereits erschienen:

Eva und die Apfelfrauen · Clara und die Granny-Nannys

Tania Krätschmar

Nora und die Novemberrosen

Roman

blanvalet

FSC
www.fsc.org
MIX
Papier aus verantwortungsvollen Quellen
FSC® C014496

Verlagsgruppe Random House FSC® N001967

1. Auflage

Neumarkter Str. 28, 81673 München
Umschlaggestaltung: www.buerosued.de
Umschlagmotiv: living4media/Peter Raider; living4media/IBL
Bildbyra AB/Angelica Söderberg; www.buerosued.de
Redaktion: Margit von Cossart
LH · Herstellung: kw
Satz: Buch-Werkstatt GmbH, Bad Aibling
Druck und Bindung: GGP Media GmbH, Pößneck
Printed in Germany
ISBN: 978-3-7341-0242-4

www.blanvalet.de

Es gibt Augenblicke,
in denen eine Rose wichtiger ist
als ein Stück Brot.

RAINER MARIA RILKE

Prolog

»Lilianne! Komm endlich!«

Scharf schnitt die Stimme der Mutter durch den grauen Novembermorgen. Aber Lilianne hörte es nicht. Weil sie es nicht hören wollte. Sah ihre Mutter nicht, was sie gerade tat?

Vorsichtig trat sie die Rose fest, die sie gepflanzt hatte. Der Vater hatte ihr erklärt, wie sie es machen musste. Wie tief das Loch sein sollte und dass die Veredelungsstelle – das war die, wo die Rose dick und knotig war – fünf Zentimeter unter der Erdoberfläche liegen musste. Als ob sie das nicht schon wüsste! Schließlich hatte sie ihn oft genug dabei beobachtet, wie er Rosen pflanzte.

Das Loch zu graben war anstrengend gewesen. Trotz der Kälte war ihr ganz heiß. Aber nun stand die Rose da, wo sie hingehörte – hinter den beiden Gewächshäusern, deren Glasscheiben beschlagen waren. Nicht weit von der hohen Ligusterhecke, die mit ihren immergrünen Blättern eine dunkle Wand in die neblige Landschaft zeichnete.

Neben Lilianne lag ihr Spaten, den der Vater ihr zum siebten Geburtstag geschenkt hatte. Fast ein Jahr war das nun schon her. Das Spatenblatt war kleiner und der Stiel kürzer als bei den schweren Spaten, mit denen die Arbeiter in der Gärtnerei werkelten. Seit Lilianne ihr eigenes Gartenwerkzeug besaß, durfte sie dem Vater helfen.

Sie wanderte gern mit ihm zwischen den Beeten umher und durch die Gewächshäuser. In einem war es immer so warm und feucht, dass dort die allerschönsten Blumen wuchsen – Callas, Orchideen und Lilien. Tropische Pflanzen waren das.

Im zweiten Gewächshaus war es ein bisschen kühler, es war allein für die Rosen ihres Vaters reserviert. Nicht für Rosen, die nackt und sparrig waren wie die, die sie gerade gepflanzt hatte, sondern für edle langstielige Teerosen, die gehegt, gepflegt und unter künstlichem Licht gezogen wurden. Wenn die Blüten groß, aber noch fest geschlossen waren, kam Frau Fritsch. Sie schnitt sie sorgfältig und band sie zu wunderschönen Sträußen. Dann wurden sie nach Berlin gefahren, zu diesen großen, lauten Veranstaltungen, die ihr Vater manchmal im Radio verfolgte. »Damit die Leute wenigstens etwas Schönes sehen, wenn sie schon diesen Brüllaffen hören müssen«, hatte er einmal gesagt.

Ob dieser Brüllaffe auch schuld war an den vielen Glasscherben in der Stadt? Lilianne fand es gemein, nachts die Schaufenster zu zerschlagen. Nicht auszudenken, wenn das mit ihren Gewächshäusern passieren würde! Zum Glück waren sie weit von Berlin entfernt.

Wenn Lilianne mit ihrem Vater zusammen durch die Gärtnerei ging, brüllte niemand. Im Frühling und Sommer hörte man die Vögel zwitschern. Manchmal riefen die Arbeiter einander etwas zu, ein Tontopf schepperte, und die Pumpen surrten. Im Herbst und Winter kam noch das Knacken der Heizungsrohre in den Gewächshäusern hinzu. Aber brüllen, nein, brüllen tat keiner.

Tag für Tag lauschte Lilianne den leise gemurmelten Kommentaren des Vaters und versuchte, sich so viel wie möglich davon zu merken. Alles, was er ihr über Pflanzen, Stauden und Gewächse beibrachte, interessierte sie. Sie sog das Wissen auf und hütete es wie einen Schatz.

Manchmal sagte der Vater, in ihren Adern fließe kein Blut, sondern Pflanzensaft. Wie bei einer der zarten Birken, die hinter dem Zaun wuchsen. Dann lächelte er und drückte ihre Hand.

Und heute Morgen, nach dem Frühstück, hatte er etwas sehr Seltsames getan. Er hatte sie gefragt, ob sie eine Rose pflanzen wolle, sie ganz allein! Sie kenne sich damit doch schon aus, sie sei schließlich seine kleine große Gärtnerin, hatte er sie ermutigt. Seine Stimme hatte ein bisschen rau geklungen, als er ihr die kahle Pflanze gegeben und gesagt hatte: »Sie ist wurzelnackt, aber stämmig und gesund. Sie hat viele Augen, und im nächsten Sommer wird sie schneeweiß blühen. Sie ist robust, viel kräftiger als die Rosen im Gewächshaus. Du wirst sehen, Lilianne, das wird eine Schönheit, die uns alle überlebt! Eine Schönheit wie du eine bist, mein Mädchen.« Dann hatte er sie an sich gezogen und ihr mit einem schwieligen Finger über die Wange gestrichen.

Die Rose würde Triebe haben und irgendwann ihren Platz vor der dunklen Hecke erhellen wie ein vom Himmel gefallener Stern. Lilianne konnte es kaum erwarten, aber sie wusste, dass eine Gärtnerin Geduld haben musste.

»Wachse schön«, flüsterte sie dem kleinen Rosenstock zu und berührte rasch, wie zur Bestätigung, den Anhänger an der feinen goldenen Kette, die sie um den Hals trug.

Das Schmuckstück hatte ihrer Großmama Ava gehört. Als sie vor zwei Jahren gestorben war, hatte ihre Mutter es ihr, Lilianne, angelegt, und seitdem trug sie es jeden Tag. Nur neulich, als ihre Eltern so ernst mit ihr gesprochen hatten, hatte sie es ablegen wollen. Aber dann hatte sie es sich anders überlegt. Wenn jemand darauf starrte, was in der letzten Zeit ein paarmal passiert war, ließ sie es rasch unter der Bluse verschwinden.

Lilianne griff nach ihrer kleinen Zinkgießkanne und begann, die Rose zu gießen. Während sie beobachtete, wie das Wasser in der Erde versickerte, warf sie gedankenverloren ihre dicken, dunklen Zöpfe zurück. Der eine verfing sich an der Kette. Lilianne zerrte ein bisschen daran, dann war er befreit.

»Kind, hörst du nicht? Ich habe gesagt, du sollst endlich kommen!«

Sie zuckte zusammen. Sie hatte ihre Mutter nicht kommen hören. Jetzt stand sie direkt hinter ihr und schloss ihre Hand so fest um Liliannes Handgelenk, dass sie die Gießkanne fallen ließ.

»Mutti, ich bin noch nicht ganz fertig«, protestierte sie, aber die Mutter zog sie einfach fort, kümmerte sich nicht um Spaten und Gießkanne, die im abgestorbenen Gras liegen blieben.

»Wir müssen los«, erklärte sie kurz angebunden.

Lilianne stolperte in ihren Holzpantinen neben ihr her. Kasimir sauste an ihnen vorbei – der dicke Kater hatte sicher wieder im Gewächshaus auf Mäuse gelauert. Sie schaute ihm nach, wie er in Richtung Haus rannte. Er durfte nicht hinein, oder? Fragend schaute sie die Mutter an.

Da erst sah sie, dass die Mutter nicht wie üblich ihre grüne Küchenschürze, sondern ihren Wintermantel trug. Und Handschuhe. Und ihren grauen Hut, den mit der hochgeklappten Krempe und der Filzblume an der Seite.

»Wohin gehen wir denn?«, fragte Lilianne und wusch sich an dem Wasserhahn neben der Terrasse gebückt die Hände.

Die Kälte biss. Schnell trocknete sie sich an dem groben Handtuch ab, das danebenhing, dann zog sie die gestrickten Strümpfe hoch, die immer rutschten. Sofort musste sie sich kratzen. Die Wolle juckte immer so unangenehm.

Der Tag im Frühling, ab dem sie endlich wieder mit nackten Beinen gehen durfte, war einer der schönsten im ganzen Jahr.

»Wir fahren zum Bahnhof«, sagte die Mutter und deutete auf Liliannes braune Schuhe, die in der geöffneten Terrassentür standen.

Gehorsam schlüpfte sie aus den Holzpantinen und in die Schuhe hinein, band die Schnürsenkel, nahm ihren Mantel, den dunkelblauen mit dem kleinen Samtkragen. Er lag auf einer gepackten Reisetasche. Sie war so voll, dass das schwere Tuch sich nach außen wölbte.

»Verreisen wir denn? Ihr habt gar nichts gesagt«, fragte Lilianne verwundert.

Die Mutter antwortete nicht, schüttelte nur den Kopf, nahm die Reisetasche und griff nach Liliannes Hand. Zusammen gingen sie um das Haus herum zur Einfahrt, wo die dunkle Limousine stand.

Im ersten Stock wurde ein Fenster geöffnet. Hinter der Gardine war schemenhaft eine Person zu sehen. Sie regte sich nicht.

Der Motor des Wagens lief bereits. Hans, einer der Arbeiter der Gärtnerei, schnallte gerade einen braunen Lederkoffer hinten auf der Kofferbrücke fest. Er hievte auch die Reisetasche hinauf, dann stieg er ein und setzte sich hinter das Lenkrad. Sonst brachte er Lilianne immer mit seinen Scherzen zum Kichern, heute drehte er sich nicht mal zu ihr um, als sie in den Fond des Wagens kletterte. Wortlos starrte er durch die Windschutzscheibe.

»Wo ist denn Vati? Kommt er nicht mit?«, fragte Lilianne. Sie hatte noch nie erlebt, dass jemand anderes als ihr Vater den Horch fuhr.

Wieder erhielt sie keine Antwort von der Mutter, die jetzt neben Hans Platz nahm.

»Ich will zu Vati! Er hat meine Rose noch gar nicht gesehen!«

Unruhig griff Lilianne nach ihrer Kette, ließ die zarten Goldglieder durch die Finger gleiten und suchte nach ihrem Anhänger, um ihn fest mit der Faust zu umschließen – wie sie es häufig tat, wenn sie über etwas nachdachte oder wenn sie Trost brauchte. Wenn Fräulein von Maltzahn ihr beim Klavierüben auf die Finger schlug, weil sie die falsche Taste erwischt hatte. Oder wenn ihre Freundinnen nicht mehr mit ihr spielen wollten, wie es in letzter Zeit manchmal passiert war.

Aber der Anhänger war nicht da, wo er hätte sein sollen.

»Mutti, er ist weg! Mein Anhänger, er ist weg! Vorhin hatte ich ihn noch! Ich geh und such ihn!«

Lilianne stieß die Tür wieder auf und wollte aus dem Wagen schlüpfen, die Mutter hingegen drehte sich um und hielt sie zurück.

»Das geht nicht, Lilianne. Schließ die Tür. Wir sind spät dran«, sagte sie mit gepresster Stimme.

»Aber Mutti«, jammerte Lilianne. »Es ist mein Glücksanhänger! Ich habe ihn bestimmt beim Pflanzen verloren.«

»Mach sofort die Tür zu!«, befahl die Mutter. »Fahren Sie, Hans«, sagte sie dann zu dem Mann am Steuer, ohne weiter auf Lilianne einzugehen.

Erschrocken schloss Lilianne die Wagentür. Warum war ihre Mutter heute so streng zu ihr? Warum durfte sie ihren Anhänger nicht suchen?

Sie verstand nicht, was das alles bedeutete, und spürte, wie ihr die Tränen in die Augen stiegen. Aber sie wollte nicht weinen. Sie war fast acht Jahre alt, sie hatte allein eine Rose gepflanzt!

Lilianne versuchte, die Tränen herunterzuschlucken, und schaute wie zum Trost aus dem Rückfenster des Wagens. Dort, hinter den Gewächshäusern, stand ihre Rose, irgendwo da musste sie ihren Stern verloren haben. Wenn sie zurückkam, würde sie sofort danach suchen. Sie würde es nicht vergessen. Egal, wie lange diese Reise dauerte.

Langsam rollte der Wagen los. Die Räder drückten sich schwer in den hellen Kiesweg der Auffahrt. Kein Unkraut duldete Vater dort. Ein Arbeiter öffnete das Tor, legte die Hand grüßend an die Mütze, als sie ihn passierten. Sie fuhren den Weg entlang, auch er peinlich akkurat von Wildwuchs befreit. Er ist unser Weg in die Zivilisation, sagte Liliannes Vater immer. Wir dürfen nicht riskieren, dass er uns verloren geht.

Sie fuhren weiter, und hinter ihnen verschwand die Gärtnerei im Novembergrau.

Stille herrschte. Einen Moment lang rührte sich nichts im Haus. Dann bewegte sich der Schatten des Mannes, der im ersten Stock am Fenster stand. Er verlor sich in der Dunkelheit des Hauses.

1. Kapitel

Es gab Tage, an denen Nora ihren Job mochte, und Tage, an denen sie ihn hasste. Aber nie war er für sie etwas anderes als ein Brotjob, der sie und Fanny mehr recht als schlecht ernährte. Als Gärtnerin hatte sie einen anderen Traum, als in der Blumenabteilung eines kleinen Baumarktes schnell hochgezogene Pflanzware zu verkaufen wie lebende Wegwerfprodukte.

Gelegentlich beriet Nora Kunden, die echtes Interesse an Pflanzen hatten. Das war dann ein guter Tag für sie. Der heutige dagegen schien ein ausgesprochen schlechter Tag zu werden. Was an der üppigen, stark geschminkten Blondine lag, die vor ihr stand und auf sie einredete, die Arme in die Hüften gestemmt, sodass sie in ihrem Leopardenprintmantel aussah wie ein umgedrehter Ethnoregenschirm.

»Haben Sie nicht verstanden, was ich will?«, fragte sie herausfordernd.

Nora nickte und steckte die Hände tief in die Taschen ihrer grünen Arbeitsweste, um der Versuchung zu widerstehen, sich die kurzen dunklen Locken zu raufen. Sie hatte sich das während ihrer Lehre angewöhnt, nachdem der Chef öfter mal kritisch ihre Hände gemustert und gutmütig »Vielleicht mal die Nägel bürsten, Dittbrenner …« gesagt hatte.

»Doch, ich habe genau verstanden, was Sie wollen. Sie möchten für Ihren Balkon Pflanzen, die jetzt, im März, blühen, die auch im Sommer und im Herbst blühen und im nächsten Frühjahr immer noch. Oder schon wieder.«

Die Frau nickte. »Genau. Und warum sind Sie nicht in der Lage, mir so etwas zu verkaufen? Warum arbeiten Sie hier eigentlich? Kennen Sie sich nicht aus, oder was?«

»Doch, ich kenne mich aus. Deshalb kann ich nur wiederholen: So eine Pflanze werden Sie nicht finden! Wenn Sie noch etwas warten, können Sie Geranien oder Petunien oder Husarenknöpfchen pflanzen. Oder etwas Ähnliches. Sommerblüher, jedenfalls. Damit haben Sie zumindest von Mai bis zum Frost Spaß.«

»Warum verkaufen Sie sie mir nicht?«

»Wir haben sie noch nicht geliefert bekommen. Und selbst wenn, wäre es jetzt nicht das Richtige für Ihren Balkon, der, wie Sie erklärt haben, ungeschützt im siebten Stock liegt. Wenn es noch Nachtfröste gibt, dann sind die Blumen gleich hin. Oder Sie müssen sie mit einer Folie abdecken, um sie zu schützen.«

Die Kundin sah sie an, als wäre jede Form von Nachtfrost Noras persönliche Schuld. »Und was ist das Gelbe und Blaue hier? Das blüht doch sehr hübsch! Warum bieten Sie mir die denn nicht an?«

Sie wies auf die großen Holztische im Freibereich, auf denen Töpfe mit Primeln und Narzissen, Stiefmütterchen, Vergissmeinnicht und Bellis dicht an dicht standen.

Nora atmete tief durch. »Das sind Frühlingsblüher. Die sehen im Sommer nach *gar nichts* mehr aus. Jedenfalls nicht gut. Die möchten Sie nicht, wenn Sie länger als Juni etwas davon haben wollen. Das können Sie mir glauben.«

»Schön.« Die Frau nickte resolut. »Dann möchte ich Rosen. Die blühen doch das ganze Jahr, oder? Sonst würde man sie ja nicht noch im Winter in den Blumengeschäften bekommen.«

Nora hörte irgendetwas knacken. Wahrscheinlich war es der Zweig, an dem ihre Geduld hing. »Rosen möchten Sie also? Was denn für Rosen? Strauchrosen? Teerosen? Historische Rosen? Kletterrosen? Moosröschen? Hundsrosen oder lieber Essigrosen?«

Einen Moment lang sah die Kundin sie unsicher an, dann zuckte sie blasiert mit den Schultern.

»Rosafarbene Rosen«, erwiderte sie. »Nun stellen Sie sich doch nicht so dumm an. Sie werden ja wohl wissen, was eine rosa Rose ist!«

»Na, dann kommen Sie mal mit«, sagte Nora zu der Kundin, wandte sich ab und lief zügigen Schrittes quer durch den Baumarkt. Es war ihr völlig egal, ob die Leopardenkuh Schritt halten konnte. Als sie an ihrem Ziel angekommen war und sich umdrehte, war sie leider noch da. »Hier. Bitte bedienen Sie sich.« Nora wies auf bunt blühende Pflanzen und Grüngewächse, die ohne ersichtliche Ordnung auf einem hohen Regal standen – Orchideen, Callas, Tulpen, Efeu, Lilien und … Rosen. »Das ist das Richtige für Sie! Die Blumen hier blühen das ganze Jahr über, und pflegeleicht sind sie auch. Da stehen Rosen. Sogar rosafarbene! Und so prächtige! Schauen Sie nur!«

Die Kundin sah sie ungläubig an. Sie trat auf die Blumenpracht zu und befühlte ein Blütenblatt, dann wandte sie sich wieder Nora zu und funkelte sie wütend an.

»Wollen Sie mich auf den Arm nehmen? So eine Unverschämtheit! Das sind doch Seidenblumen! Ich will etwas Natürliches auf meinem Balkon! Wie soll ich denn sonst im Einklang mit der Natur leben?«, protestierte sie.

»Ich habe keine Ahnung, mit wem Sie im Einklang leben«, schnappte Nora. »Aber mit der Natur bestimmt nicht.«

Sie drehte sich auf ihren grünen Birkenstockschlappen um und ging zurück in den Freibereich des Gartencenters. Ungehalten begann sie, die Balkonerden, die gerade geliefert worden waren, auf die Paletten zu wuchten – ordentlich nach der Größe gestapelt: fünf Liter, zehn Liter, zwanzig Liter … Nur einmal unterbrach Nora sich schwer atmend und warf einen raschen Blick in Richtung Innenraum, zur Kasse. Die Frau war nirgends zu sehen. Wahrscheinlich war sie beleidigt rausgerauscht. Es hätte Nora nicht gleichgültiger sein können. Sie war geduldig, bestimmt. Aber sie ließ ihre Gärtnerseele nicht mit Füßen treten!

Als sie kurz nach sechs im Bus in Richtung Schmargendorf saß – sie hatte die erste Schicht gehabt, der Kollege musste bis zur Schließung um neun Uhr bleiben –, dachte sie noch einmal an die unmögliche Kundin, und warum sie sich von deren idiotischen Antworten so hatte reizen lassen.

Der Bus überquerte gerade die Halenseebrücke, unter der eine S-Bahn in Richtung Westkreuz rauschte, als Nora die Erleuchtung hatte. Diese Frau verkörperte alles, was in ihrem Leben *nicht* stimmte. Sie wollte im Freien arbeiten, wollte kreativ sein, wollte sich um Pflanzen kümmern, wollte interessierten Menschen den Wert des Wachsens und Gedeihens vermitteln, wollte Respekt für ihre Tätigkeit und Respekt für die Pflanzen. Stattdessen verkaufte sie Tag für Tag, was immer es gerade billig auf dem Markt gab, egal, wie lange die Pflanzen überleben würden.

Sie hasste es, und sie sah keinen Ausweg. Doch es gab einen Menschen auf der Welt, für den sie das tat. Für Fanny.

»Mama, ich und Ellie haben vorhin Wiener Schnitzel gemacht. Erst das Fleisch plattgeklopft, dann in Mehl gewendet, dann in Ei, dann in Bröseln. Dann gebraten, in ganz viel Fett. Und dann haben wir noch ein Kinderschnitzel für mich gemacht, nur aus dem Rest Ei und Semmelbrösel«, plapperte Fanny los, kaum dass Margarete die Tür geöffnet hatte. Temperamentvoll hüpfte die Kleine auf und ab. »Ellie hat gesagt, du bekommst was ab. Zum Abendbrot. Hast du Hunger?«

Mit Begrüßungen hielt Noras siebenjährige Tochter sich nicht lange auf. Das war so typisch für sie. Sie tat alles im Hier und Jetzt, wollte alles sofort und gleich und unterstrich das mit ihrer gesamten zierlichen Körperlichkeit.

Nora schüttelte den Kopf und strich ihr über das Haar, das lockig und kurz wie ihr eigenes war, nur ein paar Schattierungen heller. »Hi, meine Süße. Nein, ich möchte jetzt nichts essen. Lieber nachher. Oben.«

»Gib deiner Mutter fünf Minuten zum Verschnaufen«, sagte Margarete. »Na, einen anstrengenden Tag gehabt?«, fragte sie Nora.

Auf ihrem runden, für eine Frau in den Siebzigern erstaunlich faltenfreien Gesicht, erschien ein prüfender Ausdruck, während sie sich das glatte mahagonifarbene Haar hinters Ohr strich. Ein Besuch in Chris' Frisierstube gehörte für sie alle sechs Wochen zum Programm: Färben und Schneiden, bitte.

»Das kann man wohl sagen. Ich sollte froh sein, dass die Gartensaison bald wieder losgeht, aber ich … Ach, ich weiß auch nicht.«

Margarete mit ihren Selbstzweifeln zu belasten war das Letzte, was Nora wollte. Es verging kein Tag, an dem sie nicht dankbar für die kleine Hausgemeinschaft war, die sich um Fanny kümmerte. Ohne die drei hätte sie ihr Leben als Alleinerziehende nicht geschafft. Bis vor zwei Jahren war auch noch Udos Frau Anne dabei gewesen, die liebevollste Ersatzomi, die man sich hatte vorstellen können. Aber dann war Anne überraschend gestorben. Lungenkrebs.

Sie alle hatte das Tempo ihres Verfalls erschrocken, für Udo war es natürlich am schlimmsten gewesen. Zuerst hatte er sich völlig von ihnen zurückgezogen, aber das war in einem Haus, in dem es nur vier Parteien gab, schwierig. Und er hatte sie auch gebraucht, gerade in der Anfangszeit seines neuen Alleinseins. Inzwischen trauerte er etwas weniger, aber noch immer ging er jeden Tag auf den Friedhof. Anne besuchen, wie er es nannte.

Am Anfang hatte er Fanny gelegentlich dorthin mitgenommen. Nora hatte es nicht gern gesehen. Denn danach hatte Fanny immer die merkwürdigsten Fragen gestellt: Wie sieht man aus, wenn man lange in der Erde gelegen hat? Was geht eher kaputt, Knochen oder Holz? Wie lange dauert es, bis die Würmer einen aufgefressen haben? Essen sie das Weiche zuerst? Wie lange wirst du leben, Mama?

Sie hatte die Fragen interessiert und ganz unemotional gestellt. Aber jedes Mal wurde Nora daran erinnert, dass sie die beiden Letzten der Familie Dittbrenner waren. Dass Udo, seit Fanny in die Schule ging, Anne immer allein besuchte, empfand sie als Erleichterung.

»Morgen wieder?«, fragte Margarete. Sie wussten beide, dass es eine Routinefrage war. Was sonst hätte Nora mit ihrer Tochter machen sollen.

»Ja, bitte. Morgen habe ich ja Samstagsdienst.«

Margarete nickte. »Fein! Fanny, holst du mal das Schnitzel für deine Mama?« Fanny flitzte in die Küche. »Wir haben gedacht, wir könnten mit unserer Kleinen mal einen

Ausflug machen«, wisperte Margarete. »In das Dorf in der Mark Brandenburg, in dem Anne geboren wurde. Udo hat es vorgeschlagen. Ist das okay für dich?«

Nora zögerte einen Moment. Dann gab sie sich einen Ruck. »Natürlich. Da wird sie sich freuen!«

Margarete strahlte. »Wir haben so viel Spaß mit ihr! Udo fährt. Er ist manchmal ein bisschen … Aber wir passen auf. Mach dir keine Sorgen. Wir sagen ihm, wann er überholen darf. Und wann er bremsen soll. Ah, da bist du ja, Schatz. Hör mal, Fanny, wir machen morgen einen Ausflug.«

Fanny quietschte begeistert auf. »Wohin denn?«

»Ins Umland von Berlin.«

»Mit einem Picknick?«

»Aber natürlich! Sonst wäre es doch kein Ausflug. Du kommst morgen früh runter, und dann packen wir alles zusammen ein. So toll, wie du das Schnitzel eingewickelt hast!«

Fanny hatte mindestens eine halbe Rolle Küchenpapier um das Schnitzel gewickelt, sie trug das weiße Paket unter den Arm geklemmt.

»Kommst du auch mit, Mama?«, fragte sie.

Nora schüttelte den Kopf. »Nein, ich muss arbeiten. Aber ihr habt sicher eine wunderbare Zeit. Tschüs, Margarete. Bis morgen.«

Fanny bekam von Margarete einen raschen Abschiedskuss, dann schloss sich die Tür.

Was Fanny tat, machte sie gründlich. Das galt fürs Einwickeln. Das galt für ihr größtes Hobby, das Sachensuchen auf der Straße, in Parks und im Wald, wo sie merkwürdige Dinge auflas, die nur für sie Bedeutung hatten. Und ganz offensichtlich galt es seit Neuestem auch fürs Schnitzelbraten unter Ellies Anleitung.

Ellie war eine begnadete Köchin. Seit wann brachte sie wohl auch Fanny das Kochen bei? Nora stieg müde die Treppe hoch. Neben ihr hüpfte Fanny über die Stufen. Hatte sie da wieder etwas verpasst? Wie so oft in Fannys Entwicklung?

Als sie gut acht Jahre zuvor schwanger geworden war, hatte sie gewusst, dass sie ihr Kind allein großziehen und dass das nicht leicht sein würde. Es war eine Sommerliebe gewesen, eine flüchtige Beziehung mit einem charmanten Mann. Der nur noch flüchtig und überhaupt nicht mehr charmant war, als Nora auf Unterhalt für Fanny bestanden hatte.

Mittlerweile waren die monatlichen Zahlungen das Einzige, was sie noch von ihm bekam. Für Fanny war er praktisch nicht existent und für Nora nur eine monatliche Zahl auf ihrem Kontoauszug. Wenn auch eine sehr willkommene, die ihrer Tochter ja auch zustand.

Sie schloss die Tür auf, und Fanny sauste mit dem Schnitzelpäckchen in die Küche. Dann verschwand sie in ihrem Zimmer.

»Kann ich noch spielen?«, rief sie, aber Nora bezweifelte, dass sie ihr Ja noch hörte. Sie setzte die Tasche ab, hängte ihre Jacke auf und schlüpfte aus den Schuhen.

Ah, zu Hause zu sein! Das Haus, in dem sie wohnte, war nicht groß. Und schön war es auch nicht. Eingeklemmt stand es zwischen den repräsentativen sanierten Altbauten, schmal und niedrig, ein vergessener Sechzigerjahre-Bau, hellhörig und feucht, wenn nicht ständig gründlich gelüftet wurde. Längst schon hätte die Heizungsanlage ausgewechselt werden müssen – ihre drei Zimmer wurden im Winter selten richtig warm.

Aber das Haus lag in einer schönen, ruhigen Straße im bürgerlichen Bezirk Schmargendorf. Es war ein Stückchen heile Welt, und das war genau das, was Nora für sich und Fanny brauchte. Der Grunewald, in dem sie am Wochenende oft spazieren gingen und Sachen suchten (Fanny), war nicht weit, die Grundschule, wo Fanny die zweite Klasse besuchte, lag um die Ecke, und die Miete war erschwinglich. Besitzer Stegemann, ein älterer Herr aus Süddeutschland, machte sich offenbar nicht allzu viel aus Geld. Sie konnte nur hoffen, dass das so blieb.

Es war ein Glücksfall gewesen, dass Nora die Wohnung vor sechs Jahren bekommen hatte. Und noch ein größerer Glücksfall, dass Margarete, Ellie, Udo und Anne sie und die damals einjährige Fanny, die mehr Temperament als eine ganze Zirkustruppe hatte, mit offenen Armen aufgenommen hatten. Ja, da hatte sie tatsächlich einmal Glück gehabt. Fanny entwickelte sich prächtig und hatte Menschen um sich herum, die sie liebten und die sich um sie kümmerten. Sie selbst war Mitte dreißig und gesund. Sie hatte ein Nest für sich und ihre Tochter. Und wenn nichts Außergewöhnliches passierte, reichte das Geld für sie beide, jeden Monat wieder.

Nora nahm Teller und Besteck aus dem Küchenschrank. Sie stellte alles auf den Küchentisch, wickelte das Schnitzel aus – ein Berg von weißem Küchenpapier blieb zurück –, setzte sich hin und begann zu essen.

Manchmal war das Leben als Singlemutter allerdings furchtbar anstrengend. Neben Job und Fanny blieb ihr fast nur der Kontakt zu den Leuten im Haus. Sie hatte keinen Freund. Einen zu finden war nicht leicht. Nora hatte überhaupt keine Lust, sich auf Singlebörsen im Netz herumzutreiben und ihr bisschen Freizeit auf Dates mit Fremden zu verschwenden.

Und selbst wenn eines Tages jemand in den Gartenmarkt kommen, sie strahlend ansehen und erklären würde, dass sie die Richtige für ihn sei und er der Richtige für sie: Eine Beziehung zu pflegen erschien ihr viel schwieriger, als das bisschen Einsamkeit auszuhalten. Es hatte bisher einfach noch nie funktioniert.

Was Noras Job anging … Als sie die Lehre begonnen hatte, hatte sie von einem selbstbestimmten Leben mit dem Geruch von Erde und viel Grün geträumt. Ihre Eltern waren pikiert gewesen. Sie habe doch Abitur, warum sie nicht wenigstens Biologie studiere, hatten sie, beide Lehrer, gefragt.

Doch das wollte Nora nicht. Sie wollte nicht studieren, sie wollte alles über Pflanzen lernen und es umsetzen, wollte mit den Händen arbeiten, wollte den Spaten in die Erde rammen und sich das verlorene Paradies zurückerobern. Sie hatte vorgehabt zu sparen, den Meister zu machen und dann ihre eigene Gärtnerei zu eröffnen. Das war der Plan gewesen. Damals war Nora jung gewesen. Und vielleicht gehörte das auch zum Erwachsenwerden – sich von seinen Träumen für immer zu verabschieden.

Denn dann hatte sie Fanny bekommen, und damit war es mit diesen Plänen erst mal vorbei. Wir haben es dir ja gleich gesagt, hatten ihre Eltern ihr wortlos zu verstehen gegeben, wenn sie sich mal gesehen hatten. Oft war es nicht gewesen. Die beiden waren früh pensioniert worden und hatten auf La Palma gelebt, bis ein betrunkener Busfahrer ihren Wagen zu spät gesehen hatte. Fünf Jahre war das her.

Nora war Selbstmitleid fremd. Jammern half nicht. Worüber auch? Aber manchmal hatte sie das Gefühl, dass sie diejenige war, die beim Lotto immer zielsicher die Zahlen direkt neben den Gewinnerzahlen tippte. Eine, vor der der Schalter gerade geschlossen wurde, auch wenn sie schon eine Stunde gewartet hatte. Die sich immer in den falschen Mann verguckte. Die zu spät kam. Oder sogar am falschen Tag, weil die Mail mit dem veränderten Datum in einem Junk-Ordner gelandet war, auf dem ihr Name stand.

2. Kapitel

Es war ein strahlend schöner frischer Märztag, wie gemacht für eine Landpartie. Nur der Fahrer fehlte.

»Wo bleibt Udo denn? Wir wollen doch los«, sagte Ellie.

Ungeduldig strich sie sich die Locken zurück. Ihr ganzes Leben lang hatte sie mit ihrer krausen Mähne gekämpft, hatte die Leute gehasst, die sie »aufgeplatztes Sofakissen« genannt hatten. Es hatte sie viele Jahre gekostet, sich mit der Unmöglichkeit anzufreunden, ihre Frisur zu bändigen. So richtig war ihr das erst im Alter gelungen, vielleicht, weil ihr Haar jetzt dieselbe Farbe wie ihre Augen hatte – silbergrau.

Trotz der Sonne war es empfindlich kühl, der Märzwind pfiff durch die Straße. Ellie schlug sich den Kragen ihrer dunkelblauen Windjacke hoch.

Margarete hatte ebenfalls auf praktische Kleidung gesetzt, wenn auch mehr in ihren Farben Beige und Braun, registrierte sie mit einem raschen Blick auf ihre beste Freundin.

Margarete war immer schon die damenhaftere von ihnen gewesen. Sie trug grundsätzlich bis Mitte Mai Lederhandschuhe in derselben Farbe wie ihre Schuhe. So auch heute. Sie war bildungsbeflissen, perfekt organisiert und mit der guten Rente ihres verstorbenen Mannes gesegnet.

Am ersten Tag seines Ruhestandes hatte Harald die Augen für immer geschlossen, als wäre sein Lebenssinn mit dem Ende seiner Arbeitstätigkeit hinfällig. Damals war Margarete achtundfünfzig gewesen und bis zu diesem Zeitpunkt hauptberuflich Ehefrau. Sie hatte es zwar Harald persönlich übel genommen, dass er sich so plötzlich sang- und klanglos aus dem Staub gemacht hatte, aber ihre Trauer hatte sich in Grenzen gehalten. Jetzt sei sie hauptberuflich eine Wilmersdorfer Witwe, sagte Udo manchmal, wenn er sie aufziehen wollte, frei nach dem Musical *Linie 1*.

Margarete war vor allem eines, fand Ellie: pingelig. Ihre Vorliebe für Ordnung zeigte sich auch im Vorgarten, den sie aufopferungsvoll pflegte. Kein Unkrauthälmchen schaffte es dort mehr als ein paar Millimeter aus dem Boden. Die Hecke zur Straße hin beschnitt Margarete exakt, die winzig kleine dunkelgrüne Rasenfläche vor ihrem Fenster düngte sie jedes Jahr pünktlich am 1. April. Bald war es wieder so weit. Die Gänseblümchen, die versuchten, darauf zu wachsen, wurden konsequent ausgestochen.

Einmal, an einem heißen Tag im letzten Jahr, hatte Margarete einen Stuhl in den Vorgarten gebracht, dort gesessen, etwas gelesen und hin und wieder an einem Glas Wasser genippt. Aber inmitten des Perfektionismus, den sie selbst geschaffen hatte, wirkte sie wie ein unordentlicher Fremdkörper. Die anderen hatten es nicht kommentiert, aber Margarete schien es gespürt zu haben. Nie wieder hatte sie im Vorgarten gesessen.

Aber von Margaretes penibler Vorgartenpflege durfte man sich nicht irritieren lassen. Sie hatte nichts Versnobtes an sich und war ausgesprochen patent. Klar, sonst könnte Ellie ja unmöglich mit ihr befreundet sein! Und das war sie seit vielen Jahren. Seit sie von Margarete das erste Mal ein Ei ausgeliehen hatte. Für eine selbst geschlagene Mayonnaise, wenn sie sich recht erinnerte. An Essen konnte sie sich gut erinnern, schließlich hatte sie bis zur Rente als Köchin gearbeitet. Beziehungsweise bis zur Grundsicherung.

Sie, Margarete und Fanny hatten am Morgen alles vorbereitet. Der Picknickkorb war gepackt, auch wenn Ellie ein schlechtes Gewissen bekam, wenn sie an den Inhalt dachte. War der Krabbensalat ein bisschen übertrieben? Es gab nämlich außerdem noch Hühnerbeinchen und Kirsch-Brownies. Sonst achtete sie immer sehr darauf, nicht zu viel auszugeben. Aber an diesem Tag war ihr das egal. Der Krabbensalat hatte sie bei Butter Lindner angelacht, und da hatte sie eben zugeschlagen – mit ganzen zweihundert Gramm.

Auf dem Picknickkorb lag ein sorgfältig zusammengefaltetes rot-weißes Tischtuch. Vier Klappstühle und ein Tisch, den sie aus Margaretes Keller geholt hatten, warteten darauf, in Udos Passat verstaut zu werden. Sie waren alle drei fertig angezogen – Fanny trug ihren roten Dufflecoat und Gummistiefel. Ihre Wangen glühten. Sie sah jetzt schon aus, als wäre ihr zu warm.

»Udo wollte noch mal auf den Friedhof«, sagte Margarete.

Ellie verdrehte die Augen. »Mein Gott. Ich möchte den Tag erleben, an dem er nicht auf den Friedhof geht! Davon hat Anne doch nun wirklich nichts mehr.«

»Ach, Ellie. Sie waren fast fünfundvierzig Jahre verheiratet. Da ist es doch normal, dass er sie vermisst.«

»Ja, schon. Aber ich kannte die beiden ewig und kann mich beim besten Willen nicht daran erinnern, dass er Anne jemals Blumen geschenkt hat. Und jetzt legt er jeden Tag eine Rose auf ihr Grab. Das hätte er lieber früher tun sollen!«, ereiferte sich Ellie.

»Hast du bemerkt, dass sich im Laufe der Zeit die Farben der Rosen verändert haben? Vor zwei Jahren waren es weiße, dann waren es gelbe Teerosen, dann orangefarbene Buschrosen. Inzwischen ist er bei den teuren, langstieligen Dunkelroten angekommen. Was das kostet!«

»Für Anne würde er seinen letzten Euro geben«, sagte Ellie.

»Das tut er jetzt schon! Viel Rente bekommt er ja nicht. Auf der anderen Seite … Was soll's, wenn ihm das Ritual guttut. Wahrscheinlich gibt es ihm das Gefühl, gebraucht zu werden, wenn er eine Rose auf ihr Grab legt und mit Anne Zwiesprache hält«, erwiderte Margarete.

»Er kann doch mit uns sprechen! Wir brauchen ihn nämlich wirklich!«

»Ja. Zum Glühbirnen einschrauben und wenn die Spülmaschine kaputt ist, für all diesen Männerkram … Ah, da ist er ja endlich.«

Udo war gerade um die Ecke gebogen und hielt im Sturmschritt auf sie zu. Wie immer war er glatt rasiert, sein weißes Haar war sorgfältig gescheitelt, die dunklen Augen hinter der randlosen Brille blitzten. Seine Wangen waren gerötet, und er atmete ein bisschen bemüht. Für einen Mann Ende sechzig strahlte er erstaunlich viel Energie aus.

»Es hat heute ein bisschen länger gedauert. Entschuldigung. Ich bin nicht eher losgekommen«, sagte er.

Margarete war einsichtig. Gelegentlich kam sie selbst aus dem Plaudern mit Harald nicht raus, auch wenn es eine sehr einseitige Unterhaltung war. »Ist schon gut. Das musst du uns nicht erklären, wir verstehen das. Wir können los. Fanny, noch mal Pipi?«

Fanny schüttelte den Kopf. »War schon.«

»Na dann.«

Sie luden gerade die Stühle in den Wagen, als der Briefträger die Straße entlanggeradelt kam. Vor ihrem Haus stieg er ab und lehnte das Rad gegen den Zaun. Dann griff er einen Packen Briefe aus seiner Tasche, grüßte und verschwand im Haus.

»Willst du noch mal nach der Post schauen?«, fragte Margarete.

Ellie winkte ab. »Ach was. Ist bestimmt nichts für mich dabei. Dabei hab ich Magnus neulich fünfzig Euro zum Geburtstag geschickt. Nicht gerade wenig, oder? Aber du musst nicht glauben, dass er sich dafür mal bei seiner Oma bedanken würde. Ich weiß wirklich nicht, wie Stefan und Katja den Jungen erziehen. Gehört das heute nicht mehr dazu, dass man als junger Mensch Danke und Bitte sagt?«

»Danke und bitte«, sagte Fanny, die neben ihnen auf der Erde kauerte und einen winzigen rosafarbenen Stein für ihre Sachensammlung untersuchte.

Ellie lachte. »Ja, du weißt das!«

Und dann stiegen sie in Udos Passat und fuhren los.

Obwohl Udo konzentriert am Steuer saß, schien er mit seinen Gedanken ganz woanders zu sein.

Margarete musterte ihn von der Seite. »Alles okay mit dir, Udo?«

Er warf ihr einen kurzen Blick zu und schaute dann wieder auf die Straße. »Och, mir geht Verschiedenes im Kopf rum.«

Margarete sah in den Spiegel der Sonnenblende und traf auf Ellies fragenden Blick. Anne, formte Ellie stumm mit dem Mund.

Margarete nickte. Schließlich waren sie auf dem Weg in die Gegend in der Mark Brandenburg, aus der Anne stammte. Da wurden in Udo sicher Erinnerungen an ihre gemeinsamen Ausflüge wach. An damals, die Zeit nach der Wende, als Anne und er dorthin gefahren waren und Anne empört und erleichtert zugleich der Hausgemeinschaft berichtet hatte, dass sie niemanden im Dorf angetroffen habe, den sie von früher kannte. Es war ein sehr kleines Dorf gewesen.

Im Löwenberger Land bogen sie von der viel befahrenen B96 auf eine kleine Teerstraße ab. Die Straße führte durch einen Kiefernwald, dann zwischen Feldern hindurch, auf denen das Saatgut schon zu sprießen begann. Der hellblaue Himmel, gelegentlich getupft von Wölkchen, schien heute besonders hoch. Hin und wieder sah man einen Vogelschwarm.

»Da vorn gab es früher einen kleinen Blumenladen und daneben einen wirklich guten Fleischer«, erklärte Udo, als sie in ein Straßendorf fuhren. Auf dem Anger, der die Hauptstraße unterteilte, stand die Kirche. »Ah, schaut, die gibt es immer noch! Da ist Fritschs Floristik, seht ihr? Und daneben ist die Fleischerei Kanitz. Wartet, ich nehme was für zu Hause mit.«

Er parkte und stieg aus. Die anderen folgten ihm. Fanny rannte zu Udo und ergriff seine Hand. Zu viert betraten sie die Dorfschlachterei.

»Das sprengt wieder mal mein Budget«, murmelte Ellie mit dem Blick auf die Hausmacher-Spezialitäten.

»Es ist hier doch preiswerter als in Berlin.« Margarete studierte die Preisschilder.

»Ja, aber ich werde zu viel kaufen, weil ich alles kosten will! Und das wird teuer.«

»Wir können ja zusammenlegen«, schlug Margarete, die um Ellies prekäre Finanzlage wusste, vor. »Und dann heute Abend mit Nora zusammen essen. Dann hat sie auch was von unserem Ausflug.«

»Mama mag am liebsten Salami«, sagte Fanny, die offensichtlich mal wieder kein Wort vom Gespräch der Erwachsenen verpasst hatte.

Fleischermeister Kanitz bediente sie persönlich, und mit zwei vollen Tüten verließen sie den Laden. Udo verstaute sie im Kofferraum, und weiter ging es.

»Wie weit ist es noch?«, fragte Margarete.

»Zwei Landstraßen, drei Dörfer.«

»Kaum zu glauben, wie weit weg Berlin sich anfühlt, obwohl wir nur eine gute Stunde davon entfernt sind. So viel Natur. So viel weiter Himmel«, schwärmte Margarete, als sie das Straßendorf hinter sich gelassen hatten.

»Ich muss mal«, sagte Fanny unvermittelt.

»Da hast du deine unverfälschte Natur, Margarete. Kannst du hier halten, Udo?«, fragte Ellie.

»Klar.« Er blinkte, fuhr rechts ran und blieb am Rand eines großen Feldes stehen. Weit, braun und öd erstreckte es sich, ohne eine Spur von Bewuchs. »Dann mal los, Fanny.«

Fanny blieb, wo sie war, und schaute aus dem Fenster. »Nein«, sagte sie schmollend. »Hier geh ich nicht Pipi machen. Hier sieht mich ja jeder.«

»Aber hier ist doch niemand, der dich sehen könnte. Die Straße ist leer, bis auf uns. Und wir schauen in eine andere Richtung, versprochen.«

»Nein.« Fanny schüttelte den Kopf. »Nachher schummelt ihr. Hier geh ich nicht.«

»Also gut. Dann eben hier nicht. Fahr weiter, Udo«, sagte Ellie. Udo gab Gas, und sie rollten wieder auf die Teerstraße, entlang des Feldes.

»Kannst du noch ein bisschen warten, Fanny?«, fragte er mit einem Blick in den Rückspiegel. »Höchstens eine Viertelstunde, okay? Dann sind wir da. Im Dorf gibt es eine Kneipe, da kannst du gehen.« Fanny nickte, obwohl sie noch nicht die Uhr lesen konnte.

Das Feld schien kein Ende zu nehmen. Im Wagen herrschte Stille, bis …

»Ich muss aber ganz doll«, jammerte Fanny. »Jetzt sofort!«

Udo seufzte leise und warf einen Blick in den Rückspiegel. Weil er wohl um seinen Autositz fürchtete, beschleunigte er rasant. Sie schossen hinein in einen Buchenwald.

Ellie, die angestrengt nach einem geeigneten Platz Ausschau hielt, sagte: »Schau mal, dahinten ist dichtes Unterholz. Da traust du dich, Fanny, oder?«

Fanny nickte mit zitternder Unterlippe.

Udo bremste und bog ab. Sie fuhren zwischen Bäumen und Gebüsch hindurch, bis die Straße hinter ihnen nicht mehr zu sehen war. Dann hielt Udo. Fanny riss die Tür auf und verschwand wie ein Blitz hinter einem großen Busch. Ihre roten Gummistiefel leuchteten durch das sparrige Astwerk, als sie sich hinkauerte.

Margarete lachte. »Das war knapp.« Dann sah sie sich um. »Hübsch ist es hier. Ich vertrete mir auch mal kurz die Beine.« Sie öffnete die Beifahrertür, stieg aus und ging einige Schritte. Tief atmete sie ein. In der Luft lag ein Hauch von warmem Frühling. Sie roch vermoderndes Laub, frisches Grün und umgebrochene Erde. Dann ging sie einige Schritte einen kaum erkennbaren Pfad entlang, der von Wildwuchs überwuchert war. »Das muss früher mal ein Weg gewesen sein«, rief sie.

»Warte, ich komme mit«, sagte Ellie.

Udo zog den Autoschlüssel ab und stieg ebenfalls aus.

Fanny kam mit offenem Dufflecoat zurück. »Schaut mal, was ich gefunden habe. Das hat bestimmt eine Waldfee geschrieben.« Sie hob ein Stück Borke hoch, groß wie eine Männerhand. Die Außenseite war grau und rau, aber die Innenseite glatt. Würmer hatten auf ihrem Weg durch die Innenborke gekerbte, ineinander verschlungene Linien hinterlassen, die mit viel Fantasie an Buchstaben erinnerten. Fanny hatte viel Fantasie.

»Natursütterlin«, sagte Margarete.

»Was ist Sütterlin?«, fragte Fanny.

»Eine alte deutsche Schrift. So hat man früher geschrieben.«

»Können Elfen das denn?«

»Offensichtlich«, sagte Ellie.

»Was steht da?«

Ellie griff nach der Borke und las vor: »›Wenn der Nachtfürst die Lichtung betritt, tanzen wir mit ihm Sternenwalzer. Zieh dein bestes Seidenspinnenkleid an. Das grüne mit der Raupenschleppe. Wir treffen uns eine Stunde vor Vollmond.‹ Das ist eine Balleinladung von einer Waldfee, die du da gefunden hast, Fanny.«

Margarete verdrehte die Augen. Ellie hatte auch erschreckend viel Fantasie.

Fanny sah sie aufgeregt an. »Können wir bis eine Stunde vor Vollmond bleiben?«, fragte sie, während sie sich zu viert durch das wuchernde Buschwerk kämpften.

Niemand antwortete ihr, denn unvermittelt war der Weg versperrt. Sie standen vor dem Tor eines Zaunes, der gefährlich schief im Unterholz stand. Eine rostige Kette hielt die beiden Torflügel zusammen.

»Da stand nirgends, dass das ein Privatweg ist«, sagte Udo und sah sich um.

»Wer wohnt denn bloß in dieser Einsamkeit?« Ellie lugte über den Zaun.

»Niemand. Das sieht vollkommen verwildert aus«, bemerkte Margarete kritisch.

Sie schien recht zu haben. Graues Wintergras stand hüfthoch jenseits des Zaunes. Eine wilde Hecke und hohe Bäume – Obstbäume? – versperrten ihnen den Blick. Etwas Dunkelrotes schimmerte durch das dichte Gestrüpp.

Fanny rüttelte probeweise an der Kette. Ein rostiges Glied gab nach, die Kette fiel klirrend zu Boden, einer der Torflügel öffnete sich knarrend und gab einen kleinen Durchgang frei.

Bevor irgendwer etwas sagen konnte, drängte sich Fanny schon durch die Lücke. »Ich schau nur mal!«

»Da gehe ich lieber mit. Nicht, dass ihr was passiert«, sagte Ellie und stieß das Tor weiter auf.

Margarete und Udo folgten ihnen, und zu viert betraten sie das Grundstück.

Margarete sah sich um. Vielleicht war hier mal eine Einfahrt gewesen, aber davon sah man nichts mehr. Gelegentlich knirschte es unter den Füßen, als ob sie über verborgene Kiesschichten gingen. Aber man sah nur Moos, Gras, frisches Wildkraut, Birken- und Ahornschösslinge.

Die Zufahrt endete an einem dunkelroten zweistöckigen Backsteinbau. Von den verzogenen Fensterrahmen war die Farbe abgeblättert, man konnte erahnen, dass sie früher hell gestrichen waren. Im Erdgeschoss waren die Scheiben heil, wenn auch so schmutzig, dass man von außen nicht hineinsehen konnte. Im oberen Stockwerk waren zwei Scheiben kaputt. Die hölzerne Eingangstür war zwar geschlossen, wirkte aber verzogen.

Fanny und Ellie waren um das Haus herum gegangen. Margarete stand neben Udo und überlegte, ob sie das alte Gebäude betreten sollten, als sie Fanny begeistert kreischen hörte. Dann kam das Mädchen um die Ecke gerannt.

»Kommt mal, schnell, das müsst ihr sehen!«

»Was denn?«, fragte Margarete, aber da war Fanny schon wieder verschwunden.

Margarete folgte ihr. Als sie die Hausecke umrundete, sah sie, was Fanny so entzückt hatte. Aus einem kleinen Backsteinhaus ragte ein gemauerter Schornstein empor. Und auf dem Schornstein war ein großes Nest, in dem zwei Störche standen. Der eine bog seinen langen Hals nach hinten und begann, lautstark mit dem Schnabel zu klappern. Der zweite Storch stand am Nestrand und schaute misstrauisch zu ihnen hinunter. Er hob die Flügel und senkte sie, als ob er sich nicht entscheiden könnte, ob er bleiben oder fluchtartig abheben sollte. Er blieb.

»Störche!«, rief Fanny und klatschte vor Begeisterung.

»Wenn du ein bisschen leiser bist, Fanny, dann haben sie keine Angst«, wisperte Ellie.

Fanny nickte verzückt, ohne den Blick von den Vögeln zu wenden.

Margarete schaute sich um. Warum stand hier eigentlich ein Schornstein? Was wollte man denn hier heizen? Sie kämpfte sich durch das Dickicht hinter dem Schornstein. Getrocknete Disteln, kleine Birken, Haselnuss, Holunder von wildem Hopfen überwuchert, bildete eine krautige Wand. Unwillkürlich musste sie an Dornröschen denken.

Hinter diesem Dickicht blitzte etwas durch, das Margarete noch nicht genau erkennen konnte. Etwas Hohes, Sparriges. Sie bog einen Ast zur Seite und kletterte hinüber. Schließlich stand sie schwer atmend vor einem Gerippe aus rostigem dunklem Metall, umgeben von einer niedrigen Mauer. Margarete hatte nicht die leiseste Ahnung, was das mal gewesen sein mochte.

Hinter sich hörte sie ein Rascheln. Sie drehte sich um. Ellie und Fanny hatten sich ebenfalls durchs Gebüsch gekämpft. Ellie hatte welke Blätter im krausen Haar, aus Fannys Locken ragte ein kleiner Zweig mit einer Buchecker.

»Was ist das denn?«, fragte Ellie.

»Keine Ahnung. Ein Baugerüst. Etwas, das vielleicht nie zu Ende gebaut worden ist. Wer um alles in der Welt mag hier bloß gewohnt haben?«

»Jemand, der die Einsamkeit mochte«, sagte Ellie und wandte sich ab. »Kommt, wir gehen zurück.«

»Auf jeden Fall hat hier jemand gewohnt, der Kinder mochte. Oder sich um Kinder gekümmert hat«, fügte Udo hinzu, der inzwischen neben ihnen stand.

»Wie kommst du denn darauf, Udo?«, fragte Margarete.

»Ich hab mir das Haus mal genauer angeschaut. Durch die Terrassenfenster.«

»Welche Terrasse meinst du?«

»Na, die hinter dem Haus. Hast du die nicht gesehen?« Margarete schüttelte den Kopf.

»Drinnen stehen Stühle und Tischchen. Vielleicht war es ein Kindergarten oder ein Ferienheim. Alles ist ziemlich heruntergekommen. Ich meine, es ist verfallen, aber es sieht nicht so aus, als hätte dort jemand randaliert. Wahrscheinlich ist es selbst dafür zu abgelegen.«

»Schlau kombiniert, Udo.« Margarete war beeindruckt. »Hast du schon geschaut, ob es Strom gibt?«

Udo hatte früher eine kleine Elektrofirma besessen, die bankrottgegangen war, was ihm aber den Spaß an Basteleien nicht verdorben hatte. Statt einer Antwort auf die Frage grinste er nur.

»Auf jeden Fall sieht es aus, als ob hier jahrelang kein Mensch gewesen wäre«, sagte er dann.

»Vielleicht tanzen die Waldfeen hier eine Stunde vor Mitternacht?«, fragte Fanny hoffnungsvoll.

Margarete lachte, aber sie verstand, was Fanny meinte. Das stille Haus und der verwilderte, verlorene Garten, der hohe Schornstein, die kleine Backsteinhütte und die Störche – all das hatte etwas Märchenhaftes, etwas Verwunschenes, das die Existenz von Feen nicht völlig ausschloss.

»Ich finde, jetzt ist die perfekte Zeit für unser Picknick«, sagte Ellie resolut. Ihr war anscheinend der Krabbensalat eingefallen. Und die Brownies. Und die Hühnerbeine. »Wer hilft, die Stühle und den Tisch aus dem Wagen zu holen? Ich schlage vor, wir essen auf der Terrasse.«

»Oder was man so Terrasse nennt«, murmelte Margarete und bog einen dicken Haselnussast zur Seite.

Gut, dass sie Lederhandschuhe angezogen hatte. Dieses Gestrüpp war ganz offensichtlich entschieden zu lange ungestört gewachsen, um sich den Eindringlingen aus Berlin kampflos zu ergeben.

3. Kapitel

»Frau Dittbrenner. Bitte ins Büro«, plärrte es durch die Lautsprecheranlange.

Nora, die gerade eine frische Lieferung Stiefmütterchen nach Farben sortierte, warf ihrem Kollegen einen fragenden Blick zu. Der zuckte mit den Schultern. Keine Ahnung, was die von dir wollen, hieß das wohl.

Sie zog die Gartenhandschuhe aus und verstaute sie unter der Kassentheke. Noch nie in den letzten zwei Jahren war sie mitten am Tag ins Büro gerufen worden. Die Gespräche, die sie mit dem Chef hatte, fanden sonst immer mit Voranmeldung statt. Oder nach Schichtende, wenn es darum ging, was von den Lieferanten geordert werden sollte. Was Nora zuvor sorgfältig in Excel-Tabellen aufgelistet hatte.

Auf ihrem Weg zum Büro kam sie an der Damentoilette vorbei. Sie überlegte, ob sie noch Zeit hatte, sich zu kämmen und zu schminken, aber nein, sie wollte den Chef nicht warten lassen. Dann kam ihr ein schrecklicher Gedanke … Vielleicht war etwas passiert? O Gott, hoffentlich hatte Udo keinen Unfall bei der Landpartie gebaut!

Die Tür zum Bürotrakt war, für die Kunden fast unsichtbar, in eine graue Wand eingelassen. Ernsthaft beunruhigt, betrat Nora das Sekretariat. Als sie die Tür hinter sich schloss, schaute Frau Weber nur flüchtig von einer Akte hoch.

»Sie können gleich reingehen. Der Chef erwartet Sie«, sagte sie gleichmütig.

Nora atmete tief durch. Ihre Unruhe legte sich – ein wenig. Das klang nicht nach einem alarmierenden Anruf, nach einem tragischen Autounglück, nach der Anwesenheit von zwei Polizisten, die ihr etwas Schreckliches übermitteln sollten.

Höflich klopfte sie an.

»Herein«, erklang die Stimme des Chef.

Nora öffnete die Tür, und da saß er, wie festgewachsen hinter seinem klobigen, geschmacklosen Schreibtisch aus Holzimitat. Ein Mann in Grau. Das Jackett, die Haare, die Augen hinter den Brillengläsern. Weil alle Angestellten ihn immer nur »Chef« nannten, musste Nora einen Moment überlegen, wie er hieß. Dann fiel es ihr ein. Müller. Helmut Müller. Kein Name, sondern ein Sammelbegriff.

»Hallo, Herr Müller«, sagte sie und lächelte.

Er lächelte nicht zurück, sondern wies auf den unbequemen Stuhl, der vor seinem Schreibtisch stand. Sie setzte sich.

»Frau Dittbrenner«, hob er an und musterte sie, als sähe er sie zum ersten Mal. »Wie lange sind Sie jetzt bei uns?«

»Ungefähr zwei Jahre«, sagte Nora.

»Und Sie sind damals aus der Arbeitslosigkeit zu uns gekommen, richtig?« Er nahm seine Brille ab und drehte sie zwischen zwei Fingern.

»Ja. Ich war ein knappes Jahr arbeitslos, weil meine kleine Tochter in die Vorschule kam und ich nicht einen neuen Job anfangen wollte, als sie …«

»Warum sind Sie eigentlich arbeitslos geworden?«, unterbrach er sie.

»Der Gartengrossist, für den ich gearbeitet hatte, musste Konkurs anmelden.«

»In dieser Firma hatten Sie nur mit Aufträgen und deren Versand zu tun, richtig?«

Nora nickte.

Er beugte sich etwas vor. »Kundengespräche gehörten nicht zu Ihrer Kompetenz?«

Nora schüttelte den Kopf. »Mit den Kunden hatte ich kaum etwas zu tun. Ganz selten gab es mal Rückrufe wegen Bestellungen, wenn zum Beispiel versehentlich ein holländisches Gartengerät statt eines englischen oder so ausgeliefert wurde. Die Kunden waren dann ungehalten, aber dafür konnte ich nichts …« Sie hatte immer noch keinen Schimmer, worauf diese Unterhaltung hinauslief.

»Ah! Sie konnten nichts dafür! Wissen Sie, wie oft ich das höre?« Ungehalten warf er die Brille auf die hässliche rostbraune Schreibtischunterlage.

»Nein«, sagte Nora höflich.

»Aber wenn bei uns Kunden unzufrieden sind, dann können Sie etwas dafür!«, bellte er.

»Ich bemühe mich immer, auf die Wünsche unserer Kunden einzugehen.«

»Was wissen Sie eigentlich über Rosen?«, fragte der Chef, nun wieder in neutralem Ton.

Nora überlegte blitzschnell. Sie wusste unendlich viel mehr über Rosen als Helmut Müller, das konnte sie ihm charmant beibringen. Aber er hatte sie sicher nicht für einen Rosarienschnellkurs ins Büro zitiert.

»Moosrose? Hundsrose? Essigrose? Teerose?«, sagte er in ihr Schweigen. Es klang gehässig. »Na, dämmert es, Frau Dittbrenner?« Er sah sie mit zusammengekniffenen Augen an.

Nora beschlich ein ungutes Gefühl. »Hat sich etwa

die Kundin von gestern über mich beschwert?«, fragte sie. Sie spürte, wie Ärger in ihr aufstieg. »Das ist eine Frechheit. Sie hat einfach nicht verstanden, was ich gesagt habe!«

»Und deshalb wollten Sie ihr Seidenblumen verkaufen.«

»Ja! Alles andere hat ihr nicht gepasst! Sie hätten sie erleben sollen, Herr Müller. Solchen Menschen kann man es nicht recht machen. Es tut mir leid, dass ich die Nerven verloren habe, aber ganz ehrlich … Sie war so dick wie dumm, ordinär und komplett beratungsresistent …«

Müller funkelte sie an. Er unterbrach sie erneut, und sein Tonfall war schneidend. »Danke. Das reicht. Ich sehe diese Dame jeden Tag. Sie ist meine Ehefrau, und das seit vierzehn Jahren. Und sie hat gestern mit Ihnen in meinem Auftrag ein Verkaufsgespräch geführt, um zu schauen, wie Sie in Stresssituationen reagieren. Nicht gut, Frau Dittbrenner. Gar nicht gut. Ihr Zeugnis wird entsprechend ausfallen, fürchte ich. Sie sind fristlos entlassen. Sie können gern dagegen klagen. Meine Frau und ich sind mehr als bereit, als Zeugen vor dem Arbeitsgericht auszusagen. Viel Spaß in der Arbeitslosigkeit. Auf Wiedersehen.«

Nora starrte Müller an. Das konnte nicht wahr sein. Durfte nicht wahr sein! Sie brauchte das Geld! Wenn sie jetzt schon wieder entlassen wurde, würde jede Neueinstellung schwierig sein. Alleinerziehende Mutter und unvermittelbar … Nora hörte schon die Fragen des nächsten Personalleiters.

Sie räusperte sich gegen den Kloß im Hals. »Herr Müller«, sagte sie und hasste sich dafür, dass ihre Stimme zitterte. »Ich brauche den Job. Bis auf dieses eine Mal waren alle Kunden mit mir zufrieden. Können Sie nicht ein

Auge zudrücken? Kann ich mich nicht bei Ihrer Frau entschuldigen? Vielleicht brauchen Sie jemanden, der sich im Sommer um Ihren Balkon kümmert!« Nora konnte sich nicht erinnern, jemals so geschleimt zu haben. Aber auch nicht, einen Job so verzweifelt gebraucht zu haben.

Bei ihrem letzten Vorschlag kniff Müller einen Moment die Augen zusammen. Er schien darüber nachzudenken, und Nora hielt die Luft an. Sag Ja, flehte sie insgeheim. Ich gieße eure bescheuerten Seidenblumen auch im August!

Dann schüttelte er den Kopf. »Nein. Ich wiederhole. Jemanden wie Sie brauchen wir hier nicht. Das Überleben eines kleinen Unternehmens hängt von der Kundenorientiertheit ab. Das war es für Sie, Frau Dittbrenner. Adieu.«

Sie war entlassen.

Nora erhob sich, verließ mit hängendem Kopf das Büro. Sie machte sich nicht die Mühe, die Tür hinter sich zu schließen. Diesmal schaute Frau Weber auf, als sie an deren Schreibtisch vorbeikam.

»Ihr Entlassungsschreiben«, sagte sie und reichte Nora ein Kuvert.

Deshalb hat sie wohl vorhin in den Akten gekramt, mich ohne ein Wort der Warnung in die Höhle des Löwen geschickt, dachte Nora. Und das, obwohl wir uns so oft am Kaffeeautomaten unterhalten haben! Ständig hat sie über ihren Mann, der fremdgeht, gejammert, und ich durfte sie trösten! Hier stirbt wirklich jeder für sich allein.

Nora verabschiedete sich von den Kollegen, die angemessen erschrocken wirkten, nahm die wenigen persönlichen Dinge aus ihrem Spind im Umkleideraum und verließ hocherhobenen Kopfes den Baumarkt. Nie wieder würde sie freiwillig einen Fuß über diese Schwelle setzen!

Im Bus keimte dann eine unerwartete Freude in ihr auf.

Wer sagte denn, dass sie nicht einen besseren Job bekommen würde? Und wurde nicht überall der Mangel von Fachkräften beklagt?

Allerdings ließ diese Freude wieder nach, bevor der Bus an der nächsten roten Ampel hielt. Wahrscheinlich waren mit den gesuchten Fachkräften eher Ingenieure und IT-Leute gemeint. Und nicht eine alleinerziehende Gärtnerin mitten in Berlin und aus finanziellen Gründen ohne Auto.

Je näher sie ihrer Wohnung kam, desto schwerer wurde Nora das Herz. Fanny war inzwischen alt genug, um zu verstehen, dass ein Arbeitswechsel nicht unbedingt eine gute Sache war. Und Ellie, Margarete und Udo hatten schon letztes Mal so sehr um sie gebangt, bis sie den neuen Job bekam.

Bedrückt schloss sie die Haustür auf. Sie fühlte sich plötzlich unendlich müde. Sie brauchte Ruhe. Und einen Plan. Ja, sie würde die Zeit, bis die Freunde zurück waren, nutzen, um sich über ihre Zukunft Gedanken zu machen. Sie würde Arbeitslosengeld bekommen, weil ihr ja gekündigt worden war. Bei der niedrigen Miete würde das Geld erst mal ausreichen. Und dank der anderen hatte sie wenigstens den Rücken für Bewerbungsgespräche frei.

So dachte Nora.

Bis sie den Brief öffnete, den sie in ihrem Briefkasten vorgefunden hatte.

Sehr geehrte Mieterschaft,
hiermit teile ich Ihnen mit, dass ich grundlegende Änderungen bezüglich des Hauses vorzunehmen plane, in dem Sie wohnen. Es geht um erhebliche Maßnahmen, die ich persönlich mit Ihnen besprechen möchte, voraussichtlich Ende Mai dieses Jahres. Herr H. Wilbur, der mich begleiten wird,

ist Ihr Ansprechpartner für weitere Fragen, die Sie im Anschluss an unser Gespräch haben werden. Wegen eines genauen Termins melde ich mich zeitnah bei Ihnen.

Hochachtungsvoll
Werner Stegemann

»Vielleicht ist Mama schon da! Ich geh mal nach oben«, hörte Nora einige Stunden später Fannys helle Stimme im Treppenflur.

Hastig setzte sie sich auf und fuhr sich mit der Hand über die Augen. Zu weinen wegen einer unabänderlichen Sache war albern, aber an diesem Tag war wirklich einiges zusammengekommen. Und wenn sie sich die Reaktion der anderen vorstellte, war ihr schon wieder zum Weinen zumute …

Es polterte an der Tür. Fanny schien mit den Gummistiefeln gegen das Holz zu treten. Sie sollte schimpfen, aber irgendwie lohnte es sich nicht. Sie öffnete die Tür, und Fanny flog ihr in die Arme.

Nora musste lächeln. Das Kind sah aus, als ob es nicht einen Ausflug in die Mark Brandenburg gemacht hätte, sondern durch einen Dschungel gerobbt wäre. Die Knie der Jeans starrten vor Schmutz, in ihren Locken hatten sich trockene Grashalme und Laub verfangen, und in der Kapuze ihres Dufflecoats schepperte es leise. Es klang nach einem überaus erfolgreichen Tag für die kleine Sachensucherin.

»Mama! Schau mal, was ich gefunden habe!« Fanny hielt ihr kleine weiße Splitter entgegen. »Margarete sagt, das sind Eierschalen. Vielleicht von den Störchen auf dem Schornstein! Sie lagen im Gras unter dem Nest, und ein Storch saß drin, und es war ganz groß und voller Zweige, und vielleicht schlüpfen die Babys bald, und können wir da mal hinfahren? Bitte! Es war so ...«

Nora hatte keine Ahnung, wovon ihre Tochter sprach. Aber bevor sie nachfragen konnte, scholl ein lauter Ruf durchs Treppenhaus. Es war Udo, und er klang ungehalten.

Fanny unterbrach sich und sah sie fragend an. »Was hat denn Udo?«

Nora wusste es, aber sie hatte nicht die Absicht, es Fanny zu sagen. Stattdessen zog sie sie an sich und drückte sie fest. Weniger um die Kleine zu beruhigen, sondern weil sie ihre Nähe jetzt brauchte. Tief atmete sie den frischen, erdigen Geruch ein, den sie von ihrem Ausflug mitbrachte.

»Ich glaube, wir müssen noch mal nach unten. Willst du die Eierschalen in dein Fundregal legen, Schätzchen, und dir den Mantel ausziehen? Und dir die Hände waschen? Nachher musst du mir in Ruhe erzählen, was du heute erlebt hast.«

Hand in Hand stiegen sie Minuten später die Treppe hinunter.

Inzwischen hatten sich die anderen bei Margarete versammelt. Die Tür war nur angelehnt, Gesprächsfetzen drangen in den Hausflur. Nora klopfte kurz an, wartete nicht auf eine Antwort – die sie wegen des Lärms sowieso nicht bekommen hätte – und betrat Margaretes Wohnung.

Ellie sah sie zuerst. Anklagend hielt sie einen Brief hoch, den gleichen, den auch Nora vorgefunden hatte. »Was soll das denn bedeuten? Worüber will er mit uns sprechen, wenn er uns demnächst persönlich aufsucht? Und wer ist dieser Herr Wilbur, der ihn begleiten wird?«

Margarete wedelte mit ihrem Brief. »Ich verstehe das überhaupt nicht. Müssen wir uns Sorgen machen?«

Nora kannte die Antwort. Sie hatte genug Zeit gehabt,

sich zu überlegen, warum Stegemann allen Mietparteien diesen Brief geschickt hatte. Außerdem hatte sie den Namen »Wilbur« in Zusammenhang mit Wohnhäusern gegoogelt und einen Harry Wilbur gefunden. Er war wie Herr Stegemann ein Schwabe aus Stuttgart. Aber er arbeitete in London für ein britisches Konsortium. Sein Unternehmen suchte in europäischen Metropolen alte Häuser, kaufte sie auf, ließ sie abreißen, um auf den Grundstücken neu zu bauen. Große, teure Stadtvillen. Oder er machte Luxussanierungen gegen den Willen der bisherigen Mieter. Wer die teuren Mieten nicht bezahlen konnte, hatte eben Pech. Sie würden Pech haben.

Was sie mit leiser Stimme den Freunden erklärte.

»Das kann Stegemann uns nicht antun! Das ist unvorstellbar. Unser Nest kann nicht zerstört werden. Wo sollen wir denn alle hin?« Ellie rang die Hände.

»Unser schönes Zuhause!«, sagte Margarete leise. »Es bricht mir das Herz, wenn ich mir vorstelle, dass ein Bagger kommt und das alles plattmacht … das halte ich nicht aus.«

Fanny sah mit großen Augen in die Runde. »Wo sind denn wir, wenn die Bagger kommen?«

»Das ist die Millionenfrage, Fanny«, sagte Udo. »Ich brauch jetzt einen Schnaps. Noch wer?«

Alle nickten. Sogar Fanny.

Ellie hatte die Wurstspezialitäten, die sie von ihrem Ausflug mitgebracht hatten, angerichtet, dazu noch schnell einen Salat bereitet. Aber niemand hatte Appetit, als sie sich an den Tisch setzten.

Während Fanny die Runde mit ausgedachten Geschichten über Störche unterhielt, kaute Nora still ihre Salamischnitte und schluckte, ohne irgendetwas zu schmecken.

Wie konnte es sein, dass an einem einzigen Tag ihre gesamte Existenz zusammenbrach? Und wann würde sie es den anderen sagen?

Sie räusperte sich. »Ich fände es schön, wenn ihr nachher, wenn Fanny schläft, noch mal zu mir nach oben kommen könntet. Auf ein Glas Wein.«

»Warum muss ich dann schon schlafen?«, fragte Fanny und pickte die Krümel ihres Leberwurstbrotes auf.

»Weil es schon spät ist und der Tag anstrengend war«, sagte Margarete, hielt ihr eine Serviette hin, die Fanny gehorsam nahm und sich damit den Mund abwischte.

Nora spürte die fragenden Blicke der anderen, schüttelte aber nur leicht den Kopf.

Es dauerte eine Weile, bis Fanny zur Ruhe kam. Zu sehr hatten es ihr Feenbriefe, das verwilderte Grundstück und natürlich die Störche auf dem Schornstein angetan, von denen sie Nora berichtete. Aber als die anderen hochkamen, schlief sie endlich.

Nora öffnete eine Flasche Rotwein, schenkte ihnen ein und setzte sich.

»Ich bin heute fristlos entlassen worden«, platzte sie heraus, nicht in der Lage, die bittere Wahrheit länger zu verschweigen.

Die anderen sahen sie erschrocken an, aber Nora zuckte nur mit den Schultern. »Macht euch keine Sorgen. Gleich am Montag gehe ich zum Arbeitsamt. Das wird schon, ihr werdet sehen. Ich bin schließlich eine ausgebildete Fachkraft. Sie werden sicher etwas für mich haben. Und wenn ich als Friedhofsgärtnerin arbeiten muss! Entschuldigung, Udo«, fügte sie hinzu, als Udo zusammenzuckte.

»Und wisst ihr was? Irgendwie bin ich sogar froh. Manchmal hatte ich in letzter Zeit in dem Gartencenter des Baumarktes das Gefühl, dass ich es nicht mehr lange aushalten würde. Das ist … so fern von allem, was ich jemals machen wollte. Hey, Margarete, wenn ich jetzt Zeit habe, kann ich dir in deinem Vorgärtchen helfen«, fügte sie in dem verzweifelten Versuch hinzu, die Gruppe aufzuheitern. Es misslang gründlich.

»Ach, Nora, ich wünsche dir so sehr, dass du schnell etwas findest. Ich helfe dir mit Fanny, das weißt du. Jedenfalls solange es geht. Wer weiß, wie lange noch.« Margarete seufzte. »Wie machen wir denn das mit dem Haus weiter? Sollten wir Stegemann nicht schreiben und fragen, wann er gedenkt, uns mit Herrn Wilbur aufzusuchen?«

»Wir könnten ihn auch anrufen«, schlug Ellie vor.

Margarete winkte ab. »Als wir das das letzte Mal versucht haben, hat er uns nicht verstanden, weißt du noch? Er ist doch total schwerhörig.«

»Wenn das wirklich wahr ist, frage ich mich, wo Stegemann sein soziales Gewissen hat.« Udo verstand es nicht. »Wir sind alte Leute, die hier schon ewig wohnen! Wir können hier unmöglich wegziehen!«

Sie ahnten alle, was Udo dachte. Wenn er wegziehen müsste, würde der tägliche Weg zu Annes Grab deutlich weiter sein. Und in einer neuen Wohnung würde ihn nichts mehr an Anne erinnern.

»Du, der Mann ist selbst alt. Vielleicht kommt er bald ins Heim und braucht Geld für die Pflege. Oder er hat Kinder, die ihm im Nacken sitzen. Oder er will nicht in unser Haus investieren. Ich finde es unmöglich, dass er mit britischen Heuschrecken in Kontakt steht. Aber irgendwie verstehe ich ihn auch«, sagte Margarete. »Er will seine Angelegenheiten regeln.«

»Dass Stegemann nicht investiert, ist nichts Neues. Der hat seit Jahren nicht investiert!«, ereiferte sich Ellie.

»Das war ja auch gut für uns. Hat es schön preiswert gemacht.«

Nora wusste, dass Margarete sich um sich selbst keine Sorgen machen musste. Um ihre, Ellies und Udos Finanzen und um das Auseinanderbrechen der Hausgemeinschaft dagegen schon. Sie beteiligte sich nicht an der Diskussion, drehte nur nervös den Stiel ihres Weinglases. Sie fühlte sich zu mutlos.

Und dann sagte Ellie auch noch: »Wenn wir wegziehen, dann können wir uns nicht mehr um Fanny kümmern! Und wenn du einen neuen Job hast, Nora, brauchst du uns doch erst recht!«

Noras Gedanken kreisten um diese Themen, als sie sich später in ihrem kleinen Schlafzimmer auszog.

Auch ohne Zeugnis von Müller gehe ich Montag zur Agentur für Arbeit, fülle die Formulare aus und tue so, als machte ich mir keine Sorgen, als wäre alles in bester Ordnung. Und wer weiß, vielleicht ist es das ja sogar. Vielleicht bekomme ich sofort einen neuen Job, der alle Gartenträume wahrmacht. In dem ich endlich selbstbestimmt Pläne umsetzen kann! Möglicherweise auf der Freundschaftsinsel in Potsdam. Ist zwar ein bisschen weit von hier, aber mit der S-Bahn ist es gut zu erreichen. Und dann würde ich mich um die Stauden von Karl Foerster kümmern. Karl Foerster! Ich trete vielleicht in seine Fußstapfen! Aber erst mal muss ich dringend einen Wohnberechtigungsschein beantragen. Vielleicht bekomme ich direkt neben Fannys Schule eine Wohnung. Da wird doch gerade gebaut. Fanny muss allein von der Schule nach Hause kommen, wenn die anderen nicht mehr da sind, die sich um sie kümmern, aber sie wird dann ja auch schon acht Jahre alt sein.

Richtig. Und nächsten Samstag gewinne ich im Lotto, und alles wird gut, dachte Nora, als sie ins Bett schlüpfte.

Auch Ellie gingen tausend Gedanken durch den Kopf, als sie das Licht löschte.

Die Rente ist sicher, hat der Blüm damals gesagt. Hahaha! Mich hat niemand vor Altersarmut gewarnt, als ich mich um Stefan gekümmert habe, als Jürgen weg war, als der Junge niemanden hatte außer mir. Meine Grundsicherung reicht jetzt schon vorne und hinten nicht! Woher soll ich eine Wohnung nehmen, die preiswert genug ist, dass das Sozialamt die Miete bezahlt? Hier in der Gegend gibt es so was garantiert nicht. Dann muss ich wohl wegziehen. Ohne Margarete, ohne Udo, ohne Nora. Und ohne meinen kleinen Schatz Fanny! Dieses Betteln beim Sozialamt ist grässlich. Jede Stromrückzahlung muss ich dem Amt melden, von meinem bisschen Ersparten darf niemand wissen, sonst rechnen sie mir das an. Was für eine Entmündigung, obwohl ich mein ganzes Leben lang als Köchin gearbeitet habe. Und Fanny, unsere kleine Fanny … Was wird nur aus ihr? Wir werden sie nicht mehr regelmäßig sehen, vielleicht findet sie andere Wahlgroßeltern. Jemanden, der mit ihr backt, kocht und Kartoffelpuffer brät. Und ihr zeigt, wie man Schnitzel so zubereitet, dass die Panade schön locker wird.

Wie eine dunkle Wolke hingen Ellies Gedanken über ihr, bevor sie es schaffte, in einen unruhigen Halbschlaf zu fallen.

Wenn ich aus Schmargendorf wegziehen muss, werde ich nicht mehr jeden Tag zum Friedhof gehen können, dachte Udo und drehte sich auf seiner Seite des Ehebettes herum. So lange war die andere Seite nun schon leer. Trotzdem bezog er auch Annes Bett immer neu, wenn er seine Bettwäsche wechselte.

Vielleicht reicht das Geld für eine andere Wohnung in der Nähe? Gut, dass ich die kleine Witwerrente habe, das macht es etwas leichter. Mit den Rosen muss ich dann sicher aufhören, wenn ich eine neue Wohnung habe. Das wird zu teuer. Das muss sie verstehen. Aber vielleicht kann ich irgendwo jobben. In Amerika arbeiten alte Leute doch auch in den Supermärkten. Dann reicht es wieder. Als Rentner kann ich locker vierhundert Euro dazuverdienen. Und dieses Bett ist irgendwie unbequem. Eigentlich brauche ich es nicht mehr. Ich könnte es verkaufen und mir etwas Neues suchen. Ich schau mal in den Kleinanzeigen nach. Ein gebrauchtes Bett ist nicht so teuer.

Margarete lag auf dem Rücken und hatte die Arme hinter dem Kopf verschränkt. Ihre Brille lag auf dem Nachttisch, die Lampe brannte noch, und ihre Gedanken sprangen umher wie die reifen Samen von Springkraut, die sie als Kinder so gern gegessen hatten, weil sie leicht nach Haferflocken schmeckten, wenn man auf ihnen herumkaute. Nach dem Krieg, als es so wenig zu essen gab.

Arme Nora. Hoffentlich findet sie schnell einen neuen Job! Sonst wird es sehr knapp. Als Alleinerziehende sieht es sowieso nicht gut für sie aus. Und sie braucht uns für Fanny. Da denkt man, man bleibt ewig zusammen, und dann so etwas. Wo wird es uns hintreiben? Es wäre wirklich schade ums Haus. Es ist nicht schön, das stimmt, aber wir fühlen uns hier so wohl. Ob sie es mit einer Abrisskugel zerstören? Schreckliche Vorstellung. Dieses Grundstück da draußen in der Mark, das war was. Weit ab vom Schuss, selbst von der Straße her nicht einsehbar. So verlassen. So malerisch gelegen. So ein Grundstück hätte ich gern. Und für Fanny, mein Gott, das Kind hat so viel Fantasie. Es könnte sich da austoben. Für uns alle wäre das eine Perspektive, wenn wir nicht mehr in diesem Haus sein können. Wenn wir demnächst alle verstreut wohnen sollten, könnten wir uns wenigstens dort treffen!

Wem dieses Grundstück wohl gehört?

4. Kapitel

»Mama hat jetzt mehr Zeit. Weil ihr Chef ein blöder Hammel ist«, erklärte Fanny, offenbar begeistert von dem Wort »Hammel«.

Als Ellie ihr noch erläuterte, dass man mit Hammelfleisch einen wunderbaren Bohneneintopf machen konnte, wurde sie nachdenklich. Wahrscheinlich stellte sie sich den Chef, der ja gar nicht mehr der Chef ihrer Mama war, in einem Topf mit grünen Bohnen vor.

Margarete nahm sich vor, mit Ellie ein ernstes Wort zu reden. Es ging doch nicht an, dass sie dem Kind immer solche Flausen in den Kopf setzte. Aber im Grunde war sie mit ihren Gedanken ganz woanders.

»Udo, Anne kommt doch aus einem Dorf, das nicht weit von diesem Grundstück entfernt ist. Hat sie mal etwas darüber erzählt?«, fragte sie, während sie alle – diesmal bei Ellie – Kaffee tranken.

Ellie hatte eine köstliche Torte gebacken, Blitztorte nannte sie die. Ein saftiger Boden, darauf Weintrauben und schließlich eine Haube aus Eischnee und Zucker, die im Ofen überbacken wurde. Sie langten zu, als hätten sie den ganzen Tag nichts gegessen.

Es war ein ausnehmend milder Tag, die Forsythienhecke auf der anderen Straßenseite leuchtete gelb zu ihnen herüber. Das Küchenfenster stand offen, laue Frühlingsluft wehte herein.

»Nein, Anne hat nie was davon erzählt. Sie ist ja schon

als junges Mädchen weggezogen«, antwortete Udo und nahm ein zweites Stück Torte. »Nach der Wende waren wir einmal in ihrem Dorf. Dieses Grundstück ist zwei Dörfer entfernt und dazu noch sehr abgelegen. Wieso fragst du?«

»Mich interessiert es. Es hat so etwas Verwunschenes. Ich frage mich, was da mal war. Ob dort wirklich jemand gewohnt hat.«

»Wenn sie es bis zur Wende irgendwie für Kinder genutzt haben und danach nicht mehr, steht es mehr als fünfundzwanzig Jahre leer«, sagte Udo.

Margarete überlegte. »Es muss doch rauszufinden sein, was es mit diesem Grundstück auf sich hat. Wo ist denn registriert, wem Land gehört?«

»Im Katasteramt.«

»Möchte noch wer Kuchen?«, fragte Ellie. Drei Teller wurden ihr entgegengehalten, als es an der Tür klingelte.

»Das ist Mama!«

Fanny sprang auf, ließ den Teller klirrend auf den Tisch fallen und flitzte zur Tür.

Noras Tag war nicht gut gewesen. Sie hatte fast vergessen, wie es gewesen war, als sie zwei Jahre zuvor wie eine Bittstellerin in der Agentur für Arbeit gesessen und sich durch den Wust von Formularen hatte kämpfen müssen.

Tatsächlich hatte ihr die Sachbearbeiterin – zuständig für die Buchstaben DAT bis DIT – einige Stellen als Gärtnerin vorgeschlagen, aber alle waren mindestens eine halbe Autostunde von ihrem Zuhause entfernt. Mit öffentlichen Verkehrsmitteln würde sie ewig brauchen. Das konnte sie sich nicht leisten, das ging einfach nicht mit Fanny.

Und die Jobs, die in Berlin zu bekommen waren, fand

sie abwegig: Floristin auf dem Großmarkt mit unchristlichen Arbeitszeiten, eine Stelle als Baumdoktor – interessant, aber sie kannte sich mit Baumpflege überhaupt nicht aus, und es war für sie unvorstellbar, mit einer laufenden Kettensäge auf einer kranken Weide herumzuklettern! Zum Schluss war ihr auch noch eine Stelle als Vorarbeiterin in einer Fabrik, die Folie zum Einwickeln von Blumen herstellte, angeboten worden.

Nora hatte alle Stellenangebote dankend abgelehnt.

Daraufhin hatte die Sachbearbeiterin sie angeschaut, als würde sie ihr die Ablehnung persönlich übel nehmen, bedeutungsschwanger mit der Zunge geschnalzt und ihr gnädig ein wenig Bedenkzeit gegeben.

Nora verstand die Welt nicht mehr. Es war Frühling. Berlin war angeblich die grünste Stadt Europas! Da gab es jede Menge zu tun! Allein im Tiergarten waren mehrere große Staudenanlagen, die musste doch jemand pflegen. Und was war mit dem Britzer Garten, mit dem Charlottenburger Schloss, mit dem Pankower Schlossgarten, dem Park am Gleisdreieck, dem Insulaner? Überall explodierte die Natur, warum brauchte sie niemand, damit sie sich darum kümmern konnte? Vorzugsweise mit nicht mehr als dreißig Stunden in der Woche und mit einer ausreichenden Bezahlung, sodass sie nicht gleich beim Sozialamt aufstocken musste? Natürlich brauchten sie jemanden. Aber sie wollten kein Geld dafür ausgeben.

Wenigstens hatte sie die Formalitäten erledigt. Selbst wenn sie arbeitslos blieb, würden sie und Fanny nicht verhungern müssen. Jedenfalls nicht gleich.

Entsprechend entmutigt betrat Nora Ellies Wohnung. Dass Fanny sich an sie hängte wie ein Kletteräffchen und es in der Wohnung der alten Freunde himmlisch nach Kaffee und Torte duftete, besserte ihre Laune nur ein bisschen.

Am nächsten Morgen legte sich Margarete alles zurecht: Block, Stift, Landkarte. Sie mochte es, wenn die Gegenstände ordentlich neben ihrem Telefon lagen.

Um halb zehn wählte sie die Nummer des Grundbuchamts in Löwenberg. Nach dem dritten Klingeln hob jemand ab.

Als Margarete ein leises »Hallo? Wer ist am Apparat?« hörte, legte sie auf.

Vielleicht war Telefonieren doch nicht das Richtige …

Und dann saßen sie wieder in Udos Auto, aber diesmal zu fünft. Fanny, die heute nicht in den Hort ging, hibbelte vor Aufregung.

»Ob die Störche noch da sind?«, fragte sie Nora.

Nora antwortete nicht. Wie sollte sie das wissen? Sie schaute aus dem Fenster und fragte sich, wann sie das letzte Mal einen Ausflug gemacht hatte. Wann sie überhaupt das letzte Mal außerhalb Berlins gewesen war. Wenn sie sich vorstellte, wie schlecht sie als Teilzeitgärtnerin bezahlt wurde, wollte sie lieber arbeitslos sein und dafür mehr Zeit haben für Fanny und die Dinge, die ihr wichtig waren. Vielleicht würde sie ihre Freundinnen endlich mal wieder sehen. Oder ausgehen, flirten, tanzen … Es wäre großartig, Zeit für andere Dinge, für andere Menschen zu haben.

Auf der anderen Seite – langzeitarbeitslos und dann noch ohne Wohnung … Das klang nicht gut. Sie brauchte Arbeit. Auch wenn das hieß, dass ihr soziales Leben eben wieder warten musste.

»Die Störche sind bestimmt noch da. Sie müssen doch nisten«, sagte Margarete vom Beifahrersitz aus. »Aber wir fahren nicht gleich zu den Störchen, sondern erst mal nach Löwenberg.«

»Warum? Gibt's da Löwen?«

»Nein. Aber ein Amt. Da können wir vielleicht herausfinden, wem das Grundstück gehört.«

»Gehören dem dann auch die Störche?«

»Ich glaube, die gehören nur sich selbst.«

Zu fünft betraten sie das Verwaltungsgebäude, in dem das Amt für Liegenschaften untergebracht war. Der Gang endete an einer Tür mit einem kleinen Glasfenster. Raum 3a – »Barbara Tschirch« stand auf einem Schild neben der Tür. Sie spähten durch das Glas in den Raum, Fanny musste sich auf die Zehenspitzen stellen, um etwas sehen zu können.

Eine hagere Frau mittleren Alters mit gefärbtem rotem Haar blätterte in einem dicken Aktenordner. Das Büro war schmucklos mit grauen Büromöbeln eingerichtet. Der einzige Lichtblick war eine pinkfarben blühende Orchidee auf dem Fensterbrett.

»Je hässlicher das Haus, desto mehr Orchideen stehen am Fenster. Ist euch das schon mal aufgefallen?«, fragte Nora leise. Margarete nickte.

»Das schreckliche Ding da ist eine Orchidee? Ich dachte, es wäre Plastik. Ich kann mir einfach nicht merken, wie all dieses Grünzeug heißt«, sagte Udo. »Jedenfalls scheint sie keine Dornen zu haben.«

»Du kennst ja auch nur Rosen«, witzelte Ellie.

»Reicht doch«, sagte Udo trotzig.

Margarete klopfte. Die Frau sah hoch und winkte sie herein. Sie betraten das Büro.

»Ja bitte? Wie kann ich Ihnen helfen?«

Das klingt gut, dachte Margarete. »Guten Tag. Wir hätten gern eine Auskunft zu einem Grundstück.« Inzwischen war es für sie selbstverständlich, dass sie Redeführerin war.

»Das kann ich Ihnen so nicht sagen. Sie müssen eine schriftliche Eingabe machen«, sagte die Frau.

Margarete unterdrückte einen Seufzer. Dieser Amtsschimmel! »Wir sind extra aus Berlin gekommen, um mit Ihnen persönlich zu sprechen. Wir haben gehofft, gleich eine Auskunft zu bekommen.«

Die Frau schüttelte den Kopf und musterte sie der Reihe nach. Ihr Blick blieb an Udo hängen. Sie betrachtete sein offenes Gesicht, das silbergraue Haar, die Brille. Ihr Blick wanderte zu seiner dunkelblauen Daunenweste, die er über dem hellblauen Hemd trug.

War das eigentlich ein neues Hemd, das er da anhatte? Margarete war sich ziemlich sicher, dass sie es noch nie zuvor an ihm gesehen hatte.

»Sie hätten vorher anrufen können. Dann hätte ich Ihnen die Unterlagen rausgesucht«, bemerkte sie und lächelte Udo an.

Udo lächelte zurück.

»Müssen wir das wirklich postalisch erledigen?«, fragte Ellie.

Die Frau ignorierte sie völlig, doch ihr Lächeln hatte sich von verbindlich in einladend gewandelt. Was bei Udo nicht die Wirkung verfehlte. Er fuhr sich betont lässig durchs Haar, das sich dadurch von sorgfältig gescheitelt in leicht verwuschelt verwandelte.

Margarete war sich ebenfalls sicher, dass sie auch diese Geste noch nie an Udo gesehen hatte. Ihr fiel auf, wie der Blick der Frau über seine Hand glitt. Wollte sie sehen, ob er einen Ehering trug? Flirtete sie mit Udo – ihrem Udo? Und konnte es sein, dass er diese Vibrationen spürte und reagierte? Ja, genauso wirkte es.

Margarete hatte eine Idee. »Fanny, musstest du nicht Pipi?«, fragte sie.

»Nein!«, sagte Fanny, die Noras Hand hielt, nachdrücklich.

»Doch, du musst jetzt Pipi. Kommt alle mit, wir suchen die Damentoilette.«

Fanny wollte protestieren, aber Nora und Ellie hatten begriffen. Zu viert verließen sie das Büro. Das Letzte, was Margarete von Udo hörte, war: »Mein Name ist Udo Kienast. Sie haben da übrigens eine zauberhafte Grünpflanze, Frau Tschirch. Und so gut gepflegt. Meine verstorbene Frau mochte Zimmerlinden auch so gern. Ich selbst habe leider überhaupt keinen grünen Daumen.«

Seine Stimme klang einen Tick tiefer als sonst. Männlicher. Rauchiger. Margarete verdrehte die Augen. Zimmerlinde! Wo sie gerade über Orchideen gesprochen hatten! Immerhin hatte Udo verstanden.

Im Gang kicherten Ellie, Margarete und Nora leise.

»Er macht das gut«, sagte Ellie. »Hätte ich ihm gar nicht zugetraut.«

»Armer Udo. Ich frage mich, ob es die Mühe wert ist, hier rauszufinden, wem das Gelände gehört«, meinte Nora. »Ich hätte besser auf den Ausflug verzichten und im Internet nach Jobs suchen sollen.«

»Doch, es ist die Mühe wert. Du wirst schon sehen«, erwiderte Margarete.

»Ich muss NICHT Pipi«, sagte Fanny energisch.

»Natürlich nicht«, erwiderte Margarete und drückte beruhigend ihre kleine warme Hand.

»Warum hast du das dann gesagt?«, fragte Fanny klagend. »Ich bin doch kein Baby!«

Margarete sah zu Ellie, die mit den Schultern zuckte und lächelte. Wie erklärte man einem kleinen Mädchen, das sehr wahrheitsliebend war, dass Flirten manchmal nichts mit Gefühlen, aber alles mit Strategie zu tun hatte?

Sie schlenderten ein wenig durch Löwenberg, wo Orchideen die beliebtesten Zimmerpflanzen zu sein schienen, gingen kurz über den Friedhof, kauften ein paar belegte Brötchen beim Bäcker und beschlossen dann, am Wagen auf Udo zu warten. Eine halbe Stunde nach ihnen verließ er schwungvoll das Gebäude. Er sah selbstzufrieden, wenn auch ein bisschen verwirrt aus.

»Ihr seid mir ja eine raffinierte Bande«, sagte er schnaufend, als er den Wagen erreichte. »Mich einfach allein zu lassen!«

»Es war unsere einzige Chance. Und? Was hast du herausgefunden?«

»Lasst uns erst mal losfahren. Frau Tschirch muss uns hier ja nicht schwatzen sehen.«

Udo drückte auf den Türöffner seines Schlüssels, und mit einem leisen Klicken wurden die Autotüren entriegelt. Sie stiegen ein.

»Dir liegt aber viel an ihrer Meinung, oder sehe ich das falsch?«, fragte Ellie.

»Na ja …« Udo grinste lausbubenhaft.

»Oha, da wird aber einer verlegen.«

Margarete war ziemlich beeindruckt. Sie schaute ihren alten Freund nachdenklich von der Seite an. Aber was bedeutete das eigentlich – alt? Udo war neunundsechzig. War man mit neunundsechzig alt? An diesem Tag sah Udo jedenfalls überhaupt nicht alt aus.

Sie musterte sein Haar, das leicht gelockt war und ihm ein bisschen verwegen in die Stirn fiel, und dabei fiel ihr plötzlich auf, dass er es irgendwie anders trug. Nach Annes Tod hatte sie den Verdacht gehabt, dass er sich die Haare selbst schnitt – mit einer stumpfen Nagelschere. Jetzt dagegen war der Schnitt ordentlich. Regelrecht modisch.

»Wann warst du eigentlich beim Friseur, Udo?«, fragte sie.

»Vor drei Tagen«, sagte er.

»Sieht gut aus. Irgendwie … jünger.«

Er warf ihr einen kurzen Blick zu und wirkte merkwürdigerweise peinlich berührt.

Sie fuhren los.

»Also, das mit diesem Grundstück ist sehr seltsam«, begann Udo.

»Warum?«, fragte Ellie.

»Weil es dazu keine Unterlagen gibt. Frau Tschirch hat gesucht und gesucht, erst im Computer, dann ist sie sogar ins Archiv gegangen, obwohl 2006 alles digitalisiert wurde. Aber sie hat nichts gefunden. Überhaupt nichts, was auf einen Eigentümer hinweist. Demzufolge müsste das Grundstück in kommunalem Besitz sein, aber auch dazu gibt es keine Unterlagen.«

»Hast du ihr gesagt, wo genau es liegt?«

»Natürlich. Ich habe es ihr sogar auf der Karte gezeigt. Komischerweise fährt sie da jeden Tag auf dem Nachhauseweg entlang. Aber sie hat dort nie gehalten und hatte keine Ahnung, dass sich am Ende des Waldwegs ein Grundstück befindet. Ich habe versucht, es ihr auf Google Earth zu zeigen, aber es ist völlig zugewuchert. Man sieht nichts.«

»Bis wann geht das Archiv zurück?«, wollte Margarete wissen.

»Es wurde 1945 bei einem Bombenangriff zerstört. Die Bombe war sicher nicht für das Gebäude bestimmt, sondern für einen Rüstungsbetrieb ein paar Kilometer weiter, das Archiv brannte jedoch komplett aus. Nach dem Krieg wurden die Leute per Amtsblatt aufgefordert, sich zu melden und Beweise für ihren Landbesitz zu erbringen, damit man es wieder im Rahmen des Liegenschaftsdienstes eintragen konnte. Das hat für dieses Grundstück aber nie stattgefunden. Deshalb weiß man nicht mehr, wem es früher gehörte.« Udo schüttelte den Kopf.

»Vielleicht sind die Besitzer im Krieg ums Leben gekommen«, mutmaßte Margarete.

»Da magst du recht haben«, beteiligte sich auch Ellie an den Spekulationen.

»Jedenfalls ist es in Vergessenheit geraten. Und auch über einen Kindergarten gibt es keine Unterlagen. Vielleicht ist das wiederum nach der Wende untergegangen. Oder er ist gar nicht offiziell angemeldet worden. Wann bist du eigentlich geboren, Ellie?«, fragte Udo und schaute in den Rückspiegel.

»1944. Meine Mutter hat mit mir in der Nähe von Bremen gewohnt und uns durchgebracht, indem sie für Bauern genäht hat. Sie war Schneiderin. Ich erinnere mich noch an ein Sommerkleidchen aus Fallschirmseide, das sie mir genäht hat. Es war reizend. Rot-weiß gestreift.«

»Und dein Vater?«, fragte Margarete.

»Ist beim Feldzug gegen Russland ums Leben gekommen. Vorher hat er noch schnell mich gezeugt«, sagte Ellie. »Während eines Fronturlaubs.«

»Meiner war in französischer Kriegsgefangenschaft. Ich weiß noch, als er wieder nach Hause kam, 1947. Ich hab mich gefragt, wer der fremde Mann in Mamas Bett ist. Das war für die Frauen bestimmt eine Riesenumstellung, wenn plötzlich die Männer zurückkamen und meinten, dass sie das Sagen hätten.«

»Was ist denn mit euch los?«, wunderte sich Nora. »Sonst redet ihr doch selten über die Vergangenheit.« Sie war sich nicht sicher, ob ihr das gefiel.

»Archiv, ausgebombt, Brand, Krieg ...«, sagte Udo. »Was

glaubst du denn? Bei diesen Begriffen werden Erinnerungen wach. An unsere Jugend und an das, was uns die Eltern erzählt haben … Schau mal, Margarete, da vorn geht es in den Waldweg, oder?«

»Kann ich wieder zu den Elfen mit dem Natursütin gehen?«, fragte Fanny.

»Natursütterlin«, sagte Margarete. »Heute nicht. Wir fahren direkt zum Grundstück.«

»Aber ich …«, protestierte Fanny.

»Ich glaube, ich sehe schon die Störche!«, rief Ellie und brachte Fanny damit zum Schweigen.

Margarete wusste, dass sie schwindelte. Vom Auto aus war der Schornstein hinterm Haus nicht zu entdecken. Aber Fanny vergaß für einen Moment alles und verrenkte sich fast den Hals, um die Störche zu entdecken.

Und dann hielten sie und stiegen alle aus.

Es sah noch genauso aus wie bei ihrem ersten Besuch. Als sie weggefahren waren, hatten sie das Tor im alten Zaun notdürftig mit der zerbrochenen Kette verschlossen.

Fanny öffnete die Autotür und purzelte vor Aufregung aus dem Wagen, Ellie und Udo folgten ihr gemächlich und gingen auf das Tor zu.

Nur Margarete blieb sitzen. »Das ist es, das Grundstück«, sagte sie vom Vordersitz aus und wandte sich um. »Was meinst du, Nora?«

5. Kapitel

Mit verschränkten Armen stand er am bodentiefen Sprossenfenster und schaute hinaus. Der Blick in ihren Garten war herrlich, davon abgesehen, dass der Regen den bunten Teppich aus Frühlingsblühern verschleierte. Im Herbst hatte sie, wie jedes Jahr, neue Blumenzwiebeln gesetzt. Sie pflegte ihren Garten allein, solange er denken konnte. Hatte ihn gepflegt, so wie die Dinge im Moment standen.

Er seufzte voller Trauer über das Unvermeidliche.

Hinter ihm raschelte es. Er drehte sich um und sah, dass die schmale Gestalt im Bett wach war.

»Komm her«, flüsterte sie leise, und er beeilte sich, ihrem Wunsch nachzukommen. Einladend klopfte sie mit der Hand neben sich auf die Matratze. »Setz dich, mein Junge. Lass uns reden. Viel Zeit bleibt mir nicht mehr.«

Er nahm Platz auf dem Bett, das sie lindgrün bezogen hatten. Vielleicht, um in ihr den Eindruck zu erwecken, dass sie umgeben von frischem Lindengrün lag. Sein Blick fiel auf den Nachttisch. Ein Block und ein Stift lagen dort und mehrere beschriebene Briefbögen. Daneben ein Stapel unterschiedlicher Schachteln, aus der die Pflegerin dreimal täglich ein Tablettenpotpourri zusammenstellte. Das seiner Meinung nach überhaupt nicht half.

Es war ihr Herz, und dieser Infarkt würde ihr letzter bleiben. Die Ärzte wussten es, er wusste es, sie wusste es. Sie nahm es leichter als sie alle.

Tröstend tätschelte sie seine Hand. »Schau nicht so be-

drückt. Alles wird gut. Menschen leben nicht ewig, und fünfundachtzig ist ein wunderbares Alter, um zu gehen. Mein Leben war lang und schön. Jetzt freue ich mich darauf, deinen Großvater wiederzusehen. Deinen Vater.« Er schluckte die aufsteigenden Tränen hinunter. »Und meine Eltern«, flüsterte sie kaum hörbar. Dann schwieg sie, und er schaute besorgt, ob sie wieder eingeschlafen war. Oder schlimmer. Nein, sie sah ihn an. »Kannst du mir das Bild bringen?«, fragte sie. Ihre Stimme klang etwas kräftiger.

Die weiße Wand, auf die sie vom Bett aus sah, war der Platz, an dem ihre glücklichen Erinnerungen hingen. Ihre Hochzeit mit dem Großvater, sie beide stolz in ihrem ersten Garten unter einem blühenden Kirschbaum, ihre Züchtungen, die sie in ihren Kreisen berühmt gemacht hatten, sein Vater als Kind, dann er als Kind mit dem Vater und der Mutter, und schließlich die jüngsten Fotos, nur er mit seiner Mutter, er mit seinem Sohn …

»Which one?«, *fragte er.*

»Sprich Deutsch. Bitte schlag einer alten Frau nicht ihren letzten Wunsch ab«, antwortete sie, und er wusste nicht, ob sie die Sprache oder das Bild meinte. »Das Gemälde.«

Das beschrieb es genau. Es gab nur ein Gemälde inmitten der Fotos. Er stand auf, nahm es ab und brachte es ihr. An der Wand blieb ein heller Fleck zurück.

»Es erinnert mich an mich selbst«, sagte sie und strich mit dem Finger über die Leinwand. »An meine Kindheit.«

Das Bild zeigte ein kleines Mädchen mit dunklem Haar, das auf einer Blumenwiese stand, einen hellen Schmetterling auf der Hand. Weitere tanzten um seinen Kopf. Es schien gebannt auf den Falter zu schauen. Die Pflanzen, die rings um die Wiese wuchsen, wirkten wie ein fantastischer Märchenwald, unbezähmbar im Wuchs, grenzenlos im Duft und voller Geheimnisse. Je nachdem, aus welchem Winkel man das

Bild betrachtete, traten Personen und Tiere aus dem Grün hervor, die man vorher nicht gesehen hatte.

»Wieso an deine Kindheit?«, fragte er.

»Der Garten, in dem ich aufgewachsen bin, ist in meiner Erinnerung genau so. Es gab Heckenhöhlen, Verstecke und Lichtungen, und überall schien etwas zu flüstern und zu raunen. Das Gras kannte meinen Weg, und die Blumen verbeugten sich, wenn ich vorbeirannte. Wenn es dunkel wurde, ging ich rasch ins Haus, weil ich Angst hatte, die Wurzeln könnten statt in die Erde in die Luft wachsen und mich festhalten. Es war Magie.« Sie sank matt in ihre Kissen zurück. »Aber wahrscheinlich war es nur der Zauber meiner Kindheit. Dumme Gedanken einer alten Frau. Häng es wieder hin.«

»Wo war denn der Garten deiner Kindheit, Granny?«, fragte er, als das Bild wieder an seinem Platz hing.

Sie antwortete nicht mehr, hatte die Augen schon geschlossen.

6. Kapitel

Nora vermutete, dass Margarete irgendetwas Überschwängliches von ihr über das Grundstück hören wollte. Aber sie wusste nicht, aus welchem Grund sie enthusiastisch sein sollte.

Was sie sah, war eine Wildnis aus frischem Grün und wild wucherndem Gestrüpp. Naturbelassen eben. Dahinter lugte ein Haus hervor – das war wohl das Kinderheim, von dem die anderen gesprochen hatten. Ansonsten sah alles verlassen aus.

Fanny, Ellie und Udo waren weit und breit nicht zu sehen.

»Ich weiß nicht so recht«, antwortete Nora unsicher und nahm Margaretes Enttäuschung wahr.

Als sie aus dem Wagen stieg, flog vor ihnen ein kleiner Vogel auf und setzte sich dann wieder. Es war ein Rotkehlchen. Aufmerksam schaute es sie mit seinen dunklen Augen an. Es legte das Köpfchen schräg, bevor es weiterflatterte, an dem alten Zaun entlang, als wäre es sein privater Luftweg. Schließlich schlüpfte es in das Wirrwarr von Schlingpflanzen, die an dem Zaun hochrankten.

Aus alter Gärtnergewohnheit versuchte Nora, das Klettergewächs zu identifizieren. Zuerst dachte sie an Waldclematis, aber dann sah sie, dass es Geißblatt war – Lonicera. Die lateinischen Bezeichnungen waren ein Teil ihrer Ausbildung gewesen.

Vielleicht war es ein Waldgeißblatt, das würde passen,

das wuchs wild … Sie trat näher heran. Aus den Zweigachsen wuchsen erste junge Blätter, und neue Triebe bemühten sich, das verschlungene Gespinst noch undurchdringlicher zu machen. Dunkle Früchte trug das Geißblatt nicht mehr. Wahrscheinlich hatte das Rotkehlchen sie im vergangenen Herbst und Winter längst verputzt.

Nora fragte sich, welche Farbe die Blüten wohl haben würden: gelb, rosa, weiß oder orange … Und dann musste sie plötzlich an die Laube ihrer Großmutter denken, ihren Garten, den sie gehegt und gepflegt hatte, in dem sie Möhren, Bohnen und Kartoffeln angebaut und die bunten Sommerblumenmischungen ausgesät hatte.

Die Erinnerung überfiel Nora mit einer Heftigkeit, dass sie die Augen schließen musste.

Ihr war, als wäre sie dort, an einem warmen Sommertag. Sie meinte, barfuß durchs Gras zu laufen. Der süßsaure Geschmack der reifen Stachelbeeren, die sie von den Sträuchern pflückte, um sie zu naschen, machte, dass sich die Spucke in ihrem Mund sammelte. Sie klopfte an die grüne Plastiktonne unter dem Regenrohr, in der das warme Wasser stand, beobachtete die Mückenlarven, die unter der Wasseroberfläche gehangen hatten und bei der Vibration in Zitterbewegungen abtauchten.

Nora sah den schillernden Regenbogen, der entstand, wenn ihre Großmutter spätnachmittags im Sonnenschein die Pflanzen goss und sich das Licht in den Wassertropfen brach. Und dann breitete sich der Wohlgeruch des blühenden Geißblattes, das frech bis in die Spitze des alten Apfelbaumes hochgerankt war und dort seine orangefarbenen Blüten leuchten ließ, um Nora aus. Der intensive Duft, der sich an Sommerabenden mit dem warmen Asphalt und einem Hauch von Abgasen der großen Stadt vermischt hatte. Ja, sie war wieder im Garten ihrer Großmutter, in dem sie vor so vielen Jahren zuletzt gewesen war. Sie atmete tief ein …

»Nora? Kommst du?«

Langsam öffnete sie die Augen und sah Margarete verwirrt an. »Riechst du was?«, fragte sie.

Margarete schnupperte. »Waldluft. Ein bisschen Mist, wahrscheinlich düngt ein Bauer die Felder. Wieso?«

Nora schüttelte den Kopf. »Ach, ich dachte nur …«

Wie seltsam war das denn! Das Geißblatt war noch mindestens zwei Monate von der Blüte entfernt, nicht einen Hauch Duft strömte es aus – und ihre Großmutter war gestorben, als Nora kaum zehn Jahre alt gewesen war. Sie hatte ewig nicht mehr an ihren Garten gedacht. Bis jetzt.

Zusammen mit Margarete ging Nora auf das Tor zu. Sie stiegen über die lange, verrostete Kette, die auf dem Waldboden lag.

»Mama! Schau dir endlich die Störche an!« Fanny kam auf sie zugelaufen, griff nach ihrer Hand und zerrte sie voran.

Nora gab sich einen Ruck und schüttelte über sich selbst den Kopf.

Sie waren ums Haus herumgegangen, Nora hatte die Störche gebührend bestaunt, Udo und Ellie waren dabei, den Klapptisch und die Stühle aus dem Auto zu holen.

Margarete, Nora und Fanny standen auf der obersten Stufe der Treppe, die zu der Terrasse hinter dem Haus führte, und blickten über das verwilderte Grundstück. Jedenfalls, so gut es überhaupt möglich war. Margarete fiel ein weit verzweigter Busch auf, und sie wies darauf.

»Der Strauch da ist herrlich gewachsen. Kennst du den?«, fragte sie Nora.

Nora sah genauer hin und überlegte kurz. »Das ist eine

Felsenbirne«, antwortete sie dann. »Sie ist ganz unempfindlich. Deshalb nimmt man sie gern als Straßenbepflanzung. Kommt aus Nordamerika, wurde von den Niederländern kultiviert, wilderte in Europa aus … Und weißt du was? In Kanada, wo die Felsenbirne ursprünglich herstammt, gibt es sie nicht mehr. Da ist sie ausgestorben. Wie ein Volk, das vertrieben wurde.«

»Woher weißt du das?«, fragte Margarete und sah sie respektvoll an.

Nora lachte. »Das ist mein Job, so was zu wissen. Mein Chef früher hat Felsenbirnen gern als Heckenbepflanzung genutzt. Sie blühen im April wunderschön, haben leckere Früchte und eine sehr bunte Herbstfärbung.«

»Wachsen an dem Birnen?«, klinkte sich jetzt auch Fanny ins Gespräch ein.

»Nein, der Baum hat kleine dunkelblaue Beeren. Schmecken ein bisschen wie Blaubeeren.«

»Warum heißt der Baum dann nicht Blaubeerbaum?«

»Früher hat man ihn zur Familie der Birnen gezählt. Jetzt ordnet man ihn anders ein.«

»Was denn für eine Familie?«, fragte Fanny. Nora konnte sich lebhaft vorstellen, was Fanny dachte: Papa Blaubeerbaum, Mama Blaubeerbaum, Tochter Blaubeerbaum …

»So nennt man Pflanzen, die dieselben Merkmale haben.«

»Was sind denn Merkmale?«

Nora versuchte es zu erklären, aber bevor sie geendet hatte, war Fanny schon weggerannt. »Ich schau mal, ob ich was finde«, rief sie noch, dann arbeitete sie sich durch das Gestrüpp, das sich der Terrasse anschloss.

»Ich würde gern wissen, wie sie hierhergekommen ist«, sagte Nora, mit den Gedanken immer noch bei der Felsenbirne. »Sie sät sich eigentlich nicht selbst aus.«

»Vielleicht haben die Leute sie gepflanzt, die hier das Kinderheim betrieben haben«, bemerkte Margarete und zeigte auf das Haus.

Inzwischen verstand sie, warum sie die Terrasse bei ihrem ersten Besuch nicht gleich wahrgenommen hatte. Zwischen wild wachsenden Birken und Ahorn und dem hohen Gras, das hier wuchs, war sie kaum als solche zu erkennen. Aber jetzt machte Udo sich daran zu schaffen.

»Was tust du da?«, rief sie ihm zu.

»Ich jäte Unkraut. Damit es hier wieder ordentlich aussieht«, rief er zurück und warf ein paar ausgerissene Schösslinge auf einen Haufen.

Nora beobachtete Udo. Fast taten ihr die Pflanzen leid. Wären sie heute nicht zu fünft hier eingefallen, hätten sie ungestört weiterwachsen können. Noch ein paar Jahre, und die Terrasse wäre überhaupt nicht mehr zu erkennen gewesen, die Wurzeln der jungen Bäume hätten die Steine gesprengt, die Grasbüschel hätten sie aus den Fugen gestemmt. Und noch ein paar Jahre weiter hätte die Natur gesiegt.

Aber mit Udo, Margarete und Ellie blieb die Natur nicht sich selbst überlassen. Da waren ihre Freunde zu effizient, glaubten zu sehr an Ordnung, zu sehr an Aufbau. Sie hatten ihre genauen Vorstellungen, was Zivilisation bedeutete.

»Bring mal noch einen Stuhl aus dem Wagen. Und die Brötchentüte«, rief Ellie, die gerade mit dem Klapptisch unter dem Arm an ihnen vorbeikam, Margarete zu.

Nora ließ sich nicht aus den Gedanken reißen. Sie legte die Hand an die Stirn, um die Augen gegen die Sonne zu schützen, und schaute von der erhöhten Position aus über das Grundstück. Jetzt sah sie auch die Metallstreben, die hinter dem Dickicht in den Himmel ragten. Davon hatte

Margarete ihr schon erzählt, und auch, dass sie sich keinen Reim darauf hatte machen können. Nora runzelte die Stirn. Was war das nur?

Langsam ging sie die Treppenstufen hinunter und machte ein paar Schritte auf das Dickicht zu, in dem Fanny verschwunden war. Dann zwängte sie sich hindurch. Bei jeder Berührung stob es hellgelb von den Haselnusskätzchen auf. Nora nieste.

»Fanny?«, rief sie. »Wo bist du?«

»Hier, Mama! Ich hab was gefunden!«

Nora folgte der Stimme ihrer Tochter, bog die Zweige auseinander, kletterte über das Wurzelwerk – bis sie stolperte. Im letzten Moment fing sie sich an einem dicken roten Hartriegelzweig.

Sie sah, dass sie nicht über Wurzeln gestolpert war, sondern über zwei Steine, die rechtwinklig zueinander standen und ein Stückchen aus dem Boden ragten. Nora schaute sich um. Ein paar Meter weiter, auf einem wilden Wiesenstück, entdeckte sie wieder zwei Steine, die auf dieselbe Art und Weise zueinander standen. Seltsam. Sie schaute sich um. Und dort, auf der linken Seite, ebenfalls. Waren das Grenzsteine? Ober gab es hier einen überwachsenen Weg?

Plötzlich beunruhigt, hastete sie weiter.

Sie hätte vielleicht zuerst schauen sollen, was für Gefahren auf dem Grundstück lauerten. Die Steine waren nicht schlimm, aber was, wenn die Metallstreben über Fanny zusammenbrachen? Und überhaupt, sie wussten nichts über dieses Grundstück, das den Namen kaum verdiente, dieses Stück Wildnis, von einem halb verfallenen Zaun umgeben …

Sie hastete weiter.

»Warum bist du so rot im Gesicht?«, erkundigte Fanny

sich angelegentlich, als Nora schwer atmend auf sie zukam. Sie hockte neben einer niedrigen Backsteinwand, in die die Metallstangen eingelassen waren, und spielte eines ihrer verträumten Fanny-Spiele.

»Zu dir zu kommen war anstrengend. Diese Hecke ist ein richtiges Klettergerüst«, erklärte Nora.

Es war ein sonniges, friedliches Plätzchen, das ihre Tochter für sich entdeckt hatte. Frisches Grün spross um sie herum, sodass es aussah, als säße sie auf einer kleinen Lichtung. Drei dicke Tuffs mit blühenden Schneeglöckchen ließen es noch idyllischer wirken.

Aber Nora fiel auch etwas anderes ins Auge: Entlang der niedrigen Mauer waren Hunderte, wenn nicht Tausende Tontöpfe gestapelt. Einige der Stapel waren umgefallen. Die Töpfe lagen verstreut da, viele waren zersprungen. Und sie schienen dort schon lange zu liegen, denn Moos wuchs auf ihnen, und einige Scherben waren in dem lange nicht gemähten Gras kaum auszumachen.

Mit Töpfen kannte Nora sich aus. Unzählige hatte sie in ihrer Lehre mit Erde befüllt. Aber diese hier sahen anders aus als alle, die sie jemals in den Händen gehabt hatte. Sie waren dickwandiger, unregelmäßiger, als wären sie in Handarbeit und nicht maschinell hergestellt worden. Außerdem waren sie aus ungewöhnlich hellem Ton.

Und es waren wirklich unglaublich viele. Sie reichten für zahllose Pflanzen, pikiert, umgesetzt und gepflanzt, gezogen und vereinzelt …

Die Erkenntnis traf Nora wie ein Blitzschlag.

Das Haus mochte zuletzt vielleicht als Kindergarten genutzt worden sein oder als Ferienheim. Da hatten die Freunde sicher recht. Aber irgendwann davor hatte es ein anderes Leben geführt. Eines, das heute kaum noch erkennbar war, weil die Spuren der Zeit es fast zerstört hatten. Margarete, Ellie und Udo hatten es nicht erfasst. Zu ihr sprach das Grundstück dagegen eine deutliche Sprache. Vielleicht, weil sie diese Sprache aus ihren Träumen kannte.

Die rechtwinklig angeordneten Steine, über die sie gestolpert war und von denen sie auf der wilden Wiese und im dichten Gebüsch noch mehr entdeckt hatte, waren früher einmal Beeteinfassungen gewesen. Die niedrige Backsteinmauer und die darin eingelassenen Metallstreben waren das Überbleibsel zweier Gewächshäuser. Und der Schornstein, auf dem nun Fannys Störche nisteten, gehörte wahrscheinlich zu einer Anlage, mit dem einst die Gewächshäuser geheizt worden waren.

Dann die vielen alten Blumentöpfe, entlang der kleinen Mauer gestapelt – die hatten bestimmt niemandem zum Privatvergnügen gedient, der im Frühling ein bisschen Petersilie ausgesät hatte. Sie mussten zu einem Betrieb gehört haben, der professionell geführt worden war.

Nora war sich sicher: Hier war früher eine Gärtnerei gewesen, und den Ausmaßen der Beete und der Gewächshäuser nach zu urteilen keine kleine.

Sie fragte sich, was dieses Grundstück ihr noch verraten würde. Hatte etwas von dem, das hier früher gewachsen war, überlebt? Gab es noch Spuren davon? Und wann war dieses Früher gewesen?

Wie geheimnisvoll!

Eine alte, vergessene Gärtnerei.

Ein wucherndes grünes Rätsel.

Pflanzen, deren Alter niemand kannte.

Ihr Herz begann schneller zu schlagen.

7. Kapitel

Fanny kauerte auf dem Boden, vor sich einen der gelbtonigen Blumentöpfe.

»Ich habe ganz viele Töpfe gefunden, Mama! Und jetzt pflanze ich in einem davon eine Blume. Für Margarete«, sagte sie und versuchte, einen Pflanzenableger in etwas Erde zu pressen, die sie, wenn man sich ihre schwarzen Fingernägel ansah, irgendwo herausgekratzt haben musste.

Nora hockte sich neben sie. »Die Pflanze kennst du, Fanny. Es ist ein Löwenzahn. Siehst du, in der Blattrosette ist schon eine Blüte. Sie wird gelb blühen, und später wird es mal eine Pusteblume werden. Der Löwenzahn hat ganz lange, feste Wurzeln. Pfahlwurzeln nennt man sie. Zeig mal her.«

Sie hob die Pflanze vorsichtig an. Direkt unterhalb des Blattstands war – nichts. Fanny war zu ungeduldig gewesen und hatte den Löwenzahn kurzerhand abgerissen.

»Weißt du, was am wichtigsten ist, wenn du etwas pflanzt?«, fragte Nora.

Stadtkind Fanny sah sie an. »Die Blume?«, schlug sie dann zögernd vor.

»Nein. Das, was du nicht siehst. Die Wurzeln. Denn damit holt die Pflanze sich das Wasser und die Nährstoffe aus dem Boden.«

Niedergeschlagen sah Fanny auf die Pflanze. »Ich wollte sie nicht kaputt machen.«

»Ich weiß. Und eigentlich hast du das auch nicht, denn

aus der Wurzel, die du im Boden gelassen hast, wachsen neue Blätter und eine neue Blüte. Wir können bestimmt einen Topf bepflanzen, hier wächst ja so viel. Aber wir brauchen eine Schaufel. Der Boden ist so fest.«

Nora inspizierte die Tonscherben, die neben einem Stapel Töpfe lagen, und griff nach einer, die einigermaßen stumpf aussah. Sie wog sie in der Hand, dann gab sie sie Fanny. »Hiermit geht es auch. Aber wollen wir uns erst mal die alten Gewächshäuser ansehen?«

Getröstet sprang Fanny auf, die provisorische Schaufel in der Hand. »Au ja.«

Sie betraten das erste Gewächshaus durch eine scheibenlose Tür. Wo drinnen und draußen war, spürte man nicht mehr. Innen war es genauso luftig wie draußen.

Nora schätzte die Grundfläche auf fünf mal zwölf Meter. Viel Platz, um im geschützten Raum etwas anzubauen. Sie schaute sich um, aber es gab keinen Hinweis darauf, wie es hier einmal ausgesehen hatte.

Sofort setzte ihre Gärtnerfantasie ein. Sie sah einen langen Holztisch, auf dem neben bereitstehenden Töpfchen ein Haufen frischer Erde lag. Hier wurde in Schalen gesät, pikiert, Erde wurde gemischt, Anzuchterde, Erde mit höherem Sandanteil, lehmige Erde, saure Erde für Rhododendren und Himbeeren und Blaubeeren … Kleine Wurzeln wurden beim Umpflanzen festgedrückt. Wenn es im Gewächshaus zu warm wurde, hatten die Gärtner gelüftet und gegossen. Im Sommer hatten sie gespürt, wie das warme Wasser in die offenen Arbeitsschuhe lief. Oder noch besser, sie hatten barfuß gearbeitet, wenn sie zwischen den Reihen entlanggingen, Klettergewächse mit rauem Faden hochbanden, das dichte Grün der Treibhauspflanzen bändigten.

Jetzt war von üppigem Bewuchs nichts mehr zu sehen. Birken hatten sich auch hier ausgesät. Einzelne Schösslinge waren bereits so hoch, dass sie durch das Gerüst dem Himmel entgegenwuchsen. Andere dagegen waren noch klein, hatten vielleicht erst im vergangenen Jahr zu wachsen begonnen. Zuerst versuchte Nora, sie nicht zu zertreten, aber sie gab bald auf. Es waren einfach zu viele. Sie lief durch die Hintertür hinaus und in das zweite Gewächshaus hinein, Fanny trottete neben ihr her.

Hier bot sich dasselbe Bild. Der Boden war voller Unkraut, junge Bäume wuchsen durch die Metallstreben in den Himmel.

Nora sah nach oben, und da entdeckte sie etwas. Der hintere Teil des Gewächshauses war noch fast intakt. Einige Glasscheiben waren gesprungen, aber nicht herausgebrochen.

Ihr Blick glitt wieder abwärts. In der Ecke standen ein alter Spaten, ein angerosteter Rechen und eine Harke, daneben eine Gießkanne aus Zink, mit weißlicher Patina überzogen. Das Gartenwerkzeug wirkte wie lässig hingestellt fürs nächste Mal, ein nächstes Mal, das niemals gekommen war. Und dann sah sie ein Stückchen weiter auf der trockenen Erde, wo es weniger Unkraut als im vorderen Teil des Gewächshauses gab, einen Haufen Gestrüpp.

Nora trat näher heran. Ein wilder Komposthaufen vielleicht, der nie verrottet war, weil es hier zu trocken war? Sie sah braune, runzlige Stiele und nahm einen hoch, um ihn genauer zu betrachten …

»Autsch«, rief sie und ließ ihn wieder fallen.

Sie hatte in eine Dorne gefasst, hart und spitz. Rasch steckte Nora den Finger in den Mund und schmeckte gleich den metallischen Geschmack von Blut. Wann war eigentlich ihre letzte Tetanusimpfung gewesen?

»Schau mal, Mama.«

Fanny balancierte auf einem Rohr, das entlang der Innenseite der kleinen Backsteinmauer verlief. Nora war sicher, dass es zu dem Heizhäuschen führte. Es war grün, oxidiertes Kupfer. Dahinter waren ebenfalls Tontöpfe gestapelt – aus demselben hellen Lehm gefertigt wie die am anderen Gewächshaus, aber sie hatten einen größeren Durchmesser.

»Fein, Süße«, sagte sie abwesend, mit ihren Gedanken ganz woanders.

Die Dornen wiesen auf Rosen hin. Hatten hier mal Rosen gestanden? Sie sah sich um, konnte aber außer dem Dickicht zu ihren Füßen nichts entdecken, was wie ein Rosengewächs aussah.

Fanny sprang vom Rohr, die Scherbenschaufel immer noch in der Hand. Sie hockte sich zu Noras Füßen und begann in der trockenen Erde zu buddeln.

Einen Augenblick später fragte sie: »Kann ich das hier einpflanzen?« und hielt Nora eine kräftige weiße Wurzel hin, aus der ein zarter grüner Halm wuchs.

»Ja. Aber du musst mir was versprechen.«

»Was denn, Mama?«

»Du darfst es nicht in Margaretes Garten pflanzen. Es ist eine Quecke. Und das ist so ziemlich das schlimmste Unkraut, das es gibt.«

»Warum?«

»Weil es ganz tief wurzelt und man es nie wieder los wird.«

»Ich finde es aber schön«, sagte Fanny trotzig. »Es sieht wie eine kleine grüne Fahne aus.« Sie schwenkte die nackte Wurzel, sodass der Halm flatterte. Dann nahm sie einen Topf, gab erst trockene Erde und dann die Wurzel hinein, deckte sie mit einer weiteren Schicht

Erde ab und sah Nora erwartungsvoll an. »Und jetzt?«, fragte sie.

»Jetzt müssen wir deine Pflanze gießen.«

»Margarete hat bestimmt Wasser dabei! Ich frag sie.« Fanny nahm ihre Blume und verließ das Gewächshaus. Das gute Gerolsteiner für eine Quecke, dachte Nora und folgte ihr. Fanny drehte sich um, die blonden Locken waren zerzaust, die hellen Augen blickten nachdenklich. Den Topf hielt sie mit einer Hand fest an sich gepresst. »Mit den Pflanzen ist das wie mit den Menschen. Wie mit den Wurzeln.«

»Wie meinst du das?«

»Da ist doch auch das wichtig, was man nicht sieht. Das Innere. Das unter der Schicht liegt.« Sie presste die freie Hand auf ihren kleinen Bauch. Vielleicht meinte sie aber auch das Herz.

Nora lächelte.

Als sie zu den anderen zurückkehrten, sah die Terrasse ganz verändert aus. Zuerst konnte Nora nicht genau sagen, warum.

Dann sah sie den Berg Unkraut und verstand – die anderen hatten sich die Zeit damit vertrieben, es weiter auszureißen. Die Terrasse sah natürlich noch nicht wie die eines gepflegten Einfamilienhauses aus, aber immerhin erkannte man bereits, dass es eine Terrasse war.

»Leute! Wisst ihr, was hier früher war?«, rief Nora Margarete, Ellie und Udo zu, die es sich bereits am Tisch gemütlich gemacht hatten.

»Klar. Ein Kindergarten«, sagte Udo.

Nora schüttelte den Kopf. »Nein. Eine Gärtnerei!«

Einen Moment lang herrschte verblüfftes Schweigen, dann fragte Margarete: »Wie kommst du denn darauf?«

»Die Metallstreben da hinten sind die Überbleibsel von zwei alten Gewächshäusern. Dorthin scheinen auch die Rohre aus dem Häuschen zu führen, wahrscheinlich war es ein Heizsystem oder so. Und Unmengen alter Pflanztöpfe liegen dort …«

»Die ich gefunden habe«, warf Fanny ein.

»Ja, genau, die Fanny gefunden hat. Außerdem bin ich im Dickicht über Beetbegrenzungssteine gestolpert.«

»Das ist ja interessant. Muss wohl vor 1945 gewesen sein. Sonst hätten wir vorhin ja einen Eintrag gefunden«, sagte Udo nachdenklich.

Während Fanny den Queckenableger mit Margaretes Mineralwasser goss, setzte Nora sich.

»Eigentlich wollten wir dir einen Löwenzahn für deinen Garten mitbringen«, sagte sie zu Margarete.

»Bleibt mir bloß weg mit dem Zeugs«, antwortete Margarete entsetzt. »Ich hab Löwenzahn früher immer ausgestochen. Jetzt hab ich im Vorgarten endlich Ruhe. Obwohl …«

Sie griff nach einem Käsebrötchen, biss aber nicht davon ab, sondern hielt es reglos in der Luft. Fanny kam zu ihr und machte es sich auf ihrem Schoß bequem.

Margarete schien das nicht zu merken.

Ihr Blick war in weite Ferne gerichtet. Nora, Ellie und Udo sahen sie besorgt an.

»Hallo?«, fragte Ellie und wedelte mit der Hand vor Margaretes Gesicht herum. »Ist wer zu Hause?«

Margarete schrak zusammen. Jetzt schien sie die Freunde wieder wahrzunehmen. »Das war seltsam«, sagte sie. »Plötzlich hab ich den Löwenzahn von früher gesehen. Und ich hatte schrecklichen Hunger wie damals nach dem Krieg …«, fügte sie hinzu. »In der Stadt sieht man Löwenzahn nicht mehr so oft, oder bilde ich mir das nur ein?«

»Du zum Beispiel stichst ihn immer aus«, sagte Ellie, aber so leise, dass es nur Nora hörte.

»Früher wuchs er überall. Komisch. Kennt ihr eigentlich Löwenzahnsirup?«, fuhr Margarete fort. Ellie und Nora schüttelten den Kopf, Udo kaute emsig, und Fanny puhlte die Gurke von ihrem Mortadellabrötchen. Grün im Essen war ihr verdächtig. »Den hat meine Mutter früher selbst gemacht. Dafür mussten wir Löwenzahnblüten sammeln. Hunderte! Dann wurden sie mit Zucker aufgekocht, stundenlang. Im Marmeladenglas sah der Sirup aus wie Honig, goldgelb und transparent. Ach ja«, sie sah in die Ferne, »wir haben viel in den Ruinen gespielt. Besonders, wenn wir von der Schule nach Hause gingen, nach dem Krieg.«

»War Berlin denn dort, wo du gewohnt hast, sehr zerstört?«, fragte Ellie.

»Lichterfelde? Absolut. Und wir haben noch lange nach dem Krieg alles genutzt, was die Ruinen hergaben. Viel war es nicht. Brennnesseln und Giersch hat meine Mutter wie Spinat zubereitet. Und der Löwenzahnhonig war ganz vorn mit dabei.«

»Von Löwenzahn kann man auch die Blätter essen«, sagte Nora und griff nach einem Salamibrötchen. »Wenn man es bitter mag.«

Margarete hatte sich von ihrer Erinnerung noch nicht gelöst. »Im Krieg hat meine Mutter aus Zichorienwurzeln Kaffee gemacht, kennt ihr das noch?«

»Die Wurzel der Gemeinen Wegwarte. Die blüht hübsch blau. Gibt es hier sicher auch«, sagte Nora und sah sich um. »Aus der kultivierten Form zieht man den Chicorée.«

Margarete schien sie nicht zu hören. »Und nach dem Krieg war Bohnenkaffee für meine Mutter das Größte.

Bis zu ihrem Tod hat sie keinen Tag darauf verzichtet. Sie hat nicht sehr geklagt, was ihr der Krieg abverlangt hat. Aber dass sie auf Kaffee verzichten musste, hat sie persönlich genommen.« Margarete war immer noch auf der Erinnerungsspur.

»Meine Mutter hat mir mal was von gerösteten und gemahlenen Eicheln erzählt«, sinnierte Udo.

»Als Kaffee?« Nora schüttelte sich.

»Ja. Muckefuck.«

Fanny kicherte und hüpfte von Margaretes Schoß. »Muckefuck ist ein ulkiges Wort!«

»Kommt von Mocca faux. Falscher Kaffee«, erklärte Margarete ihr.

»Steckrüben«, sagte Ellie und verzog das Gesicht. »Bei uns gab es ständig Steckrüben. Ich war ja klein, aber von dem Geruch muss ich mich heute noch übergeben. Ich glaube, wir haben jahrelang nichts anderes gegessen.«

»Jetzt sind Steckrüben als Gemüse wieder im Kommen«, sagte Margarete. »Im Tagesspiegel stand neulich ein interessantes Rezept. Steckrübenpizza. Ich hatte schon überlegt, ob du uns das nicht mal machen …«

»Vergiss es!« Ellie schüttelte sich.

»Ihr seid ja schon wieder bei den Kriegsgeschichten«, bemerkte Nora verwundert. »Es ist doch so friedlich hier … Wie ist das möglich?« Sie versuchte, nicht auf den Berg ausgerissener Pflänzchen zu schauen.

»Stimmt nicht. Wir sind bei den *Nach*kriegsgeschichten«, stellte Udo richtig.

Nora lachte und lenkte ab. »Ich frage mich, wie groß das Grundstück ist und wie die Gärtnerei früher aussah. Man kann es vor lauter Wildwuchs nicht erkennen.«

»Wir können versuchen, es abzulaufen. Immer am Zaun entlang. Und aufzeichnen, wie es ausgelegt ist.« Margarete griff nach einer weiteren Brötchenhälfte. Die Erinnerung an ihren Nachkriegshunger schien anzuhalten.

»Meinst du, die Mühe lohnt sich?«, fragte Ellie.

»Du musst nicht mitkommen, wenn es dir zu anstrengend ist«, antwortete Margarete ungewohnt zickig.

Ellie warf ihr einen verletzten Blick zu, schwieg aber.

»Mich interessiert, wie die Rohre der Heizanlage verlaufen. Unterirdisch oder oberirdisch«, sagte Udo und stand auf. »Ich hole aus dem Wagen was zum Schreiben.«

»Auf jeden Fall hat hier jemand mal gründlich aufgeräumt. Wahrscheinlich, bevor sie hier die Kinder untergebracht haben«, fuhr Nora fort und sah Udo nach.

»Wie kommst du denn darauf?« Margarete klopfte sich die Brötchenkrümel von ihrer Jacke.

»Es liegt keine einzige Glasscherbe mehr um die Gewächshäuser herum.«

Ellie und Margarete sahen sie beeindruckt an. »Clever«, sagte Ellie.

Es dauerte ein Weilchen, bis Udo zurückkam. »Ist euch eigentlich die Platte neben dem Haus aufgefallen?«, fragte er und legte einen kleinen Block und einen Kugelschreiber auf den Tisch. Er klang aufgeregt. Die drei Frauen schüttelten den Kopf. »Dann kommt mal mit!« Sie standen auf und folgten Udo, der wieder in Richtung Tor stapfte.

Sie waren bereits so oft durch das dichte Grün gegangen, dass sich allmählich ein Weg bildete. Udo führte sie zu der Treppe vor dem Haus. Und tatsächlich, daneben lag eine rostige, quadratische Metallplatte. Sie war schwer auszumachen, weil sie von Grasbüscheln überwachsen war, aber Udo hatte sie erspäht und sie ein Stückchen zur Seite gezerrt. Darunter war ein Loch, dunkel und unheimlich. Im Sonnenlicht konnte man nicht sehen, wie tief es war. Alle beugten sich vor, Nora hielt Fanny fest an der Hand.

»Passt auf«, sagte Udo, nahm ein Steinchen und warf es rein. Es dauerte eine Weile, bis sie ein leises Platschen hörten. »Das ist der Brunnen, den sie für die Gärtnerei genutzt haben! Sie werden eine Pumpe darin gehabt haben, und wahrscheinlich werden wir im Haus oder im Heizhaus einen Druckkessel entdecken, der das Wasser gespeichert hat. Das hier war der Rohranschluss. Muss erneuert werden.« Er stupste leicht gegen ein rostiges Stück Metall, das in dem Brunnenloch mündete.

»Wasser! Das würde hier alles verändern! Aber woher hatte die Pumpe den Strom?«, fragte Nora und sah sich um. »Ich glaube kaum, dass dieses Grundstück an das Versorgungsnetz angeschlossen ist. Strommasten sehe ich hier auch keine.«

Udo überlegte. »Vielleicht hatten sie ein eigenes Stromaggregat? Lasst uns mal weiterschauen. Da machen wir sicher noch ein paar Entdeckungen.«

»Macht dir das Spaß?«, fragte Ellie, die technische Fragen grundsätzlich sterbenslangweilig fand. Weshalb sie doppelt froh war, dass Udo immer bereitwillig alles im Haus reparierte.

»Na klar. Bei so was überlege ich mir sofort, wie ich das machen würde. Wasser hochpumpen, zum Beispiel.« Er zerrte die schwere Platte wieder über das Loch.

»Deck das ja richtig zu«, warnte Margarete. »Nicht auszudenken, dass Fanny da reinfallen würde!«

»Ich fall da nicht rein! Ich bin doch kein Baby!«

»Macht euch keine Sorgen. Die Platte ist dick, und das Loch ist nicht groß genug für ein Kind. Nur für eine Pumpe. Außerdem passen wir auf sie auf. Stimmt's, Fanny?«

Fanny nickte.

»Ich würde jetzt gern den Grundriss des Grundstücks aufzeichnen«, sagte Nora. Es fiel ihr schwer, ihre Ungeduld zu beherrschen. Sie wandte sich ab.

»Warte, ich komme mit«, rief Margarete.

»Ich auch.« Ellie folgte ihnen.

»Ich hol den Block!« Fanny flitzte voraus.

»Macht mal allein. Ich schau mir das Haus an«, sagte Udo und drückte gegen die Tür, die sich schließlich mit einem Knarren öffnete. Er verschwand im Inneren.

»Der mag Technik lieber als Natur.« Nora verstand es nicht.

»Außer Rosen«, konnte Ellie sich nicht verkneifen zu sagen.

»Die mag er auch nicht, weil es Blumen sind, sondern weil sie ihn an Anna erinnern«, stellte Margarete richtig. »Also, womit fangen wir an, Nora?«

»Ich dachte, wir gehen so dicht wie möglich an der Innenseite des Zaunes entlang und zählen die Schritte. Meterschritte, wenn möglich.«

Eine Viertelstunde später gaben sie auf. Am Zaun entlangzulaufen hatte sich als unmöglich herausgestellt. Der Wildwuchs war viel zu dicht, durch das ineinandergewachsene Buschwerk zogen sich zudem Brombeerranken.

Aber Nora hatte zumindest eine geschätzte Grundstücksbegrenzung aufgezeichnet – achtzig Meter lang musste es ungefähr sein, dazu kam die Länge des Hauses, das einen Grundriss von ungefähr acht mal zehn Metern, jedenfalls nach Schrittmaß, hatte.

Jetzt machte der rostige Zaun einen scharfen Rechtsknick. Auf dieser Geraden war deutlich weniger Bewuchs, was daran liegen mochte, dass sich dahinter nicht der Wald befand, sondern ein Feld. Jedenfalls, soweit man durch die Lücken der Ligusterhecke sah, die vor dem Zaun wuchs.

Auch hier gab es rechtwinklig angeordnete Begrenzungssteine. Nora zählte. Eins, zwei, drei, vier Beete lagen wohl – unter der Unkrautschicht – nebeneinander, und eins, zwei, drei, vier, fünf Beete hintereinander, den Steinen nach, selbst wenn sie nicht alle Steine ausmachen konnte.

Sie hockte sich vor dem ersten Beet hin. Zuerst sah sie auch aus dieser erdnahen Perspektive nichts außer Unkraut. Aber dann entdeckte sie knapp vor sich einen dicken Trieb, der sich einen Weg aus der Erde ans Licht bahnte. Und daneben weitere kleinere Spitzen, die sich durch das Unkraut kämpften.

Nora zog vorsichtig an einem verwurzelten Büschel, das die Pflanze überwucherte. Nach einigem Gezerre hatte sie das Unkraut in der Hand. Nachlässig warf sie es zur Seite und kniete sich auf die Erde.

Jetzt sah sie die Pflanze deutlicher. Die Spitzen waren zusammengerollte, dicke, blaugrüne Blätter. Sie kannte diese Pflanzen aus dem Gartenbaumarkt, wo sie um diese Zeit schon größer waren. Aber das lag wahrscheinlich am Unkraut und an den kälteren Temperaturen auf dem Land. An der Vernachlässigung. Am Wassermangel. An der schlechteren Erde. Oder an allem zusammen.

»Das ist eine Hosta!«, rief sie Ellie und Margarete zu, stand auf und klopfte sich die Knie ab. »Eine klassische Gartenpflanze. Ich frage mich, wie viele Jahre sie hier überlebt hat, ohne dass sich jemand um sie kümmern konnte. Unfassbar.«

»Warum heißt sie Hosta – ist das eine katholische Pflanze?«, fragte Ellie und beugte sich vor, um sich den Trieb anzuschauen.

Nora lachte. »Nein! Das wäre dann wohl Weihrauch. Und der ist einjährig … Hostas werden auch Funkien genannt. Oder kennt ihr sie unter »Herzlilien«? Blüten haben sie auch, weiße, rosa- und lilafarbene, aber man setzt sie wegen ihrer schönen Blätter. Es soll Gärtner geben, die die Blüten einfach abbrechen.«

Ein Leuchten huschte über Margaretes Gesicht. »Ja, Herzlilien kenne ich. So ein schöner Name! Es sind Schattenpflanzen, richtig? Dabei stehen sie hier voll in der Sonne.«

»Nicht unbedingt. Nachmittags fällt der Schatten des Waldes auf das Beet.« Nora zeigte zu den Kiefern hinter sich. »Und schaut mal, an dieser Stelle ist das Grundstück ein bisschen tiefer gelegen, da sammelt sich das Regenwasser.« Sie scharrte mit der Fußspitze in der Erde. Sie war dunkel und fest. »Da hat sich schon jemand was bei gedacht, die hierhinzusetzen.«

Sie zeichnete die Anordnung der Beete auf den Zettel, dann schaute sie sich um. »Wo steckt denn eigentlich Fanny? Na, vermutlich wieder beim Gewächshaus.«

»Fanny!«, rief Margarete.

»Wo bist du?«, rief Ellie.

»Hier!«, erklang Fannys Stimme, aber nicht aus der Richtung, in der die Gewächshäuser standen.

»Sie muss dahinten am Zaun sein«, sagte Nora. »Aber ich sehe sie nicht.«

Sie blieb stehen und notierte den Verlauf des Zaunes. Dann schlenderten sie zu dritt weiter. Weiter vorn machte der Zaun eine Rechtsbiege, dort schlossen sich die Querseiten der beiden Gewächshäuser an. Dann begann das wilde Gebüsch, durch das sie hindurchmussten und das bis an die Terrasse heranreichte – der Grundriss war fertig. Nora ließ Block und Stift sinken.

An der nächsten Zaunecke verstand sie auch, warum sie Fanny nicht gesehen hatte. Sie hatte in der Ligusterhecke so etwas wie eine kleine Höhle entdeckt, in der sie nun hockte.

Nora trat näher und hörte, wie Fanny murmelte: »… dann gehen wir zusammen ins Haus und essen was, das meine Mama gekocht hat, und danach kannst du wieder ins Gewächshaus gehen und mit deinem Papa weiterarbeiten …«

»Na, Fanny, hast du ein Versteck gefunden?«, fragte sie.

Fanny sah sie so verwirrt an, als hätte sie Mühe, ihre Mutter zu erkennen. Dann nickte sie. »Ja, wir spielen Haus und Gärtnerei«, sagte sie. Wir? Eigentlich war die Zeit der imaginären Freunde vorbei, seit Fanny in die Schule ging. Bis dahin war kein Tag vergangen, an dem sie Nora nicht in den lebhaftesten Farben ihre Freunde und die gemeinsamen Abenteuer geschildert hatte. So intensiv, dass Nora sich besorgt an die Kinderärztin gewandt hatte. Kein Grund zur Sorge, hatte diese geantwortet, imaginäre Freunde seien in diesem Alter völlig normal. Aber hier auf diesem malerisch liegenden wilden Grundstück ging Fannys Vorstellungskraft wohl wieder mit ihr durch. »Sie mag die weiße Rose am liebsten«, sagte Fanny.

»Welche weiße Rose?«, fragte Nora.

»Die hinter dir«, antwortete Fanny und zeigte auf das Gebüsch, das Nora umrundet hatte, um zu der Ligusterhecke zu gelangen.

Nora drehte sich um. Tatsächlich, es war ein wilder, dorniger Rosenbusch, der dort austrieb, mannshoch, breit und sehr üppig.

»Fanny, eigentlich möchte ich nicht, dass du hier spielst«, sagte Nora. »Wenn du in dieses Gestrüpp fällst, kommst du nicht mehr allein raus. Die Dornen würden dich festhalten. Und sie sind so spitz, dass du dich verletzen könntest.«

»Ich falle da nicht rein. Die Rose ist mein Freund.«

»Aha. Woher weißt du eigentlich, dass sie weiß blühen wird?«

»Hat sie mir gesagt«, sagte Fanny ungeduldig.

Ellie und Margarete sahen sich besorgt an.

»Die Rose hat dir das gesagt?«, fragte Nora.

»Nein. Das Mädchen.«

»Welches Mädchen?«, fragte Nora.

»Meine Freundin«, erklärte Fanny und wandte sich ab.

Nora hatte genug gehört. Es war Zeit, Fanny abzulenken. »Komm doch mit uns«, sagte sie. »Udo ist im Haus. Vielleicht findest du dort auch was.«

Möglichen Fundstücken konnte Fanny nicht widerstehen. Sie kroch aus ihrer kleinen grünen Höhle heraus und stand auf.

»Tschüs«, sagte sie in Richtung Hecke und hüpfte davon. Die drei Frauen folgten ihr langsam.

»Schau mich nicht so an«, protestierte Ellie, als Margarete ihr einen bedeutsamen Blick zuwarf. »Diesmal hab ich nichts damit zu tun. Sie hat sich das mit dem Mädchen und der weißen Rose ganz allein zusammengesponnen. Ich war nicht mal in ihrer Nähe!«

»*Diesmal* vielleicht nicht«, sagte Margarete streng.

8. Kapitel

Als sie das Haus erreichten, kam Udo gerade heraus.

»Da drinnen ist es trostlos. Nicht gerade heruntergekommen bis auf die paar kaputten Fenster im ersten Stock, aber kalt und ungemütlich. Und die Möbel, die rumstehen, sind allesamt aus verblichenem Kunststoff. Es ist auch nicht unterkellert. Ich gehe mal in das Schornsteinhäuschen. Irgendwo muss doch die Anlage, die hier Strom erzeugt hat, stehen!«

»Ich will aber trotzdem rein«, sagte Fanny starrköpfig. Sie klang, als ob sie ihren Entschluss, ihre Heckenhöhle zu verlassen, bedauerte.

»Okay.« Nora öffnete die Tür, und sie betraten das Gebäude. Es roch abgestanden und zugleich leicht chemisch nach dem Desinfektionsmittel, nach dem es in alten DDR-Zügen immer gerochen hatte.

Im großen Zimmer, das zur Terrasse hinausführte, lagen in den Ecken schwarze Krümel – vermutlich Mäuseköttel. In Bad und Küche klebten alte braune Fliesen an den Wänden, was extrem scheußlich aussah. Nora drehte den Wasserhahn auf – nichts. Die Lache in der Toilette war rostbraun.

Nora sah sich um. Das Haus war alt – aber sie fragte sich, ob man es wirklich so schmucklos gebaut hatte, wie es sich jetzt darstellte. Vielleicht war im Krieg einiges zerstört worden? Vielleicht hatte man auch nach dem Krieg absichtlich alles, das einen wohnlichen Charakter hatte –

Parkettböden, Stuck, hübsche Fliesen – vernichtet? Vielleicht war »Schöner Wohnen« in einem Kinderheim nicht erwünscht gewesen? In einer Zeit, als Ästhetik und Pädagogik nichts miteinander zu tun hatten?

Sie stiegen die Treppe in den ersten Stock hoch. Auch hier waren die Zimmer leer und die Räumlichkeiten entmutigend nüchtern.

»Udo hat recht. Dieses Haus ist trostlos. Draußen ist es viel schöner.«

Ellie schüttelte sich und ging zurück zur Treppe, die nach unten führte. Sie war aus Beton, wie nachträglich gegossen.

»Vielleicht birgt der Dachboden ja noch ungeahnte Schätze«, sagte Nora zögernd.

»Au ja, der Dachboden!«

Fanny rannte los, Nora, Margarete und Ellie stiegen gemächlich die Treppe zum Dachboden hinauf. Hier waren die Stufen aus ausgetretenem Holz, und sie endeten vor einer schmucklosen Tür, die aus groben Dielen zusammengetischlert worden war. Fanny sah ihnen erwartungsvoll entgegen. Nora drückte die Klinke herunter, und die Tür schwang leise knarrend auf.

Sie traten ein.

Nora konnte nicht sagen, was sie erwartet hatte. Irgendetwas Geheimnisvolles, Rätselhaftes. Oder etwas, das an die verlorene Existenz einer Gärtnerei erinnerte: Kisten mit taubem Saatgut, einen Weidenkorb, schmutzige Handschuhe, eine kaputte Schaufel, eine Tüte mit Dünger, Bindfaden, Blumendraht, alte Gartenzeitschriften, ein gesprungenes Hyazinthenglas vielleicht.

Stattdessen war hier … nichts.

Der Dachboden war dunkel und leer. Nur durch eine Luke fiel ein wenig Licht auf den staubigen Boden. Nora fuhr zusammen, als ein Schatten für einen Moment den Lichtfleck auf dem Boden verdunkelte. Vielleicht machte sich der Storch auf die Suche nach Futter.

Sie bekam eine Gänsehaut, rieb sich die Arme und wünschte, sie hätte ihre Jacke mitgenommen. Es war nicht nur dunkel und düster hier oben, dieser Dachboden verströmte auch eine unangenehme Kälte.

Ein einzelner schwerer Balken zog sich quer durch das Satteldach, er wurde links und rechts von dunkel gebeizten Stützen getragen. Hinter dem rechten Standbalken raschelte es, dann huschte etwas blitzschnell davon. Man hörte das Kratzen von Krallen auf dem Holzboden, gefolgt von einem leisen Scheppern der Dachziegel.

»Was war das?«, fragte Fanny und spähte in das Schummerlicht.

»Ich weiß nicht. Vielleicht eine Maus? Oder eine Ratte? Oder ein Marder?«

Fanny ließ die Hand ihrer Mutter los. »Ich schau mal!«

Sie stapfte in die Ecke, in der das kleine Tier verschwunden war. Ihre Schuhe hinterließen Spuren im Staub. Das leuchtende Rot ihres Dufflecoats verschmolz mit dem Schatten des Daches, als sie in die hinterste Ecke kroch.

»Pass auf, dass dich nicht was beißt!«, warnte Nora, aber da war Fanny schon zurück.

Spinnweben hatten sich in ihren Locken verfangen, die Knie ihrer Jeans waren noch schmutziger als zuvor. Nora wurde plötzlich von einer solchen Welle von Liebe für ihre Tochter erfasst, dass sie kurz die Augen schließen musste. Als sie sie wieder öffnete, hielt Fanny ihr die Hand hin.

»Ich hab was gefunden!«

»Nicht möglich …« Nora ärgerte sich sofort über sich selbst, weil sie auf Fannys Enthusiasmus ironisch reagierte.

Als ob die Ironie eine Waffe gegen die Übermacht ihrer Gefühle wäre. »Zeig mal her.«

Es war ein Stück Papier, gelb verfärbt, fleckig und brüchig, eine Ecke sah verdächtig angeknabbert aus. Vielleicht hatte das kleine Tier, das vor ihnen geflüchtet war, daran genagt, es aber als nicht nahrhaft erachtet und liegen gelassen. So konnte man noch sehen, dass etwas darauf stand.

Nora kniff die Augen zusammen, um es in der Dunkelheit zu erkennen. Das Schriftbild war gestochen scharf, die Worte waren untereinander angeordnet, aber zu klein und zu verblasst, um sie in dem dämmrigen Licht entziffern zu können.

Ellie schaute ihr über die Schulter. »Das ist Sütterlin«, sagte sie.

»Eine Elfe hat das geschrieben? Wohnt die hier?«, fragte Fanny und spähte gebannt in die Ecke, in der sie das Blatt gefunden hatte.

»Nein. Das ist Menschensütterlin, Fanny. Kommt, draußen können wir es vielleicht lesen.«

Zu viert verließen sie den Dachboden. Nora hielt das mürbe Stück Papier vorsichtig fest. Sie wollte nicht, dass es fortgeweht wurde, wollte nicht, dass es zerbröselte. Zumindest nicht, bevor sie entschlüsselt hatten, was darauf stand.

Sie gingen um das Haus herum zurück zur Terrasse.

Nora legte das vergilbte Blatt auf den Tisch und hielt es mit einem Finger fest. »Wir haben auf dem Dachboden etwas gefunden«, rief sie Udo zu, der gerade aus dem Heizhäuschen trat.

Die Störche hoch über ihnen schienen sich an sie gewöhnt zu haben. Sie klapperten nicht mehr aufgeregt, als Udo unter ihnen entlangging, sondern saßen still in ihrem Nest. Sie hatten allerdings die langen Hälse über den Horst gebogen und schauten aufmerksam nach unten.

»Ich hab auch etwas gefunden!«, rief Udo und rieb sich die Hände wie jemand, der soeben den Deal seines Lebens gemacht hatte. Seine Augen funkelten. »Sagt ihr zuerst! Dann ich!«

Ellie beugte sich vor. Vorsichtig zeichnete sie mit dem Zeigefinger die zarten Linien auf dem vergilbten Papier nach. »Hier oben steht ein Name: Fritsch, Magda. Dann untereinander Montag, Donnerstag, Freitag. Einzelne Tage. Und dahinter Zahlen: 6,5, – 7,0 – 8,0 – 4,0.«

Sie schaute von dem Papier hoch. »Was meint ihr, was das bedeutet?«

»Das ist ein Stundenzettel«, erklärte Nora überrascht. »So ähnlich haben wir es in der Gärtnerei, in der ich gelernt habe, gehandhabt. Manche arbeiten stundenweise und werden so auch bezahlt. Die, die nicht fest angestellt sind.«

»Fragt sich nur, von wann der Stundenzettel ist. Noch aus Gärtnereizeiten oder danach? Könnten ja ebenso die Arbeitszeiten einer Erzieherin sein. Steht da irgendwo ein Datum?« Margarete beugte sich vor und zeigte auf ein paar Buchstaben oben links in der Ecke. Sie waren so zart und verblichen, dass man sie kaum sah. »Da oben.«

Ellie runzelte die Stirn. »Das heißt 28. November … Da fehlt ein Stück Papier.«

»Die Mäuse«, sagte Nora.

»Eine Jahreszahl kann ich jedenfalls nicht entdecken«, fuhr Ellie fort.

»Fritsch«, sagte Udo unvermittelt. »Fritsch? Kommt mir bekannt vor.«

»Vielleicht hast du früher mal für einen Fritsch gearbeitet«, meinte Ellie. »Ist ja kein ausgefallener Name.«

Udo rieb sich nachdenklich die Stirn. »Nein, neulich erst hab ich den Namen Fritsch irgendwo gelesen. Ich komm nicht drauf …«

»Und was machen wir nun mit diesem Schrieb?«, fragte Ellie.

»Wir behalten ihn natürlich«, entschied Nora. »Wenn ihr nichts dagegen habt, nehme ich ihn an mich.«

»Ich hab ihn gefunden«, betonte Fanny, und plötzlich war Nora sehr froh, eine Sachensucherin zur Tochter zu haben. »Das war toll von dir, mein Schatz«, sagte sie.

»Und was hast du gefunden, Udo?«, fragte Ellie.

»Im Schornsteinhäuschen stehen zwei Kessel. Wie ich es mir gedacht habe. In einem wurde vermutlich das Wasser gespeichert, das aus dem Brunnen hochgepumpt wurde, der andere Kessel ist ein Brennkessel. Die Wärme wurde sowohl zum Haus als auch in die Gewächshäuser geleitet. Im Prinzip ganz leicht. Wenn ihr wollt, könnte ich es reparieren. Eine Pumpe und ein Notstromaggregat könnte ich uns auch besorgen. Ich hab da einen Kumpel. Kostet zwar ein bisschen was, aber dann haben wir die Anlage fast wiederhergestellt.« Udo sah so stolz aus, als hätte er sie bereits repariert. Die anderen antworteten nicht. Wie in Zeitlupe wandelte sich sein Gesichtsausdruck von stolz zu unsicher. »Ich meine, wir wollen doch wieder hierherkommen …«, sagte er. Es war eher eine Frage als eine Aussage. »Wir haben doch schon angefangen, es uns gemütlich zu machen. Jetzt kann man sich hier hinsetzen …«

Er wies auf den Haufen ausgerissener Schösslinge und Unkraut vor der Wildhecke. Nora fragte sich, wie groß dieser Haufen werden würde, wenn sie das Grundstück tatsächlich wieder urbar machen würden. Falls das überhaupt eine Frage war. Vielleicht kämen sie ja nach dem heutigen Tag nie wieder in die alte Gärtnerei.

Gerade, als sie das dachte, wandten sich ihr die Freunde zu, als wäre sie es, die entscheiden sollte, wie es weiterging. Doch bevor Nora antworten konnte – bevor ihr selbst klar war, was sie antworten wollte –, hörten sie einen Wagen. Einen Motor, der verstummte. Sie hörten, wie eine Autotür zugeschlagen wurde, und dann schauten sie alle fünf in Richtung Tor. Die Störche begannen, aufgeregt zu klappern. Offenbar konnten sie zwischen Freunden und Fremden unterscheiden.

Nun war eine weibliche Stimme zu vernehmen. »Hallo? Ist da wer?«

»Da brat mir einer 'nen Storch«, sagte Margarete leise.

»Du sollst die Störche nicht braten«, protestierte Fanny, aber Ellie drückte beruhigend ihre Hand. »Das sagt man nur so. Das würde Margarete nie tun. Sie hat auch gar nicht so eine große Pfanne.«

Sie beobachteten, wie sich eine rothaarige Frau in einem konservativen Kostüm energisch durch den Wildwuchs der Auffahrt kämpfte und, so schnell es ihre Pumps auf dem unebenen Boden zuließen, auf sie zukam.

Nun, vielleicht kam sie nicht auf sie alle zu, sondern eher auf Udo.

»Ich dachte, ich schau auf dem Nachhauseweg mal vorbei. Sie haben mir das vorhin so gut beschrieben, dass ich es gleich gefunden habe. War überhaupt nicht schwer«, sagte Barbara Tschirch und strahlte Udo begeistert an.

Der ihre überschäumende Freude sehr zögerlich erwiderte und es tunlichst vermied, zu seinen Freundinnen zu blicken.

9. Kapitel

Ellie kicherte immer noch in sich hinein, als sie eine Stunde später auf dem Weg zurück nach Berlin waren.

»Du hast Chancen, Udo«, sagte sie. »Babsi vom Grundstücksamt Löwenberg fährt voll auf dich ab!«

»Aber dass sie dich zum Schluss geküsst hat, war ein bisschen übertrieben«, kritisierte Margarete. »Auch wenn es nur ein Wangenkuss war.«

»Das wäre um ein Haar schiefgegangen. Zum Glück hab ich mich rechtzeitig weggedreht! Sonst wäre ihr Kuss …« Udo schüttelte sich. Er warf Ellie über den Rückspiegel einen bösen Blick zu. »Zieh mich nicht auf! Das ist nicht fair. Ich hab nur mit ihr geflirtet, damit wir an Informationen kommen. An mehr hab ich nicht gedacht! Sie ist nicht mein Typ! Was kann ich dafür, dass sie mich mag?« Er lachte kurz auf, aber es klang alles andere als herzlich. »Sie glaubt, wir seien besonders verbunden, nur weil wir beide verwitwet sind.«

»Was ist denn dein Typ?«, fragte Nora interessiert.

Udo schwieg. Allein die Tatsache, dass er mehr Gas gab, bewies, dass ihre Frage ihn beunruhigte.

»Ich frage mich, ob es überhaupt gut ist, dass die Tschirch jetzt die alte Gärtnerei kennt«, sagte Margarete nachdenklich.

»Wieso? Wir waren doch diejenigen, die von ihr wissen wollten, wem das Grundstück gehört.« Ellie verstand nicht, worauf die Freundin hinauswollte.

»Ja, aber was immer wir jetzt dort machen – wenn wir etwas machen – kann dokumentiert werden. Udo hat ihr alles gezeigt. Wir wissen nicht, wie sie tickt. Findet sie es schön, dass wir die Terrasse ein bisschen in Schuss gebracht haben? Oder denkt sie, wir verstoßen dabei gegen ungeklärte Eigentumsverhältnisse?«

»Gebt mir nicht die Schuld, dass ich sie rumgeführt habe! Was hätte ich denn tun sollen, als sie mich gefragt hat? Ob sie das Grundstück kennt oder nicht – darüber mache ich mir überhaupt keine Gedanken«, sagte Udo ungehalten. »Sie war doch sehr enthusiastisch.«

»Klar war sie enthusiastisch! Weil sie dich gut findet. Na, hoffen wir mal, dass uns das nicht in die Quere kommt.«

Sie hatten das weite Feld hinter sich gelassen und fuhren durch das schmucklose Straßendorf – das Wurstdorf, wie Margarete es wegen der Fleischerei genannt hatte.

»Kinder, nun regt euch ab«, warf Ellie beschwichtigend ein. »Die Frage ist doch, ob wir überhaupt wieder hierherkommen.«

»Ja, wir kommen wieder her. Ich will die Storchenbabys sehen. Und ich mag das Haus und den Garten«, sagte Fanny mit aller Autorität, die ihr als Siebenjähriger zur Verfügung stand.

Beinahe hätte Nora gelacht. Auf der anderen Seite … Sprach Fanny nicht genau das aus, was sie alle fühlten? Sie hatten sich in das Haus und das Grundstück, in die alte Gärtnerei verliebt. Sie wieder zum Leben zu erwecken und das Haus auf Vordermann zu bringen wäre für sie eine Aufgabe, die sie gern annähmen, oder? Mehr als gern. Es wäre ein Traum …

Und hatte sie im Moment etwas Besseres vor? Nein.

Nora holte tief Luft, um den anderen zu sagen, dass sie sich liebend gern, bis sie wieder einen Job hatte, um das

Organisatorische und vor allem um ihre Gärtnerei kümmern wollte, als Udo unvermittelt bremste. Er riss den Wagen nach links und kam auf dem kleinen Parkplatz vor der Fleischerei zum Stehen. Noch während sie in den Sicherheitsgurt gepresst wurde, realisierte Nora, dass sie in Gedanken schon von »ihrer« Gärtnerei sprach.

»Och, Udo, nicht schon wieder!« Margarete lockerte den Sitzgurt, der sich in ihren üppigen Vorbau gedrückt hatte. »Fahr weiter! Wir haben doch noch genug von neulich in unseren Kühlschränken!«

Udo ignorierte ihren Einwand und zeigte stattdessen auf den Laden neben der Fleischerei. »Ich wusste doch, dass ich den Namen erst neulich irgendwo gelesen habe!«

Alle schauten zu dem kleinen Blumenladen neben der Fleischerei – und verstanden. Auf dem Ladenschild stand: Fritschs Floristik.

Vielleicht war es ein Zufall, dass es derselbe Name war wie auf dem Stundenzettel, den Fanny gefunden hatte. Vielleicht aber auch nicht.

Sie würden es überprüfen.

Bevor Udo den Wagen elektronisch verriegelte, griff Nora vorsichtig nach dem Papier vom Dachboden, das sie auf die Ablage gelegt hatte.

Die Ladentür bimmelte, als sie das Blumengeschäft betraten. In Gefäßen auf dem Boden und auf zwei Tischen standen kunterbunt gebundene Sträuße. Jeder einzelne war in Cellophanfolie gewickelt, die oben mit vielen bunten, gekringelten Geschenkbändern zusammengebunden war. Unvermittelt musste Nora an die Blumensträuße denken, die an Tankstellen verkauft wurden.

Sie war überzeugt, dass die Käufer fast immer Männer waren, die ihren Frauen etwas sagen wollten: *Schatz, ich hab beim Tanken an dich gedacht. Ich hoffe, sie gefallen dir.* Diese Sträuße hatten mit der Schönheit der Natur, des Gewachsenen und der sorgfältigen Zusammenstellung von Formen und Farben nicht das Geringste zu tun. Sie waren grauenvoll fantasielos.

Nora wollte sich schon seufzend abwenden, als ihr Blick auf ein Gefäß fiel, das in der Ecke des Ladens stand, etwas achtlos und so, als wollte es auf jeden Fall vermeiden, Aufmerksamkeit auf sich zu ziehen. Darin stand ein Strauß besonderer Art.

Wenn man es überhaupt Strauß nennen konnte.

Es war ein exquisites Gebinde aus Zweigen, die rosafarbenen Knospen hatten sich teilweise geöffnet – eine Zierkirsche, filigran, rührend in ihrer Einzigartigkeit und zugleich voll selbstbewusstem Mut. Etwas lichtes Grün, das wie Schilf aussah, und ein blattloser zarter, heller Birkenzweig brachten das Arrangement in ein perfektes optisches Gleichgewicht. Dagegen wirkten die anderen Sträuße wie Geschmackselefanten.

Nora trat bewundernd näher.

Hier hatte jemand mit wenigen genialen Handgriffen einen kargen, aber atemberaubend schönen Frühling eingefangen. Er war vergleichbar mit der ersten Vogelstimme nach einem eiskalten Winter, voller Hoffnung, dass das Leben nun wieder erwachte.

Wer immer es war – es musste jemand gewesen sein, der sich in der Floristik auskannte.

Aus einem Hinterraum trat eine junge Frau in den Laden. Trotz des dicken Pullovers und der weiten Jeans, die sie unter der grünen Schürze trug, wirkte sie zierlich. Sie hatte mausbraunes glattes, schulterlanges Haar, millimeterpräzise gescheitelt.

Sie sah so kindlich aus, dass man ihre Schönheit nicht

wahrnahm – bis sie lächelte. Als sie das tat, war für einen Augenblick die klamme Atmosphäre, die in dem schrecklichen Laden herrschte, völlig verändert.

Nora fühlte sich willkommen.

»Guten Tag«, sagte die junge Frau. »Wie kann ich Ihnen helfen?«

Sie sprach ruhig, aber ihre dünnen Finger spielten nervös mit dem Griff der Gartenschere, der aus ihrer Schürzentasche lugte.

Nora räusperte sich, als die anderen sie erwartungsvoll anblickten. »Hallo. Wir haben nur eine Frage an Sie. Haben Sie einen Moment Zeit?«

Die Frau warf einen unruhigen Blick in Richtung Hinterzimmer. »Na, wenn's nicht zu lange dauert. Wir haben heute viel zu tun.«

»Also …« Nora wollte es kurz machen, aber dann fiel ihr etwas anderes ein, und sie unterbrach sich. »Wer hat diesen Strauß da hinten zusammengestellt?«, fragte sie und zeigte auf das Kirschblütenensemble.

Das Gesicht der jungen Frau verschloss sich. »Ich. Wieso?«

»Er ist wunderschön. So ganz anders als die anderen Sträuße hier im Laden …«, antwortete Nora.

Margarete brummte unwillig in sich hinein.

»Dankeschön. Ich bin gelernte Floristin«, sagte die junge Frau.

Nora lächelte sie an. »Das sind viele, und trotzdem können sie nicht etwas so Harmonisches binden. Ich frage mich, an was Sie gedacht haben, als Sie das zusammengestellt haben.«

Die junge Frau lächelte zurück, und da war wieder der zarte Zauber, der von ihr ausging. »An den Frühling in der Mark Brandenburg. Wenn der Boden durchgefroren ist, dauert es lange, bis er auftaut. Aber es gibt immer Pflanzen, die schon mit wenig zufrieden sind und sich durch die Oberfläche drängen. Das sind die ersten, die blühen. Und an meinen Freund habe ich gedacht. Wir heiraten bald. Im Mai«, antwortete sie. Margarete murmelte wieder etwas, aber diesmal klang es zustimmend. »Suchen Sie etwas Bestimmtes?«, fragte die junge Frau.

Nora schüttelte den Kopf. »Nein, wir wüssten nur gern, ob Sie eine Magda Fritsch kennen.«

Der Blick der jungen Frau huschte von einem zum anderen. Sie sah aus, als wollte sie antworten, traute sich aber nicht.

»Romy? Wo bleibst du denn? Gibt's Probleme?«

Eine ältere Frau trat aus dem Hinterzimmer. Sie trug eine grüne Kittelschürze, in der sie wie eine biedere Hausfrau aussah, die gerade das Mittagessen zubereitete. Wie das Haar der jungen Frau war auch ihres halblang und unnatürlich streng gescheitelt. Aber es war grau, und die Gesichtszüge, die bei der Jungen zart waren, waren bei ihr derb. In der Hand hielt sie fünf rosafarbene Gerberas, deren Stiele fest mit Draht umwickelt waren.

Gefesselte Blumen, dachte Nora unwillig. Sie musste an die grausam eingeschnürten Füßchen der Frauen im alten China denken. Und warum nahm man für Sträuße überhaupt Gerberas, wo es jetzt die schönsten Frühlingsblumen gab?

»Nein, es gibt keine Probleme, Mutti. Aber die Herrschaften hier wollen wissen, ob wir eine Magda Fritsch kennen.« Sie warf ihrer Mutter einen unsicheren Blick zu.

»Na, da hast du ihnen hoffentlich gesagt, dass das unsere Oma war, die vor vier Jahren gestorben ist. Gott hab sie selig.« Romy schüttelte den Kopf. Noch mit den Blumen in der Hand stützte die Frau herausfordernd die Fäuste in die ausladenden Hüften. Die gefesselten Gerberas blickten zu Boden und schwankten bedenklich. »Warum wollen Sie das überhaupt wissen?«, fragte sie Nora.

Nora wünschte, das Gespräch wäre zwischen ihr und der jungen Frau geblieben. Sie umklammerte den Stundenzettel fester.

»Es ist so: Wir haben vor ein paar Tagen ein verwildertes Grundstück im Wald entdeckt, ein Stückchen von hier entfernt. Das Liegenschaftsamt in Löwenberg weiß nicht, wem es gehört, weil das Archiv abgebrannt ist. Wir glauben, dass es als Kindergarten oder so genutzt wurde.«

Frau Fritsch nickte. »Das alte Kinderheim kenne ich noch. Wurde von der VEB Rinderzucht Oberhavel betrieben, damit die Gören der Arbeiter im Sommer versorgt waren.«

»Aber auf dem Grundstück sind auch zwei alte Gewächshäuser, Beete und eine Heizanlage«, fuhr Nora fort. »Wir sind sicher, dass es früher eine Gärtnerei war. Auf dem Dachboden haben wir das hier gefunden.«

»*Ich* hab das gefunden«, erklang eine zarte Stimme von weiter unten.

Alle Blicke richteten sich auf Fanny. Nora drückte ihre Hand.

»Richtig. Also meine Tochter hat das gefunden. Und hier steht der Name Magda Fritsch. Schauen Sie. Es könnte ein Stundenzettel über die Arbeitsstunden einer Woche sein. Aber wir können die Jahreszahl nicht lesen.« Sie hielt den Frauen den Zettel hin. Die beiden schauten auf das Blatt Papier, doch Nora war nicht klar, ob sie den Namen überhaupt entziffern konnten. Sie ließ die Hand wieder sinken. »Wenn das also Ihre Oma war …«, sagte sie zu der älteren Frau.

»Es war *meine* Oma«, sagte die junge Frau. »Die Mutter

meines Vaters. Die Schwiegermutter meiner Mutter. Aber alle haben sie Oma genannt.«

»Ja, also Ihre Oma, dann frage ich mich: Wissen Sie, wann sie dort gearbeitet hat?«

Die Jüngere schwieg, die Ältere zuckte mit den Schultern. »Dass die Oma da gearbeitet hat, ist mir neu. Ich bin seit 1969 hier, den Kindergarten gab's bis in die späten Achtzigerjahre. Dass es vorher eine Gärtnerei war? Keine Ahnung.« Es entging Nora nicht, dass Romy sich intensiv mit dem Griff der Gartenschere beschäftigte. »Aber wenn unsere Oma dort gearbeitet hat, dann sicher nur mit Blumen. Bestimmt nicht als Kindergärtnerin! Für was anderes als Pflanzen hatte sie nie Interesse. Das hat sie lieber meinem Mann und mir überlassen. Na, um unsere Romy hat sie sich allerdings auch gekümmert. Aber sonst … Sie hat immer nur das gemacht, was sie machen wollte.«

Die Ältere lächelte bitter, als wäre die Erinnerung an ihre verstorbene Schwiegermutter alles andere als gut.

Nora versuchte es noch einmal. »Sie hat also nie etwas über eine Gärtnerei erzählt? Im Krieg vielleicht?«

Frau Fritschs Gesichtsausdruck war jetzt deutlich abweisend. »Nee, da kann ich Ihnen wirklich nichts zu sagen. Hab ja erst in den Siebzigerjahren meinen Mann geheiratet. Ich komme aus Velten, wissen Sie. Also, wir wissen nicht, was da war, bevor es für die Gören genutzt wurde. Interessiert auch keinen Menschen.«

Uns schon, dachte Nora.

Frau Fritsch wedelte herausfordernd mit den Gerberas. »Los jetzt, Romy, wir müssen weiterbinden. Morgen ist die Hochzeit in Hoppenrade. Nachher kommen sie den Brautschmuck abholen. Und die Sträuße für die Kirche. Wir haben noch viel zu tun.« Sie nickte den Freunden zu und wandte sich ab. Als sie das Hinterzimmer fast erreicht hatte, fiel ihr Blick in die Ecke des Ladens, wo die Vase mit dem Kirschzweig stand. Abrupt blieb sie stehen. »Und schmeiß endlich dieses fürchterliche Gestrüpp raus!«, sagte sie ungehalten. »Wie oft soll ich dir noch sagen, dass sich kein Mensch für deine komischen Gebinde interessiert? Du kannst die Vasen nicht dafür nutzen, wir brauchen sie für meine Sträuße! Raus mit dem Zeug! Ab auf den Kompost!« Anklagend sagte sie zu Nora: »Wenn unsere Oma sich nur aus Romys Erziehung rausgehalten hätte! Dann wäre vielleicht eine gute Floristin aus dem Mädchen geworden. Aber sie musste ihr ja den ganzen Quatsch von Formschönheit und Natur erzählen. Das kauft hier kein Mensch! So was gefällt unseren Märkern nicht! Ob du das mal kapierst, Romy? Mach hinne jetzt!«

Sie ignorierte den peinlich berührten Gesichtsausdruck ihrer Tochter und verschwand endgültig im Hinterzimmer.

Nora und Margarete schauten sich an, überrascht von der Feindlichkeit in Frau Fritschs Stimme.

Romy blickte ihrer Mutter nach und zuckte resigniert mit den Schultern. »Warum interessieren Sie sich eigentlich für die Geschichte des Grundstücks?«, fragte sie.

»Wir haben das Grundstück neulich wie gesagt zufällig entdeckt, bei einem Ausflug. Und wir können gut etwas gebrauchen, das uns ablenkt. In Berlin werden wir nämlich vielleicht aus unseren Wohnungen geschmissen. Wenn wir uns um die alte Gärtnerei kümmern, müssen wir nicht in der Stadt sitzen und uns Gedanken machen.«

»Stattdessen setzen wir uns auf die alte Terrasse und machen uns dort Gedanken«, ergänzte Udo. »Kommt, wir fahren weiter. Danke für Ihre Zeit!«

Sie verließen den Laden.

Draußen atmete Nora tief durch. Das Verhältnis der beiden Frauen zueinander bedrückte sie. Nie wollte sie so etwas mit Fanny erleben. Die desillusionierte Mutter, die mit hartem Griff die Blumen fesselte, und die zarte, begabte Tochter, die wusste, was Schönheit bewirken konnte, aber es nicht ausdrücken durfte … Nora hoffte nur, dass Romy einen Mann heiratete, der ihre Seele verstand.

Sie wollten gerade in den Wagen steigen, als hinter ihnen eine Tür klappte. Alle drehten sich um.

Romy kam aus dem Laden gestürzt. Ihre grünen Latschen schlappten auf dem Kopfsteinpflaster, während sie zum Parkplatz lief. Atemlos erreichte sie den Wagen.

»Mir ist etwas eingefallen«, sagte sie keuchend. »Meine Oma hat mir mal erzählt, dass sie in der Gärtnerei Kirsch gearbeitet hat. Den Namen hab ich mir gemerkt, weil ich ihn so lustig fand. Kirsch wie Kirsche. Im Krieg hat sie da gearbeitet, danach nicht mehr. Oder nicht mal bis Ende des Krieges. Sie hat gesagt, dass sie Sträuße für die großen Naziveranstaltungen gebunden hat. Aber ich wusste nie, wo die Gärtnerei Kirsch war, ich dachte immer, irgendwo in der Nähe von Berlin. Wenn der Stundenzettel stimmt, dann wird's wohl hier in der Gegend gewesen sein.« Nora war sicher, dass Romy dies alles keineswegs eben erst eingefallen war. Sie hatte wohl Gründe, warum sie sich nicht traute, in der Gegenwart ihrer Mutter zu reden. Nachdenklich biss die junge Frau sich auf die Unterlippe. »Da war noch etwas. Ich komm nur nicht drauf. Irgendwas Trauriges. Meine Oma hat es mal erwähnt. In einer Nebenbemerkung. Ich glaube, als mein Vater gestorben ist.« Sie runzelte die Stirn. »Das ist schon fünfzehn Jahre her. Er war über zwanzig Jahre älter als meine Mutter.«

»Was denn Trauriges?«, fragte Nora.

Romy überlegte angestrengt. »Ich weiß es echt nicht mehr.«

Sie schwiegen alle, in stumme Gedanken versunken über einen Gärtner, der plötzlich einen Namen hatte. Kirsch.

»Und nach dem Krieg wurde die Gärtnerei weiter betrieben? Hat Ihre Oma dazu was gesagt?«, fragte Margarete weiter.

»Darüber weiß ich auch nichts.« Bedauernd zuckte Romy mit den Schultern. Sie schwieg einen Moment, dann sagte sie langsam: »Ich weiß noch, dass sie manchmal einen Tag lang weg war. Ich dachte immer, sie wäre nach Berlin gefahren. Da hatte sie eine Freundin, wissen Sie. Ich hab sie oft gefragt, warum sie mich nicht mitnimmt. Aber das wollte sie nicht. Sie war immer erschöpft, wenn sie von diesen Ausflügen zurückkam. So richtig kaputt. Und manchmal hatte sie einen wunderschönen Blumenstrauß dabei.« Sie überlegte. »Rosen. Das hat mich auch gewundert. Ich konnte mir nicht vorstellen, dass sie in Berlin einen Rosenstrauß kauft.«

»Wissen Sie den Namen der Freundin in Berlin?«, fragte Nora.

»Nee. Keine Ahnung. Ich glaube auch nicht, dass die noch lebt. Wäre ja jetzt auch weit über neunzig, wenn sie Omas Alter hatte.« Sie sah aus, als wollte sie Nora noch etwas fragen, schwieg und fasste sich dann ein Herz. »Sie finden das Kirschzweiggebinde wirklich schön?«

Was der wahre Grund dafür war, dass sie ihnen nachgelaufen war, vermutete Nora. Einmal ein Lob bekommen. Einmal hören, dass das, was man selbst schön findet und gut kann, auch von jemand anderem geschätzt wird. Wie traurig.

Sie legte ihre Hand auf Romys Arm. »Ganz ehrlich, es ist das schönste Arrangement, das ich seit Langem gesehen habe. Machen Sie weiter. Es mag ja sein, dass Sie für diese Kunst hier noch keine Abnehmer gefunden haben. Aber in Berlin gibt es bestimmt einen Markt dafür. Und Berlin ist nicht weit. Ich weiß, was ich sage. Ich bin selbst vom Fach. Gärtnerin.«

Romy nickte, wenn auch etwas zweifelnd. »Das hätte meine Oma auch gesagt. Ich habe alles von ihr gelernt, wissen Sie. Es war manchmal, als ob sich unter ihren Händen die Pflanzen in die richtige Form bewegten, ohne dass sie etwas dafür tat. ›Erst musst du eine Idee haben. Dann überleg, ob du sie auch verwirklichen kannst. Dann lass dein Herz sprechen. Und dann erst schneide die Blume ab‹, hat sie immer gesagt. ›Alles andere ist grausam und der Natur gegenüber respektlos. Denn wenn du sie nicht mit deiner Kunst ins rechte Licht rücken kannst, dann hat sie das Recht weiterzuwachsen. Pflanzen sind etwas Lebendiges. Auch wenn sie nicht mit dir in Worten sprechen können, sondern nur in Form und Farbe, musst du lernen, sie zu verstehen. Das ist deine Aufgabe. Vergiss das nie‹.«

Nora wünschte, sie hätte Oma Fritsch kennengelernt. Sie klang wie eine Frau, die den tieferen Sinn des Gärtnerns verstand.

»Wollen Sie nicht mal in die Gärtnerei kommen? Wäre doch schön. Wir werden demnächst bestimmt häufig an den Wochenenden da sein. Warten Sie, ich ruf Sie mal an, dann haben Sie gleich meine Handynummer.« Sie griff nach ihrem Handy und sah Romy erwartungsvoll an.

Romy sagte ihre Handynummer. Dann lächelte sie. »Wenn es passt. Ich komme dann mit Tino.«

Sie wollte sich abwenden, aber aus einem Impuls heraus griff Nora nach ihrem Arm. »Romy, ich möchte gern Ihr Gesteck kaufen.«

Romy strahlte.

Vielleicht waren es Magda Fritschs Worte – neben der Funkie, die überlebt hatte, den Störchen, den Tontöpfen, Fannys Ligusterheckenhöhle und dem mysteriösen Duft des Geißblatts, an den sie sich erinnert hatte –, die Nora veranlassten, auf dem Nachhauseweg zu den anderen zu sagen: »Wollen wir die Gärtnerei nutzen, so gut es geht? Sie zu unserem gemeinsamen Sommerprojekt machen? Solange ich keine andere Arbeit habe? Wäre doch schön, wenn wir etwas hätten, das uns von dem Ärger mit dem Haus ablenkt. Ich bin Gärtnerin, ihr seid durch eure Vergangenheit mit Ruinengrundstücken bestens vertraut. Udo kennt Rosen, Fanny pflanzt Quecken. Margarete kennt sich mit Löwenzahn, Giersch und Vorgärten aus. Und Ellie mit Kräutern, mit denen sie kochen kann. Leute, wir sind bestens aufgestellt!«

»Na endlich«, sagte Margarete zufrieden. »Ich dachte schon, du fragst nie.«

10. Kapitel

Lieber Herr Stegemann,
mit Bestürzung haben wir Ihrem Brief entnommen, dass Sie zusammen mit Herrn H. Wilbur maßgebliche Änderungen, unser Zuhause betreffend, planen! Wir haben über das Internet erfahren, in welchem Unternehmen Herr Wilbur tätig ist. Das können Sie uns nicht antun!

Sie sind der Besitzer unseres Hauses, von daher ist uns bewusst, dass wir nichts dagegen tun können. Dennoch möchten wir an Ihren Anstand appellieren. Immer mehr Heuschreckenunternehmen konzentrieren sich auf den Berliner Immobilienmarkt. Die Mietshäuser werden gekauft und saniert, um dann die Mieten auf unanständige Weise zu erhöhen. Gewachsene Mieterstrukturen werden zerstört.

In unserem Fall würden Herrn Wilburs Machenschaften mehr als eine gewachsene Mieterstruktur zerstören. Wir sind eine enge Gemeinschaft, vergleichbar mit einem Mehrgenerationenhaus. Das wissen Sie, denn Sie haben persönlich unsere Mietverträge unterzeichnet.

Was Sie wahrscheinlich nicht wissen, ist, dass wir uns gegenseitig unterstützen, was bei Menschen, die sich im allerbesten Alter befinden, durchaus sinnvoll ist. Zudem kümmern wir uns gemeinsam um die kleine Fanny, die Tochter von Frau Dittbrenner.

Herr Stegemann, es bedeutet uns so viel zusammenzubleiben.

Ihre Ankündigung schwebt wie ein Damoklesschwert

über uns. Gibt es aus Ihrer Sicht irgendetwas, das wir tun können, um Sie davon abzubringen? Dann lassen Sie es uns wissen. Lassen Sie uns miteinander reden. Es muss eine Lösung geben, die nicht alles für den schnöden Mammon zerstört.

Hochachtungsvoll
Udo Kienast, Ellie Wagenknecht, Nora Dittbrenner mit Fanny und Margarete Segge

»Das ist ein diplomatischer Brief. Eigentlich sollten wir ihm etwas ganz anderes schreiben«, sagte Ellie, nachdem Margarete ihn ein letztes Mal vorgelesen hatte. »Geldgeiler alter Sack aus dem Schwabenland träfe es wohl besser!«

»Nun, wenn wir ihm das schreiben, hätte das garantiert noch viel weniger Erfolg als meine Formulierungen. Ich glaube zwar nicht, dass es etwas nützt. Aber ich fände es schlimm, wenn wir es nicht wenigstens versuchen würden.« Margarete klebte den Brief zu und drückte eine Marke auf den Umschlag. »Können wir gleich noch einstecken. Wo ist denn Udo?«

»Er wollte auf den Friedhof«, sagte Nora.

In den letzten Tagen war der Winter zurückgekommen. Es hatte immer abwechselnd geregnet, gegraupelt und geschneit. An diesem Morgen jedoch hatte endlich eine andere Wetterlage die Oberhand gewonnen. Die Sonne schien warm, und die Natur hatte nach dem Niederschlag einen mächtigen Sprung in Richtung Frühling gemacht. Auf Büschen und Bäumen lag deutlich sichtbar ein grüner Schimmer. Morgen war der 1. April, am kommenden Wochenende würden sie Ostern feiern. Fanny hatte bereits Ferien.

Fast tat es Nora leid, dass sie sich bereit erklärt hatte, der Gärtnerei eine Chance zu geben, solange sie nichts Wichtigeres zu tun hatte. Auch wenn vom Arbeitsamt bislang nichts gekommen war, was sie daran gehindert hätte, an diesem schönen Tag wieder mit den Freunden in die alte Gärtnerei zu fahren.

Der eigentliche Grund, dass sie Bedenken wegen des heutigen Ausflugs hatte, war Fanny. Seit dem letzten Besuch auf dem Grundstück schlief ihre kleine Tochter schlecht. Jede Nacht wurde sie wach, kam zu Nora ins Bett. Und einmal hatte sie schrecklich geweint. Bevor sie tränennass in Noras Arm eingeschlafen war, hatte sie von toten Kindern in den Rosenzweigen gemurmelt.

Nora wusste, dass sie Fanny kaum verbieten konnte, in der Höhle der Hecke neben der Rose zu spielen. Aber das hieß nicht, dass sie sich nicht Sorgen um ihre Tochter machte.

Allerdings wirkte Fanny jetzt, ausgerüstet mit ihrer grünen Froschgießkanne, ihrem Eimer und ihrer Schaufel, ganz unbeschwert. Vielleicht war das eine Möglichkeit – sie aktiv zu beschäftigen, weg von der düsteren Hecke und den Fantastereien.

»Man sollte meinen, Udo gibt es endlich mal auf, den Rosenkavalier für Anna zu spielen«, sagte Margarete, als es an der Tür klopfte. Sie öffnete.

»Seid ihr so weit? Von mir aus können wir los. Ich hab alles im Wagen!«, sagte Udo vergnügt.

»Was meinst du damit?«, fragte Ellie.

»Eine Pumpe, das Notstromaggregat von Axel und Werkzeug für euch.«

»Was denn für Werkzeug?«

»Eine Harke, zwei Spaten, einen Rechen und zwei Gartenscheren«, zählte Udo auf. »Ach, und eine Schubkarre.«

Nora sah ihn entsetzt an. »Udo! Du willst doch wohl nicht sagen, dass du das alles für uns gekauft hast! Das ist viel zu kostspielig! Wir wissen doch, dass du so wenig …«

Sie biss sich auf die Lippe. Das Letzte, was sie wollte, war, Udo auf seine prekäre finanzielle Situation hinzuweisen.

»Keine Sorge«, wehrte er ab. »Ich habe nichts gekauft! Nur für das Notstromaggregat musste ich zahlen – mit dem Versprechen, dass ich Axel bei der nächsten Elektropanne helfe. Das mache ich gern. Nein, das Gartenwerkzeug hab ich von … Charlie. Ist geliehen.«

»Wer ist denn Charlie?«, wollte Ellie wissen

»Arbeitet in der Friedhofsgärtnerei. Da kenne ich inzwischen alle Leute.« Lässig fuhr er sich durchs Haar.

Margarete, Ellie und Nora sahen ihn beeindruckt an.

»Nett von deinem Charlie, uns das zu leihen«, sagte Nora. »Dann können wir los!«

Fanny rannte unternehmungslustig aus der Tür.

Die Veränderung der Natur nach dem Regen war auf dem Land noch viel auffälliger als in Berlin. Schon auf dem Weg in die Mark Brandenburg sahen sie, dass die Baum- und Strauchwälle zwischen den Feldern in den letzten Tagen grün geworden waren.

Auch in der alten Gärtnerei war das meiste Gestrüpp nicht länger graubraun, die Büsche trugen kleine Blätter, eine große Kornelkirsche neben der Terrasse blühte gelb. Die Knospen der Fliederhecke entlang des verfallenen Zaunes auf der Westseite waren so dick, als ob sie jeden Moment aufgehen wollten.

Diesmal gingen sie nicht so zögerlich vor wie bei ihrem letzten Besuch. Schon im Auto verteilten sie Aufgaben.

Udo wollte das Aggregat anschließen, um Strom zu erzeugen. Ellie plante, die Terrasse noch weiter zu entunkrauten, Margarete juckte es in den Fingern, mit der Gartenschere einen Weg in die wilde Hecke zwischen Terrasse und den dahinterliegenden Beeten und Gewächshäusern zu schneiden, und Nora dachte an das Beet, in dem sie die Funkie entdeckt hatte. Sie wollte der Pflanze unbedingt mehr Raum geben, die Unkrautschicht abtragen, versuchen, die Quecken, diese Quälgeister, herauszuziehen, und dann schauen, ob noch etwas neben der Funkie in der Erde wurzelte.

Und so machten sie sich an die Arbeit.

Fanny war an diesem Gartentag der Joker. Sie sammelte hier etwas auf, wurde dorthin mit einer Botschaft geschickt, riss mit Ellie kleine Ahorntriebe heraus und warf sie auf den ständig größer werdenden Haufen. Mit Margaretes Hilfe schnitt sie hochkonzentriert einen Haselnusszweig aus der Hecke und klatschte begeistert, als das Notstromaggregat nach ersten Fehlzündungen schnaufend den Betrieb aufnahm.

Dann allerdings verzog sie sich wieder zum Spielen in ihre Ligusterhöhle.

»Sind wir eigentlich vollkommen verrückt geworden, so viel Mühe in ein Projekt zu stecken, das uns nicht gehört, das uns mit einem Handstreich genommen werden kann? Das so weit von Berlin entfernt ist? Und dann auch noch heimlich?«, fragte Ellie ein paar Stunden später und streckte sich.

Sie spürte jeden Knochen und, bei Gott, sie war nicht mehr die Jüngste. Aber es fühlte sich fantastisch an. So … überaus befriedigend. Bis in jeden Winkel des Körpers. Es ging ihr so gut wie schon lange nicht mehr. Sie grinste zufrieden.

Margarete blickte von dem Teebecher hoch, den sie in beiden Händen hielt und aus dem sie immer wieder nippte. Ellie hatte gleich zwei Thermoskannen mitgebracht, und nun waren beide leer. Die Wärme biss an der offenen Blase zwischen Daumen und Zeigefinger, die sie sich beim Beschneiden der Sträucher geholt hatte. Es war wie ein Rausch gewesen. Einmal damit angefangen, konnte sie kaum wieder aufhören.

»Aber nein, wir sind nicht verrückt! Wir sind … großartig.«

Sie sah an Ellie vorbei zu den Gewächshäusern. »Niemand wird uns die alte Gärtnerei nehmen, weil niemand sie kennt und weil seit Jahrzehnten niemand Anspruch erhoben hat. Die körperliche Arbeit tut uns gut – da brauchen wir keine Gymnastik mehr zu machen. So weit ist es nun auch nicht von Berlin entfernt, kaum mehr als eine Stunde. Und von heimlich kann gar keine Rede sein. Wir versuchen ja nicht, irgendwas zu verbergen.«

»Es waren rhetorische Fragen«, gab Ellie zu. »Es hat mir auch richtig Spaß gemacht. Obwohl ich es sonst nicht so mit Gärtnern habe.«

Nora lächelte. »Ich hab dahinten am Beet gearbeitet. An dem, das wir neulich gefunden haben. Ich verstehe etwas nicht.«

»Was denn?«, fragte Udo.

»Dieses Beet ist offenbar als Schattenbeet angelegt gewesen. Deshalb wächst da die Funkie. Außerdem habe ich einen Geißbart gefunden und zwei Astilben, wenn auch mickrige. Der Rest ist von Maiglöckchen überwuchert, sie sprießen gerade aus dem Boden. Verschiedene Farne wachsen auch noch da. Ich weiß noch nicht, welche Sorten. Sie sind noch nicht entrollt – na, ihr wisst schon.«

»Nein«, sagten die anderen drei.

»Farne kringeln sich auseinander, rollen sich auf. Aber so weit sind sie noch nicht. Das machen sie erst Ende April«, sagte Nora und malte mit ihrem schmutzigen Zeigefinger spiralförmige Zeichen in die Luft. »Was mich nur wundert ... Das Schattenbeet ist sehr vernachlässigt ...«

»Das braucht dich doch nicht zu wundern!« Ellie verstand nicht, was Nora meinte. »Es war ja ewig niemand mehr hier!«

»... lass mich mal ausreden, Ellie. Es ist vernachlässigt, aber längst nicht so, wie es sein müsste, wenn das Grundstück seit der Wende nicht mehr genutzt wurde. Wenn sich hier niemand seit fünfundzwanzig Jahren zu schaffen gemacht hätte, würde man nichts mehr von den Pflanzen sehen. Nichts! Dass ich trotzdem noch so viel finde, ist erstaunlich.«

»Meinst du, jemand war in diesem Frühjahr schon da?«, fragte Margarete.

Nora schüttelte den Kopf. »Nein. Auf keinen Fall. Das Beet ist schon sehr verkrautet gewesen. Ein paar Jahre liegt es sicher brach. Aber davor hat sich jemand daran zu schaffen gemacht. Auch was angepflanzt wurde, ist seltsam ... es sieht wie ein Privatbeet aus, nicht wie etwas, das mal professionell genutzt wurde. Da hätte man dann nur Funkien gepflanzt, um sie zu verkaufen. Nein, es ist als dekoratives Schattenbeet angelegt. Und dann ist da dieser wilde Komposthaufen in dem einen Gewächshaus, auf dem vertrocknete Rosenstöcke liegen. Auch komisch. Ein paar Jahre ist er alt, aber niemals fünfundzwanzig. Ich frage mich, was dahintersteckt.«

»Also doch ein Geheimnis. Sag ich ja.« Ellie wirkte sehr zufrieden. »Für eine einsame Gärtnerei im Nirgendwo ist hier ganz schön viel über die Jahre losgewesen.«

»Aber wir wissen nichts Genaues. Und werden es wahrscheinlich auch nie herausfinden«, sagte Nora. »Habt ihr euch schon mal überlegt, was wir hier alles machen könnten? Die Gewächshäuser könnte man wieder in Betrieb nehmen und die Beete herrichten. Obwohl das natürlich ein sehr ehrgeiziges Unterfangen wäre.«

Margarete sah sinnend in die Ferne. »Ich kann mir schon vorstellen, hier etwas anzupflanzen. Um es hübscher zu machen. Irgendwas … Buntes. Zum Beispiel … Geranien. Diese Farbe zwischen Rosa und Orange.« Schlüpferfarben, dachte Nora. »Oder … Stiefmütterchen. Ja. Das würde mir gefallen. Viele kleine Stiefmütterchen. Ein ganzes Feld davon, am liebsten in beiden Gewächshäusern. Sie sind so … verlässlich. So ordentlich. Lassen sich nicht von Kälte unterkriegen. Säen sich brav aus, haben hübsche Farben. Werden nicht so groß.«

Nora seufzte innerlich. Stiefmütterchen! Spießiger und fantasieloser ging es nun wirklich nicht. Da hätte sie ja gleich im Gartencenter des Baumarktes bleiben können. Stiefmütterchen, die im Frühling die Kasse klingeln ließen wie die Geranien im Frühsommer …

»Stiefmütterchen? Ich finde Rosen schöner«, sagte Udo. »Rosen sind immer gut. Ich bin für Rosen.«

»Ach, du immer mit deinen Rosen«, schimpfte Margarete. »Das sind doch die einzigen Blumen, die du kennst.«

»Das ist nicht wahr«, antwortete Udo. »Ich kenne auch Erika. Und Immergrün. Und Efeu. Alles, was auf dem Friedhof wächst. Aber ich mag Rosen nun mal am liebsten. Deshalb kann ich sie mir auch am besten merken.«

»Was verbindest du denn mit Rosen?«, fragte Margarete und wunderte sich, dass sie ihn das nicht schon viel früher gefragt hatte.

Er ließ sich mit seiner Antwort Zeit. »Ich habe Anne damals in Hildesheim einen Antrag gemacht. Wir sind mit meinem Roller von Braunschweig aus hingefahren. Wie wenig Verkehr da auf den Landstraßen war! Na ja, Ende der Sechzigerjahre. Da waren wir grad mal Anfang zwanzig.« Sein Blick hatte etwas Nostalgisch-Verträumtes, und wenn man genau hinsah, entdeckte man in dem tiefen Blau seiner Iris ein klitzekleines Paar: eine blutjunge Anne, die sich an einen ebenso blutjungen Udo klammerte, während sie gemeinsam auf einem Roller durch die Sechzigerjahre sausten. »In Hildesheim wächst doch der tausendjährige Rosenstock. Der älteste der Welt. Die Rose ist das Wahrzeichen von Hildesheim. Kennt ihr die Geschichte nicht, ihr Gärtnerinnen?«

Die drei Frauen schüttelten den Kopf.

»Ach kommt, das gibt's doch nicht«, sagte er erstaunt. »Die kenn ja sogar ich! Also, das war so: Ein Kaiser anno schnuff war auf der Jagd, als er einen weißen Hirsch sah und allein die Verfolgung aufnahm. Dann stürzte er vom Pferd und wurde von einer wild wachsenden Rose so festgehalten, dass er nicht mehr aufstehen konnte. Er schlief ein. Als er aufwachte, lag um ihn herum Schnee, und sein Kreuz hing in dem Rosenbusch. Er versprach, an dieser Stelle eine Kapelle bauen zu lassen, wenn er gerettet würde. Prompt geschah das. Er hielt Wort und ließ an diesem Ort den Dom von Hildesheim bauen.« Udo rieb sich gedankenversunken die Hände. »Und den Rosenstock gibt es immer noch. Selbst den Krieg hat er überdauert. Nachdem er vom Geröll, das ihn begraben hatte, befreit war, trieb er wieder aus. Ein Zeichen für die Ewigkeit.«

Margarete seufzte. »Das ist eine schöne Geschichte, Udo. Jetzt versteh ich endlich, was das mit den Rosen, die du Anne immer aufs Grab legst, auf sich hat.«

Ellie räusperte sich. Udos Geschichte hatte sie gerührt. Vor allem das, was er dabei ausgelassen hatte und was sie meinte, herausgehört zu haben – dass Annes und seine Liebe noch immer bestehen würde wie die unverwüstliche Rose in Hildesheim, wenn nicht Annes Krebserkrankung sie auseinandergerissen hätte.

»Wie gut, dass Rosen tausend Jahre existieren können, das tausendjährige Reich aber nur zwölf Jahre überdauert hat«, sagte sie.

»Rosen haben so etwas Ewigliches. Sie gehören zu den sieben Pflanzen, die im Garten der Maria geblüht haben sollen.«

Nora überlegte, ob sie die anderen Pflanzen, die im klösterlichen Paradiesgärtlein dargestellt waren, noch kannte. Madonnenlilie, Schwertlilie, Akelei wegen ihrer Dreifaltigkeitsblätter … Was noch? Veilchen. Und auch Kräuter standen Maria zu Füßen, Salbei und Weinraute.

»Im Islam ist die Rose ein heiliges Symbol«, sagte Margarete, und Nora fragte sich, ob sie Gedanken lesen konnte.

Fanny, die mit drei leeren Schneckenhäusern spielte – ihre neuesten Fundstücke aus der Ligusterhöhle – hob den Kopf. »Früher waren hier viel mehr Rosen. Im Gewächshaus.«

»Das weißt du doch nicht, Fanny, was hier früher war«, verwies Nora sie.

Immer wieder fiel ihr auf, dass Fanny, scheinbar tief in ihr Spiel versunken, jedes Wort mitbekam.

»Doch, das weiß ich.« Fanny wandte den Blick ab und sortierte die Schnecken neu. »Ich hab's gesehen.«

Nora sah besorgt auf ihre Tochter. Da waren wieder die Zweifel, die sie auch am Morgen beschlichen hatten. Vielleicht war es nicht richtig, so viel Zeit auf diesem abgelegenen, verwilderten Grundstück zu verbringen, das ihrer Tochter merkwürdige Träume bescherte …

In einem nahen Busch sang ein Vogel, den offenbar

Frühlingsgefühle überkamen, ein zum Dahinschmelzen schönes Lied. Von jenseits der Hecke antwortete ein anderer Vogel. Weitere fielen ein. Es roch nach feuchter, warmer Erde. Eine laue Brise rüttelte sanft an den zarten Zweigen der Hecke. Eine Hummel flog summend vorbei. Ihr Ziel schienen die flauschigen gelben Blüten der Kornelkirsche zu sein.

Nora öffnete den Reißverschluss ihrer Jacke. Er knirschte leise, Sandkörner hatten sich in dem Metall verfangen.

Sie schloss die Augen.

Träumen war ja wohl erlaubt. Gerade jetzt, in diesem Moment, konnte sie sich keinen schöneren Ort auf der Welt vorstellen. Im Grunde war es egal, was sie hier anbauen wollten. Es zählte nur, ob sie Lust, Zeit und Interesse hatten, einer alten Gärtnerei neues Leben einzuhauchen.

Wenn Nora es sich aussuchen könnte, wären es Stauden, die sie pflanzten, weil sie jedes Jahr wiederkamen. Weil sie jedes Jahr schöner wurden, statt nach einer Saison abzusterben. Nichts, was an die Pflanzenwegwerfkultur erinnerte, die sie im Baumarkt so verabscheut hatte. Alle Beete sollten voller Stauden stehen …

Einem transparenten Tuch gleich, auf das ein Foto projiziert wurde, legte sich ein Bild vor Noras Augen. Plötzlich war die Gärtnerei eine andere. Noch dieselbe Anlage, aber dennoch kaum wiederzuerkennen. Die Terrasse wirkte wie frisch gepflastert, keine Schösslinge wuchsen mehr dort. Die wilde Hecke war verschwunden, stattdessen sah man das Heizungshäuschen und die Gewächshäuser, mit Glasscheiben, an denen das Kondenswasser herunterlief. Und auf der Wiese die Beete, mit verschiedenen Blumenarten bepflanzt. Blaues sah sie und Rosafarbenes und dahinter, dicht an der Hecke, weiße Rosen …

»Nora?«, drang eine Stimme in ihr Bewusstsein, und jemand berührte leicht ihren Arm. Mit Mühe gelang es ihr, die Augen zu öffnen.

Margarete lächelte sie an. »Kein Wunder, dass du bei dieser Plackerei ein Nickerchen machst. Plötzlich warst du weg.«

»Ich habe kein Nickerchen gemacht. Nur darüber nachgedacht, was ich hier anpflanzen würde.« Sie riss sich zusammen, ignorierte die leicht besorgten Blicke der Freunde. »Ich persönlich mag ja Stauden. Am liebsten Rittersporne in allen Blautönen! Karl Foerster hat ihnen die schönsten Namen gegeben. Hört mal, ist das nicht ein Gedicht? Gletscherwasser, Berghimmel, Finsteraarhorn, Ballkleid …« Sie dachte an das, was sie eben gesehen hat. »Auch Iris könnte man setzen, die Rhizome schön dicht unter der Erdoberfläche, sodass sie im Sommer gewärmt werden. Die mögen durchlässige Erde, also wäre der sandige Boden der Mark Brandenburg genau richtig. Pfingstrosen wären toll. Sie sind frosthart, müssen sie ja sein, weil sie die kalten chinesischen Winter kennen. Gut, die müssten dann etwas Dünger bekommen, aber wie schön blühen sie Ende Mai! Oder Phlox in Weiß und Rosa und Pink. Der duftet an warmen Sommerabenden herrlich süß. Oh, und dann der Herbst! Da kann ich mir Strahlenastern vorstellen. Oder Gräser wie in einem Präriegarten, dazwischen einzelne Sonnenhüte, als dramatischer Form- und Farbkontrast zu dem sanften Wogen der Halme! Das sieht toll aus!«

»Wow«, sagte Margarete beeindruckt. »Du hast dir ja schon viele Gedanken gemacht. Klingt nach Arbeit.«

Nora lächelte. Es war so leicht, über einen Traum zu sprechen, der niemals Wirklichkeit werden würde. Aber sie war noch nicht fertig. »Oder wir nehmen nur panaschierte Pflanzen«, schlug sie vor. »Auch eine coole Idee.«

»Was bedeutet denn panaschiert?«, fragte Ellie. »Klingt ein bisschen wie paniert.«

Nora lächelte. »Nein, mit deinen leckeren Schnitzeln hat das nichts zu tun, Ellie. Manchmal sind Blätter nicht durchgängig grün, sondern weiß durchsetzt. Das gibt es bei Maiglöckchen, bei Hartriegel, bei Iris, bei Gräsern, bei Funkien, ach, bei ganz vielen Pflanzenarten – wisst ihr, was ich meine?«

»Ich kenne das vom Lungenkraut«, sagte Margarete. »Das hatte ich mal im Vorgarten. Wisst ihr noch? Weiche Blätter und große weiße Flecken drauf. Es ist irgendwann eingegangen und nicht mehr wiedergekommen.«

»Panaschierte Pflanzen sind empfindlich. Sie haben nur eine halbe Lunge. Der Vergleich mit dem Lungenkraut stimmt.« Ellie sah sie alarmiert an, Margarete räusperte sich unruhig. Da erst fiel Nora ein, dass Udos Frau an Lungenkrebs gestorben war. Wie gedankenlos von ihr! Sie biss sich auf die Zunge und wurde rot. Eilig fügte sie hinzu: »Wegen der weißen Stellen haben sie weniger Chlorophyll, also auch weniger Möglichkeit zur Fotosynthese. Das macht sie weniger … robust.« Um ein Haar hätte sie auch noch »lebensfähig« gesagt.

»Das ist nicht das Richtige für uns«, sagte Ellie bestimmt.

Glücklicherweise war Udo mit seinen Gedanken noch in Hildesheim.

»Und wie wäre es mit Stiefmütterchen im Frühling? Wenigstens ein kleines Beet?«, fragte Margarete.

Ellie hatte seit einiger Zeit nichts mehr gesagt. Sie hatte den Kopf gesenkt und spielte mit dem Henkel ihrer Tasse. Plötzlich entfuhr ihr ein kleiner Schluchzer, laut genug, dass sich alle Blicke auf sie richteten.

»Was ist denn, Ellie?«, fragte Margarete, und die Freundin hob den Kopf. Ihr graues Haar stand ihr wie so oft vom Kopf ab, und es war krauser denn je. Tränen rannen ihr über die Wangen. »Ellie, was hast du denn?«

»Stiefmütterchen ...«, sagte Ellie. »Stiefmütterchen ...« Sie tupfte sich die Tränen ab und sah in die Runde. »Entschuldigung. Es ist nichts.«

Sie schniefte. Nora gab ihr eine Papierserviette, und sie putzte sich geräuschvoll die Nase.

»Von wegen«, warf Margarete ein und griff nach ihrer Hand. »Solange ich dich kenne, hast du noch nie geweint. Nie! Und da soll jetzt nichts sein?«

Fanny nahm die leeren Schneckenhäuser auf und kletterte auf Ellies Schoß. Am Tisch spielte sie mit ihnen weiter.

Ellie verbarg ihr Gesicht in Fannys Locken, dann sah sie auf. »Also gut. Ich erzähl's euch«, sagte sie. »Stiefmütterchen. Das bin ich. Ein ewiges Stiefmütterchen. Schon mein ganzes Leben lang.«

»Wieso bist du ein Stiefmütterchen?«, fragte Nora.

Ellie atmete tief durch, wollte etwas sagen, aber die Worte kamen nicht. Stattdessen weinte sie so heftig in Fannys Locken, dass die Kleine ganz nasse Haare bekam. Aber Fanny hielt still.

Und Nora fragte sich, warum in der alten Gärtnerei die Erinnerungen über jeden von ihnen so unerwartet und mit aller Heftigkeit hereinbrachen.

11. Kapitel

Langsam beruhigte Ellie sich.

»Ich war vierundzwanzig, als ich Jürgen kennenlernte. Im Sommer 1968 war das, in Berlin«, sagte sie.

Margarete hielt ihr ein Taschentuch hin. Sie nahm es und tupfte sich die Tränen ab.

»Er war Student an der FU, und damals war in Berlin ganz schön was los. Jeden Tag gab es Demonstrationen gegen alles Mögliche, gegen Konsum, gegen die Amerikaner in Vietnam, gegen den Schah. Ich dagegen war ein echtes Landei. Ich war gerade ein paar Wochen zuvor aus Flensburg gekommen und hatte mir sonst was von West-Berlin versprochen, was alles nicht stattfand. Ich kannte ja niemanden. Allein saß ich in meiner Einzimmerwohnung im Wedding und war grotteneinsam. Gelernt habe ich Köchin.«

»Das wissen wir doch! Deshalb kochst du ja so toll«, sagte Udo.

»In jenem heißen Sommer – und ich meine das politisch, nicht klimatisch – war ich außerdem arbeitslos. Ein kleiner Nebenjob an der Uni hat mich geradeso über Wasser gehalten.«

»Was hast du denn gemacht?«, fragte Margarete. Ellie hatte an der Uni gearbeitet? Das hatte sie ja noch nie gehört!

»Ich hab geputzt. Kennt ihr noch die Reklame in den Bussen? ES GIBT DINGE, DIE EINE FRAU NIE VER-

LERNT. So hat damals eine Reinigungsfirma geworben. Schlimm, was? Aber darauf habe ich mich beworben. Ich gehörte zu einem Trupp, den sie abends in die Dahlemer FU geschickt haben. Die Klos sauber machen und die langen Flure saugen und die Schreibtische der Dozenten abwischen und die vielen Aschenbecher leeren. In den Büros wurde nämlich noch geraucht. Und da steht eines Tages so ein bärtiger Student vor mir und blitzt mich durch seine runde Nickelbrille an, verwickelt mich in ein Gespräch und tut so, als wäre ich genauso schlau wie er. Erzählt mir von den Rechten der Arbeiter, von der Unterdrückung durch die herrschende Klasse. Ich im blauen Arbeitskittel, den Arm voller Klopapierrollen, den Wagen mit Putzzeug vor mir … Ich hab mich sofort in ihn verliebt. Es war ja auch die Zeit der lockeren Beziehungen. Es dauerte nicht lange, und wir gingen zusammen … Na, ihr wisst schon. Im Nachhinein glaube ich, es war eine Alibisache für ihn.«

Margarete konnte es sich gut vorstellen. Die junge quirlige Ellie mit der wilden, damals noch braunen Mähne und den grauen Augen, glücklich, irgendwo dazuzugehören, wenn auch nur als Randfigur.

»Wieso Alibi?«, hakte Udo nach.

»Damals hatten die Studenten doch den Anspruch, mit anderen Bevölkerungsschichten Kontakt zu haben, nicht elitär zu sein. Große kommunistische Parolen hat er geschwungen, der Jürgen, abends war er immer bei seinen Polit-AGs. Und danach ist er dann zu mir gekommen, und ich hab ihm was Leckeres gekocht. Er studierte Soziologie. Ich war schwer beeindruckt. Da hatte ich dann die Idee, mein Abi auf dem Abendgymnasium nachzuholen. Ich hatte nur Hauptschule. Meine Eltern haben immer gesagt, mehr muss für Mädchen nicht sein. Die heiraten sowieso. Also hab ich mich angemeldet.«

»Und dann?« Nora fragte sich, wo Ellies Geschichte hinführte.

»Zuerst ging es ganz gut. Und dann kam Stefan zu uns.« Aha! »Er ist nicht mein Sohn. Er ist Jürgens Sohn. Ich bin seine … Stiefmutter.«

»Das wusste ich ja gar nicht«, sagte Margarete, die am meisten Einblick in Ellies Vergangenheit hatte.

Ellie sah vorbei an den Haselnusssträuchern, dem Schornstein, an den Metallstreben der glaslosen Gewächshäuser, die durch die ausgelichtete Hecke nun deutlicher zu erkennen waren. Margarete war sich sicher, dass sie nichts wahrnahm, dass ihr inneres Auge fest auf einen jungen Studenten mit Bart und Brille und blitzenden Augen gerichtet war.

»Jürgen hatte vorher mit einer Kommilitonin eine kurze Beziehung. Annette hieß sie. Sie war schon schwanger, als wir uns kennenlernten, und Annette bekam Stefan, als sie schon von Jürgen getrennt war. Als Stefan geboren wurde, lehnte Annette ihn ab. Sie hat Jürgen den Jungen in den Arm gedrückt, ihr Studium abgebrochen und ist nach Goa gegangen. In einen Ashram. Na, und da hat mich Jürgen gefragt, ob ich den Jungen nicht aufnehmen will. Mit ihm zusammen. Keine acht Wochen war der Kleine da alt.«

»Und da hast du Ja gesagt.«

»Natürlich hab ich Ja gesagt! Ich mag Kinder sehr! Allerdings musste ich dafür das Abendgymnasium aufgeben. Jürgen besuchte abends immer die Studentenversammlungen, und irgendwer musste sich schließlich um Stefan kümmern. Als der Kleine in die Krippe kam, hab ich wieder als Köchin gearbeitet. In Kantinen und so.«

»Aber ihr habt nicht geheiratet, oder?«

»Nein. Das war Jürgen zu bürgerlich. An so was hat er

nicht geglaubt. Er sagte, man braucht kein Papier, um zu wissen, dass man zusammengehört.«

Margarete seufzte. »Ellie, kam dir nie der Gedanke, dass Jürgen dich hemmungslos ausgenutzt hat? Du hast sein Studium mitfinanziert, ihn bekocht, seinen Sohn aufgezogen … und dann?«

»Ja, der Gedanke kam mir schon. Aber was hätte ich denn machen sollen? Ich hing doch an Stefan.«

»Du hängst noch an ihm«, sagte Margarete.

»Ja, das stimmt. Na, jedenfalls hat Jürgen dann seinen Abschluss gemacht und ist nach Frankfurt gegangen. Da war Stefan drei.«

»Und du?«

»Ich bin in Berlin geblieben. Mit Stefan.«

»War das denn rechtens? Du hattest doch gar nicht das Sorgerecht.« Nora dachte an die vielen Situationen, in denen sie für Fanny irgendetwas entscheiden musste.

Ellie wurde rot. »Wichtige Papiere hab ich Jürgen geschickt. Und manchmal hab ich einfach … getrickst. Ich hab so getan, als wären wir geschieden. Damals gab es noch keine Computer, da ging das schon.«

»Ellie!«

»Reg dich ab, Margarete. Wenigstens hat Jürgen mir ein bisschen Unterhalt gezahlt, als er eine Ärztin geheiratet hat.«

»Vorher nicht?«, fragte Nora.

»Nein, vorher nicht. Weshalb, glaubst du denn, finde ich es so wichtig, dass du genügend Geld verdienst? Ich weiß, wie das als Alleinerziehende ist. Wohin das im Alter führt.« Ellie sah sie kämpferisch an. »Ich hab wenigstens meine Grundsicherung zur Rente. Ob du überhaupt noch staatliche Rente bekommst, wage ich zu bezweifeln.«

Nora wollte protestieren, aber Ellie hatte recht. Also schwieg sie.

»Erzähl weiter. Was ist jetzt mit Stefan?«, wollte Margarete wissen.

»Er ist Studienrat, und ratet mal, wer ihn beim Studium unterstützt hat! Er hat dann Katja geheiratet, sie wohnen in einer Dachgeschosswohnung am Savignyplatz, sie haben Magnus, und jetzt …« Wieder ein verlorener Blick in die Ferne.

»Jetzt kümmert er sich kaum noch um dich«, sagte Udo. »Jetzt denkt er, er wäre etwas Besseres.«

Ellie nickte. »Ja, genau. Er zieht sich immer mehr zurück. Mit jeder Gehaltsstufe wird er distanzierter. So als ob es ihm peinlich wäre, dass ich nur Köchin war. Wir telefonieren fast gar nicht mehr miteinander.« Sie schwieg. »Ich bin die Stiefmutter, die von ihrem Kind … stiefmütterlich behandelt wird. Aus Dünkelhaftigkeit. Aus Geldgründen. Was weiß ich, warum.«

Erbost blickte sie in die Runde, was Margarete viel sympathischer als ihr stummes Leiden fand.

»Du hast recht, Ellie. Das ist nicht richtig. Hast du denn mal mit Stefan darüber gesprochen?«

Ellie schüttelte den Kopf. »Wir haben uns so entfremdet. Ich glaube nicht, dass ich noch die richtigen Worte finde. Also von mir aus ein klares Nein.«

»Ein Nein wozu?«, fragte Margarete.

»Zu Stiefmütterchen! Ich kann sie nicht ausstehen! Sie erinnern mich zu sehr an mein eigenes Leben! Und dann noch ganze Beete davon, da käme ich aus dem Heulen nicht mehr raus. Nein, Margarete, das kannst du mir nicht antun.«

»Mich erinnern sie an Karl Marx«, sagte Nora im Versuch, dem Gespräch eine Wende zu geben und froh darüber, dass Ellie für die alte Gärtnerei Stiefmütterchen genauso wenig mochte wie sie selbst. »Wenn man die Zeichnung eines Stiefmütterchens anschaut, sieht man, dass es wie Marx mit seinen dicken Augenbrauen und seinem Vollbart aussieht. Besonders bei den gelben und den weißen ist es deutlich. Helene Weigel hat das mal gesagt, und jedes Mal, wenn ich ein Stiefmütterchen sehe, muss ich daran denken.«

»Helene Weigel?«, fragte Udo.

Alles, was mit Kunst zu tun hatte, war ihm suspekt. Da hatte das Theaterabonnement, das Anne für sie beide gebucht hatte, auch nichts dran ändern können.

»Helene Weigel war Schauspielerin beim Berliner Ensemble«, wusste Margarete.

»Da stand sie Marx ja nah.«

»Das macht Stiefmütterchen in meinen Augen kein bisschen besser! Im Gegenteil! Das erinnert mich erst recht an Jürgens kommunistische Anwandlungen«, sagte Ellie düster.

Udo lachte freudlos.

»Mir ist kalt«, sagte Fanny und rutschte von Ellies Schoß. »Wer ist Karlmax?« Die Nachmittagssonne war hinter den märkischen Kiefern verschwunden.

»Erklär du mal«, bat Nora Margarete. »Und ja, kalt ist mir auch, Fanny. Wollen wir nach Hause? Ich brauche eine Nagelbürste und eine heiße Dusche.«

»Vielleicht können wir uns das nächste Mal ins Haus setzen«, schlug Udo vor. »Es ist ein bisschen muffig und klamm, aber wenn wir genug lüften …«

Nora dachte mit Unbehagen an den Dachboden, an seine besondere, unerklärliche Kälte. Sie wollte schon dagegenhalten, wollte sagen, dass es draußen bei jedem Wetter viel schöner sei als im Haus, als sich ein Geräusch wie eine sechste Stimme in ihr Gespräch mischte.

Ein Auto näherte sich. Parkte. Eine Tür wurde zugeschlagen. Jemand kam durchs Tor, die Auffahrt entlang. Selbst die wirkte nach Ellies Aktion einladend. Man sah immerhin, dass es eine Auffahrt war, die in Richtung Haus führte. Und an einigen Stellen erkannte man, dass unter der Unkraut- und Moosschicht Kies lag.

»Oh, bitte nicht«, sagte Udo leise. »Nicht sie schon wieder!«

»Hallooooooh!«, rief Barbara Tschirch und stapfte auf sie zu. Die Absätze ihrer Büropumps waren dick genug, um nicht in dem Kiesuntergrund einzusinken. »Hab ich's doch geahnt, dass es an so einem wunderschönen Frühlingstag hier mit der Arbeit losgeht! Ich dachte, ich schau mal wieder vorbei. Und ich habe Ihnen was mitgebracht, Udo.« Udo sah die Freundinnen an. Hatte er Frau Tschirch eingeladen, ihn beim Vornamen zu nennen? Die preschte aber voran. »Brauchen Sie die?«, fuhr sie fort. »Sie sind von meinem verstorbenen Mann. Nehmen Sie sie doch!«

Sie hielt Udo ein Paar Arbeitshandschuhe hin.

Nora fragte sich, ob Frau Tschirch seit ihrem letzten Treffen jeden Tag den Waldweg entlanggefahren war, in der Hoffnung, Udo wiederzusehen.

»Haben Sie heute viel geschafft?«, fragte sie die Frauen, wartete aber deren Antwort nicht ab. »Ich habe in der letzten Woche noch weiter nachgeforscht, wem die Gärtnerei gehören könnte. Rechtlich wäre der Aufenthalt hier unbedenklicher, wenn man das wüsste.«

»Rechtlich unbedenklich … So sieht sie aus«, murmelte Ellie. »Ich hab's ja geahnt.«

»Aber es ist wie verhext. Es gibt keine Unterlagen.«

»Na, wie denn auch, wenn das Archiv abgebrannt ist«, bemerkte Margarete.

Endlich schaute Barbara Tschirch in ihre Richtung.

»Ja, schon, aber normalerweise gibt es trotzdem Hinweise, oder Erbengemeinschaften schreiben uns an und erheben Anspruch. In diesem Fall seltsamerweise nicht. Ich bin die Aktenordner bis in die Achtzigerjahre durchgegangen, habe versucht herauszufinden, ob dieses Grundstück von der Bodenreform betroffen war. Es gibt keine Unterlagen. Sehr, sehr eigentümlich. Wenn es niemanden gibt, dann fällt das Grundstück natürlich in den Besitz des Landes.«

»Wir glauben, dass der Besitzer der Gärtnerei Kirsch hieß«, bemerkte Udo.

Vermutlich sagte er das, um von sich selbst abzulenken und unauffällig den Rückzug antreten zu können, denn Frau Tschirch war inzwischen sehr dicht an ihn herangetreten.

Margarete sah ihn entsetzt an, Nora hielt den Finger vor den Mund, und Ellie zischte leise durch die Zähne. Wie konnte er das nur ausplaudern!

Zu spät. Barbara Tschirch sprang auf den Namen an wie ein Rotkehlchen auf den ersten Regenwurm im Frühjahr. »Wirklich! Das ist ja hochinteressant! Dann können wir noch mal intensiver suchen. Ich spür's … früher oder später werden wir herausfinden, wem dieser Grund und Boden gehört. Was Recht ist, muss Recht bleiben!«

12. Kapitel

Am Ostersamstag fuhren sie wieder in die Gärtnerei.

Die vergangenen Tage waren ausgefüllt gewesen mit Gängen zum Arbeitsamt und zur Krankenkasse, mit Surfen im Internet nach Jobs (Nora), mit Eierbemalen (Fanny), mit Friedhofbesuchen und kleinen Reparaturen (Udo), mit Ausprobieren eines Möhrenkuchens und mit frustrierenden Gängen zum Briefkasten (Ellie) und vom Entwerfen, Schreiben und Zerreißen weiterer Briefe an Stegemann (Margarete).

Die Abende hatte Nora damit verbracht, ihre Gartenbibliothek durchzuschmökern. Um sich inspirieren und verzaubern zu lassen, voller Vorfreude, was sie vielleicht pflanzen oder säen könnten. Oder was auch nicht, falls es nicht in das Leben der Freunde passen würde.

Über Nacht hatte sich ihre Straße in Schmargendorf verändert. Der Ahorn sah mit seinen frischen Blattknospen irgendwie wollig aus, die Magnolie blühte in vornehmer Pracht, und in den Vorgärten waren die blassen Puschkinien von dicken gelben Narzissentuffs und blauen Hyazinthen abgelöst worden.

Nora fragte sich, was der fortschreitende Frühling mit ihrer Gärtnerei in der vergangenen Woche gemacht hatte. Das Gartenfieber hatte sie gepackt. Sie konnte es kaum erwarten rauszufahren. Wenn sie auf dem Grundstück war, fühlte sie sich wie im Urlaub, befreit von ihrer bedrückenden Situation in Berlin. Da draußen zählten die Natur, die

Büsche, Bäume, Pflanzen, die Erde an den Händen – alles fiel von ihr ab, bis sie wieder im Wagen zurück nach Berlin saßen.

Heute war es ein Mädelsausflug. Udo hatte etwas von »Friedhof … dauert länger« gemurmelt und wollte nachkommen.

Also nahmen sie Margaretes alten Polo. Klappstühle und Tisch hatten sie beim letzten Mal schon auf dem Grundstück gelassen, sodass im Wagen genug Platz für ihr Gartenwerkzeug war.

Und Nora hatte heute ihre eigene Gartenschere dabei. »Eine gute Gartenschere muss immer so aussehen, als ob sie lächelt«, hatte ihr Lehrmeister ihr eingeschärft. Genau das tat ihre FELCO. Betrachtete man sie mit geöffneten Klingen im Profil, sah sie aus, als ob sie lächelte, freudig auf verwelkte Äste, Zweige und Blüten wartete, um sie mit einem kapitalen Biss abzutrennen. Und die roten Griffe halfen dabei, sie wiederzufinden, wenn man sie irgendwo achtlos liegenließ und nach ihr suchte.

Jeder Tag, den sie in der alten Gärtnerei verbrachten, hatte sein eigenes Flair, sein eigenes Charisma, fand Nora. An diesem war es erstaunlich warm, achtzehn Grad, aber es war bedeckt. Als sie ihr Ziel schon fast erreicht hatten, fing es an, sacht zu nieseln.

»Ich hab's geahnt. Es war keine gute Idee rauszufahren«, sagte Ellie und schaute entnervt aus dem Autofenster auf die Felder, die hinter einem grauen Schleier verschwanden.

»Es soll nachher besser werden. Wir bekommen einen schönen Ostersamstag«, versprach Margarete.

»Ellie, denk mal an die Natur! Es war bisher viel zu trocken. So ein Landregen ist genau das Richtige für die Pflanzen«, erklärte Nora.

»Bei diesem Regen können wir uns nicht mal draußen hinsetzen, wenn wir mit der Arbeit fertig sind. Da wird mein Möhrenkuchen wässrig«, meckerte Ellie weiter.

»Dann setzen wir uns eben ins Haus«, meinte Margarete und bog schwungvoll in den Waldweg ein. Es tropfte von den Kiefernzweigen aufs Auto, als sie die Äste beim Vorüberfahren touchierten.

Nora wollte schon protestieren, dass sie persönlich lieber im Auto als in dem düsteren kalten Haus sitzen würde, da sagte Fanny: »Wir können die Stühle ins Gewächshaus stellen.«

Ellie lachte freudlos. »Da werden wir genauso nass.«

»Nein«, widersprach Nora, die Fannys Einfall großartig fand. »Im zweiten werden wir nicht gleich nass. Da gibt es noch ein paar intakte Scheiben.«

»Also lieber nicht arbeiten, gleich ab ins Trockene und Kuchen futtern?«, fragte Ellie. Jetzt klang sie schon munterer.

»Ich würde gern weiter das Buschwerk beschneiden«, sagte Margarete.

»Fühl dich wie zu Hause«, erwiderte Ellie spitz. »Nein!« Das Letzte rief sie so laut, dass die anderen drei zusammenzuckten.

»Was denn?«, fragte Nora.

»Schaut doch nur! Wie konnte das bloß passieren! Das Haus ist verschwunden!«

»Was?«

»Wieso?«

»Warum?«

Nora schaute unruhig nach vorn. Was redete denn Ellie da? Das konnte nicht sein. Niemand hätte in ein paar Tagen das Haus abreißen können!

Ellie zeigte lachend auf die Frontscheibe, während Margarete langsam weiterfuhr. »Es ist so grün geworden, dass man es kaum mehr sieht!«

Sie hatte recht. Die ehemals graubraune Hecke hatte sich seit ihrem letzten Besuch mit Blattwerk geschlossen. Das Haus war fast nicht mehr zu erkennen, selbst das Tor war zugewachsen.

»So ist das im April. Besonders, wenn es regnet. Dann explodiert die Natur förmlich«, sagte Nora erleichtert.

»Wir können Ordnung machen!« Margarete klang begeistert. Sie parkte direkt vor dem Tor.

»Ich mache nicht Ordnung. Ich helfe höchstens den Pflanzen, besser zu wachsen«, sagte Nora. Sie stieß die Autotür auf und stieg aus. Es regnete beständig weiter, kleine Rinnsale waren auf dem Weg entstanden, auf denen trockene Kiefernnadeln trieben. Das Moos am Wegesrand war prall vor Nässe. Der Duft von nassem Grün war wie ein Versprechen vom Sommer, der bald kommen würde. Sie schloss die Augen und atmete tief durch. »Oh, riecht doch nur. Ist das nicht herrlich?«, rief sie dann den anderen zu, die sie durch die beschlagene Scheibe anschauten, als wäre sie nicht ganz bei Trost.

Sie hörte ein kaum wahrnehmbares Rascheln hinter sich. Als sie sich umdrehte, sah sie Fanny, die ebenfalls ausgestiegen war. Sie hatte ihre Kapuze aufgesetzt und schaute an ihr vorbei, als stünde Nora nicht direkt vor ihr.

»Was ist, Fanny? Alles okay?« Fanny reagierte nicht, und Nora rüttelte sie sanft an den Schultern. »Fanny!«

Da erst kam ihre Tochter zu sich. Sie sah verwirrt aus. »Ich weiß noch, dass Omi mit mir spazieren gegangen ist. Sie hat einen Ast mit Blättern an meinem Kinderwagen befestigt. Ich hab ihn mir angeschaut und gelacht«, flüsterte Fanny. »Es hat geregnet, und es hat genauso gerochen wie jetzt.«

Nora starrte ihre siebenjährige Tochter an. Das kann nicht sein, wollte sie sagen. Du warst erst zwei, als Omi gestorben ist. Aber sie schwieg, weil ihr die eigene Erinnerung an den Duft des Geißblatts einfiel.

»Manchmal erinnert man sich an etwas, das man vergessen glaubte. Das kann ein Wort oder eine Melodie sein. Und manchmal ist es auch ein Duft«, sagte sie leise und nahm Fannys Hand. »Komm, wir gehen ins Gewächshaus. Da ist es trocken.«

Die anderen kamen nach. Tisch und Stühle standen genau dort, wo sie sie beim letzten Mal zusammengestellt hatten – unter einem baufälligen Unterstand neben der Terrasse.

Die Frauen nahmen je einen Stuhl und zogen wie in einer vorgezogenen kleinen Osterprozession ins Gewächshaus. Als sie an dem Schornstein vorbeikamen, klapperten die Störche zur Begrüßung. Aber vielleicht mochten sie auch nur den Regen nicht.

Im hinteren Teil des zweiten Gewächshauses stellten sie die Stühle auf. Dort setzten sie sich und lauschten dem Prasseln des Regens.

Fanny begann, emsig in der Erde zu graben. Nora hatte ihr ein Tütchen mit Radieschen- und eins mit Ringelblumensamen geschenkt, hatte ihr erklärt, was sie tun musste, und nun war Fanny hochkonzentriert bei der Sache.

Vielleicht hat sie mein Gartengen geerbt, dachte Nora, während sie ihre Tochter dabei beobachtete, wie sie grub und scharrte und wühlte. Eine schläfrige Zufriedenheit überfiel Nora, und sie schloss die Augen. Fast, als wäre sie eine Pflanze, die den Regen spürte und wusste, dass ihr Überleben gesichert war, wenn die Feuchtigkeit nur bis zum Wurzelwerk drang …

»Mama! Ich hab was gefunden! Einen Schatz!«, rief Fanny plötzlich.

Nora öffnete die Augen, und auch Ellie und Margarete rappelten sich in ihren Stühlen hoch. Fanny hatte nicht, wie Nora es ihr erklärt hatte, ein Stückchen Erde umgegraben, um danach Reihen für die Samen zu ziehen. Stattdessen hatte sie ein tiefes Loch gebuddelt. Sie hatte einen Arm hineingesteckt und zerrte an etwas, das nicht herauskommen wollte.

»Tu dir nicht weh, Fanny. Du musst das Loch größer machen, damit du dein Fundstück herausbekommst«, riet sie.

Fanny nahm ihre kleine Schaufel und machte sich mit Feuereifer daran, das Loch zu erweitern. Wie ein Maulwurf außer Rand und Band schippte sie, der Erdhaufen neben dem Loch wurde größer. Dann kniete sie sich hin, um was auch immer sie gefunden zu haben glaubte, zu fassen zu bekommen.

»Ich hab's!«, rief sie. Mit einem erstaunten »Oh …« verlor sie das Gleichgewicht und setzte sich auf den Hosenboden. In den Händen hielt sie – einen Spaten. Sie rappelte sich auf und stellte den Spaten neben sich auf die Erde. »Passt mir genau«, sagte sie begeistert.

Es war unübersehbar ein Kinderspaten. Er hatte genau die richtige Größe für Fanny, auch wenn der Stiel von der feuchten Erde dunkel geworden war und vermutlich bei der ersten Belastung brechen würde.

»Zeig mal, Fanny.« Nora nahm den Spaten und strich über das Blatt. »Schön ist der. Handgemacht! Schau mal, auf dem Stahl sieht man noch die Hammerabdrücke vom Schmied. Überhaupt nicht verrostet«, sagte sie anerkennend. »Wenn wir das Blatt ein bisschen schleifen, ist es wie neu.«

»Kann ich ihn behalten?«, fragte Fanny.

»Na klar. Du hast ihn gefunden. Er braucht wahrscheinlich einen neuen Stiel«, überlegte Nora. »Wer weiß, wie lange der Spaten in der Erde gelegen hat. Wir fragen Udo, ob er uns hilft.« Sie gab Fanny den Spaten zurück.

»Wer vergräbt denn so was?«, fragte Ellie.

»Keine Ahnung. Vielleicht Kinder, die hier gespielt haben.«

»Merkt ihr was?«, rief Margarete.

»Nee«, sagte Ellie. »Was denn?«

»Es hat aufgehört zu regnen.« Margarete hatte den Satz kaum ausgesprochen, als ein erster Sonnenstrahl ins Gewächshaus fiel. Sofort schien sich die Welt zu verändern. Fanny legte den Spaten sorgfältig zur Seite und ging hinaus. »Ich gehe die Störche besuchen«, verkündete sie.

»Klingt, als ob auch *wir* Besuch bekämen. Nicht nur die Störche«, sagte Ellie und lauschte. »Das wird Udo sein.« Sie gähnte. Dann stand sie auf und reckte sich. »Ich sag ihm, wo wir sind. Er will sicher auch ein Stück Kuchen, wie ich ihn kenne.« Sie verließ das Gewächshaus.

Margarete und Nora sahen sich an, als von draußen ein lautes »Nein!« erklang.

»Was hat sie denn jetzt schon wieder?«, fragte Margarete.

Nora zuckte mit den Achseln.

»Kommt raus! Das müsst ihr sehen!«, rief Ellie.

Als sie rausgingen, sahen sie sofort, was Ellie meinte. Gerade noch war die Welt grau gewesen, jetzt dagegen … Auf der Grünfläche, in den Mauerritzen, zwischen dem dichten Buschwerk, überall hatten sich bei den ersten Sonnenstrahlen die Löwenzahnblüten geöffnet. Wohin man sah, strahlten kleine gelbe Sonnen um die Wette.

»Das werden aber viele Pusteblumen«, bemerkte Fanny.

»Schön«, sagte Nora beinahe andächtig.

»Es schreit förmlich nach Kaninchen«, bemerkte Margarete. »Die könnten sich hier dusslig fressen. Das erinnert mich an die beiden Kaninchen, die wir nach dem Krieg auf dem Balkon gehalten haben. Die haben wir auch mit Löwenzahn gefüttert, bis sie schön fett waren. Und dann haben wir sie …« Ellies warnender Blick in Richtung Fanny ließ sie verstummen.

»Da ist Udo. Aber nicht allein«, sagte Ellie und spähte in Richtung Eingang.

Margarete stöhnte. »Nicht schon wieder die Tschirch! Warum kommt sie an unserem friedlichen Ostersamstag her? Da muss sie doch nicht mal arbeiten!«

»Das ist *nicht* Babsi«, sagte Ellie. Sie klang so erstaunt, dass Margarete und Nora aufhorchten.

»Nicht?«, fragte Nora.

»Nein, wirklich nicht«, sagte Margarete leise.

Udo und eine Frau, die sie noch nie zuvor gesehen hatten, bahnten sich ihren Weg durch die Hecke. Sie schauten sich an und lachten über etwas, das nur sie beide wussten.

Nora musterte die Fremde. Die Frau mochte jünger als Udo sein, aber deutlich älter als sie selbst. Sie trug Jeans, einen weinroten Pulli und darüber eine grob gestrickte dunkelblaue Strickjacke. Freizeitlook. Und sie hatte, was Nora sofort auffiel, grüne Gärtnerschuhe an.

Vielleicht wirkte die Fremde so jugendlich, weil sie so zierlich war und so feine Gesichtszüge hatte. Oder weil sie ihr hellblondes Haar zu einem Zopf gebunden hatte, der sich jeden Moment aufzulösen drohte. So als ob sie zu wenig Zeit gehabt hatte, sich sorgfältig zu frisieren.

Aber vielleicht war es auch die Art und Weise, wie sie sich bewegte, anmutig und sportlich zugleich. Oder ihr zögerliches Lächeln, das sich auf ihrem ungeschminkten Gesicht zeigte, als sie die Blicke der anderen bemerkte.

Sie war ein skandinavischer Typ, ja, sie kam Nora wie eine Schwedin vor, die gerade dabei war, auf einer Schäreninsel die Blaubeerbüsche zu plündern. Schön wie jemand, der sich dessen überhaupt nicht bewusst war.

Und sie hatte Ähnlichkeit mit Anne. Sie war auch blond gewesen, dieses unverschämt attraktive natürliche Silberblond hatte ihr Haar gehabt. Bis es wegen der Chemotherapie ausgefallen war.

Die Fremde und Udo redeten immer noch miteinander, während Udo sich bemühte, die Äste, die ihnen entgegenzuschlagen drohten, aus dem Weg zu halten. Denn die Fremde hatte keine Hand frei, um sich gegen peitschende Zweige zu wehren, sie trug eine große Kiste.

Als Udo die Freundinnen bemerkte, sah er aus, als ob ihm unbehaglich wäre. Aber zugleich auch vergnügt und … sogar ein bisschen stolz?

Die Frau setzte die Kiste ab, dann richtete sie sich auf und wischte sich ihre Hände an den Jeans ab, bevor sie auf sie zutrat und zuerst Nora die Hand hinhielt.

»Hallo«, sagte sie. Ihre Stimme klang überraschend tief. »Danke, dass ich heute mitkommen durfte. Ich war schon so gespannt auf die Gärtnerei. Udo hat erzählt, was ihr schon alles gemacht habt. Ich darf doch du sagen? Das ist einfach … toll. Du musst Nora sein.«

Nora ergriff die schmale Hand der Fremden und schüttelte sie, sah aber zugleich fragend Udo an. Ihr Blick sprach Bände und genau das, was die anderen auch dachten: WER IST DAS, UDO?

Der räusperte sich. Dann sagte er, unter den Blicken seiner Mitbewohnerinnen plötzlich sichtlich nervös. »Also das ist … na ja, ich meine, wir kennen uns vom Friedhof, und seit einem Vierteljahr sind wir eigentlich … Ich hab bloß noch nichts gesagt …«

Die Frau lachte amüsiert. »Udo! Mach's jetzt nicht so kompliziert!« An Nora, Ellie und Margarete gewandt, fügte sie verschwörerisch hinzu: »Männer!« und verdrehte ihre schönen blauen Augen. Ihr Akzent war eine deftige Mischung aus Berlinerisch und Märkisch.

Sie kommt aus dem Osten, dachte Nora.

Udo riss sich zusammen. »Das ist … Charlie. Ich kenne sie schon eine ganze Weile vom Friedhof. Sie ist dort Gärtnerin. In der letzten Zeit haben wir uns öfter getroffen …« Er wurde doch tatsächlich rot.

»Charlie?«, fragte Nora und überlegte. »Warte mal, Udo hat dich erwähnt. Aber ich dachte, das ist eine Abkürzung für Charles. Oder Karl! Dann bist du die Friedhofsgärtnerin, die uns das Gartenwerkzeug geliehen hat?«

Charlie neigte den Kopf. »Ja, die bin ich. Charlie steht für Charlotte.« Sie begrüßte nun auch Margarete und Ellie, die beide ein wenig irritiert schienen.

Dann wandte Charlie sich wieder an Nora. »Ich habe Udo das Werkzeug geliehen, weil ich die Idee, eine verlassene Gärtnerei wieder auf Vordermann zu bringen, einfach großartig finde. Ist der Treuhand wohl durch die Lappen gegangen, das Areal. Konnten sie bestimmt nicht an den Westen verkaufen. Ich wäre gern vorher schon mal mit hergekommen, aber ich hatte in letzter Zeit echt zu tun. Vor Ostern wollen die Leute immer, dass die Gräber besonders schön sind. Da muss ich Überstunden machen. Und dabei sind …«, sie zeigte auf die große Kiste zu ihren Füßen, »… so viele Stauden abgefallen. Die Leute wollen sie nicht mehr auf den Gräbern, wenn sie nicht mehr blühen. Aber es tut mir jedes Mal leid, sie auf den Kompost zu werfen. Der Chef hat nichts dagegen, wenn ich sie mitnehme. Ich dachte, vielleicht ist das etwas für hier.« Als die anderen schwiegen, fügte sie hinzu: »Ich meine … ich will mich natürlich nicht einmischen.« Jetzt wirkte sie etwas unsicher. »Ihr habt sicher schon Pläne, wie das hier mal aussehen soll, und da komme ich mit meinen doofen alten Stauden, die niemand mehr haben will. Wir können sie auch gern im Wald entsorgen, das wäre okay für mich …«

»Nein, nein, wir haben noch überhaupt keine Pläne. Hauptsache, es sind keine Stiefmütterchen! Die wollen wir nicht«, unterbrach Ellie, die bis jetzt noch nichts gesagt hatte.

»Natürlich nicht. Damit würde ich bestimmt nicht ankommen. Das sind ja auch keine Stauden. Außerdem finde ich sie etwas spießig«, sagte Charlie.

Margarete machte plötzlich ein mürrisches Gesicht. Sie schwieg beharrlich.

»Ellie hat recht. Wir haben noch kein Konzept«, meinte Nora. »Wir wissen ja noch gar nicht mal, wie lange wir hierbleiben können. Wir stehen ganz am Anfang. Eigentlich ist es nur … ein Spaß. Und etwas zu investieren … Also, viel Geld haben wir alle nicht.«

Charlie nickte verständnisvoll. Dann sagte sie: »Aber von hier verjagen lasst ihr euch auch nicht, oder?«

Klingt irgendwie kämpferisch, fand Nora. Sie ging nicht darauf ein. »Ich finde es toll, dass du die Stauden mitgebracht hast. Die Gärtnerei ist so groß, sicher finden wir irgendein Eckchen dafür. Wahrscheinlich wäre es im Gewächshaus am besten. Aber wir haben den Boden noch gar nicht vorbereitet. Da wächst so viel Unkraut …«

»Ich hab meinen Spaten dabei«, sagte Charlie.

Margarete schnaubte ungehalten.

Neugierig spähte Nora in den Karton. Was sie sah, waren Christrosen ohne Blüten, ein paar Ableger Immergrün, die schmalen Blätter von Strahlenastern, außerdem ein blaugraues, grasfedriges Büschel, das wohl mal eine Nelke werden sollte oder zumindest im letzten Jahr eine gewesen war, ein abgeblühter Enzian und zwei Purpurglöckchen, deren rotbraunes Laub auf unscheinbare Weise hübsch war.

»Die sehen überhaupt nicht wie Grabpflanzen aus«, sagte sie.

»Ich weiß«, erwiderte Charlie. »Es kommt immer darauf an, wo man sie pflanzt. Erst die Umgebung macht aus einer Pflanze, was man in ihr sieht.«

Wir könnten Freundinnen werden, Charlie und ich, überlegte Nora. Sie sollte Romy Fritsch kennenlernen. Die beiden kämen bestimmt sehr gut miteinander aus.

»Bist du Udos Freundin?«, fragte Fanny, die mal wieder aufmerksam die Ohren gespitzt hatte.

»Ja«, sagten Charlie und Udo wie aus einem Munde. »Und du bist bestimmt Fanny«, fügte Charlie hinzu und hielt ihr die Hand hin. »Wie alt bist du?«

»Sieben.«

»So alt wie mein Enkel. Er heißt Leo.«

»In meiner Klasse ist auch ein Leo«, bemerkte Fanny interessiert.

Charlie lachte. »Das ist sicher nicht unser Leo. Der wohnt mit seinen Eltern in Pankow.«

Ellie und Margarete sahen sich bedeutungsschwanger an.

»Du magst wohl Rosen?«, fragte Margarete spitz.

Charlie lächelte. »Ja, sehr. Aber die Rosen, die Udo immer mitbringt, sind für Annes Grab, falls du das meinst. Nicht für mich! Nur dass sich im Laufe der Zeit die Farben geändert haben, das mag was mit mir zu tun haben. Ihm ist jetzt mehr nach … Rot.«

Margarete hatte wenigstens den Anstand, peinlich berührt auszusehen, genau das war wohl ihr Verdacht gewesen.

»Wir haben etwas zu essen mitgebracht. Ist noch im Wagen.« Charlie lachte Udo vergnügt an, dann griff sie nach seiner Hand.

Nora beobachtete die Geste, die so vertraut wirkte. Wie etwas, das sie schon hundertmal getan hatten. Sie fragte sich, wie die Geschichte mit Charlie und Udo angefangen hatte. Hatte sie ihn dabei beobachtet, wie er jeden Tag eine Rose aufs Beet gelegt hatte? Waren sie darüber ins Gespräch gekommen? Oder hatte sie ihm Tipps gegeben – was bei Annes Grab, das nur mit weißen Kieseln bedeckt war, eigentlich nicht nötig gewesen wäre. Oder hatte Udo sich in die blonde Charlie verguckt, während sie auf dem Friedhof gewerkelt hatte? Komisch. Solange sie mit Udo zusammenwohnte, konnte sie sich kaum erinnern, mit ihm über persönliche Themen gesprochen zu haben. Und so verblüfft wie Ellie und Margarete wirkten, musste ihnen ebenfalls völlig entgangen sein, dass Udo sich unbemerkt einer anderen Frau zugewandt hatte.

Nora hatte in ihm immer einen älteren Mann gesehen, der sich freuen konnte, drei gute Freundinnen im Haus zu haben. Der kein Interesse am anderen Geschlecht hatte, weil er zu traurig und zu alt war, weil er jeden Spaß in seinem Leben, der über das Basteln an kaputten Elektrogeräten hinausging, nicht mehr wahrnahm. Für den das Emotionalste eine tägliche Stunde am Grab seiner verstorbenen Frau war, das Zärtlichste die Farbenwahl der Rosen für seinen Friedhofbesuch.

Mann, hatte sie sich getäuscht! Udo war gerade dabei, ihr vorzumachen, wie aufregend das Leben sein konnte, wenn man sich traute und den richtigen Menschen fand. Egal in welchem Alter. Sie schluckte.

Sie freute sich für Udo, bestimmt, gönnte ihm sein Glück. Trotzdem fühlte sie einen Stich, als sie die beiden beobachtete.

Aber der kam wahrscheinlich nur von ihrer eigenen Einsamkeit. Davon, dass niemand ihre Hand so liebevoll drückte, wie Udo es gerade mit Charlies tat.

13. Kapitel

Während die Sonne am blauen Osterhimmel allmählich höher stieg und die Regentropfen auf den Blättern kleiner wurden und schließlich restlos verdunsteten, wurde Ellie, Margarete und Nora klar, dass Udo und Charlie diesen Tag genau geplant hatten. Sonst hätte alles unmöglich so perfekt sein können.

In den zwei Körben, die die beiden ins Gewächshaus brachten, fanden sich kühle Getränke, Kaffee in einer Thermoskanne, Salate, kalte Buletten, gefüllte Eier und sogar ein Osterzopf. Sie hatten Gläser, Becher und Geschirr dabei, Servietten und Teelichter.

Auf dem Picknicktisch, den sie ebenfalls ins Gewächshaus brachten, bauten sie das kleine Büfett auf.

Es entging Nora nicht, dass Udo und Charlie sich um Fanny besonders bemüht hatten. Es gab Kirsch-Bananen-Saft, den Fanny so liebte. Außerdem hatten sie zwei rosa Petits Fours gekauft und Servietten mit kitschigen Osterhasen drauf, von denen Fanny hingerissen war.

Neben Fannys kleinem Spaten (»Das schaffen wir, Fanny, er bekommt einen neuen Stiel«, hatte Udo sofort gesagt, als Fanny ihm den Spaten gezeigt hatte) stand nun ein zweiter, großer: Charlies. Sie hatte ihn aus dem Wagen geholt und wortlos in die verkrautete Gewächshauserde gestoßen.

Nora fand das alles fast ein bisschen übergriffig. Auf der anderen Seite ... War sie vielleicht zu engstirnig? Sie konnten für das Grundstück, wenn sie wirklich etwas damit anfangen wollten, jede Hand gebrauchen. Und Charlies Gärtnerhände waren ein besonderes Geschenk. Was wollte Nora mehr? Sie konnte es nicht benennen. Aber sie war … vorsichtig.

Jetzt wollte Udo Charlie erst mal zeigen, was er bisher auf dem Grundstück geschafft hatte. Ellie, Margarete und Nora blieben im Gewächshaus, als auch schon das Aggregat im Heizhäuschen losrumpelte.

»Irgendwo ist noch ein Leck im Wasserrohr, aber immerhin kommt was im ersten Gewächshaus an«, tönte Udos Stimme bis zu ihnen herüber. »Für deine Stauden ist auf jeden Fall genug Wasser da. Pflanz sie doch dort.«

Ach, auf einmal weiß er sogar, was Stauden sind. Aber es sind ja auch Charlies Stauden. Die brauchen natürlich Wasser, dachte Nora irgendwo zwischen amüsiert und beleidigt.

»Was für ein Gockel«, zischte Margarete. »Ich kann nicht glauben, wie er angibt! Und ich blöde Kuh wundere mich, warum er beim Friseur war! Dass er ein neues Hemd hat! Jetzt weiß ich es! Schön wollte er für sie sein! In seinem Alter!«

»Er hätte uns wirklich was sagen können!«, giftete Ellie. »Da tut er immer so, als wäre er der trauernde Witwer. Geht nicht zum Unkrautjäten auf den Friedhof, sondern zum Flirten! Die arme Anne. Sie wird sich im Grab umdrehen. Ich bin so was von enttäuscht von Udo. Ich dachte, wir wären befreundet!«

»Das sind wir doch auch. Ihr seid ungerecht«, beschwichtigte Nora die beiden älteren Freundinnen. »Und stutenbissig. Er hat so lange um Anne getrauert. Ihr wisst nichts von Charlie, nicht, wo sie herkommt …«

»Aus dem tiefsten Osten«, sagte Margarete bissig, und Ellie schnaubte.

Nora ignorierte sie. »Gib ihr eine Chance. Vielleicht ist sie genau die Richtige für ihn, und selbst wenn nicht … Mein Gott, wie viel Zeit bleibt ihm denn!«

»Genauso viel wie uns«, sagte Ellie. »Die könnten wir auch zusammen verbringen.«

Nora war es leid. »Er gehört euch nicht. Anne wäre die Erste, die Udo ein bisschen Liebe gönnen würde. Als er mit unserer lieben Babsi geflirtet hat, hattest du doch auch nichts dagegen, Margarete.«

»Jaaa, das sollte er machen, damit wir alle was davon haben, nämlich wissen, wem das Grundstück gehört. Jetzt dagegen …« Margarete verstummte.

»Jetzt dagegen geht es um sein Glück. Hat er doch verdient! Kriegt euch wieder ein! Was seid ihr denn für Freundinnen?«

Aber auch wenn Nora es niemals zugegeben hätte, verstand sie Ellie und Margarete. Was bedeutete es für sie alle, dass Udo nicht mehr allein war? Vielleicht fände Udo es überhaupt nicht schlimm, dass sich ihre Gemeinschaft auflöste, weil er längst schon andere Pläne gemacht hatte … Vielleicht waren sie für ihn nur eine Notgemeinschaft gewesen, bis er eine Frau gefunden hatte, mit der er sich die Zukunft vorstellen konnte? Sagte man nicht, dass Männer das Alleinsein viel schlechter aushielten als Frauen?

Ein schrecklicher Gedanke kam Nora: Vielleicht war das die endgültige Totenglocke für ihre Hausgemeinschaft. Die nicht von außen, sondern von innen angeschlagen wurde.

Sie war überzeugt, dass Udo sich all das selbst gefragt hatte. Er hatte lange gewartet, ihnen Charlie vorzustellen, er war unbeholfen gewesen. Aber er hatte es getan, und das hieß auch, dass er sich sicher war. Das mussten sie respektieren, und sie mussten Charlie willkommen heißen. Das waren sie Udo schuldig.

Und deshalb lud Nora Charlie kurz darauf ein, ihr das Grundstück zu zeigen. Zuerst bedienten sie sich alle am Büfett, dann tranken sie ein Glas Prosecco, und schließlich machten sie sich auf den Weg.

»Warum bist du Gärtnerin geworden?«, fragte Nora, während sie zu zweit über das Grundstück schlenderten.

Für sie war der Berufswunsch klar gewesen, seit sie zum ersten Mal im Balkonkasten ihrer Großmutter ein Loch gebuddelt und einen Apfelsinenkern hineingesteckt hatte. Diese Begeisterung, als er gekeimt und sie eines Tages die kleine Pflanze entdeckt hatte, die sich durch die Balkonerde gekämpft hatte, war die Begeisterung, die sie immer noch in jedem Frühling empfand.

»Ich wollte nicht Gärtnerin werden.« Charlie winkte ab. »Ich wollte Medizin studieren. Aber meine Eltern waren nicht parteitreu und außerdem in der katholischen Kirche. Da hat das mit einem Studienplatz nicht geklappt.«

»Bitter«, sagte Nora.

Charlie nickte. »Sie haben mich in die VEB Rote Scholle gesteckt. War ziemlich eintöniges Zeug, das wir da angebaut haben. Und immer diese roten Nelken zum 1. Mai! Weißt du übrigens, woher das mit der roten Nelke kommt?« Nora schüttelte den Kopf. »Wir mussten es bei jeder Lieferung erzählen, ob die anderen es hören wollten oder nicht. Also, pass auf: 1889 wurde die rote Nelke beim internationalen Sozialistenkongress in Paris zur Arbeiterblume. 1890 war der Tag der Arbeit in Deutschland schon von Bismarck in der Sozialistengesetzgebung verboten. Demonstrieren war untersagt, Plakate durften auch nicht aufgehängt werden. Also haben sich die Arbeiter eine rote Nelke ins Knopfloch gesteckt und sind ins nächste Gartenlokal gegangen. Ich kann immer noch keine roten Nelken sehen, ohne dass ich anfange, die Internationale zu summen.«

»Und als die Wende kam?«, fragte Nora weiter. »Warum hast du da nicht studiert?«

»Da war ich schon über dreißig, ein bisschen spät zum Studieren. Ich hätte auch nicht das Geld dazu gehabt. Dauert ja Jahre, so ein Studium! Ich hab mit meinem Mann in Bad Freienwalde gelebt. Bis zur Scheidung. Dann hab ich mich in Berlin beworben und Glück gehabt. Richtiges Glück.«

»Warum?«

»Weil ich einen festen Job bekommen habe. Gestorben wird immer. Also müssen auch immer Gräber in Ordnung gehalten werden. Ich hab noch ein paar Jahre bis zur Rente, das bekomme ich hin.«

Sie ist eine gute, aber keine leidenschaftliche Gärtnerin, dachte Nora. Wir sprechen eine ähnliche, jedoch nicht dieselbe Sprache. Schade.

Erst wollte Nora Charlie zu dem Schattenbeet führen, dann überlegte sie es sich anders. Die Entdeckung, dass sich dort jemand zu schaffen gemacht haben musste, kam ihr wie ein Geheimnis vor.

Also gingen sie die Hecke am verfallenen Zaun entlang, die das Grundstück gegen den Wald abschirmte. Die Haselnusssträucher waren inzwischen grün belaubt, dazwischen blühten spärlich Forsythien, die dringend beschnitten werden mussten. Waldclematis hatte auch hier große Teile überwuchert. Sie trieb schon aus und hatte zugleich noch die fedrigen, spinnenartigen Silberbüschel, die Blütenstände vom Vorjahr.

Im mittleren Teil der Hecke hatte sich Flieder durchgesetzt. Wild wuchs er durch die anderen Büsche hindurch und würde vermutlich irgendwann im Wettwachsen gewinnen.

»Flieder ist wunderschön, aber er hält sich leider nicht in der Vase.« Charlie seufzte.

»Es gibt einen Trick«, erklärte Nora. »Auf die Stiele mit einem Hammer hauen. Dann können sie das Wasser besser aufnehmen.«

Sie blieb vor einer Felsenbirne stehen, die erste weiße Blüten zeigte. Hummeln und Bienen umschwirrten sie hektisch.

Plötzlich wurden Charlies Augen groß. »Himmelschlüsselchen …«, schwärmte sie und drängte sich zwischen Flieder und Felsenbirne hindurch, um besser in Richtung Wald sehen zu können.

Nora reckte den Hals. Sie versuchte, sich auf die Zehenspitzen zu stellen, und stolperte. Das ging mit den klobigen Gartenschuhen gar nicht. Aber sie sah auch so, was Charlie meinte. Auf einer kleinen Lichtung zwischen den Kiefern blühte es hellgelb, dicht an dicht.

»So viele …«, rief Charlie verzückt.

»Inzwischen stehen sie unter Naturschutz«, erwiderte Nora munter. »*Primula veris*. Die Erste des Frühlings … Sie soll den Himmel öffnen. Ihre Blüten sehen wie ein Schlüsselbund aus. Hübsch, oder?« Aber ihre Worte schienen Charlie nicht zu erreichen. Sie stand bewegungslos da, ihr Mund war leicht geöffnet, ihr Blick starr. Ihre rechte Hand krampfte sich zusammen. »Charlie? Alles okay?«, fragte Nora. Wieder keine Reaktion. Nora bekam einen Schreck. Charlie sah aus, als ob sie gleich einen Krampf bekommen würde. Speichel lief ihr aus einem Mundwinkel. »Charlie!«, rief sie und griff fest nach ihrem Arm.

Charlie zuckte zusammen. Sie blinzelte, als würde sie Nora nicht erkennen. Dann fuhr sie sich mit dem Handrücken über den Mund und atmete tief durch.

»Das war merkwürdig«, sagte sie.

»Was denn?«

»Ich wollte gerade sagen, dass ich meiner Mutter früher immer Himmelschlüsselchen geschenkt habe. Im Frühling wuchsen sie bei uns auf dem Pimpinellenberg. Er war ganz gelb vor lauter Blumen. Ich bin dorthin gegangen, um sie zu pflücken. Plötzlich wusste ich wieder, wie es war, wenn man sie abbricht. Ich hab das leise Knacken des Stiels gehört, hab mich hingekauert und gepflückt und gepflückt, bis ich einen dicken Bund in der Hand hatte. Ich war … da. Und trotzdem hier.«

Sie schaute auf ihre Hand, die noch immer einen unsichtbaren Strauß zu halten schien. Langsam öffnete sie sie.

Nora nickte. »Du spürst es auch. Hier gibt es etwas, das Erinnerungen lebendig macht«, sagte sie. »Es weckt die Pflanzen in unserer Vergangenheit. Es macht, dass wir wieder genau wissen, wie es früher war. Fanny und ich haben es ganz deutlich gespürt. Margarete hat ebenso empfunden. Ellie hat uns ein Lebensgeheimnis verraten.«

Charlie sah sich unbehaglich um, als ob sie erwartete, dass gleich ein mysteriöses Wesen aus der Hecke springen würde, das sie angriff.

»Es ist, als ob die Erde hier ein Gedächtnis hätte und das an uns weitergibt. Für unsere eigenen Erinnerungen.«

»Das ist unheimlich.« Charlie schüttelte sich. »Hat Udo es auch gespürt?«

Nora überlegte kurz, ob sie seine Erinnerung an Anne erwähnen sollte. Aber nein. Das ging nicht. »Er scheint es nicht so stark zu empfinden«, sagte sie. Als sie weitersprach, klang sie entschlossen. »Das Grundstück ist ja in Beete aufgeteilt. Sie sind reichlich verkrautet. Ich hab jedoch ein Beet gefunden, das mir ein Rätsel aufgibt. Ich würde gern hören, was du als Gärtnerin davon hältst. Hast du Lust?«

»Na klar«, sagte Charlie, und zusammen gingen sie zum Schattenbeet.

14. Kapitel

»Vier, fünf Jahre, schätze ich, hat niemand mehr daran gearbeitet. So sehen viele Gräber aus, wenn auf ihnen nichts mehr gemacht wird. Dann bekommt der Grabeigner böse Briefe von der Friedhofsverwaltung«, spekulierte Charlie, während sie zum Gewächshaus zurückgingen. »Vielleicht ist es ja sogar ein Grab gewesen.«

Nora blieb stehen. »Das meinst du nicht im Ernst«, sagte sie und blickte zu dem Beet zurück. »Könnte es sein, dass hier ein Friedhof war?«

»Nein. Das glaube ich nicht. Nein, es war bestimmt kein Grab. Die Ecksteine sehen nach Beeten aus. Kein Grabhügel, kein Kreuz, gar nichts. Reg dich nicht auf. Das ist kein Friedhof. Da hinten haben sie höchstens die Gärtnerkatze begraben.«

»Wir hatten im Garten meiner Großmutter auch eine Ecke, in der wir die Haustiere begraben haben«, erinnerte Nora sich plötzlich.

»Was hattest du denn für Haustiere?«, fragte Charlie.

»Fische«, antwortete Nora. »Mein Vater hatte ein Aquarium. Er wollte die toten Fische immer ins Klo werfen, aber ich hab sie bei meiner Oma beigesetzt. In Streichholzschachteln. Da lagen eine Menge kleiner Guppys in Omas Garten. Ich hätte lieber einen Hund gehabt.«

»Für den hätte aber eine Streichholzschachtel nicht gereicht.« Charlie lachte. Sie betraten das Gewächshaus, aber da waren die anderen nicht mehr.

»Wo stecken sie nur?«, fragte Charlie.

»Keine Ahnung. Sie können nicht weit sein.« Sie machten sich auf den Weg in Richtung Haus. »Wir haben uns neulich überlegt, was man hier anbauen könnte, wenn man die Gärtnerei aus dem Dornröschenschlaf erwecken würde.« Nora merkte erst jetzt, wie sehr sie es genoss, jemanden zum Fachsimpeln zu haben. »Wie fändest du es, wenn man hier Mohn anbaut?«

»Seid ihr nicht ein bisschen vorschnell mit diesen Überlegungen? Bis jetzt sehe ich nicht, dass man irgendwas anbauen könnte. Ist doch überhaupt nicht kultiviert«, sagte Charlie kritisch.

»Ich dachte, wir fangen beim nächsten Mal an, den Boden im zweiten Gewächshaus umzugraben«, rechtfertigte Nora sich. »Dort ist es ein bisschen weniger verkrautet als draußen, ein Teil ist noch überdacht. Wir haben jetzt die Pumpe, und es gibt die Wasserleitung, mit der wir dort viel besser bewässern können als draußen. Ich mag Mohnstauden so gern …«

Charlie lachte. »Du bist ja schon wieder einen Schritt weiter. Wenn das was werden soll, müsst ihr auch Humus und Lehm in die Erde einbringen. Hier gibt es überall nur diesen entsetzlich mageren Sandboden der Mark Brandenburg. Da könnt ihr wässern, so viel ihr wollt, am nächsten Tag ist der Boden wieder pupstrocken. Wollt ihr denn überhaupt jeden Tag hier rausfahren? Mir kommen eure Pläne ein bisschen blauäugig vor.«

»Du bist schrecklich nüchtern«, sagte Nora. »Uns machen die Überlegungen einfach Spaß, wir sehen hier Potenzial, auch wenn wir noch nicht wissen, wie wir es ausschöpfen können. Es ist ein Traum, verstehst du? Nichts als ein Traum. Also, ein paar Mohnstauden zu kaufen würde doch nicht die Welt kosten. Es gibt so tolle Mohnsorten. *Papaver orientale* und Klatschmohn, Islandmohn und Schlafmohn …«

»Schlafmohn ist verboten«, sagte Charlie. Sie hatte anscheinend nicht vor, vor Noras Optimismus zu kapitulieren. »Schlafmohn darf man nicht mehr anbauen. Man könnte ja heimlich Opium brauen. Oder kochen. Oder trocknen. Oder was immer man mit diesem Zeug macht.«

»Ich weiß«, sagte Nora. »Aber es gibt so viele Mohnsorten außer Schlafmohn. Kennst du Goldmohn? Er heißt auch Schlafmützchen, weil seine geschlossene Blüte wie eine kleine Schlafmütze aussieht. Weißt du, wie er sich ausgebreitet hat, obwohl er doch eigentlich aus Kalifornien stammt? Dort ist er die Nationalblume.«

»Wie denn? Kam er geflogen?«, fragte Charlie, während sie sich einen Weg durch die Hecke in Richtung Haus bahnten.

Die Stimmen der anderen schallten von dort zu ihnen herüber.

»Pack an!«

»Aua!«

»Hier ist noch ein dicker …«

»Ich geh mal zum Wagen!«, rief Udo.

Irgendetwas schien da vor sich zu gehen.

Normalerweise mochte Nora es nicht, über etwas zu dozieren. Aber ihr gefiel die Geschichte mit dem Mohn ausnehmend gut. Deshalb sprach sie weiter.

»Als der Goldrausch in Kalifornien vorbei war, so ungefähr 1855, machten sich die Goldsucher von Amerika auf den Weg nach Australien, immer auf der Suche nach neuen, vielversprechenden Claims. Sie fuhren mit Schiffen, und als Frachtausgleich luden sie Sand und Erde aus Kalifornien. Da hatten sie gleich ein paar blinde Passagiere an Bord.«

»Mohnsamen?«

»Genau. Seitdem gibt es Goldmohn in Australien.«

Ein Schatten glitt über Charlies Gesicht. Das Heitere verschwand. Sie sah traurig aus.

»Was ist denn?«, fragte Nora und blieb stehen.

»Ich würde auf keinen Fall Mohn anbauen, vor allem Goldmohn nicht«, murmelte Charlie. »Ich müsste immer an Matthias denken.«

»Wer ist Matthias?«

»Mein Bruder. Er ist bei dem Versuch, aus der DDR zu fliehen, umgekommen. Er wollte durch die Spree tauchen. Sie haben ihn erwischt. Er wurde von den Grenzern erschossen. 1982 war das.«

»Das tut mir leid, Charlie«, sagte Nora. »Aber was hat das mit dem Goldmohn zu tun?«

»Er wollte nach Australien. Gold schürfen. Nach Opalen graben. Es war sein ganz großer Traum. Er hat versprochen, dass er mich nachkommen lässt. Wenn er es schafft. Er hat es nicht geschafft.«

»Weiß Udo das?«

»Ja, natürlich. Wir haben viel geredet in den letzten Monaten. Eigentlich spreche ich sonst nicht darüber mit Menschen, die ich noch nicht so gut kenne. Aber die Geschichte mit dem Goldmohn, die weckt Erinnerungen …« Sie schniefte kurz. Dann lächelte sie wieder. »Okay. Jetzt lass uns zu den anderen gehen.«

Wieder hat die Vergangenheit eine Blüte getrieben, dachte Nora, während sie den Stimmen der anderen folgten.

»Was macht ihr denn da?«, fragte sie, als sie und Charlie die Terrasse erreicht hatten.

Ellie, Margarete und Fanny hatten den Grünschnitt, der bisher angefallen war, auf den großen Haufen neben der Treppe geschleppt.

»Wir machen ein Osterfeuer!« Fanny warf eine Handvoll dünner Zweige darauf – mit so viel Schwung, dass sie fast das Gleichgewicht verloren hätte. Die Zweige flogen durch die Luft, dann blieben sie vor dem Haufen liegen.

»Das Zeug ist doch nass. Wie soll es denn brennen?«, gab Charlie zu bedenken. Dann sah sie Udo, der die Auffahrt entlangkam. »Ah! Dafür hast du den mitgebracht! Ich hab mich schon gefragt, warum.«

Udo trug einen Kanister in der Hand.

»Wir haben früher auf verlassenen Grundstücken auch immer Osterfeuer gemacht«, erzählte er Charlie und strahlte sie so verliebt an, als hätte er sie seit Tagen nicht mehr gesehen. »Aufgepasst! Aus dem Weg!«

Er schraubte den Verschluss des Kanisters ab, ging um den Haufen herum und bespritzte ihn gleichmäßig mit Benzin. Dann stellte er den Kanister wieder neben eine alte Zinkwanne, die mit Wasser gefüllt war und in der ein Schöpfeimer stand.

Der Treibstoff rann über die Zweige, bildete schillernde Pfützen auf der Erde, bevor er einsickerte. Ein stechender Geruch machte sich breit, Fanny rümpfte die Nase.

»Es stinkt wie an einer Tankstelle«, sagte sie.

Nora versuchte, nicht an Umweltschutz zu denken, an das Grundwasser. Und auch nicht an die vielen kleinen Tiere, die es sich wahrscheinlich in den letzten Tagen in dem Reisighaufen gemütlich eingerichtet hatten, nichtsahnend, dass es ihr Scheiterhaufen werden würde.

Wären sie auf einem freien Feld gewesen, hätten sie die Sonne beim Untergehen vielleicht noch sehen können. So aber war sie bereits hinter den märkischen Kiefern verschwunden. Sofort kühlte es ab. Nora zog ihre Jacke enger um sich. Egal wie warm es tagsüber war, die Aprilnächte waren noch empfindlich kühl.

»Darf ich ihn anzünden?«, bettelte Fanny.

»Nein, du darfst nicht«, sagte Nora streng. »Das ist zu gefährlich.«

»Ach, warum denn nicht? Lass sie doch.« Charlie ignorierte Noras mütterliche Autorität. »Wir passen auf.«

Fanny nahm ihre Hand und sah sie verzückt an. In diesem Moment wünschte Nora, sie hätte Charlie nicht so flammend bei Margarete und Ellie verteidigt. Die waren ihr noch nie in den Rücken gefallen.

»Von mir aus«, grummelte sie, nicht, weil sie es sich anders überlegt hatte, sondern weil sie keinen Streit vom Zaun brechen wollte.

Fast feierlich gruppierten sie sich um den Holzhaufen, der so hoch war, dass Nora, die auf der einen Seite stand, Fanny auf der anderen kaum noch sah. Ihre Tochter stand zwischen Udo und Charlie. Udo riss ein Streichholz an und gab es Fanny, Charlie hielt ihre Hand. Die Kleine warf das Streichholz unbeholfen aufs Holz.

Einen Moment passierte nichts. Dann jedoch gab es ein Geräusch, als ob ein Riese tief Luft holte, und mit einem »Whuusch« entzündete sich das Benzin. Eine gewaltige Stichflamme schoss hoch. Auf dem Weg nach oben riss sie Zweige mit sich, ließ junge Blätter schrumpeln und zu Asche werden, die federleicht zurück zur Erde schwebte.

Fanny brachte sich eilends hinter Charlie und Udo in Sicherheit. Auch den anderen schlug die Hitze so enorm entgegen, dass sie einen Schritt zurück machten. Und noch einen.

Das Holz, die Äste, die Schösslinge – alles, was sie abgeschnitten hatten, fing Feuer. Die Flammen loderten. Es knisterte. Es knallte, wenn ein besonders saftiger Ast barst. Glutflöckchen stiegen leuchtend in den Himmel.

Die Störche begannen hektisch zu klappern. Fanny

drehte sich um und sah zu ihnen hoch. Sie standen auf dem Nestrand. Ihre Silhouetten zeichneten sich deutlich gegen den Abendhimmel ab. Sie bogen die langen Hälse nach hinten und klapperten im Duett den ersten Stern an, der über ihnen leuchtete.

»Sie denken bestimmt, jetzt werden sie doch gebraten«, rief Fanny besorgt.

»Nein, sie sind nur nicht an Feuer gewöhnt. Und an die Wärme und die Flammen«, beruhigte Ellie sie.

Charlie sah sich um. »Ich verschwinde mal kurz. Wo geht ihr denn hin, wenn ihr austreten müsst? Gibt es im Haus eine Toilette?«, fragte sie.

»Gibt es«, antwortete Nora. »Aber die willst du nicht benutzen. Wir gehen … na ja.« Sie zeigte etwas vage in Richtung Gewächshäuser.

Charlie war kaum hinter der Hecke verschwunden, da hörten sie, dass sich ein Auto näherte.

»Der Scheiterhaufen ist gerichtet«, murmelte Udo. »Fehlt nur noch die Hexe. Ich glaube, da kommt sie gerade.«

»Hallo!«, rief Babsi Tschirch durch die Dämmerung und stolzierte ihnen entgegen. »Hallo, Udo! Dachte ich's mir doch, dass hier heute ein schickes Osterfeuer veranstaltet wird! Fehlt da vielleicht noch eine tüchtige Frau, um das Feuer anzuheizen? Da bin ich genau die Richtige! Und *vielleicht* hab ich sogar ein Sektchen dabei!« Sie schwenkte neckisch eine Rotkäppchen-Flasche und lachte Udo an. »Da können wir endlich Brüderschaft trinken, was?«

Diesmal trug die Amtsfrau kein Kostüm, sondern eine blaue Jerseyhose mit eingesteppter Bügelfalte, die ihr ein bisschen zu kurz war, sodass man ihre Perlonsöckchen samt kleinem Bund sah, dazu eine beige Bluse und darüber eine pinkfarbene Strickjacke. Sonst sah sie bieder, jetzt sah sie schrecklich aus.

Vielleicht sollte sie lieber verschwinden, solange sie es kann, ohne ihr Gesicht zu verlieren, dachte Nora. Das wäre besser für sie und für uns. Aber wer wollte ihr das jetzt sagen?

»Sind wir unsichtbar oder was?«, fragte Margarete leise.

»Hallo«, sagte Udo, und wenn man ihn nur ein bisschen kannte, hörte man genau, wie unangenehm ihm das plötzliche Auftauchen der übereifrigen Verwaltungsangestellten war.

»Oh-oh«, murmelte Ellie.

»Die ist doof. Sie soll weggehen. Charlie ist netter.«

Alle außer Frau Tschirch schauten Fanny an, doch niemand verbot ihr den Mund. Frau Tschirch stand jetzt vor Udo, als hätte sie nichts gehört, zupfte schelmisch an seiner Jacke und hielt ihm eine Wange hin.

»Bekomme ich keinen Begrüßungskuss?«, fragte sie.

»Iiiiih«, rief Fanny.

»Kinder sprechen nur, wenn sie gefragt werden. Bist du ein Kind? Ja? Also halt dich zurück«, erwiderte Babsi Tschirch streng.

»Moment mal«, protestierte Nora und lief zu Fanny hinüber. »So können Sie nicht mit meiner Tochter …«

Hinter ihnen raschelte es. Charlie kam aus dem Dickicht gekrochen. Sie sah aus wie eine hübsche hellblonde Waldelfe, das Haar voller Laub und abgebrochener Ästchen, ein Lächeln auf den Lippen. Und ganz ohne Perlonsöckchen.

»Oh, hallo«, sagte sie, als sie Frau Tschirch entdeckte. »Wie schön! Noch mehr Besuch am Ostersamstag! Ich bin Charlie. Udos Freundin.« Dann trat sie auf Udo zu, gab ihm zärtlich einen Kuss auf die Wange und fragte: »Na, brennt's schön?«

Udo lächelte Charlie an und legte seinen Arm um ihre Schultern. Charlie schmiegte sich an ihn. Der Wind, der eben noch leicht übers Grundstück geweht war, schien plötzlich den Atem anzuhalten.

Udo entging Babsis Blick nicht. Alarmiert musterte sie Charlie. »Darf ich Ihnen Charlotte vorstellen?«, fragte er. »Charlie, das ist Barbara Tschirch. Sie arbeitet in Löwenberg und versucht netterweise, für uns herauszufinden, wem dieses Grundstück gehört.« Dass er Charlie auf einmal Charlotte nannte, bewies, dass ihm der Ernst der Lage durchaus bewusst war.

Es gab in jeder Lebenssituation mindestens zwei Wege, die man einschlagen konnte, je nachdem, wie man sich entschied, das wusste Nora. Sie fragte sich, welchen wohl Barbara Tschirch einschlagen würde.

Der weise Weg wäre, sich dem Offensichtlichen zu fügen, vornehm mit dem Sekt den Rückzug anzutreten und auf eine einseitige Liebe halbtrocken zu trinken. Sie ohne zurückzublicken verloren zu geben. Denn dass aus dem kleinen Flirt für Udo längst ein No-Go, für Barbara Tschirch dagegen eine Zukunftshoffnung geworden war, glaubte Nora zu wissen.

Aber die pflichtbewusste Amtsfrau wählte einen anderen Weg.

Wenn Nora später an diesen Moment zurückdachte, war sie nicht ganz sicher, was heißer geglüht hatte. Das Osterfeuer, das zum Himmel loderte – oder der Hass in Barbara Tschirchs Augen, als sie Charlie musterte und erkannte, dass Udos Herz niemals ihr gehören würde. Und sie war sich auch nicht sicher, was für die Frau kränkender war:

dass ihr Projekt »neuer Lebenspartner« in Flammen aufging oder dass sie fünf Zeugen für ihre Niederlage hatte. Fanny nicht mitgerechnet.

Barbara Tschirch räusperte sich und wich vor Udo zurück, ohne auf Charlies Begrüßung einzugehen. Einen Moment lang schwieg sie.

»Wer hat Ihnen eigentlich die Erlaubnis erteilt, hier ein Feuer zu machen?«

»Niemand. Es gibt ja niemanden, dem das Grundstück gehört«, erwiderte Margarete schlagfertig.

Aber sie war nicht so schlagfertig wie Frau Tschirch.

»Ach ja? Nun, ich bin heute hergekommen, weil das Grundstück in den Bereich unseres Katasteramtes gehört. Damit sind wir für die öffentliche Sicherheit dieser Flächen verantwortlich. Wie ich sehe, sind Sie hier widerrechtlich eingedrungen. Sie sind nicht befugt, diese Flächen zu nutzen.« Barbara Tschirchs Stimme hatte nichts Neckisches mehr an sich. Sie klang eiskalt. »Löschen Sie das Feuer, und sehen Sie zu, dass Sie wegkommen!«, schnauzte sie.

»Ich denke nicht daran«, antwortete Udo böse. »Es brennt wunderbar, heute ist Ostersamstag, da gibt es in der ganzen Mark Brandenburg Feuer, und wir tun hier niemandem etwas.« Er zog Charlie näher an sich ran.

»Na, das werden wir ja sehen.« Barbara Tschirch wandte sich um und ging durch die Abenddämmerung zu ihrem Auto. Das Pink ihrer Strickjacke blinkte giftig, als sie in ihren Wagen stieg und die Tür zuwarf.

»Barbara, hören Sie …«, rief Udo ihr nach.

Viel zu spät nahm er den Arm von Charlies Schulter. Als er merkte, dass es sowieso nichts nutzte, legte er den Arm wieder dahin, wo er vorher gewesen war.

»Das hat sich gründlich ausgebabst«, bemerkte Nora.

Das Geräusch des wegfahrenden Wagens klang durch die Abendstille. Es wurde leiser und verstummte schließlich. In diesem Moment fiel der brennende Holzhaufen krachend in sich zusammen – zurück blieb nur ein leises Knistern.

Wie um sie alle zu trösten, begann eine Nachtigall zu singen. Es klang so schön, aber Nora seufzte trotzdem.

»Noch wer einen Prosecco? Ich gehe gern ins Gewächshaus und hole uns noch was zu trinken.«

Ellie sah sie der Reihe nach fragend an, doch alle schüttelten den Kopf. Die Stimmung war längst nicht mehr so beschwingt wie zuvor. Ihr Mitleid mit Barbara Tschirch hielt sich in Grenzen, aber deren Abgang hatte etwas Unheilverkündendes gehabt. Sie hatten sich eine Feindin gemacht.

Eine Weile beobachteten sie noch, wie das glühende Holz zerfiel, nur ein paar etwas dickere Äste brannten noch.

»Ist dir kalt?«, fragte Nora und zog Fanny an sich. Sie spürte, wie sie sich an sie kuschelte.

»Nö. Das Feuer ist doch schön warm«, sagte Fanny.

»Wie lange, glaubst du, dauert es, bis es ganz erlischt?«, wollte Margarete von Udo wissen. »Irgendwann müssen wir auch mal nach Hause. Aber ich würde es nicht wagen wegzufahren, wenn es noch brennt.«

»Das geht auch nicht. Wir müssen unbedingt bleiben«, mischte sich Charlie ins Gespräch ein. »Ein Windstoß reicht, dann fangen die Kiefern Feuer. Am Ende brennt der Wald, und wir haben Schuld …«

»Schütte doch noch mal einen Schluck Benzin drauf«, schlug Ellie vor. »Sonst hocken wir hier die ganze Nacht.«

Wie aufs Stichwort gähnte Fanny laut vernehmlich.

»Das Kind ist müde«, bemerkte Margarete vorwurfsvoll.

Udo griff gehorsam nach dem Benzinkanister und schraubte ihn auf. Doch dann hielt er mitten in der Bewegung inne. Er legte den Kopf schief und lauschte.

»Was ist denn, Udo?«, fragte Nora.

Da hörte sie es auch.

Ein Heulen drang zu ihnen herüber, es ähnelte kein bisschen dem Jubilieren der Nachtigall. Feuerwehrsirenen! Zuerst hörte man es nur, dann sah man es – blau flackerte es zwischen den Kiefern hindurch. Mehrere Wagen fuhren den Waldweg entlang.

Dann verstummte das Tatütata, aber das Blaulicht blinkte weiter durch die Dunkelheit. Wagentüren wurden aufgerissen. Rufe von Männerstimmen erschollen.

Das war den Störchen nun doch zu viel. Sie breiteten die Flügel aus und flogen in den Nachthimmel hoch. Dort zogen sie abwartend ihre Kreise.

15. Kapitel

Männer in blauen Schutzuniformen kletterten aus den Wagen. Sie stürmten vor, traten das marode Eingangstor nieder, räumten den Weg frei, sodass die Wagen die Einfahrt des Grundstücks hochfahren konnten. Vorneweg ein dunkelblauer Personenwagen, hinterher ein Tankzug und ein Leiterwagen.

»Hey, Moment mal. Was soll denn das? Die können doch nicht das Tor kaputtmachen!«, klagte Udo, aber niemand hörte ihn in dem Lärm.

»Brandmeister, hier soll es einen Wasseranschluss geben, sagte der Anrufer. Falls das Wasser im Tankwagen nicht reicht!«, rief ein Mann einem weiteren zu, der aus dem Personenwagen gestiegen war und nun Befehle in ein Funkgerät bellte. Die Leiter wurde in Richtung Haus ausgefahren, Schläuche wurden abgerollt.

»Lehmann, du suchst den Wasseranschluss«, gab der Anführer Kommandos. »Wernecke, fahr den zweiten Wagen weiter hinters Haus zum Brandherd Nummer 1, Anschluss und Wasser marsch. Kalgit, du schaust, wie weit sich das Feuer bereits im hinteren Teil des Grundstücks ausgebreitet hat. Falk, du überprüfst …«

Nora reichte es. Sie verließ ihren Spähposten, auf dem sie und die anderen bis jetzt unbemerkt geblieben waren, und machte sich auf den Weg. Fanny rannte ihr nach und griff nach ihrer Hand. Zusammen eilten sie zu dem Mann mit dem Funkgerät.

»Hey, was soll das denn? Was wollen Sie hier? Hier brennt doch nichts außer unserem kleinen Osterfeuer! Und das haben wir im Griff«, rief sie.

Plötzlich war es still. Die Männer hielten wie eingefroren in ihren Bewegungen inne. Mit einem sanften Rums fiel der schwere metallene Anschlusskopf eines Schlauches auf den Boden. Der Brandmeister ließ verblüfft sein Funkgerät sinken. Unbeachtet quäkte es weiter.

»Was machen Sie denn hier? Wir haben einen Anruf erhalten, dass hier ein großes Feuer ausgebrochen ist. Von Brandstiftern gelegt. Es soll kurz davor sein, auf den Wald überzuspringen«, sagte er und musterte Nora abschätzend von oben bis unten.

»So ein Quatsch. Wir haben nur ein Osterfeuer gemacht und alles unter Kontrolle«, ereiferte sich Nora. »Los, schauen Sie selbst! Wir verbrennen altes Gestrüpp hinterm Haus.«

Inzwischen waren ihr die Freunde nachgekommen. Sie standen stumm um Nora und den Brandmeister herum, zusammen mit den Feuerwehrleuten. Diese schienen unentschlossen, ob sie nun endlich mit der Feuerbekämpfung beginnen oder die Schläuche lieber wieder aufrollen sollten.

Der Brandmeister nahm seinen großen Hut ab und kratzte sich am Kopf. Dann setzte er ihn wieder auf.

»Das verstehe ich nun echt nicht«, sagte er. »Die Anruferin klang so alarmiert, als stünde der ganze Wald hier in Flammen. Sie hat das Feuer doch mit eigenen Augen gesehen. Atemlos vor Aufregung, ja, das war sie am Telefon! Außerdem unterstellte sie bösartige Absicht. Sie sagte etwas von Leuten, die angeblich Feuer gelegt hätten und dann weggefahren wären.«

Bösartige Absicht unterstellte Nora auch. Allerdings nicht sich und den Freunden, sondern Barbara Tschirch, die ihnen mit hundertprozentiger Sicherheit den Löschzug auf den Hals gejagt hatte.

»Hat die Anruferin ihren Namen genannt?«, fragte Nora.

»Nein. Es war ein anonymer Anruf.«

Nora überlegte kurz, ob sie dem Brandführer einen Hinweis geben sollte. Aber nein, das war nicht ihre Art. »Da hat sich jemand einen Scherz erlaubt«, sagte sie. »Wollen Sie sich nun das Feuer mal anschauen?«

»Auf jeden Fall.«

Er folgte der kleinen Gruppe aus Berlin, die voranging. Da war es, das Osterfeuer, das nur noch spärlich brannte. Der Brandmeister musterte es. Stirnrunzelnd sah er auf den Benzinkanister, sagte aber nichts. Er betrachtete die alte Zinkwanne, die daneben stand und mit Wasser gefüllt war.

Schließlich warf er den Störchen, die sich inzwischen wieder vorsichtig auf dem Horst niedergelassen hatten, einen Blick zu. Sie schienen ebenfalls davon auszugehen, dass das Feuer bald erlosch.

»Also gut.« Er nickte Udo zu. »Das sieht wirklich nicht nach einem ungeschützten Brandherd aus. Hier ist keine Gefahr im Verzug. Ich ziehe meine Leute ab, wenn Sie versprechen, nachher die Glut zu löschen.«

»Versteht sich von selbst«, sagte Udo.

Der Feuerwehrmann tippte an seinen großen Hut und drehte ab.

»Hey«, rief Charlie ihm hinterher. »Wir haben noch was zu essen. Haben Sie und Ihre Leute Hunger?«

Er wandte sich um und lächelte sie an. »Ist nett, aber nee«, sagte er. »Wir hatten gerade im Garten der Wache den Grill angeworfen, als der Anruf kam. Wir feiern auch gern am Ostersamstag. Da machen wir gleich weiter. Unser Löschzug hat zweiundzwanzig Leute. Jede Wette, dass Sie uns nicht satt bekämen. Die Jungs packen ganz schön was weg.« Jetzt lachte er.

Nora fand es gemein, dass Babsi Tschirch nicht nur ihnen, sondern auch den Männern der Freiwilligen Feuerwehr den wohlverdienten Ostersamstag verdorben hatte.

»Noch was«, rief Udo. »Was ist denn mit dem Tor, das Ihre Leute runtergetreten haben?«

Der Brandmeister blieb wieder stehen. Jetzt lächelte er nicht mehr, sondern sah auf einmal streng aus. »Ist das Ihr Grundstück?«

Udo schüttelte den Kopf. »Nein, wir wissen nicht …«

»Gibt es hier irgendwas, das abgesichert sein muss?«, fragte der Brandmeister misstrauisch.

»Nein, auch nicht …«, beeilte sich Udo zu sagen.

»Dann soll sich der rechtmäßige Besitzer bei uns melden«, schnitt ihm der Mann das Wort ab. »Wenn er den Schaden sorgfältig beheben will, könnten die Jungs ihm dabei helfen. Das Tor hing ja sowieso nur noch in den Angeln. Vergesst nicht, es notdürftig aufzustellen, wenn wir raus sind, Männer!« Letzteres rief er seinen Leuten zu.

»Na toll«, murmelte Ellie. »Diese blöde Kuh! Hat sie es geschafft, dass jeder jederzeit aufs Gelände kann.«

Margarete zuckte mit den Schultern. »Das war vorher auch möglich«, sagte sie.

»Kommt Ihre Familie aus der Gegend?«, fragte Nora. Ihr war noch etwas eingefallen. So ein Brandmeister musste doch rumkommen.

»Jawohl. Bin von Geburt an Märker und stolz darauf.«

»Und kennen Sie das Gelände hier?«

»Klar. Hier war früher ein Kinderheim. Ich war als kleiner Piepel auch mal hier, einen Sommer lang. Meine Eltern haben bei der LPG gearbeitet, da haben sie mich hier untergebracht.«

»Und im Krieg? Wissen Sie, was das hier war?«

Er zuckte mit den Schultern. »Keine Ahnung, so alt bin ich ja noch nicht. Auch ein Kinderheim, vermutlich.«

Nein, eine Gärtnerei, dachte Nora, sagte aber stattdessen: »Noch eine letzte Frage: Kennen Sie jemanden, der Kirsch heißt?«

Der Brandmeister überlegte. »Kirsch? Kommt mir irgendwie bekannt vor. Wüsste aber nicht, woher … Nee, kenne ich nicht … Kirsch … Aber der Name sagt mir was … Moment, Moment … gleich hab ich's …« Er klatschte sich gegen die Stirn, traf aber nur den Hut. »Kirsch! Jetzt weiß ich's.« Nora sah ihn gespannt an. »Der Name steht auf einem Grabstein auf unserem Friedhof in Teschendorf. Kurz vor Löwenberg, kennen Sie das? Da liegt meine Mutter auch. Da hat sie damals hingeheiratet, in zweiter Ehe. Jetzt muss ich aber los. Meine Leute haben Schmacht.« Dann drehte er endgültig ab.

»Tschüs und danke!«, rief Nora ihm hinterher.

Als der Löschzug rumpelnd, aber ohne Blaulichtblitzen und Sirenenlärm verschwunden war, gingen Udo und Charlie ins Gewächshaus, um das Büfett abzuräumen. Fanny begleitete sie. Ihre Taschenlampen leuchteten hell, als sie durch die Hecke kletterten und in der Weite des dunklen Grundstücks den Gewächshäusern zustrebten.

Ellie und Margarete kippten das Wasser aus der Zinkwanne auf das niedergebrannte Feuer. Nora beobachtete, wie die weiße Dampfsäule zischend in den Himmel stieg.

»Im Gewächshaus saßen ganz viele Mäuse. Sie haben das Osterbrot von Charlie gefressen«, berichtete Fanny aufgeregt, als sie zurückkamen. »Kann ich eine Maus haben?«

»Nein.« Das sagten Nora, Ellie und Margarete gleichzeitig. Sie waren alle drei keine Mäusefreundinnen.

»Aber Mäuse sind doch so etwas Niedliches«, schwärmte Charlie. »Mein Sohn hatte als Kind auch Mäuse.«

Die anderen sahen sie skeptisch an.

Nora war sich immer noch nicht sicher, ob sie wirklich Freundinnen werden konnten. Nur Fanny strahlte.

16. Kapitel

Der Vormittag des Ostersonntags verging damit, dass die Erwachsenen Eier versteckten, die Fanny dann suchte – quer durchs Haus, durch alle Wohnungen und in den Vorgarten ging die Ostereierjagd. In dem Nest in Margaretes Wohnung fand Fanny ein kleines Storchenpaar, niedliche Figuren, die erstaunlich echt aussahen, was sie restlos begeisterte.

Danach machte Margarete sich für den Kirchgang in der Dorfkirche von Schmargendorf schick. Die anderen schwänzten die Kirche. Nora und Fanny unternahmen stattdessen einen Osterspaziergang durch den Grunewald. Fanny maulte, weil sie, egal unter welchen Bäumen und Sträuchern sie auch suchte, keinen einzigen aufregenden Fund machte. Nichts konnte sie beschwichtigen, auch nicht, als Nora sie streng zurechtwies, weil sie am Morgen schon so viel gefunden hatte.

Später aßen sie zusammen Lamm, das Ellie köstlich zubereitet hatte. Charlie war von Udo dazu eingeladen worden, leider hatte er vergessen, Ellie Bescheid zu geben, was diese ihm übel nahm.

Und noch eine weitere Herausforderung bot das gemeinsame Ostermahl. Sie hatten Schwierigkeiten, Fanny den Brauch zu erklären, warum man zu Ostern Lamm aß, und diesen mit der christlichen Religion in Einklang zu bringen. Nach reiflicher Überlegung hatte Nora sich damals entschlossen, Fanny nicht taufen zu lassen. Sie wollte ihr die

Entscheidung über ihre religiöse Zugehörigkeit selbst überlassen. Nun hatte sie das Problem. Das Kind habe keine religiöse Grundbildung, bemerkte Margarete spitz.

Fanny sah aus, als ob sie gleich losheulen würde, denn Ellie erklärte, dass Lammfleisch in keiner der Weltreligionen verboten sei. Bei den Christen, den Juden, den Hindi, bei den Moslems und den Buddhisten – Lamm werde überall gegessen, sagte sie.

»Warum schlachtet man ein Lämmchen? Was hat das mit dem lieben Gott zu tun? Das kann der nicht gut finden! Hat Jesus etwa auch Störche gebraten?«, fragte Fanny wütend.

Sie stellte so viele Fragen über Tiere, die von Menschen gegessen würden, dass sich die Hausgemeinschaft beim Anblick des Lammbratens allmählich wie Kannibalen vorkam. Keine der Antworten konnte Fanny überzeugen. Sie stocherte misstrauisch in ihrem Gemüse, das in einer leckeren Soße schwamm, sortierte alles, das irgendwie nach Fleisch aussah, heraus, schob schließlich den Teller weg und weigerte sich rundheraus weiterzuessen.

»Das Kind braucht tierisches Eiweiß«, sagte Margarete streng.

»Ich habe mir als Kind auch nichts von den Erwachsenen einreden lassen«, sagte Charlie und strich Fanny über den Kopf. Die strahlte sie an.

Schließlich waren alle froh, als der Ostersonntag endlich vorbei war.

Ostermontag taten sie nichts. Sie brauchten eine Pause. Von der Gärtnerei und voneinander.

Am folgenden Samstag saßen sie wieder im Wagen. Charlie traf sich mit ihrer Familie, was Ellie und Margarete insgeheim freute. Udo benehme sich dann anders, hatten sie Nora erklärt, er sei wieder *ihr* Udo, den sie seit Jahren kannten.

Er sah sie zwar nicht so liebevoll wie Charlie an, aber wenigstens sah er sie überhaupt an.

Sie hatten beschlossen, erst nach Teschendorf zu fahren. Vor dem dortigen Friedhof hielt Udo.

»Wir hätten den Feuerwehrmann fragen sollen, wo genau das Grab liegt. Sonst suchen wir ewig«, sagte Ellie unruhig.

»Ach, Ellie, das ist doch kein Friedhof in Berlin, sondern ein Dorffriedhof. Wie viele Gräber wird es dort schon geben?«, erwiderte Nora.

Sie gingen durch das schmiedeeiserne Tor, an einem Gemeindehaus und einer kleinen weißen Kirche vorbei, und standen schließlich auf dem Hauptweg. Links und rechts zweigten schmale Wege ab, an denen die Gräber lagen. Die kleinen für die Urnen, die großen für die Särge … Sie waren – wahrscheinlich vor Ostern – so aufwendig geschmückt worden, als ob der Grabschmuck die Hoffnung für die Wiederauferstehung spiegelte. Die Wege um die Gräber waren sorgfältig geharkt.

»Also los, wir suchen ein Grab, auf dem Kirsch steht.«

»Ich gehe mit Udo«, sagte Fanny.

Nora sah, wie die beiden Hand in Hand den ersten Seitenweg entlanggingen. Sie biss sich auf die Lippe, verärgert über sich selbst, dass sie nicht daran gedacht hatte, dass ein Friedhofsbesuch ohne Charlie für Udo wahrscheinlich sehr traurig war.

In diesem Moment drehte Fanny sich um und winkte ihr zu. Sie winkte zurück, froh darüber, dass ihre kleine Tochter dem alten Freund zur Seite stand. Dann machte sie sich selbst auf die Suche. Langsam schlenderte sie von Grab zu Grab, las Namen und Jahreszahlen … nichts.

Auch die anderen hatten bisher keinen Hinweis auf das Grab einer Familie Kirsch entdeckt.

Ellie hatte sich den letzten Seitengang vorgenommen. Dahinter begannen die Felder. Hier lagen große Gräber, die nur spärlich bepflanzt waren, es gab kaum Blumenschmuck, nur hier und dort steckte eine Seidenblume in der Erde, von Sonne und Regen ausgeblichen.

»Hier ist es!«, rief sie aufgeregt den anderen quer über den Friedhof zu – so laut, dass eine alte Frau, die zwei Gänge weiter die Stiefmütterchen auf einem Beet goss, sie empört ansah. Ellie ignorierte sie. Die anderen kamen eilig den Gang entlang. »Schaut!«

Ellie zeigte auf ein altes Grab. Es sah vernachlässigt aus, war von Unkraut und Efeu überwuchert. Am Kopfende – sagt man überhaupt Kopfende?, fragte Nora sich und wenn ja, ist das andere dann das Fußende? – stand ein kleiner grauer Grabstein, verwittert und mit Moos bewachsen. Das Kreuz darauf war aus Metall und oxidiert, die eingravierte Schrift war gerade noch so lesbar.

GÄRTNERMEISTER THEODOR KIRSCH
1901–1942
VIVAT, CRESCAT, FLOREAT

»Ja!«, sagte Nora triumphierend. »Gärtnermeister! Das muss er sein!«

»Er ist nicht alt geworden«, kommentierte Udo, »gerade mal einundvierzig …«

»Was heißt *vivat, crescat, floreat?*«, fragte Ellie.

»Es möge leben, wachsen und gedeihen«, erwiderte Nora, die Latein immer gemocht hatte.

»Passt doch zu einem Gärtnermeister«, ertönte neben ihnen eine Stimme.

Sie fuhren herum.

Unbemerkt war die alte Frau, die sich gerade über Ellie empört hatte, an sie herangetreten. Nora musterte sie. Ganz in Schwarz war sie gekleidet, auch die geschwollenen Beine steckten in schwarzen Strümpfen. Die grauen Haare waren zu einem strengen Knoten aufgesteckt. Sie sah aus wie eine Frau, die nicht viel Spaß im Leben gehabt hatte.

»Kannten Sie den Gärtnermeister Kirsch, der hier begraben liegt?«, fragte Nora.

Die Frau schüttelte den Kopf. »Nein. Eine Familie Kirsch stammt nicht aus Teschendorf. Das wüsste ich.«

»Ist dein Mann hier auch begraben?«, fragte Fanny, bevor sie jemand aufhalten konnte. Das Duzen war sicher nicht angebracht, aber sie fragte so mitfühlend, dass niemand daran Anstoß nahm.

Die Frau nickte. »Der auch. Und alle anderen, die ich von früher kenne. Meine Söhne. Meine Tochter. Meine Schwester. Es ist nicht schön, alt zu werden, wenn man allein ist. Freut euch, wenn ihr jemanden habt.«

Sie nickte ihnen zu, tätschelte Fanny die Wange und wandte sich ab. Beim Gehen humpelte sie stark, wie jemand, der schon seit Jahren eine neue Hüfte gebraucht hätte, aber sich nicht überwinden konnte. Oder der es schon lange aufgegeben hatte, zum Arzt zu gehen. Ihre Gießkanne, augenscheinlich leer, stieß bei jedem Schritt an ihren dunklen Mantel und federte wieder ab. Auf einmal drehte sie sich wieder um.

»Gesehen hab ich an diesem Grab noch nie jemanden. Aber bis vor ein paar Jahren wurde es gepflegt.«

»Wie oft denn?«, fragte Margarete, aber da hatte sich die Frau schon abgewandt, als hätte sie die letzte Frage nicht gehört oder nicht hören wollen.

Sie schauten ihr nach.

»Eigentümlich«, bemerkte Nora und sah wieder auf das Grab. »Wie lange bleiben Gräber eigentlich erhalten?«, fragte sie Udo.

»Ach, das kommt darauf an«, antwortete er. »Normalerweise fünfundzwanzig Jahre.«

»Dann muss die Pacht für dieses Grab ja schon mehrmals verlängert worden sein«, sagte Ellie. »Aber vielleicht ist das bei diesen Gräbern hier auch anders. Oder überhaupt auf dem Dorf. Hier gibt es so viel Platz. Wollen wir los? Ich hab Lust, in der Gärtnerei etwas zu machen.«

»Ich finde noch was anderes seltsam.« Nora hatte etwas entdeckt. Plötzlich wünschte sie, Charlie wäre da, um mit ihr über die Pflanzen zu sprechen. »Mich wundert, was hier wächst.«

»Keine Rosen. Nur Efeu.«

Udo wandte sich ab, als hätte das Grab des unbekannten Gärtners ohne Rosen jeden Anspruch auf seine Zeit verwirkt.

»Stimmt, keine Rosen. Aber es ist nicht nur Efeu, es ist panaschierter Efeu. Geißbart kommt dort und, schaut doch mal, das ist doch eine Hosta.«

Sie kniete nieder. »Und jede Menge Maiglöckchen sprießen hier auch …« Ihr Herz schlug schneller. »Das sind dieselben Pflanzen, die auch in der Gärtnerei wachsen!«

»Die gleichen Pflanzen«, korrigierte Margarete. Sie konnte es einfach nicht lassen.

»Ich wette, es sind dieselben. Nämlich Ableger.«

»Ach, das ist bestimmt nur Zufall«, wiegelte Margarete ab.

»Nein, ich glaube, dass jemand die bewusst gesetzt hat. Jemand, der ein Stück der Gärtnerei hierherbringen wollte. Die Pflanzen, die er in der Gärtnerei gezogen hat, haben Theodor Kirsch bis zu seiner Ruhestätte begleitet.«

»Meinst du wirklich?«, fragte Ellie skeptisch.

»Ich hab was gefunden«, erklang Fannys Stimme. Alle sahen sich um, aber konnten das Mädchen nirgends entdecken.

»Fanny?«, fragte Nora.

Ein blonder Lockenschopf erschien hinter dem Grabstein. »Schau mal, Mama, was hier liegt«, rief Fanny.

Sie hatte diesen aufgeregten Unterton, den Nora schon so lange kannte, wie Fanny Sachensucherin war. Er bedeutete: Jetzt hab ich aber was wirklich Wichtiges gefunden.

Nora ging am Grab entlang. Vorsichtig achtete sie darauf, keine Pflanze, die sich im Zwischenraum zwischen den Gräbern ausgebreitet hatte, zu zertreten. Es wäre ihr wie ein Frevel vorgekommen, die Maiglöckchen, deren hellgrüne Spitzen überall aus dem Boden ragten, niederzutrampeln.

Hinter dem Grabstein kauerte sie sich neben Fanny. »Das sind aber schöne Kieselsteine! Und so viele!«, sagte sie.

In der Tat. Ein Häufchen kleiner Steine lag hinter dem Grabstein, als hätte ein Vogel versucht, sich daraus ein Nest zu bauen. Nora ließ die Hand in den Haufen gleiten, spürte die Kühle, die die Steine über Nacht gespeichert hatten. Die meisten waren glatt und hatten hübsche Zeichnungen – silbergrau mit weißen Streifen, schlicht steingrau, dunkel mit rosafarbenen Einsprengseln, fast weiß und porös. Keiner war größer als ein Daumennagel.

»Warum hat die jemand hier hingelegt? Hat die einer gesammelt, oder hat er sie gekauft?«, fragte Fanny.

»Ich glaub nicht, dass sie gekauft sind, Fanny. Im Sandboden gibt es viele kleine Steine. Das ist eine Endmoränenlandschaft.«

»Was ist eine End…mo…?«

»Vor vielen Jahren war hier Eis. Ein Gletscher. Er rutschte und hat Steine vor sich hergeschoben. Die findet man überall in der Mark Brandenburg.«

»Kann ich die Steine mitnehmen?«, fragte Fanny.

Sie wartete die Antwort gar nicht erst ab und begann, Steine in ihre Jeanstaschen zu stopfen.

»Nein, nicht alle«, sagte Nora. »Nimm dir drei, den Rest lässt du hier.«

»Warum denn?«, fragte Fanny trotzig.

»Es hat etwas mit Respekt für das Grab zu tun«, erwiderte Nora. »Wir wissen nicht, wer sie hierhergelegt hat und warum. Man nimmt ja auch nicht Kerzen von Gräbern.«

Widerwillig ließ Fanny die Steine wieder auf den Haufen fallen, auch wenn sie aussah, als ob sie Noras Einwand weder verstand noch einsah.

»Und was machen wir mit diesem Wissen?«, fragte Udo und durchbrach damit das lange, nachdenkliche Schweigen, das geherrscht hatte, seit sie wieder in den Wagen gestiegen waren.

»Wir wissen noch nicht viel«, meinte Margarete.

»Aber immerhin schon einiges«, gab Nora zurück. »Die Gärtnerei wurde von Gärtnermeister Kirsch betrieben. Der Betrieb kam wahrscheinlich 1942 zum Erliegen, als Theodor Kirsch starb. Vielleicht wurde er auch von jemand anderem weitergeführt. Trotzdem gab es niemanden, der sich bei dem Aufruf nach dem Krieg gemeldet hat. Bis 1942 hat die Floristin Magda Fritsch stundenweise in der Gärtnerei gearbeitet, Sträuße gebunden. Und sie hat danach …« Nora stockte. Ihr war etwas eingefallen. »Meint ihr, Magda Fritsch hat das Schattenbeet gepflegt? Die Gärtnerei so gut es ging in Ordnung gehalten? Sie ist manchmal einen Tag lang verschwunden und dann wieder im Wurstdorf aufgetaucht.« Sie überlegte, dann sagte sie: »Das kann doch sein! Sie hat sicher auch das Grab ihres ehemaligen Arbeitgebers bepflanzt! Vielleicht war sie es sogar, die immer wieder die Pacht der Grabstelle verlängert hat.«

»Das klingt plausibel, Nora«, sagte Margarete. »Ja, das könnte stimmen.«

»Aber warum macht man das? Warum bepflanzt man das Beet seines Arbeitgebers?«, fragte sich Nora.

»Vielleicht war sie in ihn verliebt«, bemerkte Margarete.

»Oder er tat ihr leid«, überlegte Ellie.

»Irgendwann werden wir wissen, was sich in unserer Gärtnerei zugetragen hat«, stellte Nora fest. »Eines Tages bekommen wir es heraus!«

»Unsere Gärtnerei …«, echote Ellie und seufzte zufrieden, als sie in den vertrauten Waldweg einbogen.

Der April war fast zur Hälfte vergangen, es hatte schon länger nicht mehr geregnet, aber trotzdem sah alles frisch und üppig aus. Noch dichter als beim letzten Besuch schienen die Bäume links und rechts zu stehen, noch undurchdringlicher war das Grün inzwischen.

Diese Wildnis musste der Grund dafür gewesen sein, dass die Gärtnerei so lange unentdeckt geblieben war. Man musste wissen, wonach man suchte, um sie zu finden.

»Wie gut das klingt! Unsere …«, sagte Nora und verstummte erschrocken. »Oh …«

Udo bremste ab und parkte wenige Meter vor dem windschiefen Tor. Das Geißblatt wuchs inzwischen weit über den Zaun. Ranken wanden sich um die verrosteten Streben. Wie dünne Finger streckten sich andere Triebe dem Himmel entgegen, auf der Suche nach Halt, den sie auf der Erde nicht fanden.

Aber das war nicht der Grund, warum Nora erschrocken war. Jemand war in ihrer Abwesenheit hier gewesen. Die zerbrochene Kette, mit der sie die letzten Male die beiden Torhälften nur pro forma verschlossen hatten, war verschwunden. Stattdessen wurden die Zaunflügel nun von einer dicken Edelstahlkette zusammengehalten. Und die Kette ihrerseits von einem noch dickeren Schloss.

Und als ob das noch nicht deutlich genug wäre, war zudem ein großes schwarz-gelbes Schild am Zaun befestigt: UNBEFUGTES BETRETEN BEI STRAFE VERBOTEN.

Sie starrten auf die Kette und das Schild. Stille herrschte. Selbst die Vögel im Wald, die normalerweise voller Freude über den Frühling in den Bäumen herumkrakelten, hielten den Schnabel.

»Das glaub ich jetzt nicht«, sagte Nora.

»Die blutige Rache der Babsi Tschirch«, murmelte Udo.

»Meinst du?«, fragte Margarete.

»Na, was denn sonst? Erst hetzt sie uns die Feuerwehr auf den Hals, und jetzt wahrscheinlich ihren Chef. Oder den gesamten Amtsschimmel.«

»Das wäre nicht passiert, wenn du Charlie nicht mitgebracht hättest«, konnte sich Margarete nicht verkneifen zu sagen.

»Ich opfere doch Charlie nicht für so eine! Dieses Auftragsflirten war schlimm genug«, brauste Udo.

»Ist ja gut. Das verlangt auch niemand von dir, Udo«, beschwichtigte Ellie. »Aber immerhin haben sie uns ausgesperrt. Was sollen wir tun?«

Sie betrachteten die Kette, die feindlich in der Sonne blitzte.

»Wir können hinten bei meiner Höhle reinklettern«, schlug Fanny vor. »Da ist der Zaun ganz runtergetreten.«

»Aber wenn uns jemand dabei sieht, sind wir dran«, gab Margarete zu bedenken.

»So was tun wir mal lieber nicht«, bestätigte Ellie.

Udo und Nora nickten bedrückt.

Dann fuhren sie zurück nach Berlin.

17. Kapitel

»Ich kann nicht glauben, dass die das mit euch machen!«

Udo hatte Charlie angerufen, und sie war abends zu ihnen gekommen. Zu sechst saßen sie bei Margarete in der Küche, aßen die belegten Picknickbrötchen und beratschlagten sich. Ellie hatte Maibowle mit selbst gepflücktem Waldmeister beigesteuert.

Charlie war empört. »Jahrelang kümmert sich niemand um dieses Grundstück. Es gibt keine Unterlagen, niemanden, der einen Anspruch anmeldet. Die Öffentlichkeit hat kein Interesse, das Amt weiß nicht mal von seiner Existenz! Ich sage euch was – das hat etwas mit der Bodenreform in Brandenburg zu tun. Erst wurde enteignet, und nach der Wende gab sich das Land wenig Mühe, die Vorbesitzer zu finden. Irgendwann hat die Mark Brandenburg sich dann selbst als Eigentümer eintragen lassen.«

»Meinst du wirklich, Charlie?«, fragte Udo.

»Na klar, das war doch vor ein paar Jahren ein richtiger Skandal! Nur dieses Grundstück ist irgendwie … unentdeckt geblieben. Jetzt seid ihr darauf gestoßen, findet überhaupt erst heraus, dass dort früher mal eine Gärtnerei war. Ihr engagiert euch, beginnt, sie wieder zum Leben zu erwecken, obwohl ihr in Berlin mit diesem Haus hier genug Sorgen habt, und dann werdet ihr einfach ausgesperrt? Wie ein paar Rowdys, die in eine Baustelle eingebrochen sind?«

»Genau so ist es«, sagte Nora. »Es ist so ungerecht.«

Ihr war zum Weinen zumute. Aus der Traum, so einfach

war das. All die Überlegungen darüber, was sie einmal in der Gärtnerei anbauen wollten, waren überflüssig gewesen. All die Träume, die sie beim Unkrautzupfen gehabt hatte, waren unnütz. Mohn, Stauden, selbst Stiefmütterchen … vorbei. Sie trank einen Schluck.

Das Rätsel der Gärtnerei würde nie gelöst werden. Über die Vergangenheit würden sie nichts mehr erfahren, und die Zukunft des Grundstücks würde ohne sie stattfinden.

Obwohl Charlie nicht dabei gewesen war, brauste sie auf. »Und noch viel weniger kann ich glauben, dass ihr das mit euch machen lasst! Ihr müsst euch wehren! Denkt doch nur an die ›Wir sind das Volk‹-Bewegung! Sie wollten uns unterdrücken, aber das haben wir nicht zugelassen. Das war eine viel größere Sache und dennoch.«

»Denkst du an eine ›Wir sind die Gärtnerei‹-Bewegung?«, fragte Margarete ironisch. »Montagsdemos in Löwenberg?«

»Nun sei doch mal ernst, Margarete!«, fuhr Charlie sie an. »Ich denke an was ganz anderes. Warum besetzen wir die Gärtnerei nicht?«

Wenn Fanny die Papiertüte, in der Ellie die belegten Brötchen transportiert hatte, aufgeblasen und mit einem Knall hätte zerplatzen lassen, hätte es nicht ruhiger in der Küche sein können. Verblüffte Stille herrschte.

Nora fing sich als Erste. »Besetzen?«, fragte sie. »Das ist ja verrückt. Wir können die alte Gärtnerei doch nicht besetzen.«

»In den Achtzigerjahren wurden viele Häuser besetzt. Und fast genauso viele geräumt«, sagte Margarete.

»Aber nicht alle«, gab Ellie zu bedenken. »In manchen Fällen haben die Hausbesetzer auch mit dem Senat einen Pachtvertrag ausgehandelt.«

»Woher weißt du das?«, wollte Margarete wissen.

»Jürgen hat mal bei einer Hausbesetzung mitgemacht. Ich fand das immer zu gefährlich und hatte nicht die Zeit. Ich musste ja arbeiten und Stefan versorgen …«, sagte sie, und da fragten die anderen vorsichtshalber nicht weiter.

»Wie stellst du dir das vor, Charlie?«, hakte Udo nach. »Wir sind doch nur eine Handvoll Leute. Da rückt die Tschirch schneller mit einem Räumungskommando an, als wir ›Wasserpumpe‹ sagen können. Und strafbar machen wir uns auch. Mein schönes Notstromaggregat, es hat so gut funktioniert …« Er hatte feuchte Augen.

Charlie tätschelte ihm aufmunternd den Arm. »Nun mach dir mal keine Sorgen um dein Notstromaggregat. Dem passiert schon nix. Wir holen es einfach wieder raus. Ich frage mich, ob man sich wirklich bei so was strafbar macht. Die Gärtnerei gehört doch niemandem. Wo kein Kläger, da kein Richter. Wir könnten es drauf ankommen lassen.« Sie sah herausfordernd in die Runde. »Also, was ist? Wollt ihr dieser bornierten Bürotussi euren Traum opfern? So satt und vorsichtig und ängstlich seid ihr alten Wohlstandskinder?«

Sie sagte es provozierend, und vielleicht meinte sie es nicht mal so. Aber sie traf bei den anderen den Gerechtigkeitsnerv.

Nora konnte sich lebhaft vorstellen, wie Charlie bei den Montagsdemos mitgemacht hatte, weil sie endlich dem Regime etwas entgegensetzen konnte, das den Tod ihres Bruders auf dem Gewissen hatte. Sie konnte sie immer noch nicht richtig einschätzen. Bei dem Gedanken, die Gärtnerei zu besetzen, spürte sie jedoch zum ersten Mal seit ihrer Kündigung so etwas wie Mut, eine wilde Entschlossenheit, gegen Ungerechtigkeit zu kämpfen.

Es fühlte sich gut an.

»Mal angenommen, wir wehren uns wirklich dagegen, dass sie uns aussperren«, sagte Margarete langsam. Man sah ihr an, dass ihr bei dem Gedanken nicht ganz wohl zumute war. »Was ist, wenn das Grundstück inzwischen wirklich dem Land Brandenburg gehört? Dann hängt das Schild dort zu Recht, und wenn wir die Gärtnerei besetzen, wäre das Hausfriedensbruch!«

Charlie schnaubte verächtlich über so viel Ängstlichkeit. »Bist du vorbestraft?«

Margarete sah sie entsetzt an. »Natürlich nicht. Ich habe niemals etwas Unlauteres getan! Nicht mal falsche Steuerangaben gemacht! Ich zahle sogar meine Stromnachzahlungen sofort! Ich habe eine saubere Weste!«

»Streber«, murmelte Ellie.

»Na siehst du. Selbst wenn sie dich wegen irgendetwas belangen, werden sie dich doch nicht verurteilen, wenn du nicht vorbestraft bist.« Charlie hielt Margaretes Bedenken für überflüssig.

»Wie besetzt man ein Grundstück, das niemand kennt? Das weit ab vom Schuss liegt?«, fragte Ellie, immer praktisch veranlagt.

Charlie überlegte kurz, dann sagte sie: »Wir müssen die Öffentlichkeit mobilisieren. Wir schreiben einen Brief an die Presse. Wir machen eine Facebook-Seite und posten Fotos. Wir richten im Gewächshaus die Aktionszentrale ein. Wir stellen an der Straße Schilder auf, damit solidarische Menschen zu uns finden. Wir geben Interviews an ausgesuchte Journalisten. Wir teilen uns so ein, dass immer ein Ansprechpartner vor Ort ist, der Rede und Antwort stehen kann. Wir machen so richtig Rabatz! Und vor allem nehmen wir beim nächsten Mal einen fetten Bolzenschneider mit! Mein Chef leiht uns bestimmt einen.«

»Wozu das denn?«, fragte Margarete. Schon der Ausdruck »Bolzenschneider« klang in ihren Ohren höchst verdächtig.

Aber Udo hatte verstanden. Er sah Charlie bewundernd an.

»Um die Kette zu zerschneiden, die sie am Tor angebracht haben.«

»Nein. Nur das Schloss. Das ersetzen wir dann durch ein eigenes.«

Raffiniert, dachte Nora.

»Ich hol meine Malstifte. Dann können wir die Schilder basteln. Die für die Straße«, rief Fanny eifrig.

Sie stand auf und lief aus der Wohnung. Man konnte hören, wie sie singend die Treppen hinaufhüpfte.

»Die geborene kleine Freiheitskämpferin, deine Tochter. Ich könnte ihr den Rotfront-Gruß beibringen«, sagte Charlie anerkennend.

»Das machst du nicht. Sie bastelt nur gern. Und mir reicht es völlig, wenn sie jemandem vernünftig guten Tag sagt. Da muss sie nicht die Faust recken«, erwiderte Nora grinsend.

Margarete dachte wohl noch über Charlies Argumente nach. Dann gab sie sich einen sichtlichen Ruck. »Also schön. Ich bin dabei. Und wenn es gut läuft, besetzen wir das Haus hier gleich mit! Dann soll Stegemann mal sehen, wie sein englischer Investor uns rausbekommt«, sagte sie. Ihre Augen funkelten.

Charlie klopfte ihr auf die Schulter. »Endlich hast du es verstanden. Ich kenne einen Journalisten in Berlin, der fürs Internet über märkische Themen schreibt. Max von Steinbrech heißt er. Den können wir einspannen.«

»Woher kennst du ihn?«

Charlie machte eine vage Handbewegung. »Er hat uns

nach der Wende zu Matthias' Tod befragt und darüber einen sehr guten Artikel geschrieben. Und vor ein paar Jahren hat er diese Sache mit den fünf Frauen, die von einer Unbekannten das Haus mit der Apfelplantage geerbt haben, ins Rollen gebracht. Erinnert ihr euch nicht? Es ging durch die Presse. Im Südwesten der Mark war das.«

Die anderen nickten. »Ja, das war eine tolle Geschichte mit diesen Apfelfrauen. Ich erinnere mich!«, schwärmte Ellie. »Damals dachte ich, so was würde ich auch gern machen.«

»Dann ist das deine Chance, Ellie. Nichts wie los«, ermunterte Charlie sie.

Ellie nickte. »Ganz ehrlich, ich hab nichts zu verlieren. Selbst Stefan kümmert sich nicht darum, was ich mache. Ich bin dabei.«

Auf einmal sahen alle Nora an.

»Ich weiß nicht«, sagte sie. »Ich bin arbeitslos. Wie sieht es denn aus, wenn ein zukünftiger Arbeitgeber sich über mich informiert, und das Erste, was er über mich herausfindet, ist, dass ich eine Besetzerin bin?«

»Immerhin besetzt du einen Garten. Das spricht doch sehr für dein Engagement. Wenn es ein netter Chef ist, wird er dich dafür schätzen. Und wenn er kein netter Chef ist, willst du nicht für ihn arbeiten«, konterte Charlie.

Das gab für Nora den Ausschlag. Sie nickte.

Unmerklich war aus einer fixen Idee ein Plan geworden. Noch war er vage, noch fehlten die Details. Aber die Stimmung war gekippt in eine Richtung, in die sie vorher nicht gedacht hatten.

»Das wird ein Garten des Widerstandes!«, bemerkte Charlie kämpferisch. »Wir könnten ihn Wildrosengarten nennen.«

»Weil wir so wild sind?«, fragte Margarete unerwartet gut gelaunt. »Unbeugsam? Unverwüstlich? Stachelig? Dornig?«

»Genau deshalb«, sagte Charlie. Und sie klang kein bisschen ironisch.

Udo wiegte den Kopf. Er war von dem Namen noch nicht überzeugt. »Rose sollte im Namen stehen, das fände ich schon schön. Aber es müsste auch etwas mit unserem Alter zu tun haben. Wildrosen klingt so … jung. Wir sind ja schon spät dran für so eine Aktion. Eher Graue Panterrosen oder Winterrosen.«

»Novemberrosen?«, fragte Nora, und alle wandten sich ihr zu.

»Das klingt schön«, sagte Ellie. »Novemberrosen … Das passt. Manchmal blühen die Rosen noch im November. Sogar im Dezember.«

»Novemberrose … So heißt ein Gedicht von Stefan George«, erklärte Nora. »Schrecklich düster. Aber das Bild einer blühenden Rose im November finde ich hinreißend. Wie ein Versprechen, dass es im nächsten Jahr weitergeht. Je länger die Rose blüht, desto kürzer ist der Winter. Selbst wenn Raureif auf ihr liegt, blüht sie weiter.«

»Ich fände es auch schön, wenn wir uns Novemberrosen nennen würden«, stimmte Margarete zu. »Es geht in Richtung Ende, aber noch blüht alles. So fühle ich mich oft. Was meinst du, Udo?«

In diesem Moment kam Fanny zurück. Sie trug einen leeren Pappkarton, den Nora ihr irgendwann mal zum Basteln gegeben hatte, und ihr Hello-Kitty-Federmäppchen. Etwas unsicher sah sie in die Runde.

»Damit können wir doch Schilder basteln, oder? Ich möchte auf meins einen Storch malen. Und ich will es an meine Höhle stellen. Nicht an die Straße.«

Sie wirkte, als wäre ihr das Konzept einer Besetzung noch sehr fremd.

»Klar, Fanny, das kannst du. Bastel dir ruhig ein Schild für deine Höhle. Das ist eine gute Idee«, sagte Margarete. »Sag mal, wie findest du den Namen ›Novemberrosen‹?«

Fanny sah von einem zum anderen. »Das passt gut zu euch. Ein bisschen … verwelkt eben …«

18. Kapitel

Ihre Vorbereitungen zur Besetzung der Gärtnerei hatten den Charakter einer fröhlichen Do-it-yourself-Stunde im Mehrgenerationenhaus.

In den nächsten Tagen sammelten sie beim Discounter Pappen, und Udo fuhr in den Baumarkt, um Holzleisten, Folie und wasserfeste Stifte zu besorgen.

»F…i…n…g…e…r weeeeeg von un…se…ren Betten«, las Fanny vor.

Sie sah Margarete dabei zu, wie diese mit roten Druckbuchstaben eine Parole auf ein großes Schild schrieb.

»Finger weg von unseren Beeten, nicht Betten«, verbesserte Margarete. »Was meint ihr? Soll ich das Schild noch mit einer Blumenranke verzieren? Nein, besser nicht. Das wirkt zu verspielt. Wir meinen es schließlich ernst, oder?«

Sie hielt Udo das Schild hin.

»Richtig. Wir meinen es ernst. Und das kommt an die Straße«, entschied er. »Da fehlt aber noch ein Pfeil, damit die Leute wissen, wo sie langmüssen.«

Margarete fügte einen Pfeil hinzu, dann reichte sie es Udo, der es sorgfältig an einer Holzleiste befestigte.

»Wie wäre es mit: ›Nieder mit der staatlichen Willkür in Deutschland‹?«, fragte Charlie, die an diesem Tag früher freihatte.

Seit ihrem Entschluss, zu Besetzern zu werden, hatte sie die meiste Zeit bei Udo übernachtet. Um keinen Moment ihrer Politisierung zu verpassen, vermutete Nora.

»Das ist mir zu radikal«, sagte Margarete, und Nora musste ihr recht geben.

»Uns geht es doch darum, dass wir weiter in der Gärtnerei sein dürfen, nicht darum, einen Staatsputsch anzuzetteln.«

»Was ist ein Staatsputsch?«, fragte Fanny und malte sorgfältig ein Storchennest.

»Erklär du mal«, sagte Nora zu Charlie, die sich das auch nicht nehmen ließ und schwungvoll loslegte. Nach fünf Minuten sah Fanny komplett verwirrt aus.

Ellie steuerte ein altes vergilbtes Bettlaken bei, auf das sie riesengroß BESETZT schrieben. Mit violetter Wäschefarbe.

»Die hab ich noch aus der Zeit, als ich Köchin in einem Kindergarten war. Selbst wenn das Laken im Regen hängt, läuft der Schriftzug nicht aus. Praktisch, oder?«, bemerkte sie stolz.

Sie planten, das Laken aus einem der Fenster im oberen Stock des Gärtnerhauses zu hängen.

»Wann willst du den Journalisten denn anrufen?«, fragte Nora und ließ den Blick über die Schilder in Margaretes Küche schweifen.

»Steinbrech? Sobald wir so weit sind, dass er zu uns in die Gärtnerei kommen und sich davon überzeugen kann, dass wir es ernst meinen«, erwiderte Charlie fröhlich.

»Wir haben noch nicht davon gesprochen, wie ernst wir es meinen. Wie weit wir gehen würden, falls sich irgendwer für unser Anliegen interessiert«, bemerkte Nora.

»Das können wir ja immer noch. Lasst uns doch erst mal anfangen«, wischte Charlie ihre Bedenken fort.

»Bei mir ist das Ende gekommen, wenn das Räumungskommando mit Polizeieinsatz, Schlagstöcken und Wasserwerfern den Waldweg entlangkommt«, sagte Ellie.

»Was sind Schlagstöcke?«, fragte Fanny.

»Das musst du ihr jetzt erklären, Ellie.«

Nora als die Jugendlichste im Team – von Fanny mal abgesehen – hatte sich bereit erklärt, sich um den Internetauftritt zu kümmern.

Was großartiger klang, als es war.

Während die anderen emsig schrieben und werkelten, schob sie die Aufgabe vor sich her. Einen Tag, bevor sie wieder in die Gärtnerei fahren wollten, um offiziell mit der Besetzung zu beginnen – passenderweise am 1. Mai –, konnte Nora es nicht länger aufschieben. Sie wollte Charlies Vorschlag folgen und eine Facebook-Seite einrichten. Im Grunde war sie keine große Freundin sozialer Netzwerke, sondern hielt sich im richtigen Leben lieber an richtige Freunde. Vielleicht lag es auch daran, dass sie sowieso mit ihren besten Freunden zusammenwohnte und die drei nichts mit Facebook zu tun hatten. Für sie war es leichter, eine Treppe hinunterzugehen und zu klingeln, als zu posten.

Aber sie überwand sich.

Nach einigem Grübeln nannte sie die Seite *Die alte Gärtnerei der Novemberrosen*. Sie schrieb groß BESETZT über ihren ersten Post und erklärte, was sie machten. Dass die alte Gärtnerei schon lange ungenutzt sei und warum sie es sich nicht gefallen lassen wollten, grundlos ausgesperrt zu werden. Sie durchsuchte ihr Handy nach Fotos, die sie posten konnte: das brennende Osterfeuer, Udos Pumpe, altes Werkzeug, die vielen, vielen Tontöpfe, das Foto mit dem blühenden Löwenzahn nach dem Regen.

Und ein Foto von dem Rosenbusch ganz hinten auf dem Grundstück. Er hatte ausgetrieben. Nora fragte sich, ob Fanny recht behielt und die Rose wirklich weiß blühen würde.

Schließlich kopierte sie die Landkarte, die die Mark Brandenburg nordöstlich von Berlin zeigte, und fügte sie ein. Mit einem dicken roten Stecknadelkopf markierte sie den Standort der Gärtnerei. Dann schloss sie das Programm, ohne sich allzu große Hoffnungen zu machen, dass die neue Seite irgendwem auffallen würde.

Am nächsten Tag packten sie ihre Gartensachen in Udos Kofferraum, legten vorsichtig Schilder und Plakate und das Laken darauf, vergaßen auch den Bolzenschneider nicht und fuhren in die Mark Brandenburg.

Am Abzweig der Teerstraße zum Waldweg buddelten sie das Schild mit dem Pfeil sorgfältig ein – so, dass es sicher stand.

Als Udo kurz darauf mit einem kräftigen Ruck das Schloss knackte, klatschten sie Beifall. Sie drückten die wackligen Torflügel auf, hörten das Begrüßungsklappern der Störche auf dem Ziegelschornstein und kamen sich trotzdem vor, als wären sie das allererste Mal in der Gärtnerei.

»Ich stell mein Storchenschild an der Höhle auf«, sagte Fanny und rannte los.

»Warte, ich helfe dir, ein Loch zu buddeln.« Margarete eilte ihr nach.

»Und wir hängen das Laken auf«, bestimmte Ellie. »Komm, Udo.« Sie gingen zum Haus.

Nora blieb zurück. Immer wieder erstaunte es sie, wie sehr sich von einem Besuch zum nächsten die Natur veränderte.

In der Stadt waren ein paar Wochen genau das: ein paar Wochen. Das Leben lief linear weiter. Überschaubar. Nora hatte sich verstärkt um eine neue Arbeit gekümmert und sich mit zunehmend skurriler werdenden

Angeboten auseinandersetzen müssen – unter anderem mit einem sehr gut bezahlten Halbtagsjob in einem Blumenladen, nur dass der leider in den Vereinigten Arabischen Emiraten lag, und dann noch mit einer fast perfekten Ganztagsstelle als Staudengärtnerin. Leider in Büren an der Aare.

In der Gärtnerei dagegen schien die Zeit anders zu verrinnen. Die Fliederbüsche waren erblüht, strahlten in Violett, Lilafarben und Weiß. »*Wenn der weiße Flieder wieder blüht* …«, sang Udo leise, als er aus dem Haus kam.

Nora trat dichter heran, um die Pracht aus der Nähe zu betrachten. Eine Welle süßen Duftes wehte ihr entgegen. Als Parfüm wäre es zu intensiv gewesen, als Gabe der Natur war es hinreißend und schien sie zu beschwören, jeden Atemzug zu genießen.

Bei ihrem Rundgang, mit dem Nora bisher jeden Besuch in der Gärtnerei begonnen hatte, entdeckte sie unter der wilden Hecke einen kleinen Tuff blühender Wildtulpen, von dem sie hätte schwören können, dass er beim letzten Mal noch nicht dagewesen war. Auch Waldmeister fand sie an der Hecke, der vorher nur am Wegesrand gewachsen war. Wahrscheinlich hatte er sich bei Nacht und Nebel aus dem Wald in den Garten geschlichen.

Im Schattenbeet hatten sich die Blätter der Hosta entrollt, ebenso wie die Farne, die nun fedrig-hellgrün im Frühlingswind wehten.

Nora zückte ihr Handy, um mehr Fotos für die Facebook-Seite zu machen. Sie fotografierte die erblühten Fliederbüsche, die Störche, das kleine Heizhaus und das zweite Gewächshaus.

Der Tag verlief so ruhig, wie er begonnen hatte. Im offenen Teil des ersten Gewächshauses gruben sie gemeinschaftlich ein weiteres Stück um und säten neben Fannys

Radieschen und Ringelblumen je eine Reihe Tagetes, Basilikum und Möhren, Dill, Rucola, Portulak und Phacelia – eine wilde Sommerblumen- und Kräutermischung schnell austreibender Sämereien. Was immer sie hier machen wollten, es musste rasch gehen. Man wusste ja nie. Dann gossen sie die Neusaat, was dank Udos Pumpe kein Problem war. Sie mussten nur den Wasserhahn im Gewächshaus aufdrehen, und schon plätscherte es in ihre Kannen. Danach versorgten sie das Schattenbeet und auch den Rosenbusch mit Wasser.

Als sie fertig waren, setzten sie sich auf ihre Campingstühle, genossen den Duft der feuchten Erde, beobachteten einen Zitronenfalter, der sich an einer kleinen Pfütze niedergelassen hatte, hörten die Vögel zwitschern, tranken Kaffee und Saft und versuchten, das Gefühl zu verdrängen, dass sie nicht hier sein sollten. Dass es eine geliehene Zeit war, die sie hier genossen.

Zum Glück passierte überhaupt nichts.

»Ich würde heute gern nicht so spät nach Hause fahren«, sagte Udo. Da war es kurz nach zwei.

Nora musterte ihn von der Seite. Sie vergaß oft, dass er nicht mehr der Jüngste war, so wie sie auch nie bei Ellie und Margarete in irgendeiner Alterskategorie dachte. Sie wirkten alle drei munter, keinen Tag älter als sie selbst. Aber heute sah Udo erschöpft aus, seine Gesichtsfarbe, sonst meistens rosig, wirkte grau.

Nora wusste, dass er oft Rückenschmerzen hatte. Dass er gerade unermüdlich volle Gießkannen getragen hatte, war sicher nicht hilfreich gewesen. Auch das Graben ging auf den Rücken, sie spürte es ja selbst.

»Klar, wir können uns allmählich auf den Weg machen. Ich freue mich auf ein heißes Bad«, sagte sie und erntete dafür einen dankbaren Blick von Udo.

Sie rappelte sich hoch, die anderen folgten ihr. Inzwischen waren sie ein gut eingespieltes Team. Sie wussten, was sie dalassen konnten (altes Gartenwerkzeug, eine Plastikgießkanne, einen morschen Korbstuhl, den sie hinterm Haus gefunden und ins Gewächshaus geschleppt hatten, die Campingmöbel) und was sie mitnehmen mussten (neues und geliehenes Gartenwerkzeug, Proviant und Abfall). Auch Fanny half, suchte die leeren Samentütchen zusammen und trug ihren Kinderspaten zum Auto.

Beim letzten Besuch in der Gärtnerei war Nora ganz zum Schluss, als der Wagen schon gepackt war, mit ihrer lächelnden Gartenschere ein letztes Mal über die ungemähte Grünfläche gegangen. Die Grenzsteine der Beete unter dem wuchernden Gras waren nur noch zu spüren gewesen, wenn man darüber stolperte. Sie hatte Gänseblümchen, Löwenzahn und ein paar Schneeglöckchen zu einem klitzekleinen Strauß gebunden.

An diesem Tag war die Natur schon so viel weiter. Sie schnitt einen bunten Frühjahrsblumenstrauß: wilde Möhre, eine allererste Margerite, ein rührender rankender Lerchensporn, der sich an einen dicken Grashalm klammerte, ein kleiner, pinkfarbener Storchschnabel und ein einsames Buschwindröschen, das sich wahrscheinlich vom Wald her ausgesät hatte. In einem schlichten Glas würde das Arrangement sie auf ihrem Wohnzimmertisch bis zu ihrem nächsten Besuch an die Gärtnerei erinnern. Sie nahm auch noch einige Fliederzweige mit. Sie würden nicht lange halten, aber jede Stunde mit dem Fliederduft in der Wohnung war eine gute Stunde.

Als sie endlich im Wagen saßen und hinter sich das Tor mit einem neuen Schloss verriegelt hatten, gab Udo ungeduldig Gas. Fanny lachte, aber die anderen stöhnten, als er über den Waldweg rumpelte. Im Kofferraum schepperte es, als wäre der Spaten auf die Thermoskanne gefallen, und Margarete beschwerte sich mit schriller Stimme.

»Nun fahr doch nicht so schnell, Udo! Du kannst es wohl nicht erwarten, wieder bei Charlie zu sein?«

Udo schwieg und bog in die Landstraße ein. Sie waren noch nicht weit gefahren, als ihnen ein großer Wagen entgegenkam – *rbb Rundfunk Berlin-Brandenburg* stand darauf. Er zischte an ihnen vorbei, als ob deren Fahrer es mindestens so eilig hätte wie Udo.

»Schau an, wer hätte gedacht, dass in dieser verschlafenen Gegend mal etwas passiert, das den rbb auf den Plan ruft.« Nora schaute starr nach vorn, weil sie beim Autofahren zu Übelkeit neigte, und das einzige Mittel dagegen war, die Straße im Blick zu behalten. Auf dem Feld, das bei ihren ersten Besuchen noch öd und kahl ausgesehen hatte, wuchsen inzwischen Getreidepflanzen. Nora musste an eine alte Bauernregel denken: Am 1. Mai sollte das Getreide so hoch stehen, dass sich eine Krähe darin verstecken konnte. Dieses Jahr brauchten die Krähen keine Angst zu haben, entdeckt zu werden.

In diesem Moment bremste Udo heftig. Alle stöhnten auf, sogar Fanny.

»Erst rast du, dann bremst du. Was ist denn heute mit dir los, Udo?«, fragte Margarete ungehalten.

Udo zeigte in den Rückspiegel. »Da!«, rief er. »Da!«

Sie drehten sich um. Hinter ihnen lag die Straße genauso verlassen da wie vor ihnen.

»Was … da?« Ellie verstand gar nichts.

»Der Sendewagen vom rbb!«

»Sehe ich nicht mehr«, maulte Margarete. »Fahr weiter. Sonst kommen wir ja nie nach Hause.«

»Das ist es ja! Er ist weg! Ich glaube, er ist in unseren Waldweg abgebogen. Kinder, der will zu uns!«

Udo machte einen U-Turn und raste zurück. Als er erneut am Waldweg abbremste, war Noras Übelkeit größer als die Neugier, ob der Sendewagen tatsächlich in Richtung Gärtnerei gefahren war.

Das war er. Die rote Aufschrift auf dem silbernen Kastenwagen leuchtete durch die Kiefern. Drei Personen liefen vor dem Tor hin und her, spähten über den Zaun, rüttelten am Schloss und wandten sich nun um, als sie Udos Wagen hörten.

Es waren eine blonde Frau und zwei Männer. Der eine hielt nachlässig eine große Fotokamera in den Händen. Er wirkte wie ein Cowboy, der sie in Sekundenschnelle hochreißen und damit schießen konnte. Der andere hantierte an einer Filmkamera herum. Er blickte auf und sah Nora, die aus dem Wagen gesprungen war, kaum dass Udo angehalten hatte, abwägend entgegen. Auch die anderen stiegen nun aus.

»Hallo!«, rief die Frau und schritt munter auf sie zu. Nora war sich sicher, dass sie sie aus dem Fernsehen kannte. »Nicht erschrecken! Wir sind vom Rundfunk Berlin-Brandenburg!«

»Das hätte ich nie gedacht«, murmelte Margarete.

»Sehen wir so aus, als ob wir uns leicht erschrecken?« Ellie grinste.

»Sind Sie die Lokalmatadore, die die alte Gärtnerei besetzt haben? Ist das die Gärtnerei? Wer von Ihnen ist für die Facebook-Seite verantwortlich? Haben Sie etwas dagegen, wenn wir ein Interview mit Ihnen machen?«

Alle wandten sich Nora zu, während der Fotograf langsam seine Kamera in Anschlag brachte. In ihre Richtung.

»Nicht hierherschauen«, sagte er und begann schnell, den Auslöser zu drücken.

»Wie heißen Sie?«, fragte die Frau.

Einen winzigen Moment lang zögerte Nora. Sie könnte jetzt einfach einen falschen Namen sagen und sich hinter den anderen verstecken. Um einen zukünftigen Job nicht zu gefährden. Es wäre wahrscheinlich schlauer.

»Nora Dittbrenner«, sagte sie. Die Frau tippte etwas in ihr iPad. »Wie haben Sie die Facebook-Seite so schnell gefunden?«, fragte Nora und versuchte den Mann mit der Filmkamera zu ignorieren, der jetzt an einem Mikrofon herumfummelte und es ihr vors Gesicht hielt.

Die Frau schaute auf und lachte. »Na, Sie sind ja lustig. Die besetzte Gärtnerei ist doch heute Stadtgespräch! Unsere Redaktionsassistentin ist darüber gestolpert, weil mehr als achthundert Leute Ihren Beitrag geteilt haben. Man kann Facebook gar nicht aufmachen, ohne über *Die alte Gärtnerei der Novemberrosen* zu lesen. Es wird auch heftig getwittert. Ganz normale Menschen im besten Alter, die sich so etwas trauen! Keine jungen Spontis aus Mitte, sondern Menschen wie du und ich! Das ist der Stoff, aus dem die guten Quoten gemacht sind!«

»Aber ich hab die Seite erst gestern eingestellt«, sagte Nora verblüfft. »Da steht nicht viel.«

»Da steht genug, und das Internet ist schnell. Das verbreitet sich viral«, antwortete die Frau. Sie sah Nora aus unerfindlichen Gründen mitleidig an. »Kann ich Ihnen jetzt ein paar Fragen stellen? Wir möchten gern heute noch in der Abendschau darüber berichten. Und ist das okay, wenn mein Kollege inzwischen auf dem Grundstück Fotos macht?«

Nora sah zu den Freunden. »Was meint ihr?«

Die anderen nickten.

Udo kramte den Schlüssel heraus, um das Schloss zu öffnen.

»Also gut.« Nora war bereit.

»Sehr schön«, sagte die Moderatorin. »Können wir uns irgendwo setzen?«

»Im Gewächshaus steht ein schöner alter Korbstuhl«, schlug Ellie vor.

»Wunderbar, dann gehen wir ins Gewächshaus«, meinte die Moderatorin. »Das sieht bestimmt romantisch aus. Dann setzen Sie sich, und die anderen stehen drum herum, während ich Ihnen Fragen stelle. Sie haben nicht zufällig einen Strohhut?«

Nora schüttelte den Kopf.

»Macht nichts. Dieser Beitrag wird bei unseren Zuschauern sowieso der Knüller: der Frühling, wilde Blumen, eine alte Gärtnerei, Landluft satt, dazu ein paar alte Freunde, die durch Dick und Dünn gehen. Und ein süßes kleines Mädchen. Wie heißt du?« Der Kameramann hielt auf Fanny.

»Fanny«, sagte sie. »Und wir haben auch Störche. Soll ich sie dir mal zeigen?«

»Hast du das gehört, Martin? Störche! Das gibt Aufnahmen! Die pure Landlust!« Die Moderatorin seufzte beglückt.

»Ich möchte auf keinen Fall, dass meine Tochter im Fernsehen gezeigt wird. Bitte verstehen Sie das«, sagte Nora.

Der Kameramann schien es zu verstehen. Die Kamera schwenkte sofort von Fanny ab.

Als sie das Gewächshaus betraten, Nora auf dem Korbstuhl Platz nahm und die anderen sich um sie herumstellten, passierte etwas Merkwürdiges.

Die Interviewerin, die mit ihnen die Fragen durchgegangen war, Nora das Mikrofon hingehalten hatte und gerade im Begriff war, ihre erste Frage vor laufender Kamera zu stellen, ließ das Mikro wieder sinken.

Ihr Blick bekam etwas Abwesendes, als sie zwischen den rostigen Metallstangen hindurch zur Fliederhecke jenseits der wilden Wiese schaute. Der Wind wehte den Blütenduft direkt zu ihnen herüber.

»Was ist denn, Cathrin?«, fragte der Mann, der sich zum Filmen bereit gemacht hatte. Er ließ die Kamera ebenfalls sinken.

Die Moderatorin schaute sich um, als erwachte sie aus einem Traum.

»Ich muss plötzlich daran denken, wie wir als Kinder Fliederblüten abgezupft und daran gesogen haben. Es schmeckte wie staubiger Honig. Wir haben Bienen gespielt, die durch den Garten summen. Meine Eltern hatten eine Datsche. Hinter Buch lag sie. Es waren so schöne lange Sommer … Da blühte in dieser Zeit auch immer eine Fliederhecke. Jahrelang hab ich nicht mehr daran gedacht«, sagte sie leise.

Du also auch, fuhr Nora durch den Kopf. Dieser Ort hier macht etwas mit dir. Aber sie hatte nicht vor, darüber vor laufender Kamera zu sprechen.

Das Interview dauerte fast eine Stunde. »Was würden Sie hier anbauen, wenn es wirklich Ihre Gärtnerei wäre?«, wurden sie zum Schluss gefragt.

»Da sind wir uns noch nicht einig«, sagte Nora. »Ich persönlich mag Stauden. Einige von uns mögen Rosen.« Sie schaute Udo an und lachte.

»Falls unsere Zuschauer Ihnen Pflanzen aus ihren eigenen Gärten spenden wollen – wäre das etwas für Sie?« Die Moderatorin stellte die allerletzte Frage.

»Warum nicht?«, erwiderte Nora. »Wenn erst mal in den

Gewächshäusern umgegraben ist, haben wir genug Platz für viele Pflanzen.«

Sie hatten sich weit aus dem Fenster gelehnt, waren bis zur Grenze des Erlaubten gegangen, hatten indirekt das Grundstücksamt in Löwenberg beschuldigt. Auf der anderen Seite hatten sie darüber gesprochen, wie sie die Gärtnerei entdeckt hatten, wie Nora überhaupt erst herausgefunden hatte, dass es einst eine Gärtnerei gewesen war. Kurz, alle persönlichen Aspekte, die ihrer Meinung nach ihr Anrecht auf dieses verlassene Stückchen Land untermauerten, erwähnt.

Endlich packte das Filmteam zusammen, die Moderatorin erklärte, dass sie den Beitrag ungefähr um 19:40 Uhr senden würden, und wünschte ihnen weiterhin alles Gute. Der Fotograf versprach Nora ein paar Fotos für ihre Facebook-Seite. Der Kameramann, der hinter dem Steuer Platz genommen hatte, sagte gar nichts.

Sie sahen dem silbernen Wagen nach, als wollten sie sichergehen, dass er auch wirklich verschwand. Dann schlossen sie sorgfältig das Tor.

»Mein Rücken killt mich heute wirklich«, murmelte Udo, als alle im Auto saßen und er losfuhr. »Das Stehen im Gewächshaus hat mir den Rest gegeben.«

Auf dem Heimweg diskutierten sie, ob das Interview nun gut für sie gewesen war oder eher nicht.

»Wir wollten an die Öffentlichkeit treten«, sagte Margarete. »Das haben wir nun gemacht. Mal sehen, was der Lokalsender daraus macht. Jetzt liegt es nicht mehr in unserer Hand.«

Und so saßen sie zu Beginn der Berliner *Abendschau* gespannt vor dem Fernseher in Ellies Wohnzimmer.

»Mein Gott, warum hat mir niemand gesagt, dass mein

Ansatz so rausgewachsen ist«, rief Margarete entsetzt, als sie sich neben dem Korbstuhl im Gewächshaus stehen sah und zum Thema »Gartenarbeit im Alter« befragt wurde. »Ich muss sofort morgen bei Chris einen Termin machen!«

»Ich finde, du siehst gut aus«, sagte Charlie, meinte damit allerdings nicht Margarete, sondern Udo, der gerade erklärte, wie er für Wasser und Strom in der vergessenen Gärtnerei gesorgt hatte.

»Oh, meine Störche! Schau, schau, schau!«, rief Fanny aufgeregt, als die Kamera noch oben schwenkte.

Beide Störche standen auf dem Horst und klapperten unruhig. Aber weil der Kameramann nah ans Nest gezoomt hatte, hatte man einen viel besseren Blick auf sie als vom Fuß des Schornsteins aus. Und alle sahen, was Fanny meinte: Zwischen den großen Störchen lugten vier kleine flaumige Ministörche hervor. Die Küken waren geschlüpft. So jung und schon im Fernsehen!

Als Nora später ihre Facebook-Seite *Die alte Gärtnerei der Novemberrosen* aufrief, sah sie staunend, was die Moderatorin gemeint hatte. In einem einzigen Tag hatten über sechstausendfünfhundert Menschen ihre Seite gelikt, und sie war weit über tausendmal geteilt worden! Sämtliche Gartenliebhaber bei Facebook schienen die Seite gefunden zu haben.

An der rechten Seite des Bildschirmrandes entdeckte sie Werbeanzeigen für Gartenschuhe, handgeschmiedete Schippchen aus den Niederlanden, ökologische Handcreme gegen Schwielen und Gartenhüte, Sämereien, Minigewächshäuser und Schilder, auf denen stand: SIND IM GARTEN. Allerlei Kämpferisches war gepostet worden, zahlreiche Kommentare standen unter ihrem allerersten und bisher einzigen Beitrag.

Gut so! Zeigt's den ausbeuterischen Landjunkern und

nehmt euch, was dem Volk gehört! Die Mark gehört allen, nicht nur den reichen Westlern und Spekulanten, las Nora, wobei sie nicht ganz sicher war, wen der Kommentator mit Landjunker eigentlich meinte. Sein Facebook-Name lautete Roter Tom.

Aber auch Feindliches fand sich: *Habt ihr penner kein eigenes Zu hause, das ihr Fremdes eigentuhm klaut? Solche wie euch gehörn in der Jauchekrube versenkt,* las sie und wunderte sich, wie man in so einem kurzen Post so viele Rechtschreibfehler unterbringen konnte.

Sie überlegte kurz, dann schrieb sie ihren zweiten Post: *Die Storchenbabys sind geschlüpft. Und der rbb war heute in der alten Gärtnerei. Eine Redakteurin hat ein Interview mit uns gemacht. Es wurde in der Abendschau gezeigt. Wer sich interessiert, kann es sich in der Mediathek unter diesem Link anschauen.* Sie fügte den Link hinzu.

Danach ging sie alle Fotos, die sie an diesem Tag gemacht hatte, auf ihrem Handy durch und entschied sich, die Aufnahmen von der blühenden Fliederhecke zu posten, als Erinnerung an die Reaktion der Moderatorin.

Als sie die Facebook-Seite wieder aufrief, hatten bereits vierundneunzig Leute ihren neuen Beitrag gelikt, zweiundvierzig hatten ihn geteilt. Dabei waren noch keine drei Minuten vergangen!

Einer hatte geschrieben: *Möchte euch gern besuchen kommen, um euer Vorhaben zu unterstützen. Bringe ein paar Freunde mit.*

19. Kapitel

Am nächsten Tag brach die Hölle los. Ab acht Uhr morgens klingelten Noras Festnetzapparat und ihr Handy nonstop. Lokale Radiosender aus ganz Deutschland riefen an und wollten Interviews mit Nora.

Zuerst gab sie zögerlich ihre Antworten, aber allmählich kam sie konkreter auf das zu sprechen, was ihnen wichtig war: Land, Erde, ungeklärte Besitzverhältnisse, ihr Engagement, ihre Friedfertigkeit und der Traum, zusammen etwas zu schaffen.

Um halb neun fuhren Margarete, Udo und Charlie in die alte Gärtnerei. Sie wollten unbedingt da sein, falls jemand dort auftauchte. Nora und Ellie beschlossen, später mit Fanny in Margaretes Wagen nachzukommen. Gerade rief eine Journalistin von einem kleinen dubiosen Sender an, und Nora beantwortete ihre Fragen, so gut sie konnte: »Waren Sie schon immer lokalpolitisch aktiv? Sehen Sie Ihr Engagement als Beginn einer politischen Karriere? Wollen Sie auf diese Art und Weise auf die benachteiligte Stellung alleinerziehender Frauen in Deutschland aufmerksam machen? Planen Sie, eine Partei für ältere Menschen zu gründen?«

Sie sah aus dem Fenster. Ein Ü-Wagen parkte mitten auf der kleinen Straße vor ihrem Haus. Hinter ihm standen mehrere Autos, die ungeduldig hupten, was den Fahrer aber nicht zu interessieren schien. Nora glaubte an einen Zufall, bis es Sekunden später bei ihr klingelte.

Sie machte am Telefon wilde Gesten in Ellies Richtung, die gerade mit Fanny auf der Couch »Storchenbabys schlüpfen« spielte. Ellie verstand.

»Ich mach auf«, flüsterte sie, rappelte sich ein bisschen mühselig aus dem weichen Sofa hoch und ging in den Flur.

Nora hörte sie an der Tür reden. Sie beantwortete die letzte Frage am Telefon wie schon alles andere mit einem klaren Nein und hoffte, dass in der Rundfunksendung nicht allzu viel Blödsinn über sie berichtet wurde.

In diesem Moment kam Ellie zurück. »Es ist das ZDF!«, rief sie aufgeregt. »Clemens Weber ist in der Wohnung! Er will mit dir sprechen!«

Gebannt sah Nora zur Tür, durch die gerade der Journalist eintrat, sein schiefes Lächeln wirkte genauso charmant wie im Fernsehen. Er sah sich um, sein Blick streifte anerkennend Noras Bücherwand. Ihm folgten weitere Leute.

Plötzlich war das Wohnzimmer voller Fremder, die Nora erwartungsvoll anschauten.

Immer noch erschüttert von dem Trubel, der um ihre Person und ihr Projekt gemacht wurde, chauffierte Nora sie zwei Stunden später gen Norden.

»Sie wollen morgen Abend einen Bericht über uns im *heute-journal* bringen«, sagte Nora. »Ich weiß nicht … mir ist ganz schlecht. Hoffentlich haben wir uns nicht doch zu viel vorgenommen. Wir müssen einen Plan machen, wer wann als Ansprechpartner in der Gärtnerei ist. Und wir müssen überlegen, ob wir ein Schriftstück mit Forderungen aufsetzen. Was wollen wir eigentlich? Wollen wir einen Pachtvertrag mit dem Land Brandenburg? Wollen wir die freie Nutzung? Wollen wir Unterstützung? Wollen wir allein entscheiden, wie die alte Gärtnerei erschlossen werden soll?«

Ellie zuckte mit den Achseln. »Meinst du wirklich, dass das nötig ist?«

»Ich denke, ja. Clemens Weber hat mich das gefragt. Nicht vor laufender Kamera, was ich sehr nett von ihm fand. Und er hat mich gewarnt. Jedenfalls glaube ich, dass seine Worte als Warnung gemeint waren.«

»Was hat er denn gesagt?«

»Wir könnten nicht eine Lawine lostreten und dann erstaunt sein, wenn sie das Tal unter sich begrabe.«

»Nun, das klingt wirklich wie eine Warnung«, gab Ellie zu. »Meinte er, dass wir im Tal stehen oder jemand anderes?«

»Das hat er leider nicht gesagt.«

Als sie in den Weg zum Haus einbogen, standen auf beiden Seiten Autos. Sie hatten sich in das Kieferndickicht gebohrt und wirkten wie riesige Blechpilze. Achtlos waren kleinen Büsche umgefahren und Zweige geknickt worden.

Nora sah es mit Missfallen. War das der Preis für die öffentliche Unterstützung – die Zerstörung der Natur rund um das Grundstück? Und was machte das mit der Gärtnerei? Das war ja genau das Gegenteil dessen, was sie eigentlich gewollt hatten: ein achtsames Wiedererwecken der früheren Nutzung.

Sie fuhren durch das geöffnete Tor und parkten direkt hinter Udos Wagen.

Irgendwer hatte eine Gulaschkanone aufs Grundstück gebracht, die nun auf der Grünfläche stand. Davor hatte sich eine Schlange gebildet. Langsam rückten die Wartenden weiter. Ein Mann in einer blau-weiß gestreiften Jacke fuhrwerkte mit einer Kelle herum und teilte aus.

»Sag mal, ist das nicht Fleischermeister Kanitz? Der mit

dem Laden neben Fritschs Floristik?«, raunte Nora Ellie zu, während sie durch den Heckenweg liefen.

Ellie kniff die Augen etwas zusammen, um ihn besser sehen zu können. »Ja, du hast recht! Das finde ich ja nett von ihm. Ich frag ihn mal, wie er sein Gulasch macht.« Sie strebte der Gulaschkanone entgegen. Diejenigen, deren Teller gefüllt worden waren, hatten sich auf die Wiese gesetzt und aßen. Die Sonne schien, die Vögel zwitscherten. Es herrschte eine Stimmung wie auf einem friedlichen Volksfest.

Immer wieder fing Nora, die mit Fanny Hand in Hand in Richtung der Gewächshäuser ging, Gesprächsfetzen auf. Sie lauschte. Die Stimmen klangen nachdenklich oder ein bisschen traurig, erstaunt oder träumerisch. So hatten Fanny, Charlie, Margarete und die Moderatorin geklungen. Und sie selbst sicher auch.

Was sie hörte, brachte sie zum Lächeln: »Ich muss plötzlich an den Geschmack von Dahlienblüten denken, irgendwie säuerlich. Meine Schwester hat mal einen Dahlienblütensalat gemacht. Ich dachte, er wäre giftig, und hab ihn weggeworfen …«

»Die Hände klebten immer so, wenn wir Ringelblumenblüten pflückten, um Salbe daraus herzustellen. Meine Großmutter schwor auf Ringelblumensalbe. Die Blüten sind so harzig … Weißt du, was ich meine? Sie schickte uns im Juli immer mit einem Korb ins Beet. Ich frage mich, was aus ihrem Ringelblumenkörbchen geworden ist …«

»Wir sollten Sonnenblumenkerne für die Vögel im Winter ernten. Aber die Vögel knabberten sie immer schon im Herbst weg, und über die Kerne, die sie fallen ließen, machten sich die Mäuse her. Mein Vater hat stets gesagt, wir sollten die Blütenköpfe mit einer Gardine abbinden, aber wir haben das nie gemacht und lieber im Winter Vogelfutter gekauft. Komisch, ich hab so lange nicht mehr daran gedacht …«

»Lilienhähnchen sind wunderschöne Käfer. Knallrot. Wenn sie auf einer weißen Lilie krabbeln, sehen sie aus wie wandernde Blutstropfen. Sie sind auch der Tod jeder Lilie. Meine Mutter liebte Madonnenlilien. Ich muss ihr mal wieder eine aufs Grab legen …«

»Ich finde das Blau von Vergissmeinnicht einfach himmlisch. Wirklich eine Himmelsfarbe. Es ist die Blume des Widerstands, wusstest du das? Das hat mir mein Großvater bei meiner Jugendweihe erzählt und mir klitzekleine Emailleohrringe geschenkt, die wie Vergissmeinnicht aussahen, in Gold und Himmelblau …«

Schließlich erreichten Nora und Fanny das erste Gewächshaus. Es sah ganz anders aus als noch am Tag zuvor. Entlang der Mauer, an der die Tontöpfe gestapelt waren, standen etliche Gefäße, in denen sich Ableger verschiedenster Pflanzen befanden. Nora entdeckte Fingerhüte, einen Frauenmantel, der kurz vor der Blüte stand, sogar eine kleine Pfingstrose und einen Rittersporn mit hängendem Kopf. Daneben stand eine Holzkiste mit Kräuterablegern. Irgendwer musste sein Kräuterbeet geplündert haben: Melisse und Schnittlauch, Borretsch, Pfefferminze, Pimpinelle, Oregano und Weinraute hatte er abgestochen, um sie ihnen zu bringen. Nora konnte die Minze riechen. Es gab Tomatenpflanzen, eine Paprika und, in einem großen Kunststofftopf, eine Zucchinipflanze mit einer einzelnen gelben Blüte, Pflanzentabletts mit Geranien, Petunien und Eisblumen. Irgendjemand hatte sogar einen kleinen Obstbaum mitgebracht, an dem winzige Äpfel hingen! In einer flachen Schale spross ein Tuff Kapuzinerkresse. Und so ging es immer weiter …

Meine Güte, dachte Nora. Hätte ich bloß nicht beim Interview mit dem rbb gesagt, dass Pflanzenspenden willkommen sind!

Es sah aus, als ob ein Geburtstag gefeiert wurde und die Gratulanten nicht ganz sicher gewesen waren, welche Blumen der Jubilar mochte. Weshalb sie von jeder Sorte etwas mitgebracht hatten. Stauden, einjährige Blumen und Gemüse, mehrjährige Kräuterstauden, Sommerblüher, der Obstbaum … Das alles einzupflanzen würde bedeuten, sich von jedem Konzept zu verabschieden.

Aber es nicht einzupflanzen ging auch nicht. Das war … Mord. Und so wie manche der Pflanzen die Köpfe hingen ließen, musste unbedingt heute noch etwas geschehen. Wie sollten sie das bloß schaffen? Wie in so kurzer Zeit so viele unkrautfreie Beete vorbereiten?

Fanny und Nora fanden Udo, Charlie und Margarete schließlich im Gewächshaus. Auch hier sah es anders aus. Margarete und Udo hantierten an der Bewässerungsanlage. Es sprühte, es plätscherte, und unter dem Wasserhahn breitete sich eine Pfütze aus. Die Erde war so trocken und sandig, dass das Wasser abperlte. Erst allmählich begann es zu versickern.

Nora erkannte schnell, dass ihre Sorge um die geschenkten Pflanzen umsonst gewesen war. Denn Charlie hatte mehrere Leute, die ihre Spaten mitgebracht hatten, zu einem Arbeitstrupp zusammengestellt. Wie eine Generalin saß sie in dem alten Korbstuhl. Unter ihrer Anleitung gruben die Helfer die Erde des Gewächshauses um. Sie gingen systematisch vor, Reihe für Reihe. Vier weitere Leute hockten zwischen den frisch aufgeworfenen Reihen, rissen Unkraut und Pflanzenschösslinge aus und warfen sie über die Mauer ins Freie. Draußen stand ein Helfer, der alles, was kompostiert werden konnte, zusammenrechte. Jeder schien mit Spaß bei der Arbeit zu sein.

Nora musste an Tom Sawyer denken. Hatte er es nicht geschafft, die härteste Arbeit so verlockend wirken zu lassen, dass sich alle darum rissen?

»Ich will auch umgraben«, sagte Fanny begierig und zupfte an Noras T-Shirt-Ärmel. »Wo ist denn mein Spaten?«

Ihre Tochter war dem Gruppenzauber also auch schon erlegen. Nora lächelte. »Er ist noch im Wagen. Wir holen ihn gleich«, sagte sie.

»Hallo, Nora!«, rief Charlie ihr zu. »Gut, dass du kommst. Du kannst die Pflanzen von draußen schon mal reinbringen. Der erste Trupp ist mit dem Graben fertig und kann sie einsetzen. Ich hab mir einen Plan ausgedacht, wo was hinkommt.«

Moment mal … Charlie hatte sich einen Plan ausgedacht? War das hier nicht eine Gemeinschaftsaktion? Die Generalin würde sie jetzt erst mal freundlich bestimmt degradieren.

Nora ging quer über die umgegrabene Erde auf die neue Freundin zu.

»Hey«, rief die unwillig. »Du trittst wieder fest, was die anderen so mühselig …«

Nora beugte sich vor. »Hör mir mal zu, meine kleine forsche Kolonnenführerin«, sagte sie und drohte im Spaß mit dem Zeigefinger. »Nicht in diesem Ton. Wir sind hier alle gleichberechtigt, liebe Charlie, okay?«

Charlie grinste und erhob sich. »Hast recht«, sagte sie. »Sorry. Da ist mein Temperament mal wieder mit mir durchgegangen.«

»Leute!«, rief sie durchs Gewächshaus, und alle sahen von der Arbeit auf. »Das Pflanzteam kann sich bereit machen. Das ist übrigens Nora Dittbrenner.« Sie zeigte auf Nora. »Sie verwaltet die Facebook-Seite, durch die ihr uns gefunden habt. Nora kommt vom Fach und wird euch Anweisungen geben, welche Pflanzen wohin gesetzt werden sollen. Danach stellen wir ein Bewässerungsteam zusammen.«

An Nora gewandt flüsterte sie: »Besser?«

»Viel besser«, flüsterte Nora zurück und zwinkerte Charlie zu. »Danke. Das wird schon.«

20. Kapitel

Von nun an fuhr jeden Tag mindestens einer von ihnen in die alte Gärtnerei. Am Mittwochmorgen saßen sie bei Ellie in der Küche zusammen. Udo hatte Fanny in die Schule gebracht und war hinterher zum Kiosk gegangen, nachdem sie eine Nachricht von Charlies Journalistenfreund Steinbrech erhalten hatten, dass sein Bericht über sie im Internet veröffentlicht worden sei. Am Kiosk hatte Udo dann in mehreren Zeitungen Artikel über sie gefunden und schließlich einen ganzen Stapel gekauft.

Inzwischen war die Berichterstattungswelle über die Besetzung der Gärtnerei von TV-Berichten und Radiointerviews in die Printmedien geschwappt. Man konnte sich sogar an Interviewanfragen und Einladungen zu Talkshows gewöhnen, hatte Nora herausgefunden. Hätte ihr das jemand zwei Wochen zuvor prophezeit – sie hätte es niemals für möglich gehalten. Von Tag zu Tag ging sie souveräner damit um.

»Hört mal, was hier steht«, sagte Udo und strich die Zeitung glatt, die vor ihm ausgebreitet lag. »Überschrift: *Nie zu alt für den Kampf.*« Er grinste und fuhr dann zu lesen fort. »›*Die letzte Staude wurde von Gärtnermeister Kirsch zwei Jahre, bevor ich geboren wurde, gesetzt. Das soll sich ändern!*‹ *Die rüstige Rentnerin Ellie Wagenknecht, Jahrgang 1944, gibt sich kämpferisch. Zusammen mit ihren Genossen Udo Kienast (Jahrgang 1946) und Margarete Segge (Jahrgang 1940) ist sie entschlossen, die alte Gärtnerei in der Mark zu neuem wirtschaftlichen Nutzen zu bringen. ›Niemand hat sich darum gekümmert, bis wir kamen. Das Amt hat keine Unterlagen, wem das Grundstück gehört. Es besteht kein materieller Anspruch. Dabei kann uns die landwirtschaftliche Produktionsstätte dabei helfen, unsere Altersarmut erträglicher zu machen, die wir dem kapitalistischen Rentensystem zu verdanken haben. Jede Möhre hilft, mein Budget etwas zu strecken. Wir wissen noch, wie Berlin nach dem Krieg in pazifistischer Solidarität wiederaufgebaut wurde. Das ist unser kollektives Vorbild!‹ Unterstützt werden die drei Rentner von der arbeitslosen vierunddreißigjährigen Gärtnerin Nora Dittbrenner, einer alleinerziehenden Mutter.«*

»Mann, Ellie, wie klingt denn das! Hast du wirklich das Wort ›Genosse‹ gebraucht?«, fragte Nora und ließ die Zeitung sinken.

»Nein, ich nicht. Aber Charlie. Die war beim Interview dabei«, erwiderte Ellie. Sie sah halb entsetzt und halb amüsiert aus. Die anderen lachten.

»Wir haben noch lange keine Möhren, die dein Budget strecken«, monierte Margarete.

»Aber immerhin sind sie schon ausgesät!«, warf Ellie ein.

Die Gärtnerei wird langsam zur Spielwiese ungezügelter Gärtnerfantasien, dachte Nora.

»Hört mal, das hier«, sagte Udo »Da steht über uns: *Wahnsinn! Je oller, je doller! Eine verlassene Gärtnerei in der Mark Brandenburg wurde nicht mehr bewirtschaftet. Evie, Udo und Margit, zusammen knappe 240 Jahre alt, nahmen das Recht selbst in die Hand und besetzten das Grundstück samt Haus einfach! Rufen Sie unsere Hotline an und diskutieren Sie mit: Unsere Achtzigjährigen – die neuen 68er?«*

»Wir sind doch noch nicht achtzig«, entrüstete sich Margarete. »Und ich heiße Margarete, nicht Margit!«

»Ach, diese Boulevardzeitungen übertreiben doch immer«, sagte Udo mild.

»Ich bin auch nicht Evie. Da hat wer nicht gut recherchiert. Die Tageszeitung schreibt dagegen fair. Das ist ein schöner Artikel über uns«, sagte Ellie und vertiefte sich in Seite 3.

»Im Internet gibt es neben dem Steinbrech-Bericht über dreihundert Einträge!«

Nora hatte *Alte Gärtnerei in der Mark* und *Novemberrosen* gegoogelt. Sie überflog sie. Die meisten basierten auf einer dpa-Meldung, die sachlich richtig war, wenn auch das Herzblut, mit dem sie ihr Projekt verfolgten, nicht herauszulesen war. Nur die Überschriften waren unterschiedlich: *Mein Spaten gehört mir* (auf einer feministischen Website). *Wer sich nicht wehrt, gärtnert verkehrt* (eine Unterstützergruppe aus dem Wendland). Das klang, als wäre die alte Gärtnerei eine Kernzelle der Anti-Atomkraft-Bewegung. Dabei war Nora sicher, dass sie mit keinem Reporter über ihre Einstellung zu alternativen Energien oder zu Atomkraft gesprochen hatte. *Mehrgenerationenbesetzung* lautete eine andere Überschrift, als Anlehnung an ihr Mehrgenerationenhaus in Berlin.

»Druck den Artikel aus.« Margarete war sehr angetan, als Nora ihn vorlas. »Wir schicken ihn Stegemann. Mehrgenerationenhaus war ja auch unser Argument, warum wir dieses Haus unbedingt so erhalten wollen, wie es ist. Mit uns drei Generationen.«

»Mach ich gleich.« Nora las weiter. Dann sagte sie erstaunt: »Huiiii! Wir sind jetzt international! Hier sind tatsächlich zwei Artikel auf Englisch, in denen unsere Namen fallen!«

Der erste war mit der Headline *Garden Guerillas Made in Germany* überschrieben. Garten-Guerillas waren sie nun nicht, fand Nora, sie bepflanzten schließlich nicht über Nacht verlassene Grundstücke. Sie überflog den Artikel, so gut es mit ihrem Schulenglisch ging. Nicht alle Vokabeln hatte sie parat, aber sie fand, dass er nur grob der Realität entsprach. Aber der zweite Artikel gefiel ihr ausnehmend gut. Er hieß *Nature Belongs to Everybody, as Novemberroses Proof*.

In dem Artikel wurden sie namentlich genannt, und zwar in korrekter Schreibweise. Er nutzte die Besetzung der Gärtnerei als Aufhänger für die Frage nach der Verantwortung von verlassenem Besitzstand in Gegenden, in denen kein öffentliches Interesse an Grundstücken bestand, unterschied zwischen rechtlichem und moralischem Anspruch, schlug den Bogen zur Bodenreform siebzig Jahre zuvor und zu dem Skandal von 2007, als der Bundesgerichtshof rügte, das Land Brandenburg habe sich »sittenwidrig« Grundstücke angeeignet, weil nicht konsequent nach den Erben gesucht worden sei. Zudem zog der Artikel noch Parallelen zur englischen Gartengeschichte, in der die Tradition des individuellen Gärtnerns viel früher als in Deutschland ihren Anfang genommen hatte.

Nora las den Artikel zu Ende. Die Engländer wussten um den ideellen Wert ihrer Gärten. Kein Wunder, in England war Gärtnern ein Freizeitsport. Nora erfuhr, dass formale Gärten zugunsten von Landschaftsparks aufgegeben wurden, es herrschte grüner *common sense*, die Gartenkunst war anderen Künsten gleichgestellt, die Namen Edwin Lutyens, Gartenarchitekt, und Gertrude Jekyll, Gartengestalterin, waren Namen, die jeder Brite kannte …

Nora blickte am Bildschirm des Computers vorbei zu

der kleinen Freundesgruppe am Tisch und seufzte laut vernehmlich.

»Was hast du denn?«, fragte Ellie und schaute von ihrer Zeitung hoch.

Sie schnitt gerade einen Artikel über ihre Aktion aus. Offensichtlich plante sie so etwas wie ein Familienfotoalbum der Seniorenbesetzer.

»Ich wünschte, ich könnte mal eine Gartenreise nach England machen«, antwortete Nora und stützte das Kinn in die Hand. »Wenn ich das hier lese, dann weiß ich wieder, warum ich Gärtnerin geworden bin. Ich finde alles in diesem Artikel wieder. Alles! Der Autor spricht nicht Englisch, er spricht Grün. Also … *green.*«

»Warum machst du nicht eine Gartenreise? Wir können uns um Fanny kümmern«, schlug Margarete vor. »Solange wir noch zusammenwohnen, müsste das doch machbar sein. Und finanziell …«

»Das ist genau der Punkt. Das bisschen Geld, was ich habe, muss ich zusammenhalten. Ich werde es bestimmt nicht für eine Reise ausgeben! Mit Grauen denke ich daran, wie es wird, wenn wir wirklich rausmüssen. Hat Stegemann mal von sich hören lassen, Margarete?«

»Nein. Hätte ich euch gesagt.«

»Seht ihr. Er schweigt sich aus, und wir warten und warten … Nein, das ist bestimmt nicht der richtige Zeitpunkt zum Verreisen. Erst will ich wieder eine vernünftige Arbeit und die Sicherheit, dass das Geld, das ich verdiene, für Fanny und mich reicht. Und wenn ich das nicht bekomme, dann will ich wenigstens in der Gärtnerei bleiben. Aber die Wohnung, den Job *und* die Gärtnerei zu verlieren – das wäre echt zu bitter.«

Am Tag zuvor hatte Nora zwei weitere Bewerbungsgespräche gehabt, eines bei einer Gärtnerei (sie suchten jemanden für die Kasse …) und das andere bei einem Verlag, der einen Gärtner zum inhaltlichen Korrekturlesen suchte. Beide Personalchefs hatten lachend gefragt, ob sie etwa DIE Nora Dittbrenner sei, deren Name gerade in den Medien als Gartenbesetzerin genannt wurde. Nora hatte das ehrlich bejaht, woraufhin sie sofort aufgehört hatten zu lachen und das Gespräch mit ihr beendeten. Sicherlich würde sie weder von dem Verlag noch von der Gärtnerei wieder hören.

Nora befürchtete, dass die Besetzung keineswegs für ihr Engagement als Gärtnerin sprach, wie Charlie versichert hatte. Im Gegenteil, sie hatte das Gefühl, dass sie viel zu naiv an die Sache herangegangen war. Man konnte eben nicht öffentlich die Obrigkeit herausfordern, sie in Medien infrage stellen und dann glauben, dass es privat blieb.

Aber nun war es zu spät. Und wenn sie die nächste Zeit arbeitslos sein würde, dann war es eben so – irgendwer musste sich schließlich um die Möhren kümmern.

»Wahrscheinlich verhandelt Stegemann, während wir die alte Gärtnerei retten, mit dem englischen Konsortium. Bald flattern uns die Kündigungen ins Haus, ihr werdet schon sehen«, sagte Udo pessimistisch und schlug mit der flachen Hand auf seine Zeitung, dass es nur so klatschte.

»Dass wir sie retten, ist noch lange nicht raus«, meinte Margarete.

»Mir macht etwas anderes Sorge«, gestand Ellie. »Ich wundere mich, dass sich das Amt in Löwenberg nicht mehr gemeldet hat. Ich meine, die Tschirch war doch auf einem Rachefeldzug. Sie hat uns die Feuerwehr auf den Hals geschickt. Sie hat das Grundstück verriegeln lassen. Wir haben das Schloss geknackt. Und wir haben uns über sie in den Interviews beschwert. Warum wehrt sie sich nicht?«

»Ich weiß, was du meinst. Ich halte immer die Luft an,

wenn die Gärtnerei in Sichtweite kommt«, sagte Margarete. »Insgeheim warte ich jedes Mal auf eine unangenehme Überraschung.«

»Das brauchst du nicht«, tröstete Udo. »Wir haben doch fantastisch geregelt, dass immer einer vor Ort ist. Die freiwilligen Helfer, die in der Nähe wohnen, unterstützen uns aus reinem Idealismus weiter beim Arbeiten, beim Bewässern … Und wenn nur das allerkleinste bisschen Gefahr droht, werden wir informiert. Heute ist Charlie dort. Sie opfert ihren ganzen Jahresurlaub für unsere Aktion. Um acht ist sie schon losgefahren, also muss sie jetzt da sein. Sie hätte sich garantiert bei uns gemeldet, wenn irgendwas gewesen wäre.«

Margarete und Ellie nickten. Sie sahen nicht sehr überzeugt aus.

In diesem Moment klingelte Noras Handy. Aufgeregt vibrierend, schnurrte es über die Tischplatte.

»Es ist Charlie«, sagte Nora und griff danach, bevor es zu Boden stürzen konnte.

»Da haben wir den Salat«, sagte Margarete verbissen.

»Die Möhren«, korrigierte Ellie.

»Hallo, Charlie«, sagte Nora.

»Hallo, Nora, seid ihr gerade alle zusammen? Ich will euch bestimmt nicht beunruhigen …«

Zu spät, dachte Nora und sagte: »Warte mal, Charlie, ich stell auf laut. Wir sitzen bei Ellie, die anderen wollen dich auch hören.«

»Ja, na klar, stell laut. Also, als ich vorhin hier ankam, da zeltete ein Typ direkt vor der Gärtnerei.«

Das klang nicht so, als ob die Tschirch mit einem gerichtlichen Räumungsbeschluss aufgetaucht wäre. Nora hätte vor Erleichterung fast gelacht.

»Das hat doch am Wochenende schon mal ein Pärchen

gemacht. Weißt du noch? Die beiden aus Karlsruhe, die danach zu den Prinzessinnengärten in Berlin wollten? Die haben uns einen Tag geholfen und sind dann friedlich weitergezogen.«

»Ja, ich weiß, aber dieser Typ ist irgendwie anders.« Sie sprach etwas leiser, undeutlicher, hielt kurz die Hand auf das Handy, dann war sie wieder da. »Warte mal, ich gehe ein Stückchen weiter, damit er mich nicht hört. Also, er hat gefragt, ob er ein paar Tage in der Gärtnerei bleiben kann, auch über Nacht. Allein! Er will uns helfen, hat er gesagt.« Nora wusste nicht, worauf das Gespräch hinauslief. »Ich hab mich mit ihm unterhalten, er spricht ganz gut Deutsch. Aber er ist … Engländer. Und da hab ich mich gefragt … Hört ihr mich?« Ihre Stimme klang drängend, ab und zu etwas abgehackt.

»Ja, wir verstehen dich.«

»Ich hab mich gefragt, ob er etwas mit dem englischen Konsortium zu tun hat, das euer Haus kaufen will. Vielleicht hat ihn euer Hauswirt geschickt, um euch etwas anzuhängen. Warum sonst macht jemand den langen Weg aus England in die Mark Brandenburg? Doch nicht ernsthaft, um uns bei der Besetzung der Gärtnerei zu unterstützen, oder? Ich weiß, ihr wolltet heute eure Ruhe, aber am besten wäre es, wenn ihr herkommt. Oder zumindest einer von euch.«

Siedend heiß fiel Nora der englische Artikel ein, den sie eben beim Googeln gefunden hatte. Wie hatte sie nur so naiv sein können! Wahrscheinlich hatten Stegemann und Wilbur, die auf den dicken Deal spekulierten, schon längst alles über die Novemberrosen und die Besetzung der Gärtnerei im Internet gefunden! Das hatten sie an die englischen Heuschrecken weitergeleitet, und die hatten dann jemanden geschickt.

Genau den, der jetzt sein Zelt vor der Gärtnerei aufgeschlagen hatte und auf sie lauerte.

Wenn er ihnen half, wie er vorgab, würde er die fabelhafte Gelegenheit haben, sich lieb Kind bei ihnen zu machen, und in Wirklichkeit schaute er ihnen auf die Finger. Sie plauderten dann, womöglich aus lauter Dankbarkeit, ganz unbedacht Dinge aus, die ihn nichts angingen. Er würde alles über sie erfahren – wie sie dachten, wie sie vorgingen. Und so könnte er sie wahrscheinlich an das Amt ausliefern. Wenn sie erst mal den Stempel »illegal« hatten, hätten sie ihr Anrecht auf Sympathie in der Öffentlichkeit verspielt. Das Thema »Mehrgenerationenhaus« hätte sich dann ganz schnell erledigt.

Oder übertrieb Charlie? Vielleicht übertrug sie ihr Weltbild, das gelegentlich zwischen den politischen Fronten hin- und hergerissen wurde, zu sehr auf die alte Gärtnerei.

Nora schreckte aus ihren Gedanken auf. Es gab nur eine Möglichkeit, das herauszufinden. Sie mussten mit dem Besucher sprechen und sich eine eigene Meinung bilden. *Sie* musste mit ihm sprechen.

»Ich verstehe, was du meinst, Charlie«, sagte sie. Die betroffenen Gesichter der Freunde verrieten, dass ihnen die Gefahr durch den Fremden ebenso klar war. »Natürlich lassen wir dich mit dem Typen nicht allein. Ich auf jeden Fall nicht … Wer fährt noch mit zu Charlie?« Sie schaute in die Runde.

»Ich«, sagte Udo so laut, dass es auch Charlie verstand. »Ich fahre dich, Nora. Wir müssen sehen, dass wir diesen Mann so schnell wie möglich loswerden. Der hat nichts bei uns zu suchen.

»Gut«, antwortete Charlie. Man konnte die Erleichterung in ihrer Stimme hören. »Und noch was. Er hat gefragt, ob er sein Zelt auf dem Gelände aufschlagen kann, statt vor dem Tor. Was soll ich ihm antworten?«

»Sag ihm, wir wollen erst mal mit ihm reden. Denk dir irgendwas aus. Dass wir besonders vorsichtig sind, weil wir schlechte Erfahrungen mit der Feuerwehr gemacht haben oder dass die Störche eine Zeltphobie haben. Dir fällt schon was ein. Lass ihn nirgends rumschnüffeln!«, entschied Nora. »Wir sind in einer guten Stunde da.«

»Beeilt euch.« Charlie klang drängend.

Noch bevor Nora das Gespräch beendet hatte, stand Ellie schon am Küchentresen und schmierte Brote.

»Das muss doch nicht sein«, sagte Nora.

»Doch, das muss sein. Ihr braucht Nervennahrung. Wer weiß, was das für ein Kampf mit diesem Kerl wird! Udo, nimm dir Traubenzucker mit, damit du bei Kräften bleibst!« Sie drehte sich zu ihnen um. Ihre Hand mit dem Buttermesser zitterte.

»Ellie, ich hab nicht die Absicht, mich mit ihm zu prügeln«, sagte er. »Erst mal müssen wir doch mit ihm reden, um herauszufinden, ob er wirklich etwas im Schilde führt. Nachher will er uns wirklich nur helfen!« Ellies lautes Schnauben verriet, was sie von Udos Überlegung hielt.

»Margarete, kannst du dich um Fanny kümmern?«, bat Nora. »Sie muss um vier vom Hort abgeholt werden.«

»Natürlich hole ich unseren Goldschatz ab«, versprach Margarete.

»Und ich koche uns etwas Schönes«, fügte Ellie hinzu.

»Bis dahin sind wir längst wieder da«, versprach Udo.

Nora wunderte sich, weshalb er sich da so sicher war.

21. Kapitel

Nora fragte sich, was das für ein Mann war, der Charlies Verdacht geweckt hatte. Nervös spielte sie mit der Klappe des Handschuhfachs – auf, zu, auf, zu –, bis Udo ihr einen ungehaltenen Seitenblick zuwarf.

»Fünfzehn Jahre hat dieses Handschuhfach gehalten. Und dann kamst du, Nora«, schimpfte er. »Du bist schlimmer als Fanny.«

Da erst riss Nora sich zusammen, doch dass die Gedanken in ihrem Kopf Karussell spielten, konnte sie nicht verhindern. Unsympathisch auf den ersten Blick wird er mir sein, vermutete sie. Jemand, der in engem Kontakt zu den Heuschrecken stand, musste ja wohl unsympathisch sei! Jemand, dem man schon von Weitem ansah, dass sein Interesse an der alten Gärtnerei nur gespielt war, dessen manikürte Broker-Hände ausschließlich zum Scheckausfüllen gut waren. Wahrscheinlich trug er einen edlen Freizeitanzug, der noch nie mit Erde in Berührung gekommen war, und teure italienische Slipper. Die Haare mit Gel zurückgekämmt. Sie sah ihn vor ihrem inneren Auge. Mit einem Akzent, als hätte er in Oxford studiert.

Nicht dass sie diesen Akzent heraushören könnte, dazu war ihr Englisch zu schlecht. Aber so würde es sein! Ganz sicher.

Den ersten Hinweis, dass sie sich möglicherweise getäuscht hatte, bekam Nora, als sie den Wagen mit dem gelben englischen Nummernschild vor dem Tor entdeckte. Sie hatte nicht darüber nachgedacht, wie jemand aus England in diese entlegene Gegend kommen würde. Mit dem Flugzeug und dann mit einem Mietwagen, wenn sie es sich recht überlegte. Einem BMW-Cabrio, mindestens.

Aber offenbar lag der Fall anders.

Er war mit einem kleinen verschrammten Kombi gekommen. Es war eine Marke, die sie nicht kannte. Passenderweise in Englischgrün, diesem dunklen Farbton, der an Kiefernnadeln erinnerte.

Udo parkte direkt dahinter. »Der hat das Lenkrad auf der falschen Seite«, grummelte er, als sie ausstiegen und an dem Wagen vorbeigingen.

Nora lachte. »Hat er nicht«, sagte sie.

Sie spähte in den Gepäckraum des Kombis, konnte jedoch nicht sehen, was darin lag. Was immer es war, war unter einer großen grün-rot karierten Decke verborgen. Sie sah alt aus, war an den Ecken ausgefranst, als hätte ein Wurf junger Hunde daran gekaut. Auf den verblichenen Karos waren große Flecken, vielleicht war es eine Decke, die seit Generationen bei Familienpicknicks genutzt wurde.

Obwohl er alt und ein bisschen schäbig wirkte, war der Wagen für Nora eine angenehme Überraschung. Warum eigentlich?, fragte sie sich. Weil er wie ein Fahrzeug wirkt, das Lasten transportiert, und weil es so gar nichts mit dem Silberlimousinenprestige zu tun hat, das ich von einem geldgierigen Undercover-Banker erwartet habe, beantwortete sie sich die Frage selbst.

Auf der anderen Seite konnte das auch alles nur Tarnung sein, um keinen Verdacht aufkommen zu lassen, um ihr Vertrauen schneller zu erschleichen.

Als sie näher kamen, glitt Noras Blick zum Haus. Unerklärlicherweise hatten drei Unterstützerinnen darauf bestanden, die Fenster zu putzen, aus dem Ellies Bettlaken hing und in violetten Buchstaben BESETZT in die Mark hinausschrie. Nora blieb dem Haus lieber fern, sie hatte das Gefühl, dass es von einem unsichtbaren Bannkreis umgeben war. Und warum das Putzen wichtig war, verstand sie sowieso nicht. Das hatte das Haus nicht gemütlicher gemacht. Es fiel nur mehr Licht hinein.

Sie gingen durch das offene Tor, den mittlerweile komplett von Moos und Unkraut befreiten Kiesweg entlang, am Haus vorbei. Charlie saß allein auf der Terrasse hinter dem Haus und schaute versonnen in die Weite. Irgendjemand hatte einen alten Biergartentisch spendiert, an dem die Helfer saßen, wenn sie ein Päuschen machten. Jetzt hatten sie also auch wieder auf der Terrasse eine Sitzmöglichkeit.

Nora sah, dass der Löwenzahn zu flauschigen Pusteblumen verblüht war. Fanny würde beim nächsten Mal ihre helle Freude haben. Von dem Fremden war allerdings keine Spur zu entdecken, genauso wenig wie von den anderen Unterstützern.

»Ach, da seid ihr ja. Ihr habt euch ja wirklich beeilt«, sagte Charlie vergnügt, als sie sie entdeckte. Sie griff nach dem dampfenden Becher, der vor ihr stand.

»Wo ist er?«, fragte Udo und sah sich um.

»Wer denn?« In aller Gemütsruhe nippte Charlie an ihrem Tee.

»Na, der Engländer!«

»Ach der. Der ist …«, Charlie machte eine unbestimmte Handbewegung, »… wahrscheinlich irgendwo dahinten.«

»Und? Hat er noch etwas Verdächtiges gesagt?«, fragte Nora.

»Vielleicht war ich am Telefon ein bisschen zu aufgeregt«, gab Charlie zu. »Ich … also vorhin hab ich mich mit ihm länger unterhalten, und ich … ich glaub eigentlich nicht …«

Merkwürdig. Was stammelte sie denn so herum?

Nora schaute in Richtung Gewächshäuser. »Ich schau ihn mir mal an«, sagte sie.

»Anschauen wird wohl für eine Beurteilung nicht reichen«, bemerkte Udo und setzte sich neben Charlie.

Nora ging langsam die Treppe in Richtung Garten hinunter. Flüchtig kam ihr der Gedanke, ob Udo mit ihr gar nicht wegen des Fremden hergefahren war, sondern nur, weil er es ohne Charlie nicht lange aushielt. Oder hatte Charlie nur deshalb so alarmiert geklungen, weil sie Udo herlocken wollte?

Sie warf einen Blick zurück über die Schulter. Da saßen sie nun, unterhielten sich und lächelten sich an. Udo hatte seinen Arm um Charlies Schultern gelegt. Was hatten die beiden sich eigentlich immer zu erzählen, selbst wenn sie nur ein paar Stunden getrennt gewesen waren?

Zuerst sah Nora ihn nicht. Dann glaubte sie ein Geräusch aus dem Gewächshaus zu hören, in dem die Helfer bis jetzt noch nicht tätig gewesen waren. Sie ging hinein, aber sie hatte sich getäuscht. Auch hier war niemand.

Allerdings lag in der hintersten Ecke eine grellorangefarbene Decke. Beim Nähertreten sah Nora, dass eine grüne Nylonhaut darunter hervorlugte – es war keine Decke, sondern das Zelt, von dem Charlie gesprochen hatte. Der Engländer musste es draußen abgebaut und hier hingelegt haben. Hatten sie nicht gesagt, Charlie sollte ihn davon abhalten? Es wurde immer merkwürdiger. Eine alte abgewetzte Reisetasche aus Leder stand daneben und ein Campingkocher, ein Wasserkessel und eine Thermoskanne. Sie berührte den Kessel, zog die Hand aber hastig zurück. Er war heiß.

Aus den Augenwinkeln bemerkte Nora am Eingang des Gewächshauses eine Bewegung. Sie wirbelte herum. Nein, da war niemand. Nur ein kleiner heller Schmetterling, der gerade in Richtung Wiese flatterte.

Als Nora wieder nach draußen ging, sah sie ihn endlich. Der Engländer stand gebückt an der Stirnseite des Schattenbeetes. Aber was machte er da? Es sah aus, als ob er mit dem Zeigefinger in der Erde herumstocherte. Dann fingerte er auch noch an der großen Hosta herum. Er wollte doch nicht eines ihrer wunderschönen Blätter abreißen? Nora hatte schon einen Unmutsruf auf den Lippen, da richtete er sich auf, wischte sich die Hände an seiner verwaschenen Jeans ab und sah ihr entgegen, während sie langsam auf ihn zuschlenderte.

War er das tatsächlich, ihrer aller Feind? Nora musterte den Mann. Er hatte ein schmales Gesicht, war schlank, fast hager, nicht viel größer als sie selbst. Zu den Jeans trug er ein kurzärmeliges dunkelblaues Polohemd, sodass sie seine braun gebrannten, sehnigen Arme sah. Sein dunkles Haar fiel ihm in die Stirn, er hatte einen dunklen Bartschatten. Und sein Mund … schwer zu beschreiben.

Nora hatte keine Ahnung, wie lange er unterwegs gewesen war oder sich zumindest nicht rasiert hatte, aber dem Bart nach mussten es mindestens zwei, drei Tage gewesen sein. Vielleicht sah er auch immer so aus.

Und dann lächelte er sie an. Freundlich, aber nicht zu freundlich, aufmerksam, aber nicht zu aufmerksam. Er hatte einen schönen Mund, das sah sie jetzt.

»Hi. Ich bin Liam«, sagte er. »Deine Freundin hat erlaubt, dass ich aufs Grundstück komme. In die alte Gärtnerei. Ich mag euer Projekt. *Nature belongs to everybody*.«

Er zitierte den Titel des Artikels, der Nora so gut gefallen hatte.

Er sprach sehr gut Deutsch, aber der englische Akzent war unüberhörbar. *Prodjekt … Olde Görtnerei …* Jetzt fuhr er sich über das Haar. Ein Schmetterling flatterte auf, flog ein paar Meter weiter und ließ sich im Gras nieder. Liam sah ihm kopfschüttelnd hinterher. »Ihr habt hier seltsame Schmetterlinge. Sie fliegen ständig um mich rum. Weißt du, was das für einer war? Diese Spezies haben wir in England nicht.« *Spießies*, sagte er.

»Ein Kohlweißling?«, schlug Nora vor, das erste Wort, das sie an ihn richtete.

»Ein *Cabbage White?* Nein, den hätte ich erkannt.«

Wieder flatterte ein Schmetterling vorbei. Nora sah, dass Liam recht hatte. Es war kein Kohlweißling. Er war wesentlich kleiner und hatte auf seinen Flügeln keine schwarzen Flecken, sondern ein grünes Muster. Immer wenn die Flügel zusammenschlugen, war für den Bruchteil eines Moments ein Stern zu sehen, der bei der nächsten Flügelbewegung auseinanderbrach. Stern, kein Stern, Stern, kein Stern …

In Richtung Rose flatterte er. Auf seinem unsteten Weg dorthin erhob sich ein weiterer aus dem Gras.

»Ich habe diese Schmetterlingsart noch nie zuvor hier gesehen. Überhaupt noch nie! Keine Ahnung, was das für einer ist. Vielleicht der ›Grün-weiße Maischmetterling‹?« Nora lächelte, während sie beobachtete, wie die beiden Schmetterlinge umeinandertanzten.

»Meine Großmutter hat immer gesagt, Schmetterlinge sind wie gute Gedanken. Sie kommen und gehen. Davon scheint es hier viele zu geben«, sagte Liam. Dann wandte er den Blick von den Faltern ab und musterte Nora. »Du bist die Organisatorin.«

Nora nickte. »Ich heiße Nora Dittbrenner. Du wirst meinen Namen in dem Artikel gelesen haben.« Er schaute sie nur an. Sein Schweigen machte Nora nervös, und sie plapperte weiter. »Wir freuen uns, wenn wir unterstützt werden. Aber aus England war bisher noch niemand da. Charlie hat uns angerufen, sie war sich nicht sicher …« Sie beendete den Satz nicht, und er fragte auch nicht nach.

Stattdessen zeigte er auf die Hosta. »Das ist eine schöne *Sum and Substance*«, sagte er und rieb Zeige- und Mittelfinger gegeneinander, als prüfte er die Konsistenz einer unsichtbaren Erde. »Aber viel kleiner als unsere.«

»Ihr habt den Golfstrom, und wir haben diese strenge Steppenkälte aus dem Osten. Vielleicht ist sie deshalb bei uns kleiner.«

Liam schaute Nora skeptisch an. »Sie braucht Dünger. Und Wasser. Die Erde ist bei euch sehr leicht. *Sandy*.«

»So ist das in der Mark Brandenburg. Intensiv wässern wir bisher nur im Gewächshaus, die Sämereien und die Neupflanzungen«, antwortete Nora. »Wir haben noch keinen so langen Schlauch, dass er bis hierher reichen würde. Manchmal schleppen die Freiwilligen ein paar Kannen hierher.« Auf eine seltsam unangenehme Weise hatte sie das Gefühl, dass sie sich rechtfertigen musste.

»Wie alt ist diese Pflanze?«

»Ich habe keine Ahnung. Sie steht hier aber bestimmt länger als vier Jahre, und dafür, dass das Beet nicht gepflegt wurde, sieht sie gut aus.«

»Wieso vier Jahre?«

Er sah sie an, und da erst bemerkte Nora, dass er hellgraue Augen hatte, die Farbe von Fensterscheiben, an denen gerade Wasser hinunterlief. War das typisch für Briten? War irgendein keltischer Genpool für diese dunklen Haare und diese hellen Augen verantwortlich?

»Wir haben herausgefunden, dass eine alte Frau ein paar Dörfer weiter die Gärtnerei gepflegt hat, so gut es ging. Vor vier Jahren ist sie gestorben. Seitdem ist die Gärtnerei verlassen, das heißt, niemand hat sich mehr um dieses Schattenbeet gekümmert. Also wird wohl danach auch niemand mehr die Funkie gesetzt haben. Wieso übrigens *Sum and Substance?* Ich dachte, das wäre eine *Hosta sieboldiana*.«

»O nein. Nein. Bestimmt nicht. Die Blätterfarbe, dieses helle Grün, das muss eine *Sum and Substance* sein. Die *Sieboldiana* hat blaugrüne Blätter und eine festere … wie sagt man …? *Texture* der Blätter.«

»Blattstruktur?«

»Ja.«

Sie standen sich gegenüber und sahen sich kritisch an. Die Wahl ihrer Waffen war Fachwissen, die Schärfe ihrer Klingen waren lateinische Begriffe.

Plötzlich kam Nora die Situation völlig irreal vor. Wie konnte es sein, dass sie mit diesem Mann, den sie weniger als zehn Minuten kannte, über Funkienarten diskutierte?

»Bist du ein *Garden Guerilla,* der heimlich Funkien pflanzt?«

Er lächelte, und diesmal sah sie, dass er auf der linken Wange ein kleines Grübchen hatte. »In England gibt es Gärtnereien, die nur auf eine Pflanzenart spezialisiert sind. Auch auf Funkien. Wenn man sie besucht, lernt man eine Menge. Jedenfalls, wenn es einen interessiert.«

»Und dich interessiert es wohl?«

»Ja. Ich bin kein *Garden Guerilla*. Ich bin Gärtner.«

Nora erstarrte. »Ein Gärtner?«

War das ein besonders raffinierter Schachzug des Konsortiums, einen Gärtner zu schicken, der ihr Vertrauen erschlich? Weil es ihrer Meinung nach kein anderes Land als England gab, das die Gartenkunst so perfektioniert hatte?

»Ja. Ist das so erstaunlich? In England ist Gärtnern ein durchaus angesehener Beruf. Man findet leicht Jobs. Es gibt kaum arbeitslose Gärtner.« Er kam besorgt näher. »Alles okay, Nora Dittbrenner? Du bist … *pale*. Blass.«

»Du weißt, dass ich eine arbeitslose Gärtnerin bin …«, sagte sie.

Er versuchte nicht mal, es abzustreiten. »Auch das stand in einem Artikel über euch. Mit einem Foto von dir. Einem hübschen Foto. Du siehst angespannt aus. Sorry. Als könntest du jetzt gut einen Tee gebrauchen.«

Er musterte ihre dunkle Locken, ihren Mund, ihre rosa Wangen. Sie brannten … vor Ärger. Sie fühlte sich ausspioniert. Und dass er so schrecklich höflich war, half kein bisschen. Im Gegenteil.

»Bist du deshalb aus England hergekommen? Um dich mit mir darüber zu unterhalten, dass es Gärtner in England leichter haben?«

»Ich …« Er hielt inne und lächelte sanftmütig.

Nora hatte keine Lust auf rätselhaftes Schweigen, drehte sich um und stapfte durch das hohe Gras davon. Unwillkürlich wählte sie den Weg, den sie immer einschlug, so wie sie das Grundstück betrat, um zu schauen, was sich seit dem letzten Mal geändert hatte. Nur dass ihr diesmal ein Mann folgte.

Liam sprach erst wieder, als sie den Weißdorn erreicht hatten. Der Duft der Blüten wehte ihnen entgegen – eine Mischung aus süß und dem genauen Gegenteil: faulig. Er erinnerte fast an den Gestank menschlicher Ausscheidungen. Die Bienen sahen das offenbar anders. Sie umschwirrten den halbhohen Baum, und in der Stille, die zwischen ihnen herrschte, klang ihr Summen laut.

»Außerdem haben wir hier keinen Tee«, sagte Nora schnippisch über ihre Schulter und ging weiter.

»Ihr nicht. Ich schon. Ich bin Engländer. Komm mit.«

Er kam ihr hinterher, griff nach ihrer Hand und zog sie quer über die Wiese in Richtung Gewächshaus, als wäre es das Natürlichste auf der Welt.

Frech, fand Nora und entzog ihm hastig ihre Hand. »Du scheinst schon eine ganze Menge über uns zu wissen.«

»Nicht mehr, als in den Artikeln über die Gärtnerei und die Novemberrosen stand.«

»Ich weiß nichts über dich. Nicht mal deinen Nachnamen.«

»Tremayne. Liam Tremayne. Ein englischer Gärtner aus Leidenschaft. Damit weißt du schon das Wichtigste über mich.«

»Aber warum bist du zu uns gekommen? Der Weg ist so … weit.« Nora verstand es immer noch nicht.

Er antwortete wieder nicht, sondern betrat das Gewächshaus und ging zu seinen Sachen. Nora blieb am Eingang stehen und beobachtete, wie er in seiner Reisetasche kramte. Er zog schließlich einen Becher heraus, griff nach der Thermoskanne, schraubte sie auf, schenkte ein.

»*Milk? Sugar?*«, rief er ihr fragend zu.

Sie schüttelte den Kopf. »*Black.*«

Er nickte, stellte die Thermoskanne sorgfältig gegen seine Tasche, dann kam er mit dem vollen Becher zurück und reichte ihn ihr. »Englisches Allheilmittel«, sagte er.

Sie trank einen Schluck. Der Tee war dunkel und stark, schmeckte leicht nach Malz. »Der ist gut. Danke.«

Sie standen am Eingang, der kein richtiger Eingang war. Das Gewächshaus war ohne die Scheiben rundherum offen. Und doch erweckten die niedrigen Mauern und die rostigen Rohre, die sich an ihnen entlangzogen, einen vagen Eindruck des Schutzes und die glaslose Tür im Rücken die Möglichkeit zur Flucht.

»Deine Freundin Charlie mag ihn auch.«

Damit hatte er Charlie also besänftigt! Nora schaute auf den Becher. *Lost Gardens* las sie. Trotz des Tees war sie überhaupt nicht sicher, dass sie Liam Tremayne trauen konnte.

Schinde Zeit. Lock ihn aus der Reserve. Bring ihn zum Reden. Wenn er etwas zu verbergen hat, wird er sich irgendwann verraten. Das mit dem Gärtnern kann er nicht lange durchhalten, wenn er kein Gärtner ist. Kann ja sein, dass er nur zufällig was über die Funkien wusste. Vielleicht hat seine Großmutter ein Exemplar im Garten!

Also fragte sie: »Was sind die *Lost Gardens?*«

Einen Moment lang schaute er sie ungläubig an. Dann wurde sein Gesichtsausdruck wieder neutral. »*Lost Gardens of Heligan* sind eine riesengroße Gartenanlage in Cornwall. Sie gehörte vierhundert Jahre einer englischen Familie, Ende des 19. Jahrhunderts fiel sie in einen Dornröschenschlaf, überwuchert von Efeu und Brombeeren.« Liam blickte durch die rostigen Streben des Gewächshauses. »Die viktorianischen Gewächshäuser waren fast komplett zerstört. In den Neunzigerjahren begann der Wiederaufbau, und über die Zeit ist die Anlage prächtig geworden. Sie haben das Motto der Gärten in einem unterirdischen Raum gefunden, es war in Stein geritzt. *Don't come here to sleep and slumber.* Das trifft doch das Leben eines Gärtners sehr gut. Schlafen und schlummern sollte man dort nicht. Es wäre auch ein schöner Friedhofsspruch für einen Gärtner.«

»*Vivat, crescat, floreat* finde ich auch gut«, sagte Nora. »Das steht auf dem Grab des Gärtnermeisters Kirsch.«

Liam sah sie an. Sein linkes Augenlid zuckte. »Wirklich? Du kennst das Grab des Gärtnermeisters? Darüber stand nichts in dem Artikel.«

Nora war besorgt. Was hatte er denn auf einmal? Nervöse Zuckungen? »Wir wissen nicht genau, ob es der Gärtner ist, der hier gearbeitet hat«, sagte sie. »Aber wir vermuten es. Alles spricht dafür.«

»Warum kann man das nicht herausfinden?«

»Es gibt keine Unterlagen zu der Gärtnerei. Wir wissen nicht, wem sie gehörte und was mit dem Besitzer passiert ist. Wir werden es wohl nie herausfinden. Warum interessiert dich das?«

»Eine alte deutsche Geschichte …«, murmelte er. »Wie viel Land habt ihr hier?«

»Ich hab nicht die leiseste Ahnung. Auch das konnte uns niemand sagen.«

Liam schaute in die Ferne, in Richtung Rose und Ligusterhecke und bis zum Feld, das durch die Hecke schimmerte. Er wirkte, als hätte er ihre Worte gar nicht gehört.

»Aber irgendwem muss das alles hier gehören. Es ist ein schönes Grundstück«, sagte er dann.

Nora zuckte mit den Schultern. »Das Archiv ist im Krieg abgebrannt, und danach hat sich niemand gemeldet, obwohl es einen Aufruf gab. Wir denken, dass der Gärtnermeister keine Nachfahren hatte. Nach dem Krieg war hier ein Kinderferienheim. Und nach der Wende nichts mehr. Es ist verlassenes Land. *Lost Gardens of* Brandenburg. Es gehört wahrscheinlich Brandenburg, so will es die Bodenreform. Obwohl sie umstritten ist.« Sie lachte spöttisch.

Eine Weile trank sie schweigend ihren Tee.

»Mehr als einen Hektar hat dieses Grundstück nicht«, bemerkte Liam schließlich.

Von der Terrasse her drangen Stimmen zu ihnen herüber. Jemand lachte. Offenbar standen die alternativen Freiwilligen später auf.

»Wie groß sind denn die *Lost Gardens?*«, fragte Nora.

»Riesig. Rund zweihundert Hektar Land. Es gibt Nutzgärten, Blumengärten, wildes Land, ein verlorenes Tal und sogar einen Dschungel. Und im Frühjahr sieht es aus, als ob der Himmel auf die Erde gefallen wäre, weil in den Wäldern der Boden komplett von *Bluebells* bedeckt ist. Blaue Blumen, soweit man sieht. Es ist einfach *wonderful.*« Liam seufzte.

Nora wurde von Heimweh ergriffen nach einem Ort, den sie nicht kannte, als sie sich vorstellte, wie der blaue englische Frühlingswald aussehen musste. So gern würde sie die *Lost Gardens* sehen!

»Was sind *Bluebells?*«, fragte sie, um das Gespräch weg von diesem unerklärlichen Gefühl zu lenken.

Liam zuckte mit den Achseln. »Den deutschen Namen kenne ich nicht. *Hyacinthoides*? Soll ich googeln?« Er zückte sein Handy.

»Hier ist schlechter Empfang«, sagte Nora. »Aber ich denke, es ist eine wilde Hyazinthenart.«

Er nickte. »Ja, das ist es.«

»Warum weißt du so viel über die *Lost Gardens?*«

»Ich war bis vor einem halben Jahr dort.«

»Und was hast du dort gemacht?«

Liam blickte zu dem sparrigen Rosendickicht vor der Ligusterhecke, und Nora beschlich eine Ahnung, was er antworten würde.

Er wandte den Blick von der Gartenecke ab. »Ich war für die Rosen zuständig.«

22. Kapitel

Sie hatte es gewusst. Es war wie etwas Unausgesprochenes zwischen ihnen gewesen …

»Englische Rosen?«

»Auch. Historische Rosen, Teerosen, wilde Rosen, Strandrosen, Duftrosen. Rosen faszinieren mich.«

»Warum?«

Er breitete die Arme aus, als wollte er die Welt, die Natur oder zumindest alle Rosen umarmen. »*Where to begin?* Die Rose ist die Königin der Blumen, die *Queen of all flowers!*«

Ja … *where to begin,* dachte Nora. Rosen erinnerten sie schmerzlich an ihre Kündigung. Und dann war da noch Udo mit seinen Rosenerinnerungen an Anne und die tausendjährige Rose, der Entschluss, sich Novemberrosen zu nennen, und schließlich ihre weiße Rose … Rosen schienen sie neuerdings durch ihr Leben zu begleiten.

»Warum bist du hier, Liam?« Sie stellte ihm die Frage erneut.

»Es war ein spontaner Entschluss. Ich mochte den Artikel. Was ihr hier macht, hat mich an die *Lost Gardens* erinnert. Einen vergessenen Garten wiederzufinden. Ihn nicht verloren zu geben. Ich mag es, wenn Leute sich für Gärten einsetzen. Ich hab in der Schule und am College Deutsch gelernt und dachte, dass es eine gute Gelegenheit ist, die Sprache mal wieder zu sprechen. Ich kenne Deutschland überhaupt nicht. Ich weiß fast nichts über eure Gartenkultur. Und diese Gärtnerei … sie ist nicht weit von Berlin. Interessante Stadt, in den letzten Jahren eine Weltstadt geworden.«

Es klang plausibel. Das ja.

Glaubte sie ihm? Ja. Nein. Vielleicht.

»Hat dich irgendwer hierhergeschickt, um uns auszuspionieren?«

Liam musterte sie von oben bis unten, zog die Augenbrauen hoch und die Mundwinkel nach unten. Plötzlich sah er fast ein wenig abschätzend aus.

»Nein. Wer sollte so etwas tun?«

Diesmal blieb sie ihm die Antwort schuldig.

Nora konnte später fast auf die Minute sagen, wann sie ihre Zweifel an Liam aufgegeben hatte.

Sie gingen zu seinem kleinen grünen Wagen, und auf dem Weg dahin kamen sie an Charlie vorbei. Die händigte soeben zwei Männern, die so jung aussahen, als machten sie gerade ihr freiwilliges soziales Jahr, auf der Terrasse zwei Spaten aus.

Liam öffnete die Tür zur Ladefläche des Autos und zog mit einem Ruck die alte Decke zur Seite. Dort lagen mehrere Säcke.

»Mulch«, sagte er. »Kalkstein. Und in dem kleinen Sack da …«, er zeigte in Richtung Beifahrersitz, »ist Rosendünger. Hab ich aus England mitgebracht.«

Er fuhr über tausend Kilometer mit Dünger, Mulch und Kalk im Gepäck? Überhaupt daran zu denken, dass die alte Gärtnerei das brauchte, war erstaunlich, selbst wenn er nur aus Berlin gekommen wäre. Aber so zielgerichtet loszufahren – Nora fand das so perfekt, dass es fast schon wieder verdächtig war.

»Woher wusstest du, dass wir hier Rosen haben?«

Liam lächelte. »Ich habe immer Rosendünger dabei. Es war so lange mein Job, mich um Rosen zu kümmern, dass ich nicht anders kann. Außerdem … Auf eurer Facebook-Seite habe ich ein Foto dieses Rosenstocks gesehen«, antwortete er, und eine Frage schwang in seiner Stimme mit. »Ihm wird der Dünger sicher guttun, oder?«

Er griff nach dem Sack, und sie gingen aufs Grundstück zurück.

»Wie lange willst du bleiben, Liam?«, fragte Nora.

»Solange wir brauchen, um den Dünger einzuarbeiten. Und bis ich besseres Gärtnerdeutsch spreche«, antwortete er.

»Willst du dir eine Pension suchen?«

Noch während sie die Frage stellte, überlegte sie, ob sie ihm anbieten sollte, in ihrem Haus zu wohnen. Vielleicht auf Udos Couch? Nein, rief sie sich zur Ordnung, reiß dich zusammen. Auf keinen Fall kann er bei uns im Haus wohnen!

Liam schüttelte den Kopf. »Nein, ich will keine Pension. Wenn es okay ist, würde ich gern auf dem Grundstück zelten.«

Nora konnte ihr Erstaunen kaum verbergen. »Für länger als eine Nacht? Aber es ist total primitiv hier! Und einsam ist es auch. Wir fahren abends immer nach Hause.«

Vielleicht kommen eines Nachts die Bulldozer und überrollen dich mitsamt deinem Zelt, wollte sie gerade sagen, entschied sich dann aber, es lieber für sich zu behalten.

»Das macht mir nichts. Ich mag die Natur. Und die Einsamkeit. Ihr habt Wasser hier, und ich hab meinen Wagen da, also kann ich auch herumfahren und mir etwas anschauen. Ihr habt nicht zufällig eine Schubkarre?«, fragte er und klopfte auf den Sack mit dem Rosendünger.

»Charlie bringt manchmal eine mit, aber nein, wir haben keine eigene Schubkarre.«

»Man kann nicht ohne Karre gärtnern. Die Säcke, die ich im Wagen habe, sind zu schwer. Wollen wir eine kaufen?«

Eine halbe Stunde später waren Nora und Liam beim Baumarkt in Zehdenick. Eine Schubkarre fanden sie schnell, aber dann bestand Liam noch darauf, durch den dazugehörigen Gartenmarkt zu gehen.

Noras erster Impuls war Flucht. Vorhin das Gespräch über Rosen, dann die Gartenabteilung eines Baumarktes ... Sie fasste sich ein Herz und erzählte Liam von dem Gespräch, das sie direkt in die Arbeitslosigkeit geführt hatte.

»Oh, die Märkte, in denen nur gehandelt, aber nie gezogen und wirklich gegärtnert wird, kenne ich aus England auch«, sagte er.

»Am allerschlimmsten sind die Discounter«, meinte Nora. »Manchmal würde ich am liebsten den ganzen Rollwagen mitnehmen, wenn ich sehe, wie sie die Pflanzen verdursten lassen. Aber was soll man mit zweitausend Tagetes anfangen?«

»Das kenne ich. Es gibt Menschen, die kaufen aus Mitleid Pflanzen, und es gibt Menschen, die kaufen nur gesunde Pflanzen und werfen die anderen weg«, sagte Liam. »Wozu gehörst du?«

Nora überlegte kurz. »Ich würde keine Pflanze kaufen, der ich nicht zutraue, in sehr kurzer Zeit gesundzuwachsen. Aber ich habe Respekt vor der Zeit, die die Pflanze brauchte, um groß zu werden.«

»Eine kluge Antwort.« Er hob prüfend eine blau blühende Hortensie hoch. »Würdest du diese *Hydrangea* für eine Balkonbepflanzung nehmen?« Er sprach es *Haidrenschia* aus.

Sie musterte die Pflanze. »Auf keinen Fall«, sagte sie. »Zwei Blütenteller sind schon fast hinüber, das heißt, sie muss vorgezogen worden sein. Keine Hortensie blüht freiwillig Ende Mai. Wenn man sie jetzt draußen einsetzt, blüht sie vielleicht noch bis Juli. Dann ist es vorbei. Das ist normalerweise erst der Beginn der Blütezeit. Aber wenn eine Hortensie auf dem Balkon steht, geht sie oft über Winter ein. Man kann sie natürlich als einjährige Pflanze halten. Dann kann es einem egal sein, ob sie wiederkommt. Diese hier würde wohl erst im nächsten Jahr ihren Rhythmus finden, wenn sie überlebt.«

»Aber das wäre schade. Da zieht man so eine Pflanze ein paar Jahre hoch, damit sie in einigen Monaten auf den Kompost geworfen wird«, ergänzte Liam ihren Gedanken. »Wenn wir Pflanzen für die Gärtnerei suchen, werden wir sie nicht in diesem Baumarkt finden.«

»Sag ich ja«, bestätigte Nora. »Leute mit grünem Daumen müssen weiter fahren.«

»Hast du einen grünen Daumen?«, fragte Liam.

»Kommt drauf an, was du darunter verstehst. Ich glaube, Pflanzen können fühlen, Blumen haben eine Seele. Und wir hinterlassen in jeder Pflanze, die wir pflegen, einen Teil unseres Selbst. Vielleicht ist das, was wir einen grünen Daumen nennen, die Fähigkeit, die Sprache und die Gefühle von Pflanzen zu verstehen.«

Liam nickte langsam. »Das muss ich mir merken.«

»Die schenke ich euch. Dafür, dass ich auf euerm Grundstück zelten darf«, sagte Liam, als er die verzinkte Karre mit den roten Griffen in den Wagen hob und mit dem Rad nach oben auf die Säcke legte.

»Es ist leider nicht unser Grundstück«, antwortete Nora. »Das ist es ja.«

»Aber ihr seid diejenigen, die es mir erlauben. Weil ihr es besetzt habt.«

Bis jetzt hatte jede Autofahrt, die Nora mit den Freunden von Berlin in die Mark Brandenburg unternommen hatte, ein Ziel gehabt: möglichst schnell die Gärtnerei zu erreichen. Dabei achtete sie natürlich auf die Pflanzen, die entlang der Straßen wuchsen: wilde Möhren, Schaumkraut, Mohn am Feldrand, entlang einem Bahndamm die allgegenwärtige Goldrute, die im August blühen würde. Zwischen den rötlichen Stämmen der Kiefern sah sie im Vorbeifahren hellgrünes Blaubeerkraut, einen weißen Flecken wilder Maiglöckchen. Einen Acker mit blühendem Raps. Ein Gerstenfeld.

Liam dagegen schien die Landschaft der Mark Brandenburg anders wahrzunehmen. Ständig machte er Bemerkungen darüber, verglich, stellte Fragen. »Wie weit der Blick hier ist! Bei uns stehen links und rechts der Landstraßen oft Hecken, die sind meterhoch!« »Wie heißt der Vogel, der da hinten fliegt?« »Roter Milan, was bedeutet das denn?« »Das sind ja Gallowayrinder! Die kommen aus Schottland!« »Da hinten kann man Honig kaufen – am Straßenrand. Ich halte mal an. Dann hab ich gleich was zum Frühstück.«

Nora fühlte sich wie eine Fremde im eigenen Land. Aber vielleicht lag das auch nicht an Liams Bemerkungen, sondern daran, dass sie auf der Seite saß, die normalerweise die Fahrerseite war. Immer wieder bremste sie mit, wenn ihnen ein Wagen entgegenkam.

»Genau wie ich, als ich von der Fähre runtergefahren bin«, sagte Liam, als er sie mal wieder bei einem imaginären Bremsmanöver beobachtete. »Oh, da ist ein See! Wie heißt er?«

»Dreetzsee, glaube ich.«

Liam bog ab, und der kleine grüne Kombi ruckelte über einen Sandweg in Richtung Wasser. Auf dem Rücksitz klirrten die Honiggläser leise aneinander, die Schubkarre geriet über den Säcken ins Rutschen und rumste gegen die Verkleidung.

»Das hält das Auto aus«, sagte Liam unbeeindruckt, als Nora sich umdrehte, um zu sehen, ob etwas passiert war.

Vor ihnen öffnete sich eine Badestelle. Sie lag verlassen da: ein Stückchen Wiese, das in einem schmalen Streifen schmutzig hellem Sand endete, links und rechts davon Schilf.

Liam stieg aus und streckte sich, wobei seine Jeans bedenklich weit nach unten rutschten. Nora wandte den Blick ab. Sie waren ganz allein.

Er drehte sich zu ihr um. »Wollen wir baden?«, fragte er. »Und uns dann in die Sonne legen? Eine Decke haben wir.«

»Es ist Mai! Das Wasser ist bestimmt noch viel zu kalt! Ich hab keinen Badeanzug dabei!«

Er lächelte. Flirtete er mit ihr? »Du bist sehr vorsichtig, Nora Dittbrenner«, sagte er. »Hast du noch nie gebadet, wenn es zu kalt war? Ohne Badeanzug?«

»Nein. Nie. Und ich werde heute auch nicht damit anfangen«, erwiderte sie und kreuzte Zeige- und Mittelfinger. Sie log. Es hatte mal eine Nacht vor über acht Jahren gegeben, als sie genau das getan hatte. Mit Fannys Vater. Und sie wusste, wie einsames Nacktbaden enden konnte, auch wenn es erschreckend lange her war. Vorsichtshalber stieg sie deshalb nicht aus dem Wagen aus, sondern beobachtete Liam durch das offene Fenster, wie er da am See stand. »Ich möchte jetzt zurück!«, rief sie ihm zu. »Die anderen warten bestimmt schon auf uns.«

»Udo und Charlie? Die merken bestimmt nicht, wie lange wir weg sind«, erwiderte er und stieg wieder ein.

Nora musste zugeben, dass er sie in der kurzen Zeit schon durchschaut hatte. Vielleicht war er doch jemand, der von der Industrie für besonders heikle Aufgaben eingesetzt wurde? Wo es auf psychologisches Einfühlungsvermögen der Angestellten ankam – bevor man ihnen betriebsbedingt die Kündigung vorlegte?

»Ich mag deutsche Gärtnerinnen«, sagte er, als er sich wieder hinters Steuerrad setzte und den Motor startete. »Auch wenn sie nicht gern baden.«

»Wie viele kennst du denn?«, fragte sie.

Er antwortete nicht, lächelte sie nur an und sagte auch weiter kein Wort mehr, bis sie die Gärtnerei erreichten.

Dort gruben die beiden Freiwilligen unter Charlies Anleitung in dem Gewächshaus, in dem Liams Zelt lag, die Erde um.

Udo reparierte seine Wasserleitung, behielt die jungen Leute aber genau im Auge. Wahrscheinlich war nichts kaputt, und er brauchte nur eine Ausrede, um vor Ort zu sein.

»Hier rein?«, fragte Liam, als er die beladene Schubkarre über den Kiesweg, an der Terrasse und den Störchen vorbei auf den Heckenpfad geschoben hatte und schließlich vor dem Gewächshaus stand.

Nora nickte, und zusammen luden sie die schweren Säcke in einer Ecke ab.

»Das wird der Erde guttun. Wenn alles umgegraben ist, bringe ich es gern ein«, sagte Liam.

»Das wird heute aber bestimmt nichts mehr.« Einer der jungen Männer rammte ungehalten den Spaten in die Erde. »Ich mache jetzt nämlich Schluss. Habt ihr 'n Bier?«

Er war ein kräftiger Kerl, der ziemlich verschwitzt aussah. Seine Haare waren kurz geschoren. Nur auf dem Oberkopf war ein Tuff langer blonder Strähnen, was ihm das merkwürdige Aussehen eines stämmigen mexikanischen Nackthundes gab. Als er sich über sein erhitztes Gesicht fuhr, blieb ein erdiger Schmutzstreifen zurück.

Die beiden jungen Männer hatten gar nicht so viel geschafft. Gerade mal ein paar Quadratmeter hatten sie umgegraben. Aber Nora hütete sich, etwas zu sagen. Sie arbeiteten ja unentgeltlich.

Charlie grinste. »Bier gibt's hier nicht. Wasser könnt ihr haben. Da!« Sie zeigte auf Udo, der sich über das Wasserrohr beugte.

»Mir reicht's schon lange«, sagte der zweite mürrisch und ließ den Spaten fallen, wo er gerade stand. Er trug die dunklen Haare zu einem Pferdeschwanz gebunden, der nicht viel dicker war als er selbst. »Wir wollten euch helfen, nicht alles allein machen.«

Liam hob die Augenbrauen. Wieder wirkte er, wie Nora schon festgestellt hatte, abschätzend. Bloß dass es sich dieses Mal nicht an sie richtete.

»In England kann kein großer Garten ohne die Hilfe von *Volunteers* existieren. Es ist eine Ehre, wenn man mitarbeiten darf. Und die *Head Gardeners* leiten einen an.«

»Echt? Die spinnen, die Engländer. Ich finde, es ist eine blutige Schinderei. Und man wird nicht mal bezahlt«, entgegnete der Blonde und verließ das Gewächshaus, ohne sich noch einmal umzudrehen. Sein Freund folgte ihm.

Offenbar hatten die zwei sich die Unterstützung der besetzten Gärtnerei anders vorgestellt. Mit ein paar schrägen Leuten abhängen und quatschen und ein Bierchen trinken.

»Danke für eure Hilfe!«, rief Nora ihnen nach.

»Hmmmm«, machte Liam und sah ihnen hinterher. »*Way to go*. Die beiden hätten keine Chance in den *Lost Gardens*.«

Nora kicherte. »Charlie kennt kein Erbarmen mit Typen wie denen. Stimmt's, Charlie? Manche haben in den letzten Tagen bis zum Umfallen geschuftet. Viele haben uns Pflanzen mitgebracht. Die beiden dagegen – die haben keinen Tropfen grünes Blut. Jede Wette, dass wir sie nicht wiedersehen.«

Udo rappelte sich hoch und klopfte sich die Hose ab. »Was hältst du davon, wenn wir langsam nach Hause fahren, Nora?«

»Oh, ja. Natürlich. Aber wir sollten unbedingt noch im anderen Gewächshaus gießen. Die Saaten brauchen das, und die Pflanzen, die wir am Wochenende gesetzt haben, auch. Noch sehen sie gut aus. Bis auf den Rittersporn. Der wird es wohl nicht schaffen.«

»Ich gieße. Dafür müsst ihr nicht bleiben«, bot Liam an. »Charlie kann mir zeigen, was ich machen soll. Was ist Rittersporn?«

»Der lateinische Name ist *Delphinium*«, sagte Nora.

Liam lachte. »Oh, okay. Der englische auch. Also gieße ich den Rittersporn. Und alles andere auch.«

»Dann lass uns fahren. Fanny wird schon warten.«

Nora warf einen Blick auf ihr Handy, aber Margarete oder Ellie hatten ihr keine Nachricht geschickt. Was bedeutete, dass bei ihnen alles gut war. Wie immer.

»Wer ist Fanny?«, fragte Liam, hob den Spaten auf, den der junge Mann achtlos hatte fallen lassen, und stützte sich darauf.

»Meine Tochter.«

Nora hatte sehr darauf geachtet, dass Fanny in dem ganzen Medienhype nicht namentlich erwähnt wurde. Und so hervorragend, wie Liam ansonsten über die alte Gärtnerei informiert war, war es ihr wohl geglückt, ihre Tochter zu schützen. Sonst hätte er gewusst, wer Fanny ist.

Oder er schwindelte sie einfach an.

23. Kapitel

Nora und Udo fuhren zurück nach Berlin, Charlie blieb noch. Sie war mit ihrem eigenen Wagen da, und es gehörte zu den Aufgaben des Tagesverantwortlichen in der besetzten Gärtnerei, mindestens bis sieben auszuharren. Es konnte immer sein, dass ein Freiwilliger noch nach der Arbeit in die Gärtnerei kam.

Nur Liam würde über Nacht bleiben.

Während sie gen Berlin brausten, stellte Nora sich vor, wie Liam sein Zelt aufstellte und seinen Schlafsack hineinlegte. Wie er sich im Gewächshaus wusch, vielleicht einen letzten Becher Tee trank und bei dem Licht seines Campinggasbrenners oder einer Kerze in den Garten hinaussah, den Geräuschen der hereinfallenden Nacht lauschte, die Nachtfalter beobachtete, die in der Abenddämmerung um den blühenden Weißdorn tanzten. Etwas, das sie noch nicht erlebt hatte. Aber, wenn sie darüber nachdachte, gern erleben würde.

Frieren würde er nicht, das war klar. Der Frühling bescherte ihnen hochsommerliche Temperaturen, die Nächte waren lau, und dabei war noch lange nicht meteorologischer Sommeranfang.

Ein Schlafsack war auf jeden Fall warm genug.

Er ging sicher noch einmal allein zum See, um zu baden.

Aber vielleicht fuhr er auch ins nächste Dorf, um in einer Kneipe ein deutsches Bier zu trinken, weil er sich in der verlassenen Gärtnerei doch nach Gesellschaft sehnte.

Hatte er Gesellschaft in England?

Und würde er, wenn sie das nächste Mal kam, wirklich noch da sein? Mit seiner Thermoskanne, seinem Honigfrühstück und dem ulkigen grünen Wagen?

»Der Engländer hat es dir wohl angetan«, brummte Udo.

Nora schrak zusammen. »Wie kommst du denn darauf?«

»Zum einen sagst du keinen Ton. Sonst wirfst du immer mit lateinischen Pflanzennamen um dich, kaum dass wir im Auto sitzen.«

»Echt? Tue ich das?«

»Na und ob. *Offizieris* dies, *Latifundie* das – da wird einem ganz schwindlig. Und dann habt ihr beide ja ewig gebraucht, um die Schubkarre zu kaufen.«

Nora lachte. »Es heißt *Officinalis* und *Latifolia*, Udo. Latifundien sind was anderes, Offiziere auch. Außerdem ist es ja ein ganz schönes Stückchen bis Zehdenick.«

Den Miniausflug an den See verschwieg sie vorsichtshalber. Sie hatte nicht gewusst, dass sie so unter Udos Beobachtung stand. Und überhaupt gab es ja gar nichts zu erzählen.

»Hast du noch etwas über ihn herausbekommen?«, fragte Udo und gab Gas, als sie auf die Schnellstraße fuhren.

»Er ist Gärtner. Aus Leidenschaft und Interesse. Sonst nix, sagt er«, erwiderte Nora.

»Jahahahaa, das wird er dir auch gerade sagen. Eben weil er so echt wirkt, kann er von diesen verflixten Spekulanten geschickt worden sein.«

»Ich hab ihn zweimal gefragt, was er bei uns will«, widersprach Nora. »Er hat jedes Mal dasselbe gesagt. Das klang echt.«

»Was hat er euch bloß in seinen vermaledeiten englischen Tee getan? Eine Art Trau-mir-einfach-Kraut? Charlie legt auch ihre Hand für ihn ins Feuer.« Udo war alles andere als überzeugt. »Wo wohnt er in England? Wo arbeitet er als Gärtner? Ist er angestellt oder selbstständig?« Udo haute aufs Lenkrad. »Mann, Nora, sei doch nicht so naiv! Was weißt du denn schon von ihm?«

Nora holte tief Luft. »Ich weiß, dass er der Erste ist, mit dem ich wirklich über Pflanzen sprechen kann!«

Udo sah sie überrascht an. »Stimmt nicht. Das kannst du doch auch mit Charlie. Die ist Gärtnerin. Und zwar eine, der du die Pflanzennamen nicht übersetzen musst.«

»Mit Liam ist es noch etwas anderes! Nichts gegen Charlie«, jedenfalls nichts, was in diese Diskussion gehört, dachte Nora, »aber sie ist nicht mit Leib und Seele Gärtnerin.«

»Ich sehe da keinen Unterschied. Sie macht einen guten Job auf dem Friedhof. Du müsstest sie mal sehen, wie hübsch sie die Gräber bepflanzt und die Gänge harkt«, widersprach Udo.

»Genau das meine ich, Udo. Es geht nicht um dekoratives Bepflanzen und pingeliges Harken. Doch, manchmal geht es auch darum. Aber Charlie hat diesen Beruf nur gewählt, weil sie in der DDR nichts anderes machen durfte, weil ihre Eltern Regimegegner waren. Sie hat sich gut damit arrangiert, wir haben dennoch keine besondere Verbindung miteinander. Liam spricht dieselbe Sprache wie ich, das tut so verdammt gut! Du hättest hören sollen, wie er die *Bluebells* in den englischen Frühlingswäldern beschrieb. Das war bewegend!«

»Hat er Englisch mit dir gesprochen?«

»Nein. Liams Deutsch ist wirklich fantastisch. Die englischen Schulen müssen großartig sein. Ich wünschte, ich könnte so gut Englisch wie er Deutsch.«

Nora lehnte sich im Autositz zurück. Zu ihrer Verwunderung füllten sich ihre Augen mit Tränen.

Udo schien das nicht entgangen zu sein. Er tätschelte unbeholfen ihre Hand. »Ist ja schon gut, meine Kleene. Fühlst du dich wirklich so allein mit uns alten Leuten? Verstehen wir dich nicht?«

»Nein, so ist es nicht. Es hat nichts mit euerm Alter zu tun. Ihr seid großartig! Ich könnte mir keine besseren Freunde vorstellen«, sagte Nora, und sie meinte jedes Wort so, wie sie es sagte. »Aber du hast jetzt Charlie, und ihr seid so glücklich. Margarete und Ellie sind auf einer Wellenlänge – na ja, jedenfalls meistens. Und ich … Ich brauche einen Job, den es nicht zu geben scheint. Ich mache mir Sorgen, was aus Fanny und mir wird. Ich hoffe auf eine besetzte Gärtnerei, die uns nicht gehört. Das ist doch verrückt! Und dann unterhalte ich mich einen Nachmittag lang mit einem Wildfremden aus England, den wir verdächtigen, uns auszuspionieren, und ausgerechnet dieser Mann erinnert mich daran, wie es wäre, wenn ich wirklich mal das machen würde, was ich gern machen möchte.«

»Was denn?«

»Na, Gärtnern auf eine Art und Weise, die Pflanzen und Formen und Farben miteinander verbindet. Gärtnern an einem Ort, an dem Blumen nicht nur Mittel zum Zweck sind und nicht nur das Geld zählt. An dem man davon ausgeht, dass die kreative Idee sich irgendwann rentiert, weil sie etwas Einzigartiges erschafft. Ich habe eben bis jetzt noch nie jemanden gefunden, der dasselbe denkt wie ich! Und das macht mich glücklich!«

»Warum weinst du denn, wenn es dich glücklich macht?«

»Ach, Udo. Woher soll ich das denn wissen?« Tränen rollten Nora über die Wangen. Sie tastete in ihrer Tasche nach einem Tempo, putzte sich die Nase und wischte sich über die Augen. »Entschuldige. Ich bin blöd. Bitte glaub nicht, dass ich Charlie nicht schätze. Ich finde ihren Enthusiasmus für die Gärtnerei großartig. Und ich gönne dir dein Glück mit ihr so sehr!«

»Das habe ich keine Sekunde bezweifelt, Nora.«

Sie schwiegen, bis sie am Rathenauplatz in Berlin von der Autobahn abfuhren. Dann sprach Nora aus, was sie seit einiger Zeit beschäftigte.

»Udo, darf ich dich etwas fragen?«

»Klar.«

»Mit dir und Charlie … ist das Liebe?«

Udo wiegte den Kopf bedächtig hin und her. »Ach, Liebe ist ein großes Wort. Anne und ich, das war Liebe. Das war für immer. Bis dass der Tod uns scheidet. Was er ja gemacht hat. Charlie dagegen … Sie ist hübsch. Sie ist energisch. Sie kann auch richtig lieb sein, weißt du?«

Nora nickte. »Ihr könntet doch heiraten.«

Udo lachte leise. »Wenn man auf die Knie geht, um einer Frau einen Heiratsantrag zu machen, sollte man fit genug sein, um ohne Stock wieder aufzustehen.«

Nora grinste. »Du hast keine Probleme mit deinen Knien, höchstens mit deinem Rücken. Außerdem … ihr wirkt so glücklich zusammen. So zufrieden. Als ob ihr beide da wärt, wo ihr hinwolltet.«

»Ja, es ist schön, nicht mehr allein zu sein. Aber Charlie ist zwölf Jahre jünger, und das ist in meinem Alter eine ganze Menge. Sie kommt aus dem Osten, sieht viele Dinge anders als ich. Sie hat Kinder, ich nicht. Wir werden nichts mehr zusammen aufbauen. Es gibt keine Familie. Keine gemeinsame Richtung. Und das ist es doch, was ein Leben zu zweit ausmacht.« Plötzlich klang er unsicher.

»Doch, ihr habt jetzt die Gärtnerei.«

»Die vielleicht. Charlie hat gesagt, sie will Erinnerungen mit mir schaffen. Ganz sicher, um an etwas Schönes denken zu können, wenn ich mal nicht mehr bin.«

Nora sah Udo entsetzt an. Etwas Kaltes griff nach ihrem Herzen. »Udo, sag so was nicht! Dir geht es doch prima! Und das soll noch mindestens zwanzig Jahre so bleiben.«

Kurz schaute er zu ihr, lächelte flüchtig und blickte wieder auf die Straße. »Wenn es nach mir ginge, gern. Und bis dahin genieße ich jeden Tag, den ich mit Charlie habe. Ich bin gern mit ihr zusammen. Man sagt, man fällt schnell wieder in die Verhaltensmuster zurück, die einem lange vertraut waren. Bei mir war das ein Leben zu zweit.«

Bei mir ist es allein sein, dachte Nora. Ich hab noch nie mit einem Mann zusammengelebt. Wenn Udo recht hat, kann ich nur …

»Ist Charlie eifersüchtig auf Anne?«, fragte sie.

»Glaub ich nicht. Wieso sollte sie? Anne ist doch tot.«

»Aber du legst immer noch jeden Tag eine Rose auf ihr Grab, oder?«

»Das werde ich auch weiterhin tun«, versprach er, und Nora fragte sich, wem er es wohl versprach. Wahrscheinlich sich selbst. »Und weißt du, was ich noch mache, seit ich mit Charlie zusammen bin? Ich habe einen Kalender.«

»Wegen eurer vielen Termine?«

»Ja, das dachte ich zuerst. Aber ich schreibe nie rein, was Charlie und ich machen werden, sondern nur das, was wir gemacht haben.«

»Warum?«

»Na, man kann sich nur an das, was man gemacht hat, erinnern, nicht an das, was man machen wollte.«

»Ich verstehe«, sagte Nora, auch wenn sie es in Wirklichkeit nicht richtig verstand.

Sie kurvten ein paar Minuten durch die Schmargendorfer Seitenstraßen, bis sie endlich einen Parkplatz gefunden hatten. Nebeneinander schlenderten sie die ruhige Straße entlang. An ihrem Vorgärtchen blieben sie stehen.

»Schau mal«, sagte Nora. »Sticht Margarete den Löwenzahn nicht mehr aus? Hier ist ja plötzlich alles voller Unkraut. Jedenfalls steht hier das, was Margarete bis jetzt Unkraut genannt hat.«

»Vielleicht will sie Blüten sammeln, um Löwenzahnhonig zu machen. Da ist sie aber spät dran. Das wird eher Pusteblumenhonig.«

»Und Gänseblümchen, um Salat zu garnieren?« Nora wies auf die kleine Rasenfläche, wo das Grün auf einmal von Gänseblümchen gesprenkelt war. »Pass auf, sie baut noch Giersch und Brennnesseln an. Scheinen ihre neuen Lieblingsblumen zu sein.«

In diesem Moment wurde die Haustür aufgerissen. Margarete stand auf der obersten Stufe. Sie winkte ihnen mit einem Briefbogen in der Hand zu.

»Wir haben ein Einschreiben von Stegemann bekommen. Wir alle!«, empfing Margarete sie aufgeregt. »Er kommt nach Berlin, um mit uns zu reden!«

»Was schreibt er noch?«, fragte Nora und lief rasch die Treppe hoch.

»Nichts. Hier. Sieh selbst.« Margarete hielt ihr den Briefbogen vor die Nase.

»*Sehr geehrte Mietparteien*«, las Nora vor. »*Ich möchte Sie in der in meinem letzten Brief dargestellten Angelegenheit am Samstag, den 30. Mai, in Berlin sprechen. Ich würde Sie gegen 14:00 Uhr aufsuchen. Bitte teilen Sie mir zeitnah mit, ob Ihnen der Termin genehm ist. Hochachtungsvoll, Werner Stegemann.*«

»Was will er von uns, dass er es uns nicht gleich mitteilen kann? Warum muss er uns persönlich sprechen? Das kann nichts Gutes bedeuten«, sorgte Udo sich.

»Warten wir's ab«, beruhigte Nora ihn. »Ist uns der Termin genehm? Er drückt sich reichlich geschwollen aus, unser Herr Stegemann. Wahrscheinlich will er hinter seinen gestochenen Worten etwas verbergen.« Dann fiel Nora noch etwas ein. »Udo, meinst du, das hat etwas mit Liam zu tun?«

»Wer ist Liam?«, fragte Margarete neugierig und sah von einem zum anderen.

»Der Engländer. Nora hat heute viel Zeit mit ihm verbracht«, antwortete Udo und zwinkerte Nora zu.

Nora streckte ihm die Zunge raus.

»Mama!«, schalt Fanny streng.

Ihre Tochter musste aber auch immer in den ungünstigsten Momenten auf der Bildfläche erscheinen.

24. Kapitel

Dann schlug die Sommergrippe zu. Fast drei Wochen war Nora krank gewesen. Und hatte natürlich Fanny angesteckt. Gerade jetzt, da sich in der Gärtnerei alles entwickelte! Gerade jetzt, da dort jemand war, mit dem sie sich so gern weiter unterhalten hätte! Sie hatten beide das Bett hüten müssen, zwischendurch hatte Nora nur matt im Internet nach Stellenangeboten gesucht. Es sah nicht gut aus. Gar nicht gut. Sie schaute auf die Ausbeute, die sie samt Anmerkungen auf einem Zettel notiert hatte:

Assistent des Pflanzeneinkaufs im Baumarkt (Bloß nicht! Das hatte ich schon mal!)

Fahrwegpfleger bei der Deutschen Bahn, eigenes Fahrzeug erbeten (Muss ich da Goldrute am Bahndamm rausreißen, bis meine Finger bluten? Und welches eigene Fahrzeug?)

Gärtner und Unimogfahrer bei der Bundeswehr (Auf gar keinen Fall. Wahrscheinlich muss ich dazu eine Grundausbildung machen. Mit Spaten im Rucksack! Das schaffe ich niemals! Außerdem ist das in Torgelow, Meck-Pomm.)

Gärtner und Hausmeister, Führerschein Klasse C bis 7,5 t (Wozu denn ein 7,5-Tonnen-Laster? Was sollte der arme Gärtner denn transportieren? Ausgewachsene Eichen?)

Gärtner für Feldversuche mit Rückstandsanalytik in Karlshorst (Da verstehe ich nicht mal die Anzeige! Außerdem wäre ich mit den öffentlichen Verkehrsmitteln jeden Tag eine Stunde unterwegs. Und eine Stunde wieder zurück. Wie soll das mit Fanny gehen? Unmöglich.)

Nora zerknüllte den Zettel, warf ihn schwungvoll in den Papierkorb und lehnte sich im Stuhl zurück. Nachdenklich trommelte sie mit Mittel- und Zeigefinger auf der Tischplatte den Anfang des Boleros von Ravel.

Niemand konnte ihr nachsagen, dass sie sich nicht genug um einen Job kümmerte. Aber sie spürte in sich eine Sperre, sich für etwas zu verpflichten, das ihr keinen Spaß machte. Die Freude, die das selbstbestimmte Gärtnern in der alten Gärtnerei in ihr geweckt hatte, war zu groß. Und sie vermutete, dass sie diese Unwilligkeit, sich einem reinen Brotjob zu unterwerfen, bei ihren Bewerbungsgesprächen nicht verbergen konnte.

Denn wer stellte schon jemanden ein, dessen Blick verriet: Wenn es nach mir ginge, würde ich alles ganz anders machen und ganz sicher keinen Fuß freiwillig in den Laden hier setzen.

Ihre Unlust war einerseits bedrohlich, andererseits stand sie auf eine Art und Weise dazu, die sie von sich selbst nicht kannte.

»Die Zeit der Kompromisse ist vorbei«, murmelte sie und schaute auf die Uhr.

Sie musste ihre Campingsachen raussuchen, Lebensmittel packen. Sie hatte Fanny versprochen, von Freitag auf Samstag in der alten Gärtnerei zu campen, und wollte ihr Versprechen halten, auch wenn sie beide noch ein bisschen matt waren. Durch Liam und sein Zelt war sie auf diese Idee gekommen. Es würde ein Abenteuer werden, das sie Fanny wünschte. Und sich selbst auch. Morgen früh würde dann Charlie sie und Fanny zur Bahn bringen. Pünktlich um zwei musste Nora zurück in der Stadt sein.

Denn dann war ihr großes, wichtiges Treffen mit Stegemann.

Das über ihre Zukunft entscheiden würde.

Morgen Abend würden sie wissen, was er mit dem englischen Konsortium vorhatte.

Wahrscheinlich nichts Gutes.

Nora stand auf und hob im Vorbeigehen das zusammengeknüllte Stück Papier auf, das neben den Papierkorb gefallen war. Sie entsorgte es ordentlich.

Die Störche klapperten in den bleigrauen Himmel, als Margarete vorfuhr. Es war drückend, kein Lüftchen wehte. Ihnen stand der Schweiß auf der Stirn, als sie aus dem Wagen kletterten. Jede Bewegung erschien einem zu viel.

»Fühlt sich nach Gewitter an«, sagte Ellie, als sie den Picknickkorb herausholte. »Gut, dass ich den Kartoffelsalat nicht mit Majo gemacht habe. Würde bei diesem Wetter bestimmt kippen. Hier, Fanny, nimm mal.« Sie drückte dem Mädchen einen Stapel Pappteller in die Hand.

»Am liebsten würde ich schwimmen gehen«, murmelte Margarete.

Nora hörte nur mit halbem Ohr zu. So lange war sie nicht hier draußen gewesen. Sie suchte mit Blicken das Gelände ab. Dass Liam noch da war, wusste sie von den anderen, die jeden Morgen in die Gärtnerei gefahren und abends mit vielen Geschichten im Gepäck wieder zurückgekehrt waren – darüber, was die Freiwilligen gemacht hatten und worin der Engländer sie unterstützt hatte.

Wobei Nora darauf geachtet hatte, nicht zu auffällig nachzufragen.

Liams Wagen stand am Wegesrand, aber nicht dort, wo

er ihn üblicherweise abstellte. Die Gärtnerei sah verlassen aus, obwohl die Torflügel offen standen. Fanny rannte, die Pappteller in der Hand, voraus aufs Grundstück.

Nora sah auf einen Blick, wie viel sich in den letzten Wochen getan hatte. Die Hecke, die die Terrasse vom hinteren Teil des Gartens abtrennte, war beschnitten worden. Sie wirkte immer noch ursprünglich, aber auf gezähmte Art und Weise. Dadurch traten die Blattstrukturen der Büsche deutlicher hervor. Die Brombeerranke, an der sie sich regelmäßig geschrammt hatten, war verschwunden, und so hatte die kleine Birke, die zwischen dem dunkelroten Haselnussstrauch und der inzwischen verblühten Felsenbirne wuchs, viel Platz und war ein weiß-grüner Blickfang.

Nora blieb stehen. Der Trampelpfad durch die Hecke war verbreitert und gepflastert worden. Irgendwer hatte Mörtel angerührt und Tonscherben der zerbrochenen Blumentöpfe von der Gewächshausmauer und runde graue Steine, wie sie überall in der Gegend zu finden waren, mosaikartig darin verlegt. Es war handwerklich gut gemacht, und obwohl der Weg durch die Hecke höchstens vier Meter lang war, musste es ein ziemliches Stück Arbeit gewesen sein.

Ein Bild war entstanden. Der gepflasterte Weg in Lehmgelb und Grau bildete den unteren Rand, links und rechts wurde er von der Hecke begrenzt. Darüber wölbte sich der Himmel. Man sah auf die Gewächshäuser, die Beete und das Wiesenstück, und ganz in der Ferne entdeckte sie etwas Weißes, das bei ihrem letzten Besuch noch nicht da gewesen war – es wirkte wie ein Gemälde in einem Naturrahmen. Nora ging weiter, und der Blickwinkel veränderte sich. Der Eindruck eines Gemäldes blieb.

Und plötzlich verstand sie. Der gewaltige Rosenstock

hatte seine ersten weißen Knospen geöffnet, und Liam hatte dieses Bild gerahmt.

»Mama, meine Rose blüht«, sagte Fanny, die neben ihr stehen geblieben war, begeistert.

Im nächsten Moment flitzte sie den Weg entlang. Nora sah ihr nach. Als Fanny den Rosenstock fast erreicht hatte, blieb sie unvermittelt stehen. Sie schien angespannt. Oder verunsichert?

Was war da?

Nora ging schneller. Und bemerkte jetzt erst, dass die Wiese gemäht worden war. Der köstliche Duft von frisch gemähtem Gras lag in der Luft. So vieles hatte sich verändert, aber das Gelände kam ihr so vertraut vor wie ihre Wohnung in Berlin.

Als sie an den Gewächshäusern vorbei war, blieb auch sie erstaunt stehen. Denn da war Liam. Er beschnitt die Ligusterhecke an der Stelle, wo die Rose in die Hecke hineinwuchs. In Fannys Höhle.

Aber das hatte ihre Tochter nicht verblüfft, sondern etwas anderes.

Liam war umgeben von einem Schwarm Schmetterlinge. Wieder waren es diese merkwürdigen Weißen mit dem grünen Stern auf den Flügeln. Nur dass es jetzt mehr waren, viel mehr. Sie umflatterten ihn, ließen sich auf seinem Haar, seinen Schultern und seinen Armen nieder. Er schien sie nicht zu bemerken, jedenfalls ließ er sich vom Schneiden der Hecke nicht ablenken.

Klipp, klapp, machte seine Schere.

Er hatte Fanny und Nora noch nicht bemerkt.

Fanny war so erstaunt, dass sie ihren Daumen in den Mund gesteckt hatte wie früher als Kleinkind. Nora widerstand dem Impuls, nach ihrer Hand zu greifen und ihr den Daumen aus dem Mund zu ziehen.

»Das ist ein Schmetterlingsmann, Mama«, wisperte sie und nahm den Finger aus dem Mund.

Das hörte nun Liam. Er ließ die Schere sinken und drehte sich um. Nora sah, dass sogar auf dem Rand seiner Sonnenbrille ein Schmetterling saß, der langsam mit den Flügeln schlug.

Liam lächelte. »Hi, Nora. Ich hatte irgendwie im Gefühl, dass du heute kommst. Geht es dir wieder besser?« Er hob die Heckenschere zu einem stummen Gärtnergruß.

»Hallo, Liam. Ja, jetzt geht's wieder. Es ist herrlich, wieder hier zu sein«, antwortete sie und reckte sich genießerisch in die Sonne. »Das ist meine Tochter Fanny.« Fanny nickte abwesend, gefesselt von den Schmetterlingen, die ihn umflatterten. »Wie machst du das? Hast du sie gezähmt?«, fragte sie.

»Nein«, antwortete Liam und lächelte. Zwei Schmetterlinge ließen sich auf seinem Arm nieder, als er ihn ausstreckte. »Ich glaube nicht, dass man Schmetterlinge zähmen kann. Sie sind bei mir, seit ich hier bin. Am Anfang habe ich versucht, sie zu verscheuchen. Aber sie kommen immer wieder. Sie scheinen mich zu mögen. Vielleicht rieche ich gut?«

»Oder sie denken, du bist eine Blume«, schlug Fanny vor und beobachtete fasziniert einen Schmetterling, der sich auf Liams Hand setzte. »Eine Männerblume.«

Er lächelte. »Ja, auch möglich. Wie alt bist du, Fanny?«

»Sieben.«

»Mein Sohn ist neun«, sagte er.

»Hast du ihn mitgebracht?«, fragte Fanny und sah sich sichtlich gespannt um.

Nora war verwirrt. Fanny hatte nach zwei Minuten mehr von Liams Leben erfahren als sie an einem ganzen

Nachmittag. Aber sie würde einen Teufel tun und eingreifen.

»Nein. David ist bei seiner Ma geblieben.«

»Ich bin auch bei meiner Ma geblieben«, erwiderte Fanny und griff nach Noras Hand.

»Das war sicher eine gute Entscheidung«, bekräftigte Liam und verscheuchte einen Schmetterling von seiner Nase.

»Du sprichst komisch«, bemerkte Fanny.

»Das kommt daher, dass ich eigentlich Englisch spreche und nur manchmal Deutsch«, erklärte Liam und hockte sich hin, sodass er mit Fanny auf Augenhöhe war. »Weißt du, was Schmetterling auf Englisch heißt?« Fanny schüttelte den Kopf. »*Butterfly*. Das heißt übersetzt Butterfliege.« Er piekte ihr ganz leicht mit dem Zeigefinger in den Bauch.

Fanny kicherte. »Du bist der Butterfliegenmann.«

»Eigentlich heißt er Liam«, sagte Nora.

»Willst du mal meinen Spaten sehen, Leim-Butterfliegenmann? Ich hab ihn gefunden. Udo hat ihn repariert.«

»Wo hast du ihn denn gefunden?«

Liam richtete sich wieder auf und fuhr sich mit der Hand durchs Haar. Aber da war Fanny schon in Richtung Auto zurückgerannt.

Was den Spaten anging, war sie kompromisslos. Sie nahm ihn jedes Mal mit nach Hause, dachte nicht im Traum daran, ihn in der Gärtnerei zu lassen. Es ist ein Wunder, dass sie ihn nicht mit ins Bett nimmt, dachte Nora.

Sie fuhr sich über die Stirn, wischte den Schweiß weg. Wie konnte Fanny bei dieser Hitze nur rennen? Es war einfach zu drückend.

Aber es war nicht zu drückend, um sich den prachtvollen Rosenstock genauer anzuschauen.

Liam blieb stehen, wo er war, während sie staunend um den Busch herumschritt. »Ich kann nicht glauben, wie wunderschön diese Rose ist«, sagte sie. »Was mag es bloß für eine Sorte sein?«

»Das hab ich mich auch schon gefragt.« Liam umfasste eine der Blüten. »Die Kelche sind ungefüllt und haben gelbe Staubgefäße. Es sind fast so viele Blüten an einem Stiel wie bei der *Bobbie James*«, sagte er. »Aber es ist keine Rambler-Rose wie die *Bobbie James*, sonst wären die Ranken viel länger. Ich denke, es ist eine alte *Polyanthus*. Oder eine *Floribunda*. Unsere *Moonlight*, die wir in den *Lost Gardens* haben, sieht ähnlich aus. Aber wer weiß es schon genau? Es gibt über dreißigtausend Rosensorten.«

Längst nicht alle Knospen waren geöffnet, aber um die vielen offenen Tellerchen schwirrten Bienen und Hummeln, als hätte es nie einen blühenden Weißdorn gegeben, als wäre die Felsenbirne überhaupt nicht der Rede wert gewesen. Als hätten sie allein auf dieses Spektakel gewartet.

»Sie ist atemberaubend«, sagte Nora andächtig und schritt langsam weiter. »Und wenn man sich vorstellt, dass sie jahrelang nicht beschnitten wurde ... Hey, was ist das denn?« Sie hockte sich hin.

»Ich habe rund um die Rose gedüngt«, sagte Liam.

»Das meine ich nicht! Der Boden hier sieht komisch aus. Als ob ein Tier darin gescharrt hätte. Und es gibt lauter kleine Löcher. Hast du das gesehen?« Nora sah, dass sich die Spuren im Boden bis zu dem kräftigen Stamm der Rose hinzogen. Sie versuchte, sich aufzurichten, aber ... »Autsch!« Eine Ranke hatte sich in ihren Locken verfangen.

»Warte! Ich helfe dir«, sagte Liam.

Behutsam löste er die Haarsträhne aus dem Dornengestrüpp. Seine Finger streiften sacht über die empfindsame Haut in ihrem Nacken. Als Nora wieder frei war, richtete sie sich hastig auf. Liam ließ die Arme sinken.

»Es wird ein Tier gewesen sein«, meinte er und warf einen flüchtigen Blick auf den Boden rund um die Rose. »In England haben wir häufig Probleme mit … *badgers*. Was heißt das auf Deutsch? Es sind graue Tiere, weiß-schwarz gestreifter Kopf und … nachtaktiv …«

»Vielleicht … Dachse?«

»Ja. Dachse. Dachse scharren in der Erde, um nach Insekten zu suchen.«

»Hoffentlich kommen sie nicht heute Nacht. Wir wollen nämlich hier zelten, Fanny und ich.«

»Das finde ich schön«, sagte er, aber schaute sie nicht an.

Nora blickte wieder versonnen auf den Rosenstrauch. »Ich frage mich wirklich, wer diese Rose gepflanzt hat. Wahrscheinlich der alte Gärtner …«

»Schau mal, Leim.« Fanny kam angerannt und hielt ihm den Spaten hin.

Liam nahm ihn ihr ab und fasste ihn mit beiden Händen ganz fest, obwohl er nicht sehr schwer war. Dann hielt er ihn so, dass sich der graue Himmel in dem stählernen Spatenblatt spiegelte. »Und den hast du gefunden, Fanny?«

»Ja! Er war im Gewächshaus vergraben.« Sie nahm ihm den Spaten wieder ab. »Mama sagt, ich kann ihn behalten.« Demonstrativ stellte sie ihn neben sich. »Er hat bestimmt mal einem Kind gehört. Udo hat mir einen neuen Stiel gemacht.«

Liam nickte abwesend.

»Hast du den Weg gepflastert, Liam?«, fragte Nora. Er nickte wieder. »Der ist toll geworden! Die Rose sieht dort hinten aus wie eingerahmt.«

»Ah, natürlich, ich hätte wissen müssen, dass du es erkennst! *If you have a view, use it*«, sagte er. »Das ist nicht von mir. Aber es stimmt. Es ist von Vita Sackville-West.«

»Die Gärtnerin von Sissinghurst? Die Gartenschriftstellerin?«, fragte Nora begierig. »Oh, ihren Weißen Garten möchte ich so gern mal sehen! Du kennst ihn sicher, oder?«

Liam setzte sich ins Gras, Schmetterlinge ließen sich auf seinen Knien nieder. »Er ist wunderbar. Vita hat ihn angelegt, weil es im Garten keine Lampen gab. Die weißen Blüten und die silbrigen Blätter haben das Mondlicht reflektiert, wenn sie von ihrem Schlossturm, in dem sie schrieb, nachts zurück ins Familienhaus ging. Im Mittelpunkt dieses Weißen Gartens gibt es einen Pavillon, an dem eine *Bobbie James* wächst. Sie ist riesig! Sechs Meter wachsen die Ranken jedes Jahr. Der Garten wurde in den Dreißigerjahren angelegt. Man kann sich kaum vorstellen, wie oft die Ranken gestutzt wurden. Da muss man als Gärtner mal gewesen sein.«

Nora seufzte. »Wenn heute Nacht der Mond scheint, gehe ich raus und schaue, ob unsere Rose auch den Mondschein reflektiert. Dann schreibe ich ein Gedicht im Zelt und bilde mir ein, ich sitze in einem Turm.«

»Wenn es wirklich eine *Moonlight* ist, sollte sie im Mondlicht schimmern. Sonst wird sie ihrem Namen nicht gerecht.«

Nora schaute Liam nicht an. Also sah sie auch nicht, dass er lächelte.

Als Nora das zweite Gewächshaus betrat, staunte sie nochmals. Auch hier war alles fertig umgegraben. Die schweren Tüten mit dem Dünger waren verschwunden, also nahm sie an, dass er bereits eingebracht worden war. Gegossen war auch. Der Duft von feuchter Erde hing in der Luft.

Liam folgte ihr, in der Hand immer noch seine Heckenschere. »Wie hast du die Freiwilligen zu so harter Arbeit getrieben?«, fragte Nora und sah anerkennend auf die unkrautfreie Fläche vor sich. Die Bodenkrume war locker und grob geharkt, geteilt von einem ordentlich getretenen Mittelweg.

Liam sah geschmeichelt aus, als er sagte: »Ich hab niemanden getrieben. Ich hab das Gewächshaus allein umgegraben.«

»Wow«, erwiderte Nora und sah auf seine muskulösen Arme. »Es ist zum Pflanzen bereit. Wenn wir nur wüssten, was …«

»Wir haben mit dem Pflanzen und Säen extra auf dich gewartet. Das andere Gewächshaus ist ja schon fast voll.«

Nora sah sich um. »Wo hast du dein Zelt gelassen?«

»Im anderen Gewächshaus. Hier lagen übrigens alte Rosenstöcke, hast du das gesehen? Vielleicht sollte man es als Zeichen nehmen und ein Gewächshaus ausschließlich mit Rosen bepflanzen.«

»Essen!«, rief in diesem Moment Ellie von der Terrasse zu ihnen herüber.

Nora zuckte mit den Achseln. »Ich weiß nicht, wofür ich mich entscheiden soll. Ich hatte mal den Traum von Mohn. Beeteweise! Klatschmohn, Schlafmohn, Goldmohn, Islandmohn, Orientalischer Mohn. Einjähriger Mohn, zweijähriger Mohn, Staudenmohn«, sagte sie, als sie in Richtung Haus gingen. »Aber Charlie hat mir eine traurige Geschichte über Mohn erzählt, und dann bin ich davon abgekommen.«

»In England haben wir den *Poppy Day*. Am 11. November. Da steckt sich jeder eine Mohnblüte an.«

»Im Herbst blüht der Mohn doch gar nicht«, meinte Nora.

»Es ist eine Mohnblüte aus Stoff oder Pappe oder Papier. *Poppy Day* ist der Gedenktag an die Gefallenen des Ersten Weltkriegs. Auf ihren Gräbern wuchs zuerst roter Mohn, auf der frisch aufgeworfenen Erde. So steht es in einem Gedicht. Wir mussten es in der Schule auswendig lernen.«

»Mohn mag offenen Boden«, bestätigte Nora. »Wie gepflügte Felder. Oder wie Gräber. Aber wie schrecklich ist das.«

»Ja. Mohn ist auch blutrot, da kann man ihn sich doppelt gut auf Gräbern vorstellen. Die verwundeten Soldaten wurden mit Opium, das ja aus dem Schlafmohn gewonnen wird, ruhiggestellt. Wusstest du das? Mohn erinnert gleich dreimal an Krieg«, erklärte Liam.

Nora schüttelte sich. »Das ist das definitive Aus für meine Mohnpläne in der alten Gärtnerei. Ich könnte niemals eine Pflanzenart kultivieren, um die sich so viele traurige Geschichten ranken.«

»Vielleicht ist auch nur eine Pflanzenart zu wenig für das große Gewächshaus«, meinte Liam.

Nora nickte. »Stimmt. Aber wenn wir jemals etwas hier anpflanzen, fände ich es schön, wenn es eine Art übergeordnetes Thema gäbe. So etwas wie alte Nutzpflanzen, Steppenpflanzen oder Duftpflanzen. Für das eine Gewächshaus ist es okay, so viel Unterschiedliches anzubauen, es sind geschenkte Pflanzen, aber in Zukunft …« Sie wagte nicht weiterzudenken.

»Man bekommt nur den Garten, den man haben will, wenn man streng ist«, sagte Liam. »Das ist auch nicht von mir.«

»Wieder Vita Sackville-West?«

»Genau. Du möchtest also eine Vision für die Gärtnerei?« Liam klang nachdenklich.

»Ja, wenn es mit dieser Gärtnerei jemals ernst werden sollte … Ach, ist ja sowieso nur Träumerei. Wir werden sie niemals behalten dürfen. Und selbst wenn … Für einen gut gehenden Betrieb ist sie viel zu weit von Berlin entfernt. Einen Sponsor bräuchten wir dann auch, aber das Grundstück liegt zu einsam für ein Unternehmen. Wir haben es schließlich auch nur durch Zufall gefunden. Wer sollte hier schon herkommen?«

»Das kommt drauf an. Es gibt PR, es gibt Marketing, es gibt die Medien und das Internet. Ihr habt es noch nie versucht. Es könnte ein Ausflugsort für Berliner sein, meinst du nicht? Sissinghurst ist auch zwei Stunden von London entfernt. Und du solltest mal sehen, was da los ist. Der Parkplatz wird ständig vergrößert, weil so viele Busse kommen. Vita Sackville-West hatte ebenfalls eine Vision. Der Weiße Garten, der Sonnenuntergangsgarten, der Frühlingsgarten …«, sagte Liam, als sie die Treppen zur Terrasse hochgingen. »Und eine Gastronomie gibt es auch.«

»Das klingt wunderbar …«

Nora überlegte, wie sie einen Sonnenuntergangsgarten gestalten würde. Warme Rot- und Violetttöne – Rosen, Sonnenhüte und Fette Henne, Pfingstrosen und ja, vielleicht auch ein, zwei Mohnstauden. Orangefarbene Fackellilien und Taglilien, ein bisschen Gelb von Sonnenhüten und Schafgarbe, und dunkles, duftendes Braunrot wie das von der Schokoladenblume und der Bart-Iris …

»Ich zum Beispiel habe die Vision von Kartoffelsalat und Buletten«, sagte Ellie und strahlte sie an.

Sie nahm zwei der Pappteller. Neben ihr saßen Margarete und Fanny und aßen bereits. »Ihr auch? Von Schwärmereien allein werdet ihr nicht satt. Von Buletten schon.«

»Sehr gern«, sagte Liam. »Was ist denn eine Bulette?«

»Hast du noch nie eine Bulette gegessen? Du Armer. Ein Leben ohne Buletten, ts, ts, ts. Gut, dass du zu uns gekommen bist.« Ellie tat ihm gleich zwei Buletten auf und eine ordentliche Kelle Kartoffelsalat dazu. »Da ist Fleisch drin und Brot und Zwiebel und Ei.«

»Klingt wie ein Hamburger, bei dem das Brot gleich mit drin ist. Praktisch.« Er biss hinein.

»Gibst du mir auch eine?«, bat Nora und zwang sich zurück in die Realität, weg von Sonnenuntergangsgärten.

Sie hielt ihren Teller hin und schaute zum Himmel. Über dem Feld braute sich ein Gewitter zusammen.

Dann bemerkte Nora aus den Augenwinkeln eine Bewegung. »Oh, da kommen Freiwillige! Wir bekommen Hilfe. Wie schön!«

Sie biss von der Bulette ab – ganz köstlich, wie Ellie die machte – und zeigte in Richtung Tor, durch das gerade Hand in Hand ein Mann und eine junge Frau schlenderten.

Der Mann war groß und beinahe beängstigend breitschultrig, sein Hals war so breit wie sein Gesicht. Er hatte ein offenes, freundliches Gesicht, kurz geschnittenes schwarzes Haar und sah aus, als würde er jeden, der die zierliche Frau an seiner Seite mit einem falschen Wort bedachte, persönlich aus dem Weg schaffen.

Die Frau, fast einen Kopf kleiner als ihr Begleiter, kam Nora bekannt vor, aber es dauerte einen Moment, bis sie sie erkannte.

»Das ist ja Romy Fritsch«, sagte sie kauend.

»Wer ist Romy Fritsch?«, fragte Liam, der sichtlich genießerisch die Gabel in den Kartoffelsalat stieß.

»Die begabteste junge Floristin, die ich kenne. Eine ganz besondere Frau, die ein ungewöhnliches Händchen für alles Blühende hat. Das Verständnis und den Respekt für die Natur, ein natürliches Empfinden für Farben und Formen. Und sie ist die Enkelin der Frau, die im Krieg in der alten Gärtnerei gearbeitet hat. Unsere letzte Verbindung zur Vergangenheit.«

Liam ließ die Gabel sinken.

25. Kapitel

Romy lächelte Nora schüchtern an. »Hallo, Frau Dittbrenner. Ich wollte schon lange mal vorbeikommen, aber die Hochzeit hat mich ziemlich in Atem gehalten. Sie haben ja ganz schön Staub aufgewirbelt. Ich hab alles über die alte Gärtnerei im Internet gelesen. Und im Fernsehen waren Sie auch! Oh, und das ist mein … Mann. Tino.« Sie wirkte, als wäre es noch sehr ungewohnt für sie, Tino als ihren Ehemann vorzustellen.

»Herzlichen Glückwunsch!«, sagte Nora warm. »Und wollen wir uns nicht duzen? Schön, dass du es zu uns geschafft hast, Romy. Ellie und Margarete kennst du ja. Und das ist Liam Tremayne.« Sie wies auf Liam. »Er ist extra aus England gekommen, um uns in der alten Gärtnerei zu unterstützen.«

»Sie haben da einen Schmetterling im Haar«, sagte Romy zu Liam. »Ach nein, es sind zwei!«

Liam fuhr sich übers Haar, und die Schmetterlinge flatterten hoch. Aber nur, um sich gleich wieder niederzulassen.

»War eure Hochzeit schön?«, fragte Nora.

Aber plötzlich schien Romy Nora nicht mehr zu hören. Sie schaute verträumt in die Ferne.

»Romy?«, fragte Tino besorgt. Er nahm sie an den schmalen Schultern und rüttelte sie sanft. »Romy!«

Wieder eine, dachte Nora.

Romy kam in ihre Welt zurück. Sie sah irritiert aus. »Ich

weiß noch, wie ich früher mit meiner Oma Beete angelegt habe«, sagte sie unvermittelt. »Am liebsten im Wald, nur mit Moos und Blättern und ausgegrabenen Pilzen und Blaubeerkraut. Wie seltsam. Ich hab mich eben genau wie damals gefühlt. Als würde ich Pilzluft riechen und feuchtes Moos in meinen Händen halten.«

Nora nickte.

»Nora hat gefragt, wie unsere Hochzeit war«, sagte Tino.

Romy strahlte, jetzt wieder ganz im Hier und Jetzt. »Wunderbar war unsere Hochzeit! Stimmt's, Tino?«

Sie sah verändert aus, fand Nora. Irgendetwas war anders mit ihrem Haar – es war nicht mehr ganz so präzise gescheitelt und statt mausbraun dunkelblond getönt. Vor allem war ihr Gesichtsausdruck nicht mehr ängstlich. Sie leuchtete von innen. Die Ehe schien ihr gut zu bekommen.

»Willst du dich mal umsehen?«, fragte Nora.

Romy zögerte. »Das will ich eigentlich nicht. Die alte Gärtnerei war irgendwie … das Geheimnis meiner Oma. Wenn sie gewollt hätte, dass ich hierherkomme, hätte sie mich einfach mitnehmen können, oder?« Nora verstand, was sie meinte. »Ich … wollte dir noch etwas sagen, das mir zur Gärtnerei eingefallen ist. Ich weiß nicht, ob es wichtig ist, aber es gibt ja wohl niemanden mehr, der darüber etwas erzählen kann. Außer vielleicht … mir.«

»Ja?«

»Ich hab doch erzählt, dass etwas Trauriges geschehen ist, damals, als mein Vater starb. Vor fünfzehn Jahren. Meine Oma hat nach dem Begräbnis gesagt, sie hätte nur einmal im Leben so sehr geweint wie an jenem Tag. Und das wäre gewesen, als Gärtnermeister Kirsch sich das Leben genommen hätte.«

Romy schwieg und ließ die Arme hängen. Plötzlich

wirkte sie wieder so verloren wie bei ihrer ersten Begegnung in Fritschs Floristikladen. Aber dieses Mal griff Tino nach ihrer Hand.

»Er hat sich umgebracht?«, fragte Nora, nur um ganz sicher zu sein, dass sie das richtig verstanden hatte. »Auf seinem Grabstein stand, dass er 1942 gestorben ist.«

»Ja, das hat er wohl. Das hat meine Oma jedenfalls damals gesagt. Ich fand das so unfassbar traurig, dass ich es verdrängt habe. Ich meine, mein Vater war gerade gestorben«, fügte sie entschuldigend hinzu, obwohl es keine Entschuldigung brauchte. »Und als es mir neulich einfiel, hab ich Mutter danach gefragt. Da wurde sie … na ja … richtig böse. Zum Schluss hat sie mir sogar den Mund verboten … Das war mir aber egal.« Romy grinste verschmitzt. »Tino und ich wohnen jetzt in Gransee. Ich muss nicht mehr dazu sagen. Sie kann manchmal so unversöhnlich sein, meine Mutter.«

Man sah der jungen Floristin die Erleichterung an, ihrer Mutter entkommen zu sein.

Die Gedanken überschlugen sich in Noras Kopf, aber sie brauchte etwas Zeit, das Gehörte einzuordnen. »Und die kunstvollen Blumengebinde, die machst du hoffentlich weiter, Romy?«, fragte sie abwesend.

»Ja! Ich habe durchgesetzt, den Blumenschmuck für unsere Hochzeit allein zu entwerfen. Die Kirche sah toll aus, und danach haben ein paar Freunde von mir gefragt, ob ich das bei ihren Hochzeiten nicht auch machen kann. Mit Sommerblumen und ein bisschen wild. So, als ob mitten in der Kirche eine Blumenwiese wachsen, als ob die Natur alles extra schön blühen lassen würde, um Braut und Bräutigam zu umarmen. Das passt doch …«

Nora warf Liam einen kurzen Blick zu, und er nickte unmerklich. Ich verstehe, was du meintest, schien das zu bedeuten. In diesem Moment spürte sie einen Tropfen auf ihrer Hand.

»Endlich! Es fängt an zu regnen. Das wird auch höchste Zeit! Es ist viel zu trocken!«, rief Romy fröhlich. »Ich nehme das mal als Zeichen, dass wir lieber fahren sollten. Oh … Bevor ich's vergesse … Das hier ist meine Visitenkarte!« Sie kramte eine kleine hellgrüne Karte aus ihrer Tasche und drückte sie Nora in die Hand. »Wenn du mal jemanden brauchst, der außergewöhnliche Sträuße bindet. Tschüs dann! Wir bleiben in Kontakt. Auf Facebook. Komm, Tino.«

Sie wollten gehen, aber da trat Liam auf einmal auf Romy zu. Er griff nach ihrer Hand, führte sie zu seinem Mund und hauchte einen leichten Kuss darauf. Dann ließ er sie los.

»Wofür war das denn?«, fragte Romy errötend und rieb leicht über ihre Hand. Sie war genauso verblüfft wie die anderen.

»Eine Erinnerung. *A memory of the past*«, sagte Liam.

Er machte keine Anstalten zu erklären, was er damit meinte.

»Dankeschön. Auch wenn ich nicht weiß, warum.«

Romy knickste verlegen, was so seltsam wirkte, dass alle lächelten.

Nora schaute zum Himmel. »Wir müssen rasch unser Zelt aufbauen, wenn wir wirklich hier schlafen wollen. Sonst ist alles nass, bevor wir ein Dach überm Kopf haben.«

»Im Regen wollt ihr doch sicher nicht hier zelten, oder?«, fragte Liam.

»Doch, bitte, bitte, du hast es versprochen, und was man verspricht, muss man halten«, quengelte Fanny.

»Da kennst du uns Dittbrenner-Frauen aber schlecht!«, erwiderte Nora. »Jetzt erst recht.«

Fanny quietschte begeistert und klatschte in die Hände. »Ich helfe euch.«

Zu dritt joggten sie zu Margaretes Wagen, holten das Campingzubehör heraus und brachten es in das Gewächshaus, in dem auch Liams Zelt stand. Viel Schutz bot es ihnen nicht, trotzdem fühlte Nora sich hier geborgener, als wenn sie draußen auf der Wiese gezeltet hätten. Vielleicht lag es an den vielen Pflanzen, die in den letzten Wochen üppig gewuchert waren.

Als das Zelt stand, hörte man es in der Ferne über dem Feld donnern. Sie liefen zurück zur Terrasse, wo Ellie und Margarete rasch zusammenpackten.

»Wir fahren nach Hause!«, erklärte Ellie überflüssigerweise. »Und morgen um zwei wird es ernst! Komm rechtzeitig!«

»Und bis dahin – viel Spaß, ihr drei«, sagte Margarete munter.

»Was machen wir jetzt?«, fragte Nora und schaute auf die Uhr. »Es ist noch nicht sehr spät.«

»Tee trinken«, antwortete Liam. »Was sonst?«

»Tee trinken ist langweilig. Ich geh in meine Höhle, spielen«, sagte Fanny und zog sich die Kapuze über.

»Wenn es doller gewittert, komm wieder zurück, okay?«, mahnte Nora besorgt.

Fanny nickte, lief aus dem Gewächshaus und verschwand hinter dem grauen Regenvorhang.

»Darf ich dich in mein Zelt einladen?«, fragte Liam im Gewächshaus höflich, und Nora lachte.

»Gesprochen wie ein englischer Gentleman. Ja, du darfst.«

Er schlug die Eingangsplane so zurück, dass man drinnen sitzen, aber die Füße draußen lassen konnte.

»Du darfst auch die Schuhe anbehalten«, bemerkte er zuvorkommend, und Nora lachte wieder.

»Danke.«

Liam reichte ihr einen Becher Tee. »So. Gärtnermeister Kirsch hat sich also umgebracht«, sagte er und nahm einen Schluck. »Warum wohl?«

»Ich weiß es nicht.« Nora nippte an ihrem Tee. »Es waren harte Zeiten. Vielleicht war er krank. Oder er hatte Angst vor dem, was mit seiner Gärtnerei passieren würde, wenn man ihn einzieht. 1942 tobte der Krieg. Er muss sehr allein gewesen sein.«

Liam sah sie schweigend an. Seine hellgrauen Augen wirkten dunkel, wie ein See, der den Himmel spiegelte, hell bei gutem Wetter, dunkel bei schlechtem. Nora wartete darauf, dass er auch über das Leben des Gärtners spekulierte.

Aber sein Schweigen zog sich hin. Nur das Schlagen schwerer Tropfen auf der Zeltplane war zu hören. Dann donnerte es laut, diesmal dicht über ihnen. Ein Blitz zerschnitt den Himmel und erleuchtete das Gewächshaus.

Fanny, dachte Nora und beugte sich vor, um nach ihrer Tochter Ausschau zu halten. Wo bleibt sie?

In diesem Moment holte Liam tief Luft. »Nora, ich …«

»Schau mal, wie nass ich bin, Mama!«, rief Fanny und rannte auf sie zu.

Vor dem Zelt schüttelte sie sich wie ein kleiner Hund, sodass die Wassertropfen von ihrer Jacke abspritzten. Inzwischen trommelten die Tropfen schwer auf sie herunter. Es war kein Regen, es war ein Wolkenbruch.

»Iihhh, lass das, Fanny«, schimpfte Nora. »Es wird doch alles nass.«

»Hier *ist* schon alles nass«, sagte Liam und fuhr mit der Hand zwischen Außenplane und Bodenplane entlang. Als er sie wieder hochhob, glänzte sie feucht. »*Shi*… Mist. Da muss etwas kaputt sein.«

»Vielleicht müssen wir doch nach Hause fahren! Bevor wir hier einregnen«, meinte Nora. Ein erster kleiner Bach, der sich seinen Weg durchs Zelt bahnte, sickerte durch ihre Hose. Hastig stand sie auf.

»Wir könnten im Haus schlafen«, schlug Liam vor und versuchte, das Wasser so umzuleiten, dass es wieder aus dem Zelt herausfloss.

»Au ja, im Haus! Da ist es trocken!«

Fanny zerrte ihren Schlafsack aus dem Zelt, in den Regen hinein, der unvermindert auf sie niederprasselte. Wieder donnerte es. Die Blitze zuckten ununterbrochen über den nachtdunklen Himmel.

»Fanny! Warte!«

Hastig griffen Nora und Liam nach Isomatten, Schlafsäcken und Fannys Kuschelkissen. Dann rannten sie zu dritt los, raus aus dem Gewächshaus, über die gemähte Wiese und durch den Heckenpfad, auf dem sich eine tiefe Pfütze gebildet hatte.

Das Wasser schien von allen Seiten auf sie einzustürzen, der Himmel hatte lärmend und blitzend seine Schleusentore geöffnet.

Nora hatte keine Angst vor Gewitter, trotzdem war sie froh, als sie das Haus erreichten. Still und dunkel stand es da. Im Inneren war es düster, aber es roch nicht mehr ganz so muffig wie bei ihrer ersten Besichtigung.

»Ich möchte auf gar keinen Fall oben schlafen«, sagte Nora.

Ihre Stimme hallte in dem leeren Flur wider, und sie musste an Gärtnermeister Kirsch denken, der vor vielen Jahren seinem Leben ein Ende gesetzt hatte, an die unheimliche Atmosphäre auf dem Dachboden … Dort hat er es getan, dachte sie. Ein Schauder des Entsetzens überlief sie.

Sie durchquerten den Flur. Ihre nassen Schuhe machten auf dem kalten Beton leise Geräusche. Das große Zimmer, an das sich die Terrasse anschloss, war mehr als renovierungsbedürftig, aber für eine Nacht würde es gehen.

»Ich bin müde. Ich will gleich schlafen …«, bemerkte Fanny zu Noras Erstaunen.

»Hier ist es nicht schön, aber wenigstens trocken«, sagte Nora und breitete ihre beiden Isomatten nahe der Terrassentür aus. So konnten sie das Gewitter noch ein bisschen beobachten.

Fanny ließ ihren kleinen Rucksack fallen, zog sich Schuhe und Jacke aus und krabbelte gleich in ihren Schlafsack hinein. Zufrieden seufzend schloss sie die Augen.

»Gute Nacht, mein Schatz!«

Nora strich ihrer Tochter übers Haar, sah, wie sie ihr Kuschelkissen in die richtige Position brachte.

Das Gewitter schien weiterzuziehen. Nur gelegentlich erhellte noch ein Blitz den dunklen Raum. Nora bekam eine Gänsehaut. Sogar mit Fanny und Liam fühlte sie sich wie in einem Grab. Der Gedanke an den Gärtnermeister ließ sie nicht los.

»Ist dir kalt?«, fragte Liam. Er hatte seine Campingsachen ein paar Meter weiter ausgebreitet. »Möchtest du noch einen Tee?«

»Sag bloß, den hast du mitgebracht?« Nora lächelte.

»Natürlich.« Er kam zu ihr herüber und reichte ihr ihren Becher. Dann sah er auf sie herunter. Sie konnte seinen Gesichtsausdruck nicht erkennen, als er sagte: »Nora, ich würde morgen gern zu dem Grab des Gärtners gehen. Du weißt doch, wo das ist, oder?«

»Ja. Das machen wir.«

»Danke. Und gute Nacht.« Er ging zurück zu seinem Lager.

»Gute Nacht, Liam.« Nora schlüpfte in ihren Schlafsack. »Ich bin todmüde. Das sind bestimmt die Nachwirkungen der Grippe. Bei Fanny auch. Sie würde uns sonst sicher bis Mitternacht auf Trab halten.«

Eine Weile lauschte sie dem Regen, der gegen das Fenster schlug, und Fannys vertrauten Schlafgeräuschen. Sie war tatsächlich sofort eingeschlafen. Aus Liams Ecke kam kein Mucks.

Entweder er war ein sehr stiller Schläfer, oder er schlief nicht.

Ein gellender Schrei weckte Nora. Sie fuhr auf, ihr Herz raste. Er hallte noch in ihren Ohren, als er schon verstummt war.

Sie brauchte einen Augenblick, bis sie sich orientieren konnte. Das Gewitter. Sie hatten Unterschlupf im Haus gesucht.

»Fanny!« Da sank ihre Tochter auch schon weinend auf ihren Schoß. »Fanny! Was hast du?«

»Hier … sind … tote Kinder …«, schluchzte Fanny. »Im Haus … überall …«

Nora schlang die Arme um Fanny. »Du hast geträumt. Alles ist gut. Es gibt hier keine toten Kinder. Beruhige dich, mein Schatz. Komm, leg dich wieder hin. Schlaf weiter.«

Auf einmal verfluchte sie den Gedanken, in der Gärtnerei zu übernachten. Sie konnte Fanny nicht mal in ihren Schlafsack nehmen, damit sie sich an sie kuscheln konnte.

Fanny jammerte zum Herzerweichen. »Nein … ich kann hier nicht schlafen. Ich will we…eg.« Ihre Stimme brach, sie zitterte am ganzen Körper, und besorgt legte Nora ihr die Hand auf die Stirn. Es war untypisch für Fanny, dass sie sich nicht beruhigen ließ.

Sie sah, dass Liam seine Taschenlampe angemacht hatte. Er kam zu ihnen herüber.

»Sie ist völlig außer sich«, sagte Nora leise, als er sich neben sie kauerte. »Was machen wir denn jetzt?«

»Einen Ort haben wir noch, an dem wir schlafen können.« Liam stand wieder auf und hielt Nora die Hand hin, die sie ergriff.

Minuten später wanderten sie zum zweiten Mal in dieser Nacht über das Gelände, ihre Isomatten und Schlafsäcke unter den Arm geklemmt. Fanny lief zwischen ihnen, sie hickste und schluchzte vor sich hin.

Es hatte aufgehört zu regnen, die Nacht war schwer von der Feuchtigkeit. Es tropfte von Brombeerbüschen, Waldclematis und Hopfen, von Haselnuss, Birke und Eberesche. Irgendwo im Wald schrie ein Käuzchen.

Die drückende Schwüle war verflogen. Wind war aufgekommen, der die Wolken über den Himmel jagte und gelegentlich den Blick auf eine schmale Mondsichel freigab.

Jetzt wäre die richtige Zeit gewesen, sich davon zu überzeugen, ob die Rose das Mondlicht reflektierte. Aber um nichts in der Welt wäre Nora allein bis in den hintersten Winkel der Gärtnerei gegangen. Alles, was tagsüber warm und freundlich war, erschien ihr plötzlich kalt und bedrohlich. Sie warf einen Blick auf ihre Armbanduhr: Es war halb drei.

Die kleine Prozession zog zu Liams Wagen.

Liam öffnete die Hecktür des Kombis, sie legten Noras und Fannys Isomatten und Schlafsäcke auf die alte karierte Decke. Fanny schlüpfte aus ihrer Jacke, ließ sie achtlos vor der Autotür fallen, streifte die Schuhe ab und krabbelte in ihren Schlafsack.

»Besser?«, fragte Nora und strich ihr übers Haar.

»Ja. Viel besser«, gab sie mit vom Weinen heiserer Stimme zurück.

»*Night, night, sleep tight*«, flüsterte Liam.

Fanny drehte sich ein paar Mal hin und her, seufzte tief – dann war sie auch schon wieder eingeschlafen. Nora schloss die Tür hinter sich und versuchte, es sich irgendwie gemütlich zu machen. Es war eng, aber es musste gehen.

»Was hat sie so verängstigt?«, fragte Liam leise.

Er saß in seinem Schlafsack mit angezogenen Beinen quer auf der Vorderbank. Mit dem Rücken hatte er sich gegen das beschlagene Fenster gelehnt. Er war … nah. So nah, wie Nora lange keinem Mann mehr gewesen war.

»Dieses Grundstück und dieses Haus wecken Erinnerungen. Fanny scheint dafür besonders empfänglich zu sein. Am Anfang hatte sie auch entsetzliche Albträume, besonders, nachdem sie in der Nähe der Rose gespielt hatte«, gab Nora ebenso leise zurück. »Sind bei dir keine Erinnerungen hochgekommen, als du die alte Gärtnerei das erste Mal betreten hast?«

»Nein, kann ich nicht sagen. Zu mir kommen dafür Schmetterlinge.«

Nora nickte. »Wenn ich es mir recht überlege … Es scheinen nur Frauen zu sein, die das spüren. Ich glaube, es hat etwas mit der Erde zu tun. Wie man verwurzelt ist. Mit dem Wachsen und Vergehen der Pflanzen. Vielleicht heißt es deshalb Mutterboden?« Sie gähnte. »Was für eine Nacht.«

»Nora …«

»Ja?«

»Musst du in Berlin aus euerm Haus ausziehen? Ihr habt euch neulich darüber unterhalten.«

»Das kann sein. Wir haben morgen Nachmittag ein Gespräch mit dem Hausbesitzer. Wir glauben, dass er unser Haus an ein englisches Konsortium verkaufen will. Deshalb waren wir so misstrauisch, als du plötzlich auftauchtest. Wir konnten uns nicht vorstellen, dass es ein Zufall war, dass du auch aus England kommst.«

»Ach deshalb! Ich hab mich schon über euer Misstrauen in den ersten Tagen gewundert … Und jetzt seid ihr überzeugt, dass ich nichts damit zu tun habe?«

Nora zögerte. »Ich kann nicht für die anderen sprechen. Aber ich bin überzeugt, dass du nichts damit zu tun hast.«

»Gut. Denn das habe ich nicht.«

Liam schwieg, und Nora gähnte. Ihre Augenlider wurden schwer. Sie war schon eingeschlafen, als sie erneut aufschreckte.

»Und wenn du die Wahl hättest, euer Haus zu retten oder die Gärtnerei … Wie würdest du dich entscheiden?«, fragte Liam.

Nora war wieder hellwach. Sie dachte kurz nach. Das Haus war das Herz ihrer Berliner Existenz, war Fannys Umfeld, war das Zuhause ihrer kleinen Familie und ihrer Freunde.

Die Gärtnerei dagegen war das Zuhause ihrer Träume, ihrer Sehnsucht. Eine wahr gewordene Fantasie.

»Ich würde die Gärtnerei nehmen«, flüsterte sie und hoffte, dass das niemand hörte, der sie beim Wort nehmen konnte.

Liam schwieg erneut. Und dann beugte er sich über die Rückenlehne, bis sein Gesicht ihrem ganz nah war. Mit der Hand fasste er sanft in ihre Locken.

»Ich denke, es ist Zeit für einen Gutenachtkuss. *Don't you think?*«

26. Kapitel

Nora wurde davon wach, dass Fannys Beine samt Schlafsack auf ihrem Bauch lagen. Vorsichtig schob sie sie zur Seite und rappelte sich hoch, um durchs Seitenfenster schauen zu können.

Es war noch früh. Die Sonne schien durch die Kiefern, der Himmel sah aus wie frisch gewaschen. Im Wagen war es kühl. Sie legte sich wieder hin und ließ die Nacht Revue passieren. Da war viel Regen gewesen, das düstere Haus, Fannys Albtraum. Liams Wagen. Liam. Sein Kuss.

Nora dachte an die Schmöker, die sie gelesen hatte. Küsse wurden auf die romantischsten Arten beschrieben – wie ausbrechende Vulkane, tobende Meere der Leidenschaft. Sie lösten Wellen der Erregung aus, die übermächtig wurden.

Das waren Bilder, mit denen sie nichts anfangen konnte. Gärtnerküsse waren anders. Da müsste es heißen: Eine Irisblüte öffnet sich im Wind. Der Farn entrollt sich in der Dämmerung. Das Gingkoblatt findet seine zweite Hälfte. Der Löwenzahnschirm schwebt langsam zur Erde und bleibt dort liegen, wo er hingehört …

So schön war es gewesen. Sie hielt einen Moment lang die Luft an. Dann atmete sie langsam wieder aus, bedacht darauf, kein verräterisches Geräusch zu machen.

Aber offenbar war sie nicht leise genug. Denn Liam war auch wach.

»Nora … Ich habe gerade gedacht … Wie wäre es mit

Pflanzen, die je nach Tageszeit ihre Blüten öffnen?«, flüsterte er von seinem Rücksitz aus. »Dann wäre jetzt die Zeit für die *Morning Glory*. Und abends für die *Mother-of-the-evening*. Man braucht keine Uhr. Man braucht nur Blumen.«

Er setzte sich auf und spähte zu ihr hinüber, lächelte sie erwartungsvoll an. Auf der Wange hatte er eine Strieme, als ob er auf dem Sicherheitsgurt geschlafen hätte.

Seine dunklen Haare waren verwuschelt, er hatte wieder einen dunklen Bartschatten. Zum ersten Mal fiel Nora auf, dass Liams Oberlippe etwas asymmetrisch war. Das war es, was ihm manchmal etwas Abschätzendes gab. Aber nur für denjenigen, der ihn nicht besser kannte.

Sie lächelte zurück.

»Eine Zeitgärtnerei. Das ist eine schöne Idee. Auch wenn ich keine Ahnung habe, was das für Blumen sind, die du im Sinn hast«, sagte sie. »Macht ihr so etwas in der Gärtnerei, in der du arbeitest? Wo arbeitest du überhaupt zurzeit? Und bei wem?«

»Nein, das mit den Blumen, die die Zeit bestimmen, ist mir eben erst eingefallen. Die Gärtnerei, in der ich arbeite, gehört … meiner Familie«, antwortete Liam.

»Den Tremaynes?«

»Genau.«

»Wie schön muss das sein, wenn man bei dem, was man am liebsten macht, von der Familie unterstützt wird«, sagte Nora. »So was hab ich mir immer gewünscht.«

»Manchmal geht das nicht«, sagte Liam. »Mein Sohn zum Beispiel fasst keine Blume freiwillig an. Die Gärtnerei interessiert ihn einfach nicht. Und trotzdem ist David ein toller kleiner Kerl. Es ist so schön, wenn ich ihn habe. Und meine Mutter verwöhnt ihn immer nach Strich und Faden. Ist ja auch ihr einziges Enkelkind.«

Die Erinnerung an den Kuss erlaubte Nora zu fragen: »Wie ist denn Davids Mutter?«

Liam seufzte. »Amy … *a beautiful mistake*. Ein City Girl. Sie fasst auch keine Blume freiwillig an. Das hat sie mit David gemeinsam. Muss sie ja auch nicht. Sie hat in London jemanden gefunden, der besser zu ihr passt.«

»Keinen Gärtner«, riet Nora.

»Nein. Sie würde wohl genauso wenig denselben Fehler zum zweiten Mal machen wie ich. Liebe ist manchmal wie eine launische Prachtstaude. Man tut alles für sie, und trotzdem stirbt sie. Dafür taucht irgendwo im Beet unerwartet ein Ableger auf, der sich wunderbar entwickelt.«

»Im Beet des Lebens …«, sagte Nora leise.

In diesem Moment regte Fanny sich. Sie setzte sich auf, mit rosigen Wangen, die blonden Locken zerzaust. »Ich hab Hunger«, verkündete sie.

»Dir auch einen guten Morgen, Fanny. Hast du gut geschlafen, mein Schatz?«, entgegnete Nora.

Eine halbe Stunde später saßen sie in einem Café an der B96, das zu einer Tankstelle gehörte. Es war ein ungemütlicher Ort mit Resopaltischen, harten Stühlen und einem klebrigen Fußboden. Aber es war das einzige Café, das sie auf dem Weg nach Teschendorf gefunden hatten. Der junge Tankwart gähnte, als er ihnen Kaffee, Kakao und belegte Brötchen über den Tresen reichte.

Es schmeckte erstaunlich gut. So sieht also das erste Frühstück nach dem ersten Kuss aus, dachte Nora und biss in ihr Salamibrötchen. Das hatte sie schon vergessen, so lange war das letzte Mal her.

Liam blinzelte ihr kurz zu, und sie hätte schwören können, dass er dasselbe dachte wie sie. Um ein Haar hätte sie sich verschluckt.

»Da ist es.« Kurz darauf zeigte Nora auf den Grabstein von Theodor Kirsch, und Liam trat näher heran. Seit ihrem letzten Besuch hatte sich das Grab verändert.

Die Funkie hatte ihre großen grünen Blätter ausgebreitet, die Maiglöckchen waren bereits verwelkt, der Efeu hatte sich mit seinen Ranken zum Nachbargrab hin breitgemacht.

Nora ärgerte sich. Sie hätte gern ihr Gartenwerkzeug zur Hand gehabt, um die Ruhestätte des Gärtnermeisters ein bisschen zu pflegen.

Liam stand in Gedanken versunken neben ihr und ließ den Blick über das Grab wandern. Er hatte die Hände gefaltet, las die Inschrift wieder und wieder und sah Nora schließlich fragend an.

»Es möge leben, wachsen und gedeihen«, sagte sie.

Er nickte, blieb weiter regungslos stehen. Nur seine Lippen bewegten sich, als ob er betete. Oder sich leise unterhielt.

Da zupfte ihn Fanny am Ärmel. »Soll ich dir mal zeigen, wo ich die Steine gefunden habe?«, fragte sie.

»Welche Steine?« Liam sah fragend zu Nora.

»Fanny sammelt gern Dinge. Hier hat sie auch etwas gefunden«, sagte sie, aber da zog Fanny ihn schon in Richtung Grabstein. Seine Schuhe hinterließen Spuren auf den Efeublättern.

»Hier, guck mal, Leim! Mama hat gesagt, ich darf nur drei mitnehmen«, beklagte sie sich und zeigte auf den kleinen Steinhügel hinter dem Grab. »Dabei liegen hier noch so viele.«

»Wir wissen nicht, wer sie hingelegt hat, da kannst du nicht einfach alle einsammeln«, erklärte Nora geduldig.

Liam kniete sich neben Fanny. Mit dem Zeigefinger fuhr er über den Kieselhügel, der leise klickernd auseinanderfiel. Dann wanderte sein Blick über den Grabstein. Der obere Rand war mit einer dicken grünen Moosschicht bedeckt. Liam fuhr auch dort mit dem Finger entlang, kratzte ein bisschen an dem Moospolster, und plötzlich hielt er einen kleinen Stein auf der flachen Hand.

»*Look*«, sagte er.

Da erst sah Nora, dass unter der Moosschicht viele Steine lagen. Sie hatten dort geruht, bis Liam sie freigelegt hatte.

Plötzlich machte der kleine Kieselberg hinter dem Grabstein Sinn: Jemand hatte immer und immer wieder Steine auf den Grabstein gelegt, die irgendwann heruntergefallen waren.

»Den Brauch mit den Steinen kenne ich nur von jüdischen Friedhöfen«, sagte Nora. Fanny sah sie fragend an. »Immer, wenn man das Grab besucht, legt man einen kleinen Stein darauf«, erklärte sie.

»Warum?«, fragte Fanny.

»Das ist ein Zeichen der Erinnerung.«

»Warum Steine?«

»Das weiß ich nicht, Fanny. Muss ich zu Hause nachschauen, okay?«

»*I know it*«, sagte Liam, unwillkürlich ins Englische wechselnd. »Die Israeliten wurden in der Wüste unter kleinen Steinpyramiden begraben. Aber diese wurden im Laufe der Zeit abgetragen, und deshalb haben alle, die das Grab besucht haben, Steine mitgebracht, um die Pyramiden wieder aufzustocken.«

»Dann hat jemand, der den jüdischen Brauch kannte, Theodor Kirschs Grab besucht und immer wieder einen Stein hingelegt – bis vor einiger Zeit jedenfalls, denn jetzt ist es moosbewachsen. Nur komisch, dass das hier kein jüdischer Friedhof ist«, fügte Nora hinzu. »Und Kirsch war auch kein Jude, sonst wäre auf seinem Grabstein wohl kein Kreuz. Dennoch muss es eine Verbindung zur Gärtnerei geben. Ich bin sicher, dass Magda Fritsch die Steine hingelegt hat. Als Erinnerung an Kirsch. Sie hat garantiert auch sein Grab hier gepflegt, bis vor vier Jahren. Vielleicht hatte er jüdische Wurzeln, und sie hat mit den Steinen daran erinnern wollen?«

Liam wandte sich ab, als hätte er genug über dieses Thema spekuliert, und ging zu einem großen rechteckigen Granitstein, der am Ende des Ganges stand.

»Was bedeutet das?«, fragte er.

»Das ist ein Grabstein für fünfzehn Häftlinge vom Todesmarsch«, sagte Nora.

»Was war der Todesmarsch?«, fragte Liam.

»1945 wollten die Nazis die Gefangenen aus dem Konzentrationslager Sachsenhausen wegschaffen, als die russischen Truppen näher kamen. Sie mussten nach Nordosten marschieren. Viele überlebten das nicht, ausgemergelt und krank, wie sie waren. Wie die Armen hier.« Sie zeigte auf den Grabstein. »Sachsenhausen ist keine zwanzig Minuten von hier entfernt.«

»So nah … ein Konzentrationslager?«, fragte Liam. Entsetzen schwang in seiner Stimme mit.

»Du bist in Deutschland. Vielleicht ist die Vergangenheit da allgegenwärtiger als bei euch in England.«

Liam schüttelte den Kopf. »Nein. Das stimmt nicht. Wir und die Monarchie, die alten Gebäude – das ist auch allgegenwärtig. Aber nicht so verstörend. Nicht dafür gemacht, sich mit der eigenen Heimat wieder und wieder auseinanderzusetzen.«

Während Nora sich noch wunderte, was genau er damit meinte, klingelte ihr Handy.

»Ja, Margarete, was gibt's?« Während sie Margaretes aufgeregten Worten lauschte, spürte sie Panik in sich aufsteigen. Als sie das Gespräch beendete, sah sie Liam an. Sie konnte die Sorge in ihrem Blick nicht verbergen. Wollte sie auch nicht verbergen.

»*What's up?*«, fragte Liam.

Die Worte gehorchten Nora nicht. Es musste an dem Kloß in ihrem Hals liegen, an dem sie nicht vorbeikamen.

Sie räusperte sich, und dann gelang es endlich. »Wir haben ein Einschreiben bekommen. Sie kündigen die Räumung des Grundstücks an. Bitte, Liam, lass uns zurückfahren. Ich hab ein ganz schlechtes Gefühl. Die anderen kommen so schnell wie möglich. Nur Margarete bleibt in der Stadt.«

»Warum?«

»Weil heute Nachmittag unser Treffen mit Stegemann ist! Hoffentlich sagt er uns nicht, dass wir aus dem Haus müssen. O Gott, hoffentlich ist dies nicht der Tag, an dem wir alles verlieren!«

Noch während sie es aussprach, war Nora überzeugt, dass genau das passieren würde. Die Gärtnerei würde geräumt und ihr und ihren Freunden wurden die Wohnungen gekündigt. Ein schwarzer Samstag.

27. Kapitel

»Das ist der Brief«, rief Ellie und überreichte Nora mit zittrigen Fingern ein Blatt Papier, kaum dass sie aus dem Wagen gestiegen war.

Nora las laut: »*Aktenvorgang 83/37/78. Da Sie das Grundstück der Gemarkung 11 Kat 97-14 trotz wiederholter Aufforderung, dieses zu unterlassen, weiterhin eigenmächtig nutzen, erheben wir Anklage wegen Landfriedensbruch. Für das Schloss, das von Amts wegen angebracht und wenig später von Ihnen zerstört wurde, werden Sie sich gerichtlich zu verantworten haben. Zudem verlangen wir dafür Schadensersatz (Zustellung erfolgt mit gesondertem Schreiben).*«

»Korinthenkacker«, murmelte Udo.

»*Wir werden die Räumung der Gemarkung 11 Kat 97-14 nach erfolgtem Räumungsbeschluss umgehend einleiten*«, fuhr Nora fort. »*Hochachtungsvoll … Amtsleiter sowieso …*«

Die Unterschrift war mit einem viel zu dicken Füllfederhalter erfolgt. Auf dem groben Umweltschutzpapier zerlief die Schrift.

Ellie schniefte, Udo hatte die Fäuste geballt, Charlie sah wütend aus. Nora verstand sie gut. Sie waren ihrem Traum so nah gewesen.

»Oh, und hier steht noch was«, sagte sie und drehte das Schreiben um. »*Dem Schreiben liegt die gerichtliche Verordnung zugrunde, dass sich für die Gemarkung 11 Kat 97-14 trotz öffentlichen Aufrufs kein anspruchstellender Erbe gemeldet hat und somit das Bundesland Brandenburg der Eigentü-*

mer ist. Der Eintrag in das Grundbuch ist am 20. Mai dieses Jahres erfolgt und ist somit rechtsgültig.«

»Schaut euch dieses Datum an«, schimpfte Charlie, die sich bis jetzt zurückgehalten hatte. »Das heißt, sie wussten nichts von dem Grundstück, sind erst durch uns darauf aufmerksam geworden! Von wegen öffentlicher Aufruf. Wann soll das denn gewesen sein? 1945? So eine erbschleichende Bande!«

»Aber wenn doch nie jemand Anspruch erhoben hat?«, gab Ellie zu bedenken. »Und es nun mal dem Land Brandenburg gehört? Das ist doch das, was wir nicht wollten. Mit dem Gesetz in Konflikt zu geraten!«

»Mir ist das egal«, behauptete Charlie.

Nora war das überhaupt nicht egal, aber sie kommentierte es nicht. Stattdessen fotografierte sie das Schriftstück.

»Was machst du?«, fragte Udo.

»Ich poste das auf Facebook. Wir haben so viele Likes, so viele Freunde, da kann doch jemand herkommen und uns helfen«, erwiderte Nora und tippte weiter. »Vielleicht ist ja ein Rechtsanwalt dabei! Und wenn sie nur mit Pfiffen empfangen werden. Meint ihr, sie kommen mit Baggern?«

»Ich hab keine Ahnung, womit sie kommen«, sagte Udo. »Was würden sie zerstören wollen, was nicht vorher schon zerstört war? Die Gewächshäuser? Die rasseln doch nur mit den Ketten …«

»Wahrscheinlich kommen sie mit einer neuen dicken Kette fürs Tor«, sagte Charlie. »Die Tschirch und ihr Amtsleiter.«

»Sie können uns immerhin festnehmen«, gab Ellie zu bedenken. »Was wird denn dann aus Fanny?«

Nora hoffte so sehr, dass Udo und Charlie recht hatten.

Sie drückte auf »Posten«, und schon war der Aufruf an alle Facebook-Freunde im Äther verschwunden. Zu sechst gingen sie aufs Grundstück. Und warteten.

Zehn Minuten später klingelte ein Handy.

»Ich bin's nicht«, sagte Charlie.

»Ich auch nicht«, sagte Nora.

»Mein Handy ist im Wagen«, sagte Udo, und Liam machte keine Anstalten, in seine Hosentasche zu greifen.

»O Gott, das ist meins!«, rief Ellie. Sie bekam so selten einen Anruf, dass sie grundsätzlich nicht damit rechnete.

Es klingelte und klingelte, bevor Ellie ihr altes Klapphandy endlich aus den Tiefen ihrer Tasche hervorgekramt hatte.

»Guten Tag, Sie sprechen mit Ellie Wagenknecht«, begrüßte sie schließlich den Anrufer, als ob sie in einem Call Center arbeitete. Fehlte nur noch: »Wie kann ich Ihnen helfen?«

Nora verdrehte die Augen.

»Wer? Wie? Ach, du bist das! Du! Ach! Ach! Das ist ja … Ja, das ist … Ich weiß gar nicht, was ich sagen soll! Das ist … großartig! Wo? Das hast du gesehen? Ja! Ja! Komm!« Und dann war das Gespräch auch schon wieder beendet.

Ellie klappte das Handy zu und schaute in die Runde. Ihre Augen glänzten, ihr krauses Haar sah aus wie elektrisch aufgeladen. Sie zitterte so heftig, dass sie ihr Handy neben die Tasche statt in die Tasche steckte und es auf die Erde fiel. Fanny hob es brav auf und hielt es ihr hin. Hastig griff Ellie danach.

»Ihr ratet niemals, wer das war!«

»Dann sag's uns doch.«

»Stefan! Er hat eben bei Facebook gelesen, dass das

Grundstück geräumt werden soll. Er setzt sich ins Auto und kommt her! Mein Junge!«

Ellie sah aus, als könnte sie die Räumung kaum erwarten, solange nur ihr Ziehsohn an ihrer Seite war.

Nora fragte sich, warum Stefan mit ihnen auf Facebook befreundet war, wenn er seine Stiefmutter mit einem Telefonanruf viel glücklicher machen konnte. Sie würde das nie verstehen.

»Ich weiß nicht mehr, wann er dich das letzte Mal in Berlin besucht hat«, sagte Udo.

»Ich auch nicht! Mein Gott, wenn ich das geahnt hätte, hätte ich sein Lieblingsessen gekocht und mitgebracht!« Ellie rang die Hände.

»Ellie, hör auf! Stefan kommt doch nicht wegen des Essens, sondern weil er dir helfen will«, fuhr Udo sie an. »Jahrelang meldet er sich kaum, und dann bist du bei einem einzigen Anruf ganz aus dem Häuschen.«

Ellie ließ die Hände sinken. »Ich hab mich so gefreut, seine Stimme zu hören. Du verstehst das nicht. Du hast ja keine Kinder«, sagte sie bebend.

»Nein, hab ich nicht«, beschwichtigte Udo sie. »Aber ich verstehe ganz gut, wie das zwischen euch funktioniert. Er ist nicht nett zu dir, und du bist für jedes Krümelchen Zuneigung dankbar. Ich gehe jetzt ins Heizhaus und suche meine Sachen zusammen. Falls sie kommen, will ich vorbereitet sein. Kannst du mir tragen helfen, Liam?«

»*Sure*.«

»Ich komme auch mit.« Charlie ging hinter Udo und Liam her.

»Ich geh zu meiner Rose!« Fanny rannte unbeschwert in Richtung Wiese.

»Udo meint es nicht so«, sagte Nora tröstend, während sie ihnen nachsahen.

»Doch, er meint es genau so«, widersprach Ellie, und in ihren Augen standen Tränen. »Und das Schlimmste ist, dass er recht hat. Aber verdammt noch mal, man liebt seine Kinder eben!« Zwei Tränen kullerten ihre Wangen hinunter. »Und ich hab Stefan so lange nicht gesehen.«

Nora strich ihr über den Rücken. »Ich versteh dich, Ellie. Wenn ich keinen Kontakt zu Fanny hätte, würde ich verrückt …« Mitten in der Bewegung hielt sie inne. »Was ist das?«

»Was denn?«, fragte Ellie. Dann schwieg sie. »Oh … Ich fühle es auch.«

Die Erde vibrierte. Nur ganz leicht, aber immerhin so, dass sie es durch die Sohlen ihrer Sommerschuhe spürten. Nach wenigen Minuten hörte es auf, dann begann es von Neuem.

Udo, Charlie und Liam kamen zurück, beladen mit Udos Werkzeug und Elektrokabeln aus dem Heizhaus. Sie hatten alles so eilig zusammengerafft, dass ein Kabel auf der Erde hinterherschleifte.

Die Freunde kamen von der einen Seite auf Ellie und Nora zu.

Von der anderen Seite kamen Mannschaftswagen der Polizei.

Viele.

Die Wagen hielten, und schwer bewaffnete Polizisten mit Schutzschilden, Helmen und kugelsicheren Westen sprangen heraus. Eine Hundertschaft.

»Was wollen die denn hier?«, fragte Ellie verblüfft.

Aber da waren etliche von ihnen bereits links und rechts des Tores in den Wald gerannt. Äste knackten, Zweige schlugen gegen die Schilde, der Boden bebte wieder.

Dunkelblau leuchteten ihre Westen durch die Hecken, darauf die weiße Aufschrift POLIZEI.

»Sie räumen das Gelände, Ellie! Mein Gott, sind die denn verrückt geworden? Wir sind doch keine Staatsfeinde«, rief Nora entsetzt und zog Ellie eilig zu den anderen, die sich auf der Terrasse zusammengestellt hatten.

»Vielleicht sehen sie uns aber als Staatsfeinde, wenn wir gegen ihren scheinheiligen Anspruch vorgehen«, erwiderte Ellie.

»Fanny! Wo ist Fanny?«, fragte Nora plötzlich und drehte sich um. Ihre Tochter war nirgends zu sehen.

Nora rannte los, ignorierte Liams Ruf, sprintete durch den Heckenweg und sah aus den Augenwinkeln, wie links und rechts vom Zaun Polizisten Stellung bezogen.

Schaudernd sah sie durch die heruntergelassenen Visiere der Helme. Man hörte ein dumpfes Schlagen. Waren das Stöcke, die gegen die Schutzschilde trommelten? Hatten sie nicht neulich erst versucht, Fanny zu beschreiben, was Schlagstöcke waren? Sie wollte nicht, dass ihre Tochter den Begriff auf diese Weise kennenlernte! Worauf hatte sie sich hier nur eingelassen?

Nora spurtete zur Rose. »Fanny!«, rief sie keuchend. »Fanny!« Keine Antwort. Sie rannte um die weiße Rose herum – und da endlich sah sie Fanny. Sie hockte im Gras, zierlich, blond und in ihr Spiel versunken. Mit den Fingern bohrte sie in den seltsamen Löchern, die Nora am Abend zuvor entdeckt hatte. »Fanny! Ich hab dich gerufen. Hast du mich nicht gehört? Komm schnell, wir müssen weg!« Sie zerrte das Kind hoch und wollte es mit sich fortreißen.

»Nein!«, protestierte Fanny. »Ich will hierbleiben! Ich hab was ganz Schönes gefunden!« Sie stemmte ihre Gummistiefel in den Boden, sodass Nora sie nicht weiterzerren konnte.

»Fanny, komm jetzt!« Die Furcht ließ sie ungerecht werden, sie griff Fannys Arm zu heftig, war zu grob.

Prompt riss Fanny sich los und blieb bockig stehen. »Du tust mir weh! Ich will hier spielen«, heulte sie los. »Du hast nicht mal gesehen, was ich gefunden habe! Es ist ein Schatz!«

»Das ist jetzt egal! Siehst du die Polizisten? Wir müssen zu den anderen. Nur wenn wir zusammenstehen, haben wir eine Chance, hier heil rauszukommen …« Sie biss sich auf die Unterlippe. Das hatte sie nicht sagen wollen, wollte Fanny keine Angst einjagen. »Ich erklär es dir später«, fügte sie rasch hinzu.

Vielleicht war es die Furcht in Noras Augen, jedenfalls war Fanny endlich bereit mitzugehen. Ihre kleine Hand zu einer Faust geballt ließ sie sich von ihrer Mutter zurück zum Haus zerren.

Während sie zurückliefen, sah Nora durch die Ligusterhecke hindurch, dass sich die Polizisten auch auf dem Feld zu einer Kette formiert hatten. Auf der Waldseite sah es genauso aus! Wurden denn normale Besetzer per Zugriff in Gewahrsam genommen? Gab es überhaupt »normale« Besetzer?

»Ich hab was gefunden!«, rief Fanny aufgeregt, als sie endlich auf der Terrasse standen. »Was ganz Tolles! Soll ich es euch zeigen?«

Keiner der Erwachsenen beachtete sie. Sie standen im Kreis zusammen und beratschlagten, ob sie gleich zum Tor gehen sollten. Oder war das gefährlich? Würde man es als Fluchtversuch werten?

»Ich kann das nicht«, sagte Charlie mit zitternder Stimme. Udo hatte den Arm um sie gelegt, und da erst bemerkte Nora, dass sie weinte.

»Was ist denn, Charlie?«, fragte sie.

»Wenn ich Uniformen sehe, gefriert etwas in mir«, schniefte sie. »Es erinnert mich immer an den Tag, als mein Bruder starb. Als sie vor unserer Tür standen. Egal, wer in der Uniform steckt, ich halte es einfach nicht aus …« Sie schluchzte.

Vielleicht hättest du das früher mal erwähnen sollen, dachte Nora. Ausgerechnet Charlie, die die Klappe immer am meisten aufriss.

»Ich hab was gefunden«, schrie Fanny plötzlich so laut, dass alle zusammenzuckten.

»Herrgott, Fanny, erschrick uns doch nicht so«, fuhr Nora sie an. »Was ist es denn? Sag schnell.«

Fanny trat in den Kreis der Erwachsenen und öffnete langsam die Faust. Ihre kleine Hand war sehr schmutzig, und so mussten sich alle vorbeugen, um zu erkennen, was sie ihnen präsentierte.

»Ich habe einen Stern gefunden«, erwiderte sie andächtig. »Darf ich ihn behalten?«

Es war ein kleiner Davidstern. Er war stark angelaufen, an den sechs Sternenecken, wo sich die Dreiecke des Hexagramms überlappten, hafteten Sandkörner. Aber als Fanny mit dem Zeigefinger darüberfuhr, schimmerte der Stern schwach golden. An einer Zacke war eine Öse angebracht, als ob er dort mal an einer Kette gehangen hatte. Verblüfft schauten die Erwachsenen auf das Schmuckstück.

»Wie kommt denn ein Davidstern hierher?«, sprach Nora aus, was die anderen dachten.

Bis auf Liam. Er sank vor Fanny in die Knie. »Oh, Fanny. Du hast Liliannes Stern gefunden«, sagte er und zog sie an sich.

Einige weiß-grüne Schmetterlinge ließen sich auf seinen Schultern nieder. Weitere umflatterten ihn wie kleine brandenburgische Planeten ihre englische Sonne, und einer setzte sich auf Fannys Hand.

»Was sagst du, Liam? Wer ist Lilianne?« Nora verstand nichts mehr. Niemand verstand etwas.

In diesem Moment erklang über ein Megafon eine Stimme. »Wir haben die Gärtnerei umstellt. Wir werden das Gelände jetzt räumen. Leisten Sie keinen Widerstand. Setzen Sie sich nicht zur Wehr. Zugriff!«

Charlie schrie angstvoll auf. Udo schloss sie in seine Arme.

Ellie wurde blass.

Fanny sah fragend zu Nora, die sie an sich zog.

Liam erhob sich, klopfte sich die Knie seiner Jeans ab und ging in Richtung Tor.

Er verlässt uns, dachte Nora mit sinkendem Herzen. Udo hatte recht. Ich hab ihm zu schnell vertraut. Er hat gewusst, was passiert. Wir werden festgenommen, und er kommt unbeschadet aus der Sache raus. Steigt draußen in sein Auto und fährt für immer fort.

Gebannt beobachtete sie, wie Liam auf die Polizisten zuging. Es war nur eine Frage von Sekunden, bis sie ihn erreichen, an ihm vorbeistürmen, ihm freies Geleit geben würden …

Doch dann rannte einer der Polizisten auch auf ihn zu.

Liam riss die Arme hoch. »Stopp! Ich muss mit dem Einsatzleiter sprechen«, sagte er so laut, dass es die Freunde auf der Terrasse hörten.

Ein Mann in Zivil trat vor. »Nehmt ihn fest«, befahl er seinen Leuten. »Er widersetzt sich. Ich habe ihn gewarnt.«

Liam trat behände ein paar Schritte zurück, um sich dem Zugriff zu entziehen. »Ich bin der Besitzer der alten Gärtnerei«, rief er.

»Ja, klar«, höhnte ein Polizist, der neben dem in Zivil stand. »Echt mal, was sich manche Leute ausdenken, um der Räumung zu entgehen! Schluss mit dem Quatsch jetzt!«

Liam zog ein Bündel Papiere aus seiner Hosentasche und hielt sie dem Einsatzleiter entgegen. »Ich kann es beweisen! Hier steht, worauf sich mein Anspruch auf das Grundstück begründet! Ich möchte Ihnen diesen Brief vorlesen. Ich möchte auch euch diesen Brief vorlesen«, sagte er und blickte zur Terrasse. »Und vor allem möchte ich dir diesen Brief vorlesen, Nora. Er ist von meiner Großmutter. Sie ist Anfang März gestorben.«

Nora hielt die Luft an. Sie wusste, dass das der Moment der Wahrheit war.

Aber sie war sich nicht sicher, ob sie die Wahrheit hören wollte.

28. Kapitel

My dear Liam,

diesen Brief schreibe ich auf Deutsch. Du sprichst diese Sprache. Ich habe deine Eltern gedrängt, dich auf eine zweisprachige Schule zu geben. Dafür gibt es Gründe, die du wahrscheinlich nie verstanden hast. Ich bin froh, dass deine Eltern meinem Wunsch gefolgt sind, auch wenn mein Sohn, dein Vater, nie Deutsch lernen wollte.

Daran bin ich selbst schuld. Theo hat das, was ich erlebt habe, mit der deutschen Sprache gleichgesetzt. Es ist kein Wunder, dass er sich verweigert hat. Er wollte vergessen, was ich ihm über meine Vergangenheit erzählt habe. Aber ich wollte meine Sprache nicht verlieren, und schließlich: Zu vergessen, was man erlebt hat, ist unmöglich.

Dein Vater war ein wunderbarer Mann. Als er starb, zerbrach etwas in deinem Großvater und mir. Es ist nicht richtig, dass Kinder vor ihren Eltern sterben, doch danach fragt ein Herzinfarkt nicht.

Zu unserem großen Glück hatten wir dich und deine Mutter, unsere wunderbare Schwiegertochter Alice, und das gab uns Mut. Du warst der lebende Beweis, dass das Leben weitergeht. Und du warst auch der Beweis dafür, dass Neigungen häufig eine Generation überspringen.

Seit du als Vierjähriger Apfelkerne in die Erde gesteckt, sie jeden Tag gegossen und die kleine Pflanze dann gehegt und gepflegt hast, wusste ich, dass uns etwas verbindet, das dein Vater nie mit uns geteilt hat: die Liebe zum Gärtnern.

Mit Freuden haben Grandpa und ich deine College-Ausbildung bezahlt, wir waren stolz, als du Head Gardener in den Lost Gardens wurdest, und wir haben immer darauf gehofft, dass du unsere Gärtnerei einmal übernehmen wirst. Dieser Zeitpunkt ist nun gekommen. Es gibt niemanden, der besser dafür geeignet wäre als du.

Aber das ist nicht der Grund für meinen Brief. Ich möchte dir erzählen, wer ich wirklich bin. Es ist ein Teil deiner eigenen Geschichte, von der du bis heute nichts wusstest. Und es sind Lügen, für die ich dich um Verzeihung bitte, auch wenn ich einen guten Grund für diese Lügen hatte.

Ich komme nicht aus London, wie ich dir immer erzählt habe, sondern ich wurde 1930 in Deutschland geboren. Mein Vater hieß Theodor Kirsch und besaß eine Gärtnerei. Unseren Sohn, deinen Dad, haben wir nach ihm benannt.

Ich weiß fast nichts über meine Eltern. Ich weiß nicht, wo und wann sie geboren wurden und gestorben sind, nicht, wo die Gärtnerei liegt, die mein Vater betrieb. Wahrscheinlich im Umland von Berlin, denn manchmal fuhren wir in Vaters Horch in die Stadt, und die Fahrt dauerte nicht sehr lange. Aber ob sie nun im Süden, Westen, Norden oder Osten der Stadt lag, das kann ich nicht sagen.

In jedem Fall muss sie im Gebiet der späteren DDR gelegen haben. Das war lange Zeit einer der Gründe, dass ich sie verloren glaubte. Es gab zu wenige Informationen in den englischen Medien über die Bodenreformen der Nachkriegszeit. Ich hatte allerdings, das muss ich gestehen, auch nicht das Interesse, intensiv nachzuforschen. Denn ich lebte längst ein anderes Leben.

Theodor Kirsch wäre ein Urgroßvater nach deinem Geschmack gewesen, mein Junge. Niemand kannte sich mit

Pflanzen so aus wie er. Er wusste, was sie wollten, er verstand ihre wortlose Sprache.

Meine Mutter hieß Leni, Leni Kirsch. Sie war Jüdin, an ihren Mädchennamen erinnere ich mich nicht. Sicher war es für eine junge Jüdin zu jener Zeit eher ungewöhnlich, einen Gärtner zu heiraten und dann als Gärtnersfrau auf dem Lande zu leben.

Ich habe mich manchmal gefragt, wo sich meine Eltern kennengelernt haben – wie auf viele andere Fragen zu meiner eigenen Vergangenheit habe ich auch darauf keine Antwort. Ich war zu jung, um die richtigen Fragen zu stellen, und dann war es zu spät. Wenn niemand mehr aus deiner Familie da ist, liegt ein Stück deiner Vergangenheit für immer im Dunkeln.

Unser Leben war nicht religiös geprägt. Auch für meine Mutter hat das Judentum, soweit ich mich erinnern kann, keine Rolle gespielt. Wir lebten in relativer Einsamkeit auf dem Lande, wir haben nie Sabbat, Jom Kippur oder Hanukkah gefeiert, sind nie in eine Synagoge gegangen. Wir haben Weihnachten wie alle Christen um uns herum gefeiert, hatten einen Tannenbaum und haben bestimmt nicht koscher gegessen. Ich vermute, dass die Aufgabe ihrer eigenen Religion der Preis war, den meine Mutter gezahlt hat, als sie meinen Vater heiratete.

Und doch gehört der jüdische Glaube zu meiner Vergangenheit und damit auch zu deiner. Ich habe mich dieser Vergangenheit nicht gestellt. Es war leichter, sie zu verdrängen. Aber ich will sichergehen, dass du es zumindest weißt.

Wie dir bekannt ist, haben die Nazis in Deutschland 1933 die Macht ergriffen. 1935 erließen sie die Rassengesetze, und als Kind einer Jüdin war ich danach in großer Gefahr.

Im November 1938, nach der Reichskristallnacht, begann man, Kinder aus jüdischen Familien ins Ausland zu schicken, um sie vor dem Zugriff der Nazis zu retten. Mehrere europäische Länder beteiligten sich daran, England nahm die meisten von uns auf.

Ich war eins der Kinder, die im November 1938 weggeschickt wurden. Erst sieben Jahre alt war ich damals, und ich verstand nichts von dem, was vor sich ging. In unserer Abgeschiedenheit war alles, was wir von Berlin hörten, unwirklich. Ein dunkler Schatten, der dann plötzlich doch auf uns fiel.

Wortlos fuhren meine Mutter und ein Arbeiter mich an jenem Novembertag zum Bahnhof, und ich kehrte nie wieder zurück. Es war eine Zeit, in der man Kindern nichts erklärte. Und was hätten meine Eltern auch sagen sollen: Wir schicken dich weg, damit du in Sicherheit bist? Hitler will uns vernichten, weil wir Juden sind? Das hätte ich erst recht nicht verstanden.

Man sagt, Schmerz vergeht. Daran glaube ich nicht. Mein Herz fühlt sich auch heute noch an, als müsste es brechen, wenn ich daran denke, wie meine Mutter mich am Bahnhof in fremde Hände übergab. Sie durfte nicht mit auf den Bahnsteig, Tränen der abreisenden Kinder und der zurückbleibenden Eltern wären eine unliebsame Propaganda gewesen.

Ich weiß noch, dass meine Mutter ihren grauen Filzhut trug. Seitlich war eine Blume angebracht. Das ist meine letzte Erinnerung an sie. Ich habe sie nie wiedergesehen, nie wieder von ihr gehört. Auch über meinen Vater habe ich nichts mehr erfahren. Ich durfte mich nicht mal von ihm verabschieden. Er war ein empfindsamer Mensch, und ich vermag mir nicht vorzustellen, wie es für ihn war, mich wortlos in die Fremde zu schicken. Gut möglich, dass er daran zerbrochen ist.

Ich habe nie erfahren, was aus meinen Eltern geworden ist. Eine Anfrage blieb ohne Ergebnis. Wurde meine Mutter deportiert? Vielleicht unter ihrem Mädchennamen? Wurden die Eltern von den Nazischergen verschleppt? Sind sie an einen Ort geflohen, an dem sie sich noch besser verstecken konnten als in der Gärtnerei?

Ich bin fest davon überzeugt, dass weder mein Vater noch meine Mutter den Krieg überlebt haben. Sonst hätten sie so lange gesucht, bis sie mich gefunden hätten. Vielleicht haben sie mir auch geschrieben, und ihre Briefe sind verloren gegangen in dieser dunklen Zeit. Man redet sich so vieles ein, um sich selbst zu schützen.

In der ersten Zeit in England habe ich mir vorgestellt, wie meine Eltern mich abholen würden. Ich war mir sicher, dass sie zu meinem achten Geburtstag kommen würden. Ich hatte schließlich noch nie ohne sie Geburtstag gefeiert. Zu dritt würden wir dann zurück in die Gärtnerei nach Deutschland fahren.

Ich weiß nicht mehr, ob ich an meinem neunten Geburtstag auch daran dachte. Vielleicht. Aber vermutlich nicht mehr an meinem zehnten.

Als der Krieg vorbei war, war ich vierzehn.

Wie meine Eltern wirklich gewesen waren und wie ich sie mir vorstellte, ging im Laufe der Jahre ineinander über. Schließlich war ich mir nicht mehr sicher, was wahr und was erträumt war. Das Früher verblasste mehr und mehr.

Zurück blieb nur das Gefühl, dass sie mich weggeschickt hatten, weil ich irgendetwas falsch gemacht hatte. Es musste eine Erklärung geben. Etwas, das den Schluss zuließ, dass man mich nicht mehr liebte.

Das ist das traurige Erbe, das uns Kindern, die man wortlos in den Zug gesetzt hat, geblieben ist. Die ewige

Unsicherheit, ob man es überhaupt wert ist, geliebt zu werden. Das Trauma der Verlassenen.

Trotzdem habe ich Glück gehabt, denn ich habe überlebt. Im Gegensatz zu den Kindern, die man nach Frankreich und Holland geschickt hatte, hatten die Nazis keinen Zugriff auf uns jüdische Kinder, die nach England gebracht worden waren. Und die Cunninghams waren die liebevollste Pflegefamilie, die man sich vorstellen kann. Dass sie mich adoptierten, als nach dem Krieg kein Zeichen von meinen Eltern kam, war das Beste, was mir passieren konnte. Inzwischen sind sie längst tot, aber ihren Sohn kennst du noch, deinen Großonkel Sam.

Als ich 1953 deinen Großvater traf, rückte die Vergangenheit endgültig fort von mir. Ich wollte nicht mehr zurück, sondern nur noch nach vorn schauen. Ich war keine Kirsch mehr, sondern eine Cunningham, die später eine Tremayne wurde. Meine Gegenwart spielte sich in England ab, meine Zukunft auch. Was scherte mich meine Vergangenheit? Sie war deutsch. An die Sprache glaubte ich noch. An das Land nicht.

An dem Tag, als meine Mutter mich zum Bahnhof brachte, hatte mein Vater mir eine Rose gegeben, die ich selbst pflanzen durfte. Ich fragte mich später immer wieder, was meine Mutter und er wohl gedacht haben, als sie diese Rose wachsen sahen. Wenn sie es überhaupt erlebt haben.

Bei jeder Rose, die ich später gesetzt habe – und es müssen im Laufe meines Lebens Tausende gewesen sein –, habe ich an diese eine Rose gedacht, die ich im November 1938 in der Gärtnerei meiner Eltern gepflanzt habe.

Warum ich dir das schreibe, lieber Liam? Du sollst von deinen Ursprüngen erfahren, sonst ist das Wissen für immer verloren.

Was du mit diesem Wissen machst, ist deine Sache. Du bist ein erwachsener Mann. Vielleicht willst du dich mit unserer verlorenen Religion auseinandersetzen. Vielleicht willst du auch die Gärtnerei suchen, in der die Wurzeln meiner und deiner Leidenschaft liegen. Sie sind in einer Erde gewachsen, die ich nie wieder betreten habe. Die Erde der Heimat, die keine Heimat mehr ist, hat den Namen »Heimaterde« verloren. Auch das deutsche Wort »Vaterland« habe ich aus meinem Wortschatz gestrichen.

Viel weiß ich nicht mehr über den Ort meiner Kindheit: Es gab ein Haus, eine Terrasse, zwei Gewächshäuser, einen Schornstein, viele Beete, eine Hecke, dahinter Felder. Die Gärtnerei lag einsam, und ich hoffe inständig, dass diese Einsamkeit meinen Eltern das Leben gerettet hat.

Gleichzeitig ahne ich, dass es nicht so war.

Falls du die Gärtnerei tatsächlich findest, schau nach der Rose. Wer weiß, vielleicht gibt es sie noch. Rosen werden alt, so viel älter als Menschen. Sie sollte weiß blühen, das hat mein Vater mir damals gesagt.

Und wenn du sie findest, ganz hinten auf dem Grundstück, vor der Hecke zu den Feldern, halt die Augen offen nach meinem kleinen goldenen Davidstern. Man weiß ja nie. Er mag unter vielen Schichten Unkraut verborgen liegen, zwischen den Wurzeln der Rose im Dornendickicht. Er war mein Glücksbringer, mein Glücksstern, eine Erinnerung an meine Großmama Ava.

An jenem Morgen, beim Pflanzen der Rose, habe ich den Stern verloren. Wahrscheinlich ahnte er, dass sich mein Leben an diesem Tag verändern, dass mir das Glück auf grausame Art genommen würde. Oder er wusste, was kommt, und wollte seine Heimaterde nicht verlassen. Es heißt nicht umsonst, dass die Menschen, die der Heimat entrissen werden, entwurzelt sind.

Er gehört wie alles andere, das ich besitze, dir.

Your loving Grandma
Lilianne Tremayne

29. Kapitel

Als Liam verstummte, ließ er den Brief sinken und schaute in die Runde. Tränen liefen über sein Gesicht. Udo hatte die Augen geschlossen und drückte Charlies Hand so sehr, dass sie schon blutleer wirkte, Ellie seufzte und fuhr sich über die Augen.

Nora starrte Liam ungläubig an.

Stille herrschte, sie wurde nur unterbrochen von Vogelgezwitscher. Erst als der krächzende Ruf eines Eichelhähers aus dem Wald zu ihnen herüberscholl, löste sich der Bann, den seine Worte auf sie gelegt hatten.

Der Einsatzleiter griff nach seinem Handy. Er entfernte sich ein paar Schritte von der Gruppe, aber sie hörten trotzdem, was er sagte.

»Hallo? Frau Tschirch? Hier gibt es Neuigkeiten die Besitzverhältnisse betreffend. Es sieht so aus, als gäbe es einen Eigentümer. Ja, er hat Dokumente. Ja, das muss noch geprüft werden. Ja, das würde ich auch vorschlagen. Nein. Wir räumen nicht. Ich rufe meine Leute zurück. Ja. Am Montag. Ich sage es dem … Eigentümer. Beziehungsweise … vielleicht dem Eigentümer. Ja. Mache ich.«

Er beendete das Gespräch, jetzt wieder ein Verfechter des nüchternen Tagesgeschäfts. »Sie möchten Montag mit Ihren Unterlagen ins Büro des Katasteramtes nach Löwenberg kommen«, sagte er zu Liam. »Leute!«, rief er dann ins Megafon. »Der Einsatz ist abgebrochen!«

Hinter der Hecke begann es zu rascheln, wieder vibrierte

der Boden, dann liefen die Männer in Blau zurück zu ihren Autos.

Nora sagte immer noch nichts. Auch ihr waren beim Vorlesen von Liliannes Brief Tränen in die Augen gestiegen. Allerdings nicht nur Tränen der Trauer über ein kleines Mädchen, das wegen eines unmenschlichen Regimes mutterseelenallein in die Fremde geschickt worden war. Das seine Familie verloren hatte und sich erst als alte Frau entschließen konnte, über diesen Verlust zu sprechen.

Sondern auch Tränen des Zorns.

Liam hatte sie betrogen. Alles, was ihr seltsam vorgekommen war, machte jetzt Sinn, alles! Sein Interesse an Kirschs Grabstätte, an der weißen Rose … Was hatte er gesagt? Er hatte immer Rosendünger dabei? Von wegen! Geplant war das gewesen! Auch seine angebliche Überraschung, dass nicht mehr Land zur alten Gärtnerei gehörte, war vorgespielt gewesen – es war sein Erbe! Das heimliche Buddeln auf der Suche nach dem Davidstern … Dachse … Lachhaft! Nora wusste nicht, wann sie sich das letzte Mal so hintergangen gefühlt hatte. Wahrscheinlich, als Fannys Vater vergessen hatte, sich zu seiner Tochter zu bekennen.

Sie schniefte leise und wandte sich ab. Er war so … durchtrieben! Die Gespräche mit Liam hatten ihr so viel bedeutet. Aber wahrscheinlich hatte er sie nur strategisch geführt, um herauszufinden, was sie noch über die Gärtnerei wusste!

Und sie wollte sich nicht vorstellen, was ihn zu dem Gutenachtkuss bewegt hatte. Der entschieden mehr gewesen war als ein einfacher kleiner Gutenachtkuss … Ihr wurde übel.

Nora ging zu Liam, ignorierte die Frage, die sie in seinen Augen zu erkennen glaubte. »Wie kannst du mich so in die

Irre führen! Was bist du denn für ein Mensch?«, zischte sie. »Es gab so viele Situationen, in denen du mir hättest sagen können, dass deine Familie etwas mit der Gärtnerei zu tun hat. Aber nein, kein Wort hast du gesagt! Im Dunkeln hast du mich gelassen!«

»Nora …«, sagte er bittend.

»Du nennst meinen Namen nicht mehr! Es ist mir egal, ob dir diese Gärtnerei gehört oder nicht. Mach, dass du wegkommst. Sonst greife ich nach dem nächstbesten Gartenwerkzeug und tue etwas, das ich später vielleicht bereuen werde«, fauchte sie.

»Moment mal«, warf der Einsatzleiter ein und trat auf Nora zu. »Sie können doch nicht den Besitzer bedrohen …«

Liam sagte nichts.

»Doch, das kann ich sehr wohl. Es steht ihm frei, mich zu verklagen. Wenn ich dieses Grundstück verlasse, werde ich niemals wiederkommen. Aber bis dahin möchte ich diesen Mistkerl nicht mehr sehen, sonst garantiere ich für nichts!«

»Nora«, sagte Udo beschwichtigend und legte einen Arm um sie. »Gib Liam mal eine Chance, sich zu erklären. Er hat bestimmt einen guten Grund. Oder, Liam? Hier.« Er reichte ihr sein Taschentuch.

Da erst bemerkte Nora, dass ihr die Tränen übers Gesicht liefen. »Haltet ihr jetzt auch noch zu diesem Betrüger?«, rief sie außer sich. »Ihr seid doch meine Freunde! Versteht ihr nicht, wie er uns alle ausgetrickst hat?«

»Ich gehe«, sagte Liam. »Ich will nicht, dass ihr euch meinetwegen streitet.« Er ließ Nora nicht aus den Augen, sah sie auch noch an, als er seinen Rucksack schulterte. »*Thank you for all you have done.* Ich wollte euch nicht hintergehen. Ich wollte mir nur ein Bild machen, ob das wirklich die Gärtnerei ist, in der meine Großmutter die ersten sieben Jahre ihres Lebens verbracht hat. Und dann habe ich so viel mehr gefunden, als ich gehofft hatte.«

Damit verließ er das Grundstück. Einige Schmetterlinge flatterten hinter ihm her, doch als er durch das Tor des Grundstücks schritt, verschwanden sie.

Sie hörten noch eine Wagentür, die geschlossen wurde, dann den Motor, der gestartet wurde.

»Tschüs, Leim«, sagte Fanny leise und winkte hinter Liams dunkelgrünem Wagen her, der langsam den Weg entlangfuhr.

Alle schwiegen und sahen Nora an.

»Was ist?«, fragte sie erbost. »Zuerst wart ihr es doch, die ihn für einen Spion gehalten habt, Freut euch, dass ihr recht hattet!«

Udo sah sie skeptisch an. »Vielleicht ist jetzt nicht der richtige Zeitpunkt, das zu klären, Nora«, sagte er. »Charlie, wollen wir ein Stück spazieren gehen?«

»Gern, Udo«, antwortete sie.

»Ich komm mit«, rief Fanny und ergriff ihre Hände, sodass sie sie in der Mitte hin- und herschaukeln konnte.

Zu dritt schlenderten sie davon, und plötzlich kam Nora sich sehr verlassen vor.

In diesem Moment klingelte ihr Handy. Mit zittrigen Fingern fischte sie es aus ihrer Tasche. War es Liam? Nein. Margaretes Name stand auf dem Display.

»Ja, Margarete, was gibt's?«, fragte sie.

Sofort kam Ellie erwartungsvoll zu ihr. Das Gespräch mit Stegemann, schoss Nora durch den Kopf. Sie hatte es ganz vergessen!

»Stell mal laut. Was ist bei euch los?«, fragte Margarete. Sie klang fröhlich. »Ist was passiert?«

»Wir sollten geräumt werden! Eine Hundertschaft war

da! Wir waren umzingelt!«, rief Ellie. »Sie wollten das Gelände stürmen, aber stell dir vor, Liam ist der Besitzer der Gärtnerei! Sie gehörte der Familie seiner Großmutter! Er kann es wohl beweisen. Die Polizei ist wieder weg!«

»Du meine Güte«, sagte Margarete staunend. »Das ist ja … Wie kann das denn sein? Warum hat er dir denn davon nichts gesagt, Nora? Dann wäre uns doch viel erspart geblieben!«

Nora schnaubte.

»Und was für Neuigkeiten gibt's bei dir, Margarete? Was ist mit Stegemann? Müssen wir raus? Hat er uns eine Frist gesetzt? Was sagt die englische Heuschrecke?« Ellies Stimme überschlug sich vor Aufregung.

Margarete lachte vergnügt. »Alles ist ganz anders. Der Mann, der Stegemann begleitet hat, ist ein Architekt. Das Haus soll endlich saniert werden, wir bekommen neue Heizungen und ein neues Dach, das Treppenhaus wird angestrichen! Von Verkauf ist keine Rede. Stegemann will, dass alles in einem guten Zustand ist, damit seine Kinder später keine Arbeit damit haben. Er ist bloß schrecklich umständlich und wollte uns das so schonend wie möglich beibringen. Ich hab ihm gesagt, dass ihm das nicht gelungen ist. Er hat sich entschuldigt, dass er sich nicht schon längst um das Haus gekümmert hat. Und noch was: Von der Besetzung der Gärtnerei hat er nichts mitbekommen.«

»Ist das wahr?«, rief Ellie beglückt.

»Aber was ist denn mit diesem Wilbur?«, fragte Nora. »Ich hab ihn doch im Internet gefunden. Er arbeitet für diese deutsch-englische Investorengruppe.«

»Ach, Nora … Wilbur ist offenbar kein seltener Name im Schwabenland«, gluckste Margarete. »Das H steht in diesem Fall nicht für Harry, sondern für Heinrich.«

»O nein«, stöhnte Nora. »Ich habe euch umsonst kirre gemacht. Es tut mir so leid.«

Sie schlug die Hände vors Gesicht. In welche unnütze Panik hatte sie sie alle versetzt, getrieben von ihrer eigenen Angst?

In diesem Moment schrie Ellie auf.

»Was ist denn bei euch los?«, fragte Margarete, die von Berlin aus natürlich nicht sehen konnte, dass ein großer schlaksiger Mann am Tor stand und aufs Grundstück schaute. Neben ihm stand ein Junge, der fast genauso groß war wie er, nur noch viel dünner.

Ellie rannte auf die beiden zu.

»Ich glaube, Stefan und Magnus sind gekommen«, raunte Nora ins Handy. »Auch wenn sie zu spät dran sind für den Polizeieinsatz.«

Ellie riss das Tor auf und fiel erst dem Mann, dann dem Jungen um den Hals.

Nora setzte sich auf eine der Terrassenstufen. Sie fühlte sich entsetzlich schwach.

Aber wenigstens klang Ellie, die auf der Terrasse stand und sich mit Stefan und Magnus unterhielt, glücklich. Nora hörte mit halbem Ohr zu. Wenn sie es richtig einschätzte, war der Grund für Stefans Zurücknahme sein Unmut darüber, dass sie sich so kritiklos ihrer ärmlichen Lebenssituation hingegeben hatte, obwohl er sie immer hatte unterstützen wollen, seitdem er sich beruflich etabliert hatte. Das hatte Ellie ihnen wohl verschwiegen. Dass sie nun dagegen so kämpferisch war, hatte ihn sehr beeindruckt. Er war unendlich stolz, dass seine Stiefmutter sich gegen das Unrecht zur Wehr setzte. Ihr Enthusiasmus zeigte ihm, dass sie die bestehenden Verhältnisse keineswegs resigniert hinnahm. Es klang, als wäre die Entfremdung zwischen Ellie und Stefan ein riesiges Missverständnis, das in diesem Moment ein Ende fand. Das war wunderbar für Ellie …

In Nora dagegen herrschte nichts als Leere. Sie wusste nicht, was sie fühlen sollte. All die Angst der letzten Wochen, dass sie ihr Zuhause verlieren würden, war doch umsonst gewesen. Warum konnte sie sich nicht darüber freuen? Wohl weil die Freude, die sie an der Gärtnerei gehabt hatte, verschwunden war. Was daraus werden würde, wusste niemand. Außer Liam. Und was er wusste, wollte sie nicht wissen.

Die Hoffnung, dass sie in Liam einen Mann gefunden hatte, dem sie vertrauen konnte, war verloren wie … Klatschmohn im Winter. Kurz erblühte er blutrot im Schnee, dann war er auch schon erfroren.

Was ihr jetzt blieb, war ihre Arbeitslosigkeit. Nein, sie durfte nicht ungerecht sein – sie konnte in ihrer Wohnung bleiben. Das war doch wirklich erfreulich.

»Auf ein Neues, Nora«, murmelte sie und stand auf. Ein Abschiedsspaziergang würde ihr jetzt bestimmt guttun.

Zuerst ging sie durch die vom Gewitterregen noch immer feuchte Wiese zu der weißen Rose, dem Zentrum der Insektenaktivitäten. Es schien unfair, dass diese hierbleiben würde, während sie selbst wieder nach Berlin musste.

Sie machte ein letztes Foto von der Blütenpracht, auch wenn sie nicht vorhatte, es bei Facebook zu posten. Vielleicht würde sie das Foto vergrößern und über ihr Bett hängen – nein, das würde sie auf keinen Fall tun. Sie würde weiße Rosen aus ihrem Leben verbannen.

Nora ging an der Hecke entlang, sah, dass im Schattenbeet dringend Unkraut gejätet werden musste. Die Quecken schienen nur auf den Regen und die Wärme gewartet zu haben. Auch Miere und Melde bahnten sich ihren Weg durch die feuchte Erde. Aber sie widerstand dem Impuls, sich sofort an die Arbeit zu machen. Wozu auch? Es war nur eine Frage der Zeit, bis das Unkraut alles überwuchern und das Beet wieder genauso aussehen würde wie an dem Tag, als sie es entdeckt hatte. Die *Sum and Substance* konnte ihr gestohlen bleiben, die Maiglöckchen würden auch ohne sie wachsen und im nächsten Mai blühen.

Und dann das Gewächshaus, in dem die geschenkten Pflanzen ihren Platz gefunden hatten … Was würde damit geschehen? Schweren Herzens betrat Nora es.

Die Kapuzinerkresse hatte über Nacht erste Knospen angesetzt. Das zarte Karottengrün sah plötzlich kräftiger aus. Nora zog ein Pflänzchen heraus und betrachte die leicht verdickte orangefarbene Wurzel. In zwei Monaten wären das respektable Möhren. Die Kaninchen würden daran ihre helle Freude haben.

Der geschenkte Rittersporn hatte sich, wahrscheinlich Dank Liams Pflege, wider Erwarten prächtig entwickelt. In einem unverschämt dunklen Azurblau überragten drei Blütenstängel alle anderen Pflanzen, die in dem Gewächshaus standen.

Mit Mühe widerstand Nora dem Impuls, die Blüten abzuknicken. Die Pflanze kann nichts dafür, ermahnte sie sich und griff nach einer Hacke. Wütend begann sie, den Boden rund um die Tomaten zu bearbeiten.

Dann standen plötzlich ein paar Leute im Gewächshaus. Nora hatte sie gar nicht kommen hören.

»Hallo!«, rief eine junge Frau mit Rastazöpfen ihr zu. »Wir haben gelesen, dass ihr geräumt werdet. Das lassen wir nicht zu!«

Die anderen nickten zustimmend.

Nora stützte sich auf die Hacke. »Ihr kommt zu spät.

Der Einsatz ist vorbei. Alles ist anders. Nicht dem Land Brandenburg, sondern einem Privatmann gehört die Gärtnerei. Ich glaube, das Grundstück länger zu besetzen ergibt keinen Sinn. Ihr müsst erst mal abwarten, wie es sich jetzt weiterentwickelt.«

»Oh«, sagte ein junger Mann hinter der Frau enttäuscht. »Wir dachten, wir könnten euch gegen die Staatsgewalt unterstützen!«

»Heute nicht«, antwortete Nora. Dringend musste sie posten, dass es nicht zur Räumung gekommen war. Dann gab sie sich einen Ruck. »Ihr könntet aber trotzdem etwas tun.«

»Was denn?«

»Im Schattenbeet Unkraut jäten.«

Ein Raunen ging durch die Menge. »Nee«, sagte einer. »Darauf hab ich keinen Bock.«

Die meisten drehten ab. Nur die junge Frau mit den Rastazöpfen blieb.

»Ich helf dir gern«, sagte sie. »Ich finde es großartig zu gärtnern. Wenn nicht geräumt wird, umso besser. Zeig mir mal, wo das Schattenbeet ist.«

Plötzlich kam es Nora vor, als wäre der Tag ein bisschen heller geworden.

Fanny kam mit hängendem Kopf von ihrem Spaziergang zurück. Auch Udo und Charlie wirkten ernst.

»Was ist denn passiert?«, fragte Nora, die gerade die Schubkarre mit dem Unkraut zum Komposthaufen fuhr. Sie hatten vorgehabt, im Herbst zwei Kompostanlagen zu bauen, um sie umschichtig zu nutzen. Aber das war nun passé. Sie kippte das Unkraut traurig aus.

»Schau mal, Mama. Da hinten liegen ganz viele. Sie sind alle tot«, sagte Fanny mit zitternder Unterlippe.

Sie öffnete die Hände, die sie hohl aneinandergelegt hatte, und ließ zu Boden rieseln, was sich darin befunden hatte.

Schillernde weiße Flügel flatterten zu Boden. Fanden sich zwei kleine Hälften auf ihrem kurzen Weg zur Erde, konnte man einen winzigen Moment lang einen grünen Stern erkennen.

30. Kapitel

Die Sache mit dem Engländer – so nannte Nora es einige Wochen später. Das Wort »Sache« hatte so etwas … Neutrales. Fern aller Gefühle, die sie nur noch vergessen wollte. Fern von ihren Gesprächen über Pflanzen, Gärten und Visionen, die sie ebenfalls vergessen wollte. Mit »Sache« konnte sie umgehen.

Und wenn sie nicht seinen Namen aussprechen musste, war das umso besser.

Ihre Traurigkeit wurde allerdings nicht schwächer, sondern stärker. Was hieß das eigentlich, Gras über eine Sache wachsen zu lassen? Saß sie im Glashaus und warf mit Steinen, weil nicht alles im grünen Bereich war? Hatte sie Wind gesät und würde nun Sturm ernten? Oder hatten sie alle den Bock zum Gärtner gemacht? Die Sprache war ein wunderliches Ding. Dass Li… der Engländer so gut damit umgehen konnte, hatte er allein seiner Großmutter zu verdanken.

Nora war ihrem Vorsatz treu geblieben und hatte die alte Gärtnerei nicht mehr betreten. Die Freunde schienen sich anders entschieden zu haben. Gelegentlich waren sie den ganzen Tag weg, dann herrschte Stille im Haus, und wenn sie zurückkamen, sagten sie nicht, wo sie gewesen waren. Als ob Nora das nicht wüsste! Sie hatten schmutzige Fingernägel, fuhren sich seufzend mit der Hand übers Kreuz und gingen früh schlafen …

Die Sommerferien beginnen bald, und verreisen werden wir dieses Jahr wieder nicht, dachte Nora, während sie online Stellenanzeigen durchforstete. Mehr denn je war sie entschlossen, keine Kompromisse einzugehen. Was sie in der Gärtnerei gemacht hatte, war einfach zu gut gewesen. Zum Glück hatte sie bisher noch kein Angebot vom Arbeitsamt bekommen, das sie nicht hätte ausschlagen können. Gartenbaubetriebe, bei denen sie gelegentlich zum Bewerbungsgespräch eingeladen war, waren nicht an ihr interessiert, wenn sie erfuhren, wer sie war. Wer sich zur Wehr setzte, war offenbar als Angestellter ein Risiko.

Aber Nora hatte einen Plan B. Sie wollte eine Weiterbildung zur Gärtnermeisterin besuchen. Es schien der einzige Weg zu sein, beruflich wieder glücklich zu werden. Für die kommende Woche hatte sie einen Termin mit ihrer Bank verabredet. Und wenn die zusagte, würde sie die Freunde fragen, ob sie Fanny betreuen könnten. Sie war dann nämlich auch manchmal abends oder an den Wochenenden weg.

Vor ein paar Wochen hätte sie gewusst, dass die Antwort der Freunde ein freudiges Ja gewesen wäre. Sie hätte nicht mal fragen müssen. Aber seit dem Tag, an dem Li… der Engländer in seinen Wagen eingestiegen und davongebraust war, verhielten sie sich ihr gegenüber verändert. Sie verurteilten sie nicht, sie sprachen sie nicht darauf an, sie waren lieb, aber sie waren … anders als früher. Reservierter.

Nichts war mehr wie früher.

Nora klickte sich von Job zu Job, und plötzlich öffnete sich ein Fenster mit einer höchst ungewöhnlichen Stellenanzeige.

Gartenvisionär/in gesucht!

Pflanzen können fühlen, Blumen haben eine Seele. Wir hinterlassen in jeder Pflanze, die wir pflegen, einen Teil unseres Selbst. Vielleicht ist das, was wir einen grünen Daumen nennen, die Fähigkeit, die Sprache und die Gefühle von Pflanzen zu verstehen.

Wenn Ihnen diese Sätze etwas bedeuten, lesen Sie weiter.

Wir suchen eine/n erfahrene/n Gärtner/in für ein neues Projekt in der Mark Brandenburg: Eine alte Gärtnerei soll wieder zum Leben erweckt werden. Die enge Zusammenarbeit mit dem englischen Besitzer ist ebenso erwünscht wie ein kreatives Konzept. Häufige Reisen zur Stammgärtnerei nach England sind unerlässlich, Interesse an englischer Gartenkunst wird vorausgesetzt. Sackville-West, Lutyens und Jekyll sollten für den Bewerber/die Bewerberin keine Fremdwörter sein. Ein Geschäftswagen wird gestellt. Alleinerziehende Mütter werden bei gleicher Eignung bevorzugt berücksichtigt.

Zuschriften an info@allscents-tremayne.uk.co

Nora überflog den Text so schnell, als ob sie befürchtete, er könnte sich bei sorgfältiger Lektüre in ihrem Gehirn unauslöschlich festsetzen.

Dann klickte sie die Anzeige weg und tat so, als hätte sie sie nie gesehen. Aber sie konnte nicht ignorieren, dass ihr Herz wie verrückt klopfte.

Wann immer Nora in der kommenden Woche die Seite des Portals öffnete, poppte die Anzeige sofort wieder auf. Und auch in anderen Jobbörsen entdeckte sie sie.

Es war so unfair. Li… der Engländer hatte genau gewusst, was er tat, als er die Stellenanzeige geschaltet hatte.

Sie beinhaltete nichts weniger als die Essenz ihrer eigenen Gartenleidenschaft. Sogar ihre Definition eines grünen Daumens hatte er wiedergegeben, dieser …

Verdammt …

Was sollte sie tun?

Nora fasste sich ein Herz, druckte die Anzeige aus und lud die Freunde am Abend zu sich auf ein Glas Wein ein.

»Überleg es dir doch«, bat Margarete und schob sich die Lesebrille in das wieder frisch gefärbte Haar. »Ich meine, er muss doch sehr viel von dir als Gärtnerin halten, wenn er so etwas macht. Was er da anbietet, klingt perfekt! Oder hast du Angst, dass du das nicht schaffst?«

»Davor hat Nora keine Angst«, sagte Udo. »Sie hat Angst vor ihren Gefühlen. Vor einer Enttäuschung. Sie traut ihren Gefühlen nicht.«

»Wieso das denn? Liam war doch ganz reizend zu ihr.« Ellie sah ihn fragend an.

»Das meine ich. Er war *zu* reizend«, sagte Udo. »Davor hat sie Angst. Das Glück zu riskieren, für das es keine Garantien gibt. Und davor, dass sie ihre Verhaltensmuster nicht ändern kann, dass sie aus ihrem Singleleben nicht ausbrechen kann.«

»Liebe? Liebt sie ihn denn? Sie kennt ihn doch kaum«, meinte Margarete.

»Hört auf, über mich zu reden, als wäre ich nicht da!«, sagte Nora eine Spur zu heftig. »Ich habe keine Angst vor meinen Gefühlen.«

»O doch, genau das hast du«, erwiderte Udo und sah sie über seine Brille hinweg an. »Ich weiß noch, wie du weinend bei mir im Wagen gesessen hast, weil du meintest, in Liam einen Seelenverwandten gefunden zu haben, der leider in England wohnt.«

»Ach wirklich? Das hast du uns ja gar nicht erzählt!« Margarete sah ein bisschen beleidigt aus.

Wie war Nora bloß in diese Diskussion hineingeraten? Sie hatte den Freunden nur die Stellenanzeige vorlesen wollen! Und nun stocherten sie in ihrer Seele herum wie Insektenforscher in einem Komposthaufen auf der Suche nach Maikäferlarven.

»Ihr seid nicht meine Eltern!«, versuchte Nora sich zur Wehr zu setzen.

Ellie schnaubte. »Natürlich nicht. Zum Glück! Deine Eltern waren ja nie für dich da. Wir sind besser als deine Eltern!«

»Nora«, sagte Margarete versöhnlich, »lies noch einmal die Stellenanzeige. Bitte. Lies sie. Und dann sag uns, ob du dich wirklich von deinem Traum verabschieden kannst.«

Sie musste sie nicht noch mal lesen. Sie kannte sie auswendig. Schließlich waren es ihre eigenen Worte. Die Anzeige war perfekt. Zu perfekt.

»Findet ihr denn, dass Liam sich richtig verhalten hat? Dass man jemandem trauen kann, der einem so viel verschweigt?«

Da! Sie hatte das L-Wort ausgesprochen!

»Ich würde ihn erst mal fragen, warum er es dir verschwiegen hat. Das hast du nämlich noch nicht gemacht. Du hast bis jetzt nur angenommen, vermutet und beschuldigt«, bemerkte Udo, und die anderen nickten.

In diesem Moment klingelte es. Und nicht nur bei Nora. Jemand schien mit der Handfläche auf sämtliche Klingeln gleichzeitig zu drücken. Sie hörten es durchs ganze Haus schrillen, so als ob jemand sichergehen wollte, dass ihn auch wirklich irgendwer hereinließ.

Nora stand auf und drückte den Türöffner. Die defekte Gegensprechanlage funktionierte noch nicht, sie war Teil der Sanierung. In einer Woche ging es los. Bis dahin war es immer eine Überraschung, wer die Treppe hochkam. Briefträger, Paketzusteller, Nachbarn, Freunde von Fanny.

Aber so spät kam wohl keiner von denen.

Nora schaute nach unten. Jemand nahm sportlich die Treppen nach oben. Sie hörte Schritte, sah eine Hand über das Geländer gleiten, sah dunkles Haar – und fuhr erschrocken zurück. Es war Liam. Was wollte er hier?

Nora überlegte fieberhaft, was sie tun sollte, aber bevor sie eine schlaue Idee – irgendeine Idee – hatte, stand er schon vor ihr. In Jeans und einem blauen Polohemd, mit einem kleinen Rucksack in der Hand, als würde er von einem Abendspaziergang nach Hause kommen. Es war bizarr. Sie wollte ihn hier nicht sehen. Sie wollte ihn gar nicht sehen …

Oder?

Unwillkürlich suchte sie nach dem vertrauten Flattern von Schmetterlingen um ihn her.

»Liam …«

Warum fehlten ihr nur plötzlich die Worte? Warum klopfte ihr Herz so heftig, als wollte es ihr aus der Brust springen?

»Wie lange muss ich denn noch warten, bis du dich endlich bewirbst, Nora?«, gab Liam zurück und ließ den Rucksack fallen.

»Bis ich … bis ich eine vernünftige Erklärung habe! Oder besser noch … eine Entschuldigung! Warum hast du mir verschwiegen, wer du bist, Liam?«

»Wollt ihr nicht erst mal reinkommen und drinnen vernünftig miteinander streiten?«, fragte Udo, der auf einmal hinter ihnen stand.

Er lächelte, und plötzlich war Nora überzeugt davon, dass er von Liams Kommen gewusst hatte.

»Udo!«, sagte sie anklagend.

»Was denn?«, gab er unschuldig zurück.

Du Verräter, dachte Nora. Udo und sein verdammter Glaube ans Glück, nur weil er Charlie hatte!

Margarete dagegen sah verblüfft aus, und Ellie verschluckte sich an ihrem Rotwein, als sie zu dritt das Wohnzimmer betraten.

»Wir dachten, du wärst in England!«

»Dann gehen wir mal, Mädels«, sagte Udo. »Wir werden hier nicht gebraucht.«

Obwohl Margarete und Ellie aussahen, als wenn sie liebend gern geblieben wären, erhoben sie sich. Kurz darauf fiel die Haustür hinter ihnen ins Schloss.

»Was machst du in Berlin, Liam?«

Nora trat ans Fenster und wandte ihm den Rücken zu. Alles war besser, als Liam anzuschauen. Sie blickte hinaus. Der Juliabend war mild und einladend, voll dunkler Sommerdüfte und leiser Stadtgeräusche. Ganz anders als die Regennacht, die sie zusammen in der Gärtnerei verbracht hatten …

»Ich musste etwas wegen der Gärtnerei klären. Und ich habe einen Termin im Centrum Judaicum.«

»Du willst wissen, was mit Liliannes Mutter passiert ist?«

»Ja. Mit meiner Urgroßmutter. Aber es ist kompliziert, weil ich ihren Mädchennamen nicht kenne und bisher unter ›Leni Kirsch‹ nichts gefunden habe.«

»Es beschäftigt dich.« Sie drehte sich um, sah Liam an.

»Natürlich beschäftigt es mich, Nora! Der Brief meiner Großmutter hat mehr Fragen aufgeworfen, als er beantwortet hat. Und die meisten dieser Fragen werden unbeantwortet bleiben. Ein großes leeres Feld voller Fragen. Alles, was vorher für mich selbstverständlich war, ist es nicht mehr. Ich glaube nicht, dass Lilianne das wollte, aber ihre Entwurzlung ist auch meine. Ihre Vergangenheit hat mich verändert. Ich musste über so vieles nachdenken.«

»Auch über deine Religion?«

»Ich habe mich immer als Atheist gesehen. Aber ich möchte mehr über die Religion meiner Vorfahren wissen.«

»Und warum hast du mir nichts von dem Brief gesagt, Liam?« Das war es, das Herz ihrer Fragen.

»Ich konnte es nicht. Ich hab mich nicht getraut. Ich hatte vor mir selbst Angst. Ich wollte nur mal rasch nach Deutschland kommen, schauen, ob es wirklich die Gärtnerei meiner Urgroßeltern war. Ich hatte nicht damit gerechnet, dass ich jemanden finden würde, der das Recht hat, von meiner Vergangenheit zu erfahren.«

»Habe ich das? Das Recht?«

Er trat auf sie zu. »Vom ersten Moment an war ich beeindruckt von dir als Gärtnerin. Von dir als Frau, die meine Leidenschaft teilt. Das musst du doch gespürt haben.« Er kam zu ihr und ergriff ihre Hand. Nora überlegte, ob sie sie ihm entziehen sollte. Aber es fühlte sich zu gut an. Kurz dachte sie an Udo, an das, was er gesagt hatte, und mehr noch daran, was er ihr vorlebte. »Entschuldigung«, sagte Liam. »Ich hätte es dir früher sagen sollen.«

Es war an der Zeit, das Leben zu ändern. Sich für ihre größte Leidenschaft zu entscheiden. Und endlich zuzugreifen, wenn das Glück zur richtigen Zeit am richtigen Ort vorbeischlenderte. Nora gab sich einen Ruck.

»Weißt du, was für eine Vision ich für die alte Gärtnerei hatte, als ich deine Anzeige las?«, fragte sie. »Ich habe sofort eine Gärtnerei gesehen, die nur Silberblättriges und Weißblühendes hat.«

Sie ließ seine Hand vorsichtig los und sah, dass seine hellgrauen Augen plötzlich schimmerten.

»Weiß …«, sagte Liam. »Oh, was für eine schöne Idee! Weiß wie der Garten in Sissinghurst. Panaschierte Pflanzen. Zebragras. Weißer Phlox. Weißer Rittersporn. Weißrandfunkien. Weiße Astern, weiße Lilien, weiß blühende Kräuter. Maiglöckchen. Silberne Blätter. Weiße Hortensien. Es gibt sogar weißen Mohn, Nora.«

Sie nickte. Sie sah es bereits vor sich, aber das war ja schließlich auch ihre Aufgabe als Gartenvisionärin.

»Weiß, damit das Mondlicht reflektiert wird. Und weiß wie Liliannes Rose, die sie zurücklassen musste. Dafür soll sie nun einen ganzen Garten bekommen«, fügte sie hinzu und machte endlich den kleinen Schritt, der den großen Unterschied ausmachte. Direkt in Liams Umarmung hinein.

31. Kapitel

»Wir bringen euch was aus England mit«, versprach Nora und umarmte die Freundinnen.

»Hoffentlich viel Saatgut aus Liams Gärtnerei. Und ein paar Stauden dürfen es auch sein. Obwohl er uns sicher welche schickt, wenn es im Herbst ans Pflanzen geht. Damit wir seine Zweigstelle bewirtschaften. Zweigstelle, lustiger Name.« Ellie lachte. »Ach, was rede ich! Er wird selbst kommen!«

»Es gibt sogar panaschierten Giersch, wusstest du das?« Margarete hatte sich, seit von der Weißen Gärtnerei in der Mark Brandenburg die Rede war, über weiß blühende Stauden schlaugemacht. Aus der pingeligen Vorgartengärtnerin war eine generöse Staudenliebhaberin geworden. Es war erstaunlich. Sie plante, mit Stegemann bei einem seiner nächsten Besuche – seit Beginn der Bauarbeiten in ihrem Haus war er schon zweimal da gewesen – die Freundschaftsinsel in Potsdam zu besuchen.

»Ja, das wusste ich«, sagte Nora.

»Bring Toffee mit«, schnurrte Ellie bei dem Gedanken an die weiche Süßigkeit, die so buttrig im Mund zerging. »Und eine Teetasse mit einem Bild von Princess Charlotte! Sie ist so herzig!«

»Alles, was du willst«, versprach Nora und umarmte sie.

Auch Fanny umarmte ihre beiden Ersatzomis, dann stiegen sie in den Wagen. Udo und Charlie würden sie an der S-Bahn absetzen.

»Warum weinst du denn, Ellie?«, fragte Margarete, als sie ins Haus zurückkehrten. »Ist doch schön für unsere beiden Mädels. Sie kommen in drei Wochen zurück.«

»Das ist es ja.« Ellie schluckte und wischte sich über die Augen. »Es ist so, so schön. Ich heul nur vor Glück. Ich gönne es ihnen von Herzen. Und Liam und Nora passen wunderbar zusammen! So einen Mann hätte ich auch gern gehabt.«

»Ist doch noch nicht zu spät. Schau dir Udo an.«

Bei Udo und Charlie war zum ersten Mal das Wort »Hochzeit« gefallen, wie er ihnen mit glühenden Ohren bei einem Wein erzählt hatte. Er sei noch nicht so weit, brauche Zeit, hatte er im gleichen Atemzug gestanden, was Margarete burschikos mit »Na ja, so viel Zeit hast du ja nun auch nicht mehr« quittiert hatte.

»Hab ich dir gesagt, dass ich übermorgen bei Stefan und Katja zum Essen eingeladen bin?«, fragte Ellie plötzlich ganz verlegen. »Nach all der Zeit haben wir uns endlich ausgesprochen ... Ich kann es noch gar nicht fassen. Ich bringe ihnen das Besetzerfotoalbum mit!«

»Na siehst du«, sagte Margarete, und untergehakt gingen sie ins Haus, unter dem Gerüst hindurch, das das Haus umgab. Über ihnen turnten die Zimmerleute auf dem Dach herum.

»Tschüs, Charlie. Tschüs, Udo. Sagt den Störchen, sie sollen noch nicht in den Süden fliegen!«

»Das werden sie schon nicht. Ihr kommt doch Ende August zurück«, beruhigte Udo sie durch das geöffnete Autofenster. Dann gab er Gas.

Fanny winkte eifrig hinterher.

»Komm, wir müssen los«, sagte Nora, als der Wagen um die Ecke verschwunden war. Sie gingen zur Rolltreppe und standen schließlich auf dem Bahnsteig. Er war leer. Am Sonntagmorgen waren nicht viele Leute unterwegs. Nora wollte weiter vorlaufen, um einen Waggon im Mittelteil zu erwischen, aber plötzlich blieb Fanny wie angewurzelt stehen. Sie sah Nora an. Blankes Entsetzen stand in ihren Augen geschrieben. »Was ist denn, Fanny?«, fragte Nora alarmiert.

»Mama, wir fahren aber wirklich zusammen, oder? Nicht dass es so ist wie bei Leims Oma. Als sie klein war und ganz allein nach England musste? Ihre Mama hat sie zum Bahnhof gebracht und in den Zug gesetzt. Sie hat nur so getan, als ob sie zusammen fahren würden. Und dann haben sie sich nie wiedergesehen. Nie, nie wieder. Das hat Leim doch vorgelesen.«

Nora erschrak. »Aber Fanny! Um nichts in der Welt würde ich dich allein fortschicken. Natürlich fahren wir zusammen. Ich würde dich niemals anlügen«, sagte sie. »Das war eine schlimme Zeit damals, und wenn du älter bist, erzähl ich dir mehr darüber. Wir besuchen Liam, wie versprochen. Jetzt nehmen wir die S-Bahn, dann steigen wir in das Flugzeug nach London. Dort wartet Liam auf uns. Hoffentlich findet er uns sofort.« Natürlich findet er uns sofort, dachte Nora und sah erleichtert, dass Fanny heftig nickte. Sie skypten jeden Abend, und auch er konnte es kaum erwarten. »Wir machen bei ihm Urlaub. Sein Haus steht auf dem Gelände seiner Gärtnerei. Sie heißt *Allscents*, alle Düfte heißt das übersetzt. Wir haben viel vor. Wir wollen Liliannes Grab besuchen. Wir wollen nach Sissinghurst. Das ist ein kleines Schloss mit diesem tollen weißen Garten. Daher haben wir die Idee, in unserer Gärtnerei auch ganz viele weiße Blumen zu ziehen.«

»Und wegen der weißen Rose«, sagte Fanny.

Nora nickte. »Genau. Liams Sohn wird auch da sein,

weil er Schulferien hat wie du. Das hab ich dir ja schon erzählt. Da hast du jemanden zum Spielen.«

Abrupt stellte Nora ihren Rollkoffer ab und drückte Fanny fest an sich. Allerdings passte sie auf, dabei den kleinen Rucksack, der Fannys gesamte Fundsammlung beinhaltete, nicht zu drücken. Den Steinen von Theodor Kirschs Grab konnte nicht viel passieren, aber sie wollte nicht schuld daran sein, dass die Schalen der Storcheneier kaputtgingen. Auch wenn Fanny sie in sehr viel Küchenpapier eingewickelt hatte.

»Ollsents«, murmelte Fanny gedämpft gegen Noras Sommerjacke.

»Und egal, was passiert, wir beide bleiben zusammen. Uns gibt es nur im Doppelpack«, fügte Nora hinzu und strich ihr über die Locken.

Sie sagte Fanny nicht, dass sie und Liam erste Pläne für die Weiße Gärtnerei machen würden. Welche Stauden? Welche Gehölze? Welche Mitarbeiter?

Einige Gespräche hatte Nora bereits geführt. Sie hatte Romy in Gransee aufgesucht, ihr von ihrem Plan erzählt, und sie hatte begeistert versprochen, dabei zu sein. Es fühlte sich richtig an: Magda Fritsch zu Kirschs Zeiten, ihre Enkelin Romy zu Tremaynes Zeiten. Alles begann von Neuem.

Dass die Freunde freiwillig mithelfen wollten, war selbstverständlich. Das Konzept der Volunteers könnte sich auch in Deutschland durchsetzen, oder? Auch von einem Bistro auf der Anlage war in einem ihrer Skype-Gespräche die Rede gewesen. Udo wollte während Noras Abwesenheit zu Fleischer Kanitz fahren und mit ihm darüber sprechen.

Und noch etwas sagte Nora ihrer Tochter nicht.

Weil es dafür noch zu früh war.

Weil sie vorsichtig war.

Weil sie und Fanny noch nie mit einem Mann zusammengelebt hatten.

Aber es fühlte sich so richtig mit Liam an, dass die Zusammenarbeit in der Weißen Gärtnerei nur ein Teil ihrer Verbindung sein würde. Das war mehr, so viel mehr. Er war ihr Seelenverwandter. Die Voraussetzungen stimmten, und damit meinte sie nicht die Bodenbeschaffenheit für Rosen. Obwohl … Wenn andere Leute ihre Liebe in Herzklopfen maßen, dann war die Maßeinheit Rosenranke für Gärtner genau richtig. Ich liebe dich hundert Rosenranken lang … Das klang gut.

Die S-Bahn fuhr ein.

Nora nahm Fanny an die Hand. Den großen Rollkoffer griff sie mit der anderen Hand. Er war schwer. Gummistiefel und Regenjacken hatten sie eingepackt – sie fuhren schließlich nach England. Sogar Fannys Spaten fuhr mit. Stiel und Spatenblatt hatte Udo wieder auseinandermontiert, nachdem Fanny erklärt hatte, dass sie ihn unbedingt mitnehmen wollte. Schließlich hatte er Lilianne gehört, da war es ein bisschen, als ob der Spaten seine ehemalige Besitzerin besuchte.

Geduldig warteten Mutter und Tochter, bis die Leute ausgestiegen waren. Dann betraten sie den Waggon und setzen sich. Hinter ihnen schlossen sich die Türen.

Fanny drückte die Nase ans Fenster, obwohl draußen nichts weiter als der leere S-Bahnhof zu sehen war. Ein Eispapier flatterte vorbei. Fanny wandte sich ab und kuschelte sich auf Noras Schoß.

Nora drückte ihre kleine Tochter an sich. Mit der anderen Hand hielt sie den Koffer fest, damit er nicht umkippte.

Die Bahn fuhr los.

Und irgendwo lächelten ein paar Schmetterlinge.

Nachwort und Dank

Vor einiger Zeit saß ich im Garten von Freunden, die eine Datsche an einem See haben (beneidenswert). Als ich in die Küche ging, um eine Kanne frischen Kaffee zu kochen, fiel mir ein kleiner Davidstern auf, der auf dem Fensterbrett lag. Er war früher sicher mal golden glänzend gewesen, jetzt war er angelaufen und wirkte verloren – so, als ob er dort nicht hingehörte. Was die Freunde mir über den Stern berichten konnten, war wenig. Irgendwann soll es auf dem Grundstück eine Gärtnerei gegeben haben, deren Eigentümer jüdischen Glaubens waren. Später wurde das Land parzelliert. Wann das gewesen war, was mit den Eigentümern passiert war – sie wussten es nicht. Den Davidstern hatten sie beim Anlegen eines Gemüsebeetes in der Erde gefunden. Das war der Anfang meiner Geschichte.

Was ich über die Bodenreform nach dem Krieg und das Aufspüren der Erben nach der Wiedervereinigung in der Mark Brandenburg erzähle, beruht auf historischen Tatsachen. Reine Erfindung dagegen ist die Unfreundlichkeit der Sachbearbeiterin in Löwenberg. An dieser Stelle möchte ich mich ausdrücklich bei den dortigen, sehr entgegenkommenden Mitarbeitern bedanken, die mich fachlich gut beraten haben!

Wie immer gilt mein Dank meiner Agentin Petra Hermanns, meiner Lektorin Anna-Lisa Hollerbach von Blanvalet und meiner Textredakteurin Margit von Cossart.

Und natürlich den Menschen in meiner nächsten Umgebung, die mich unterstützen, die an mich glauben und die den Zeitaufwand tolerieren, den das Schreiben eines Romans kostet – allen voran und insbesondere meiner Erstleserin Brigitte.